CLAIRE KINGSLEY

A very GRUMPY Christmas

CLAIRE KINGSLEY

A very GRUMPY Christmas

ROMAN

Aus dem Amerikanischen
von Ivonne Senn

more
Immer mit Liebe

Titel der Originalausgabe
How the Grump saved Christmas

MIX
Papier | Fördert gute Waldnutzung
FSC® C083411

ISBN 978-3-98751-059-5

More ist eine Marke der Aufbau Verlage GmbH & Co. KG

1. Auflage 2024

www.aufbau-verlage.de
10969 Berlin, Prinzenstraße 85

Satz LVD GmbH, Berlin
Druck und Binden CPI books GmbH, Leck, Germany

Printed in Germany

Ich werde Weihnachten im Herzen ehren und versuchen, es über das Jahr hindurch aufzuheben.

Charles Dickens, *Eine Weihnachtsgeschichte*

1. KAPITEL

Elias

Der Coffeeshop in der Lobby sah aus wie das uneheliche Kind eines kitschigen Weihnachtsfilms und eines hässlichen Weihnachtspullovers. Silberne Girlanden wanden sich über den Tresen, überall hingen funkelnde Lichterketten, und in der Ecke stand ein mit bunten Blinklichtern und Weihnachtsschmuck behängter Weihnachtsbaum.

Beinahe hätte ich mich umgedreht und wäre wieder gegangen.

Und dann die Musik. Meinten die das ernst? Es war Anfang November, mussten sie da schon diese Lieder spielen?

Eine ominöse Stimme in meinem Hinterkopf sagte: *Es geht los. I'm dreaming of a white Christmas …*

Nein, das tat ich nicht. Ich träumte von einem Becher Dark Roast – der Kaffee hier war ausgezeichnet –, und der Schuss irischen Whiskeys, den ich dazugeben würde, würde mir helfen, den Rest dieses alptraumhaften Nachmittags zu überstehen.

Wirklich, wenn ich von etwas träumen könnte, wäre es ein verlassener Strand in den Tropen mit einer umwerfenden Frau in einem durchsichtigen Etwas. Doch ich hatte zu viel Arbeit auf dem Tisch, um diesen Traum wahrzumachen.

Was noch ein Grund dafür war, warum dieser Tag an meinen Nerven zerrte. Wer setzte eine Weihnachtsfeier für Anfang November um drei Uhr nachmittags an?

Offenbar mein Boss. Vielleicht hatte ihn auch die Personalabteilung dazu überredet. Jedenfalls war es einfach nur ätzend, Anfang November eine kitschige E-Mail-Einladung mit Schneemännern und Zuckerstangen für eine Weihnachtsparty zu bekommen. Es war mir egal, dass dann mehr Leute teilnehmen konnten, weil alle im Dezember so viel zu tun hatten. Mir jedenfalls wurde es so erschwert – oder beinahe unmöglich gemacht – zu behaupten, ich hätte schon andere Pläne.

Nicht, dass ich jemals Weihnachtspläne gehabt hätte. Aber im Dezember hätte ich es behaupten können, und niemand hätte es hinterfragt. Anfang November jedoch? Da ist es schwer, eine Ausrede zu finden.

Außerdem hatte ich vor, dieses Jahr ganz oben mitzuspielen, was bedeutete, dass ich nach meinem Außer-Haus-Termin ins Büro zurückkehren und mich auf der Party zeigen musste.

Die Weihnachtsmusik, die ringsum vor sich hindudelte, sorgte dafür, dass mein Nacken sich verspannte und mein Kiefer genervt zuckte. Die Lady vor mir erlitt offenbar gerade eine Entscheidungskrise. Sie brabbelte ohne Punkt und Komma auf die Barista ein. Ihr Lachen ging mir beinahe ebenso sehr auf die Nerven wie die Musik. Ich musste mich zusammenreißen, um sie nicht anzuknurren, damit sie mir aus dem Weg ging.

Endlich bestellte sie etwas und bezahlte. Ich trat an den Tresen. Die Barista trug ein Stirnband mit blauen und weißen Schneeflocken, die bei jeder Bewegung wippten.

»Frohe Feiertage!« Ihre Augen waren viel zu groß, was sie ein bisschen verrückt wirken ließ. Oder vielleicht hatte sie nur zu viel Koffein intus. »Was darf es für Sie sein?«

»Ein einfacher schwarzer Kaffee in einem großen Becher.«

»Ist der große Becher für die Milch?«

»Nein. Für den Whiskey.«

»Sind Sie sicher, dass Sie nicht unsere spezielle Feiertagsmischung möchten?«

Wieder zuckte der Muskel in meinem Kiefer. Ich hasste es, hinterfragt zu werden. »Ja.«

»Okay, kein Problem. Aber sie ist wirklich gut, und wir bieten sie nur für kurze Zeit an.«

Ich hatte keine Ahnung, warum sie glaubte, dass mich das interessieren würde. Sie sah mich weiter mit diesen riesigen, verrückten Augen an und hatte unerklärlicherweise ein Lächeln im Gesicht.

Da sie sich nicht rührte, zog ich meine Kreditkarte aus dem Portemonnaie und hielt sie ihr mit finsterem Blick hin.

»Oh, sorry.« Lachend tippte sie meine Bestellung ein.

Ich bezahlte, doch das zu breite Lächeln blieb auf ihrem Gesicht.

Ich runzelte die Stirn. »Warum lächeln Sie so?«

Sie zuckte mit den Schultern. »Ich liebe die Vorweihnachtszeit. Sie etwa nicht?«

Ich warf ihr einen leicht angewiderten Blick zu. »Nein.«

Das sorgte endlich dafür, dass dieses nervtötende Grinsen verschwand. Ich trat ein paar Schritte zur Seite und wartete auf meinen Kaffee, wobei ich sowohl das Glas für die Trinkgelder als auch ihr halbherziges »Einen schönen Tag noch« ignorierte.

Sie meinte es nicht ehrlich, und mein Tag würde nicht schön werden.

Es ist die wundervollste Zeit im Jahr …

Nein, war es nicht.

Hätten sie nicht wenigstens bis nach Thanksgiving warten können? Nicht, dass mir dieser Feiertag wichtig gewesen wäre – oder überhaupt irgendein Feiertag. Aber dieser zusätzliche Monat der vorweihnachtlichen Freude vermieste mir das Leben.

Mein Kaffee kam, und ich verließ den Laden, so schnell ich konnte. In der Lobby waren mehrere Leute damit beschäftigt, einen großen Baum in einem der Fenster zu schmücken, die zur Straße hinausgingen. Ich verdrehte die Augen und ging zu den Fahrstühlen.

Idioten.

Vor den Fahrstühlen stand eine Frau, die eine große Ledertasche über der Schulter trug. Sie summte etwas vor sich hin. Was war das für eine Melodie? »Jingle Bells«? Ich konnte das leise Knurren nicht unterdrücken, das in meiner Kehle rumorte. Ich war diese ganze Sache so leid, und dabei war ich noch nicht mal oben auf der Feier angekommen.

Immer noch summend sah die Frau mich an. Es wirkte, als wollte sie etwas sagen – vermutlich irgendeinen dämlichen Weihnachtsgruß –, aber sobald unsere Blicke sich trafen, machte sie ein langes Gesicht und verstummte.

Endlich.

Ding! Ein Fahrstuhl öffnete sich, doch sie rührte sich nicht. Wieder zog ich die Augenbrauen zusammen – was stimmte nur nicht mit den Leuten? – und ging an ihr vorbei. Da sie sich immer noch nicht bewegte, drückte ich auf den Knopf für meine Etage und ließ zu, dass die Türen sich schlossen. Ich wusste nicht, was die Frau für ein Problem hatte – oder warum sie mich angeschaut hatte, als hätte sie gerade einen Geist gesehen –, und es war mir auch egal.

Mit einem weiteren *Ding* hielt der Fahrstuhl auf meinem Stockwerk an, und ich konnte die Party schon hören, bevor die

Türen aufglitten. Gedämpfte Stimmen und Weihnachtsmusik drangen an meine Ohren. Ich atmete tief ein und ergab mich meinem Schicksal.

Der Coffeeshop unten war ja schon schlimm gewesen, aber das hier war mein wahr gewordener Alptraum. Die gesamte Etage war aufs Ekelhafteste in Rot und Grün, Silber und Gold geschmückt. Kränze, Girlanden und Lichter hingen an jeder nur erdenklichen Oberfläche, und wie viele Weihnachtsbäume brauchte man bitte für so eine Feier? Vier? Nein, da stand noch einer im Konferenzraum. Also fünf. Und selbst das laute Rauschen der zahllosen Unterhaltungen half nicht, die Weihnachtsplaylist zu übertönen, die irgendein Trottel für diese Gelegenheit zusammengestellt hatte.

Wenn gleich auch noch Mariah Carey drankam, würde ich wohl kündigen müssen.

Meine Kollegen hatten sich alle der Party entsprechend gekleidet und präsentierten eine schwindelerregende Auswahl grässlichster Weihnachtspullover. Ein paar der Softwareingenieure standen zusammen und amüsierten sich darüber, dass sie alle die gleichen rot-grünen Monstrositäten trugen. Phil aus dem Verkauf hatte eine blinkende Lichterkette um den Hals. Prasad, einer unserer Entwickler, war mit silbernen und goldenen Quasten und einer Weihnachtsmannmütze geschmückt, und Janelle aus der Buchhaltung trug einen Pullover, der eine ihrer Brüste aussehen ließ wie ein Rentiergesicht, komplett mit roter Nase.

Gott steh mir bei.

Ich ignorierte die Festlichkeiten und ging direkt in mein Büro. Es war erst kurz nach drei, doch irgendwo auf der Welt war es bereits fünf Uhr, und auf keinen Fall würde ich das hier ohne einen Drink überleben. Im Konferenzraum gab es vermutlich warmen Eierlikör, aber den trank ich aus Prinzip nicht.

Ich schloss die Tür hinter mir und war sofort von himmlischer Stille umgeben. Nachdem ich den Kaffee auf den Schreibtisch gestellt hatte, holte ich die Whiskeyflasche aus dem Schrank und schenkte mir einen großzügigen Schluck ein. Kurz überlegte ich, ob ich ihn pur trinken sollte, aber ich wollte die Mischung aus Koffein und dem Brennen des Alkohols. Außerdem hieß das Spiel mitzuspielen manchmal auch, derjenige zu sein, der nüchtern blieb.

Die Tür schwang auf, und sofort flutete die grauenhafte Musik mein Büro. Meine Assistentin Alice steckte den Kopf herein.

»Elias?«

»Komm rein und schließ die Tür.«

Sie trat ein und drückte die Tür ins Schloss. »Sorry.«

Alice war vermutlich Ende zwanzig, hatte blonde Haare und … ich wusste nicht, welche Farbe ihre Augen hatten. Oder überhaupt noch etwas über sie. Ich wusste nur, dass sie in ihrem Job gut war und mir nur die Hälfte der Zeit auf die Nerven ging.

So wie jetzt.

Ich sah sie an und trank einen Schluck. »Was genau soll das sein?«

Sie blickte an ihrem Strickkleid hinunter – rot mit grünem Saum. Dazu trug sie spitze Schuhe mit kleinen Wolltroddeln. »Das ist mein hässlicher Weihnachtspullover. Oder besser gesagt mein hässliches Weihnachtskleid. Ich schätze, ich bin eine Elfe.«

»Du siehst albern aus.«

Sie stemmte die Hände in die Hüften – was sie in meiner Gegenwart häufig tat. »Tja, und du siehst aus wie ein alter Grinch. Wo ist deine Weihnachtsstimmung?«

»Haben wir uns schon mal gesehen?«, gab ich ausdruckslos zurück.

»Ja. Und den Tag bereue ich bis heute. Außer wenn ich mein Gehalt bekomme. Das macht es beinahe wieder wett.«

Ich verengte die Augen. »Wenn du dich noch mal so anziehst, bist du gefeuert.«

Sie ignorierte mich, obwohl das kein Scherz war. »Kommst du zur Party raus?«

»Ja.«

»Jetzt?«

»Wenn ich so weit bin.«

»Okay. Wenn du kommst, nimm dich vor Demi Simpson in Acht. Sie ist schon total betrunken und versucht, sich bei anderen Leuten auf den Schoß zu setzen.«

Ein Schauer überlief mich. Die nüchterne Demi Simpson war eine ganz normale Frau mittleren Alters. Die betrunkene Demi Simpson war eine Raubkatze auf der Jagd, und das Letzte, was ich brauchte, war, dass sie – wieder einmal – versuchte, ihre Brüste an meinem Gesicht zu reiben.

Noch ein Schauer.

Ich trank einen Schluck und überlegte erneut, ob ich nicht doch den Whiskey pur trinken sollte, bevor ich die Arena betrat.

»Ich glaube, ich gehe jetzt nach Hause«, erklärte Alice. »Ich habe mich für heute genug unters Volk gemischt.«

»Du kannst nicht gehen.«

»Warum nicht?«

»Es ist drei Uhr am Freitagnachmittag. Wo willst du denn hin?«

»Nach Hause? Du weißt schon, der Ort, an dem ich bin, wenn ich mich nicht mit dir altem Griesgram rumschlage?«

»Wir arbeiten noch.«

Sie zeigte auf die Party vor seiner Tür. »Niemand arbeitet hier.«

»Wir beide schon.«

Sie schnaubte, als wäre die Arbeit an einem ganz normalen Tag eine unendliche Belästigung. Ich meine, es war ja nicht so, als würde ich sie darum bitten, am Wochenende reinzukommen. Ich ignorierte also ihren kleinen Anfall und scrollte durch die Nachrichten auf meinem Handy. Nichts, was meiner dringenden Aufmerksamkeit bedurfte.

»Na gut.« Sie öffnete die Tür so weit, wie es nur ging, und marschierte hinaus, ohne sie wieder zu schließen.

Vielleicht würde ich sie wirklich feuern.

Oder auch nicht. Jemand Neues einzustellen wäre die reinste Qual, und ich hatte auch so schon genug zu tun.

Ich gab noch einen Schuss Whiskey in meinen Becher und setzte den Deckel wieder drauf. Dann wagte ich mich in die Höhle der Partylöwen.

Normalerweise war DataStream ein guter Arbeitgeber. Wir waren eine IT-Beratungsfirma mit einem solidem Ruf und hatten uns auf Betreiberlösungen und Datensicherheit spezialisiert. Aus der anfänglichen Handvoll Mitarbeiter war in kürzester Zeit ein blühendes Unternehmen mit über zweihundert Angestellten geworden, und wir wuchsen immer weiter.

Wachstum bedeutete Gelegenheiten. Gelegenheiten bedeuteten Geld. Und Geld bedeutete Erfolg.

Ich wanderte zwischen den kleinen Grüppchen von Leuten umher, die mit ihren Appetithäppchen und Drinks zusammenstanden, sich unterhielten und lachten. Wie es schien, war ich der Einzige, der keinen hässlichen Weihnachtspullover trug. Was mir egal war. Mein einziges Zugeständnis an den legeren Dresscode in unserer Firma war, den obersten Knopf meines Hemds offen zu lassen und die Ärmel umzukrempeln. Ich zog den professionelleren Look eines Gentleman im Anzug vor, aber das entsprach nicht der Unternehmenskultur von DataStream.

Also spielte ich mit. Und es zahlte sich aus.

Ich war schnell aufgestiegen und hatte mich als der finanzielle Magier bewiesen, der ich war. Mein nächstes Ziel war der Posten des CFO.

Von dort aus läge mir die Welt zu Füßen.

»Damien ist da dran, aber ich habe gehört, dass er Schwierigkeiten hat, den Deal abzuschließen.«

Dieser Schnipsel einer Unterhaltung, den ich zufällig mithörte, erregte meine Aufmerksamkeit, und ich blieb stehen. Wenn Damien Barrett mit irgendetwas kämpfte, musste ich es wissen. Ich tat so, als würde ich nicht lauschen, und nippte an meinem Kaffee.

»Was für Schwierigkeiten?«

»Nach allem, was ich gehört habe, will der Landbesitzer nicht verkaufen.«

»Warum sucht er dann nicht nach einer anderen Location?«

»Du weißt, wie Nigel sein kann. Was er will, das will er. Und Damien ist ein Arschkriecher.«

»Das stimmt. Er sollte den Deal besser eintüten. Meine Klienten werden langsam ungeduldig.«

»Meine auch. Die Nachfrage ist da. Wir brauchen nur die Infrastruktur.«

Ich drehte mich weg und ging weiter. Sie hatten recht: Die Nachfrage war da. Seit sechs Monaten schon wollten wir an einem abgelegenen Ort ein sicheres Speicherzentrum bauen. Mindestens die Hälfte unserer Kunden verlangte danach, und die andere Hälfte würde folgen, sobald unser Verkaufsteam es ihnen vorstellte. Damien Barrett – der Fluch meines Lebens und mein einziger Konkurrent um den Posten des CFO – war mit dem Projekt betraut worden. Der Idiot musste nur eine passende Location finden und das Land kaufen. Wie schwer konnte das sein?

Und doch waren inzwischen sechs Monate vergangen, ohne dass wir einen Schritt weitergekommen waren.

Ein Grinsen zupfte an meinen Mundwinkeln. Vielleicht war diese Weihnachtsfeier doch keine so schlechte Idee gewesen.

Ich erblickte meinen Boss Nigel Ferguson. Er war über sechzig, hatte silbergraue Haare und ein markantes Kinn. Auch wenn er sich altersmäßig dem Ruhestand näherte, konnte ich mir nicht vorstellen, dass er die von ihm gegründete Firma je verlassen würde. Er trug eine etwas würdevollere Version eines hässlichen Weihnachtspullovers und wurde gerade von der betrunkenen Demi in der Nähe seines Büros abgefangen. Perfekt. Ich würde ihn vor ihr retten und sein Grundstücksproblem lösen.

Ich ließ meinen Kaffee auf irgendeinem Schreibtisch stehen, drängte mich zielstrebig durch eine Gruppe gackernder Frauen und steuerte auf Demi zu. Sie hatte die Hände auf Nigels Brust gelegt und beugte sich zu ihm vor, während er die Hände in die Luft hielt, wie um möglichst deutlich zu demonstrieren, dass er sie nicht sexuell belästigte.

Ich fing seinen Blick auf und nickte kurz, dann nahm ich Demi am Arm und zog sie ein paar Schritte beiseite.

Sie ließ sich kichernd gegen mich sinken. »Hey, mein Hübscher.«

»Demi, ich kann mir nicht vorstellen, warum dein Mann dich verlassen hat.«

»Was?« Sie lachte erneut. »Flirtest du etwa mit mir, Elias?«

»Nein. Ich halte dich davon ab, dich mit unserem Boss zur Idiotin zu machen.« Ich betonte das Wort extra deutlich. »Geh und sieh zu, dass du wieder nüchtern wirst.«

»Ich bin nicht betrunken.« Erneut kichernd versuchte sie, ihre Hand zwischen meine Hemdknöpfe zu schieben. »Wo ist dein Pullover? Hast du ihn ausgezogen? Ich kann meinen auch ausziehen, wenn du willst.«

»Nicht mal, wenn Nigel mir dafür seinen Job anbieten würde. Du bist echt eine Schande.« Ich gab ihr einen sanften Schubs in Richtung der Fahrstühle. »Ruf dir ein Uber und fahr nach Hause.«

Schmollend zog sie ab.

»Danke.« Nigel richtete seinen Pullover.

»Kann ich dich kurz in deinem Büro sprechen?«

»Elias, das hier ist eine Bürofeier.«

Ich schaute mich um und spürte, wie meine Rückenmuskeln unter der Musik zuckten. »Ich weiß.«

»Fünf Minuten. Dann gehst du und genießt die Party.«

Ich sagte nicht, dass eher die Hölle zufrieren würde, als dass ich eine Weihnachtsfeier genoss. Denn auch wenn ich kein Arschkriecher war, so war ich doch klug genug zu wissen, wann ich besser den Mund hielt.

Und so nickte ich nur und folgte Nigel in sein Büro.

Das natürlich ein Eckbüro war.

Die Fenster umrahmten den atemberaubenden Blick auf den Lake Washington und das Zentrum von Bellevue, einer stetig wachsenden Stadt auf der Seattle gegenüberliegenden Seeseite. Ich beneidete Nigel jedoch nicht wegen der Aussicht oder der schicken Möbel um sein Büro, sondern einzig wegen dem, was es repräsentierte.

Geld. Erfolg. Macht.

Ja, ich war scharf auf den Posten des CFO. Aber das war nur eine Sprosse auf der Karriereleiter. Was ich wirklich wollte, war das hier.

Und ich bekam immer, was ich wollte.

»Was ist so dringend, dass es nicht bis Montag warten konnte?«, fragte Nigel.

»Wie steht es mit dem Grundstück für unser neues Speicherzentrum?«

Sein leises Schnauben sprach Bände. Er war frustriert. »Da scheint es derzeit leider nicht voranzugehen.«

»Haben wir keinen Plan B?«

»Vielleicht. Aber ich würde gern das hier hinbekommen.« Er lehnte sich gegen seinen Schreibtisch. »Die Lage in den Bergen ist perfekt, um die Bewachung des Gebäudes zu sichern. Das Land da draußen ist günstig. Und es gibt eine Kleinstadt in der Nähe, in der die Angestellten wohnen könnten. Sie hat sogar ein College.«

Etwas an seiner Beschreibung ließ mich aufhorchen. Kleinstadt mit College? Lage in den Bergen?

Das klang sehr nach …

»Wo genau befindet sich das Grundstück?«

»Auf der anderen Seite vom Steven's Pass am Highway 97. Die Stadt nennt sich Tilikum.«

Ich räusperte mich. »Die kenne ich.«

»Wirklich?«

Das zuzugeben sollte eigentlich kein Problem sein. Wen interessierte es schon, dass ich da mal gelebt hatte? Es war nur eine Kleinstadt, die mir nichts bedeutete.

Oder zumindest jetzt nicht mehr.

Ich schob die Erinnerungen beiseite, die in mir aufstiegen. »Ich habe da als Kind gewohnt.«

»Du machst Witze. Tilikum ist deine Heimatstadt?«

»Nein. Ich habe da nur eine Weile gelebt.«

»Fährst du noch oft dorthin?«

»Nein.«

Leicht fasziniert zog er seine Augenbrauen hoch. Doch ich war nicht hier, um in Erinnerungen an meine Kindheit zu schwelgen. Die ging niemanden etwas an.

Ich war hier, um Damien Barrett zu erledigen.

»Ich habe gehört, dass Damien Probleme hat, uns das Grundstück zu sichern.«

Nigel nickte, und kurz huschte ein Anflug von Frustration über sein Gesicht. »Ich dachte, wir hätten das schon vor Monaten abgewickelt. Es handelt sich um eine Farm, die seit Jahren in Schwierigkeiten steckt, aber Damien scheint die Besitzer nicht überzeugen zu können, an uns zu verkaufen.«

»Wer sind die Besitzer?«

»Faye und Russell Cook.«

Wenn ich noch ein Herz hätte in diesem kalten, leeren Hohlraum in meiner Brust, hätte es beim Klang dieser Namen aufgehört zu schlagen. Aber das hatte ich nicht, also passierte auch nichts.

»Die Cooks kenne ich.«

Wieder hob Nigel die Augenbrauen. »Wirklich? Sind es Freunde der Familie oder so?«

Eher die Eltern des Mädchens, das ich beinahe geheiratet hätte, als ich noch zu jung war, um es besser zu wissen. »So etwas in der Art.« Ich machte eine kleine Pause und behielt meine lässige Haltung bei, als wäre das hier nur ein lockerer Vorschlag und kein kalkulierter Zug. »Soll ich mal mit ihnen reden?«

»Das wäre super. Damien hatte mit ihrer Tochter zu tun.« Er nahm eine Dokumentenmappe von seinem Schreibtisch und fing an, darin zu blättern. »Irgendwo hier drin steht ihr Name.«

»Isabelle.« Ihr Name rollte von meiner Zunge, als würde er nichts bedeuten.

Was gut war. Denn das tat er nicht.

Was bedeutete, dass ich mich um die Angelegenheit kümmern konnte, denn es waren keine Gefühle im Spiel.

»Richtig, Isabelle Cook.« Er hielt mir die Mappe hin. »Wenn du hier Bewegung reinbringen könntest, wäre ich dir sehr dankbar.«

Ich nahm die Mappe entgegen. »Betrachte es als erledigt.«

»Wunderbar. Aber jetzt Schluss mit Arbeit. Los, nimm dir einen Drink und genieß die Party. Um diese Sache kannst du dich am Montag kümmern.«

Ich nickte und vermittelte so den Eindruck, dass ich seinem Rat folgen würde.

Doch stattdessen verließ ich sein Büro und machte mich auf die Suche nach Alice.

Ich fand sie im Konferenzraum, wo sie sich mit einer der Damen vom Empfang unterhielt. Deren Namen wusste ich nicht, aber sie richtete sich auf, als sie mich sah, und streckte den Rücken ein wenig durch, so dass ihre Brüste hervortraten.

»Hi, Mr. Stoneheart.«

Ich ignorierte sie und drückte Alice die Mappe in die Hand. »Kopier mir die und komm dann in mein Büro.«

»Was? Warum?«

»Weil wir Arbeit zu erledigen haben.«

»Es ist Weihnachts…«

»Weihnachtsfeier? Interessiert mich nicht. Du kannst in deiner Freizeit feiern gehen.«

Alice funkelte mich böse an, während die Empfangsfrau mit den Wimpern klimperte.

»Du wirst mir dieses Jahr ein sehr teures Weihnachtsgeschenk kaufen«, erklärte Alice. »Ich hoffe, das ist dir bewusst.«

»Ich habe dir schon ein Geschenk gekauft.«

»Das war letztes Jahr.«

»Und?«

»Ich werde heute keine Überstunden machen. Ich muss meine Tochter abholen.«

»Noch irgendwelche Forderungen, bevor du deine Arbeit machst?«

»Nein. Das ist alles.«

»Gut. Dann mach jetzt die Kopien und leg das Original auf Nigels Schreibtisch.«

Ihre Antwort wartete ich nicht mehr ab, denn ich wusste, dass sie tun würde, was ich ihr aufgetragen hatte. Und wir hatten zu arbeiten. Ich musste alles über die Farm der Cooks herausfinden. Derzeitige Größe, Anzahl der Angestellten, das Verhältnis von Schulden zu Einkommen.

So wie ich Isabelle kannte – und ich kannte sie –, war sie der Grund für Damiens Schwierigkeiten, den Deal abzuschließen. Isabelle Cook war die starrköpfigste Frau, die ich kannte. Wenn sie etwas nicht wollte, war sie so störrisch wie ein Esel.

Genauer gesagt wie Horace, der Wachesel.

Ob sie das Mistvieh wohl noch hatten?

Ich schloss meine Bürotür und sperrte damit den Lärm der Party sowie diese Erinnerung aus. Wen interessierte schon Horace, der Wachesel? Ich musste mich um Munition für die anstehende Schlacht kümmern. Wenn ich genügend Daten hatte, konnte ich den Deal mit einem Telefonat abschließen. Isabelle war zwar stur, aber das war ich auch.

Und ich würde gewinnen.

2. KAPITEL

Isabelle

Der Rechnungsstapel war Unheil verkündend hoch. Ich nippte an meinem Tee und blätterte durch die Umschläge. Die frühe Morgensonne linste durch das Küchenfenster und warf einen Lichtstrahl auf die Ahornmöbel. Auf den Arbeitsflächen standen Reihen von Einmachgläsern und Konservendosen, und an der Wand hing ein hölzernes Schild mit der Aufschrift *Home Sweet Farm*. Dieses kleine Schild hatte ich immer geliebt. Aber der Trost, den die Küche meiner Eltern mir bot, reichte nicht, um die Sorgen aufzulösen, die wie Steine in meinem Magen lagen.

So viele Rechnungen.

Wenigstens hatten meine Eltern aufgehört, sie vor mir zu verstecken. Jetzt sammelten sie sie in einem Korb auf dem Sideboard, anstatt sie in eine Schublade zu legen. Das war doch schon mal was.

Mit einem resignierten Seufzer legte ich die neueste Rechnung auf den Stapel. Ein gewisses Maß an Kosten gehörte dazu, wenn man eine Farm führte, aber die Dürre der vergangenen zehn Jahre hatte zu mehreren schlechten Ernten bei unseren Weihnachtsbäumen geführt. Dazu kam eine ganze Liste an Gerätschaften, die in den letzten Jahren hatten ausgetauscht werden müssen, und so war es derzeit finanziell ein wenig eng.

Die Cook Family Farm diente schon seit Jahrzehnten als Heimat für das Tilikum-Weihnachtsdorf. Es hatte damit angefangen, dass meine Eltern auf ihrer Farm Weihnachtsbäume zum Selbstfällen anboten. Im Laufe der Jahre waren dann kleine Stände mit Gebäck und Weihnachtsdekoration dazugekommen, um noch mehr Leute herbeizulocken und dazu zu animieren, ihren eigenen Weihnachtsbaum zu schlagen, und mittlerweile war daraus ein wahres Weihnachtsdorf geworden. Die kleinen Buden waren durch weihnachtlich geschmückte Hütten ersetzt worden, später war noch eine Rentierherde dazugekommen, und es gab die besten Fotos mit dem Weihnachtsmann, die man auf dieser Seite der Cascades kriegen konnte.

Das Dorf war ein wahres Weihnachtswunderland. Und auch wenn es der Farm nicht wirklich Geld einbrachte – wenn wir Glück hatten, kamen wir plus/minus null raus – half es, mehr Leute anzulocken.

Die große Frage war: Würde es reichen, um uns noch ein Jahr über Wasser zu halten?

Die Hintertür ging auf, und Mom kam mit einem Korb frischer Eier herein. Ihre silbrig-grauen Haare trug sie kurz geschnitten, und das einzig Modische an ihr waren die Diamantohrstecker, die sie nie herausnahm. Dad hatte sie ihr zu meiner Geburt geschenkt. Trotz der Kälte, die an diesem frühen Novembertag herrschte – das Wetter hatte über Nacht von zu warm zu beinahe eisig umgeschlagen –, trug sie keinen Mantel, sondern nur ein langärmliges Hemd, eine Steppweste und eine Jeans mit geflickten Knien. Faye Cook war tough. Sie war hier in Tilikum geboren und aufgewachsen und hatte ihr ganzes Leben lang hart gearbeitet.

»Guten Morgen.« Während sie zum Küchentisch hinüberging, wo sie die Eier abstellte, glitt ihr Blick kurz zu den Rechnungen. »Was machst du hier so früh am Samstagmorgen?«

»Ich hatte keinen Tee mehr.«

»Soll ich dir Frühstück machen?«

»Schon okay. Ich kann mir zu Hause was machen.«

Ich wohnte immer noch hier auf der Farm, aber nicht mehr im Haupthaus. Nach der Highschool hatte ich ein altes Cottage hier auf dem Grundstück renoviert und in ein hübsches kleines Heim für mich verwandelt. Die Farm zu verlassen, war nie wirklich eine Option gewesen. Meine Eltern waren über sechzig – sie hatten mich erst spät bekommen, nachdem sie lange geglaubt hatten, gar keine Kinder kriegen zu können –, und ohne meine Hilfe wäre die Arbeit für sie zu anstrengend gewesen.

Außerdem liebte ich diesen Ort. Die hügeligen, von Bergen umgebenen Felder und die sorgfältig gehegten Reihen aus immergrünen Bäumen. Ganz zu schweigen von der funkelnden Feiertagsfreude, die von dem Weihnachtsdorf ausging.

Mom zog eine Augenbraue in die Höhe. »Hast du überhaupt was im Kühlschrank?«

Gute Frage. Ich hatte schon länger nicht mehr eingekauft. »Vielleicht?«

Sie schüttelte den Kopf. »Lass mich dir ein paar Eier machen. Es ist ja nicht so, als würde es uns daran mangeln. Die Hennen legen noch fleißig.«

»Danke.«

Ich nahm den Stapel an Rechnungen und legte sie wieder in den Korb auf dem Sideboard.

»Hör auf, dich deswegen zu stressen«, sagte Mom und begann, die Eier in eine Schüssel aufzuschlagen. »Das hilft auch nicht.«

»Wer stresst sich denn hier?« Ich setzte mich wieder und legte meine Hände um den warmen Teebecher.

Über die Schulter warf meine Mom mir einen skeptischen Blick zu. »Ich kenne dich, Izz.«

»Ich bin nur gestresst, weil ich hier rumsitze und nichts unternehme. Weißt du was? Vergiss das Frühstück. Ich sollte mich wirklich besser an die Arbeit machen.«

»Stopp.« Ihr Ton hielt mich davon ab, aufzustehen. »Es gibt nichts, das nicht eine halbe Stunde warten kann.«

Seufzend sackte ich auf meinem Stuhl zusammen und trank noch einen Schluck. Vermutlich hatte sie recht. Aber ich war noch nie gut im Stillsitzen gewesen, vor allem nicht, wenn Arbeit wartete oder Probleme gelöst werden mussten.

Und von beidem hatte ich mehr als genug.

»Du arbeitest sowieso schon viel zu hart.«

Mein Vater kam in einem dunkelgrünen Flanellhemd und einer Jeanslatzhose in die Küche. »Wenn das mal nicht wahre Worte sind.«

»Guten Morgen, Dad.«

Er gab mir einen Kuss auf den Scheitel. Er selbst hatte schon vor langer Zeit die meisten seiner Kopfhaare verloren und sich stattdessen einen dichten grauen Vollbart wachsen lassen, um das mangelnde Haupthaar auszugleichen. Seine Haut war von der Arbeit draußen auf der Farm gegerbt, und er hatte die größten Hände, die ich je gesehen hatte.

»Das Frühstück ist in wenigen Minuten fertig.« Mom verrührte die Eier. »Will einer von euch Toast dazu?«

»Für mich nur Eier«, sagte ich.

Dad sah zur Hintertür; die rastlose Energie, die er ausstrahlte, war förmlich greifbar. »Ich esse später, ich …«

»Denk nicht mal daran«, unterbrach Mom ihn, und ihr Befehlston wirkte bei Dad genauso gut wie bei mir. Er setzte sich an den Tisch. »Du hast genügend Zeit, um erst einmal zu frühstücken.«

Sie servierte die Eier, und wir fingen an zu essen. Dabei unterhielten Dad und ich uns über die Farm. Die Liste der Dinge, die noch zu tun waren, bevor wir das Weihnachtsdorf eröffnen konnten, war lang. Dekorationen mussten repariert und aufgebaut werden, die Verträge mit den Händlern warteten auf die letzten Unterschriften, wir mussten Saisonarbeiter anheuern, und dazu fielen natürlich noch die üblichen Farmarbeiten an.

Mom legte die Gabel auf ihren leeren Teller und griff nach ihrem Becher. »Redet ihr beide auch mal über etwas anderes als Arbeit?«

Dad schob sich noch einen Bissen in den Mund, als wollte er so einer Antwort entgehen.

»Zu dieser Zeit im Jahr ist einfach immer besonders viel zu tun«, antwortete ich.

»Das weiß ich genauso gut wie ihr. Aber die Vorweihnachtszeit hat noch nicht mal richtig begonnen, und ihr schuftet bereits sieben Tage die Woche.«

»Das macht nichts. Ich schlafe im Januar, wenn es ruhiger ist, und wir wissen, dass wir die Farm vor dem Bankrott gerettet haben.«

»Nimm dir doch wenigstens ein bisschen frei. Selbst wenn es nur ein Nachmittag ist. Es ist Wochenende. Mach was Nettes.« Sie hielt inne, und ihr kleines Räuspern war die einzige Warnung, die ich erhielt. »Wie wäre es, wenn du mal mit einem netten Mann ausgehst?«

Nicht das schon wieder. »Dafür habe ich keine Zeit.«

»Genau das meine ich. Du solltest ein Leben außerhalb der Farm haben.«

»Das habe ich. Morgen treffe ich mich mit Annika und Marigold. Mari schneidet mir die Haare.«

Annika und Marigold waren seit dem Kindergarten meine besten Freundinnen, und sie waren für mich das, was einem Sozialleben am nächsten kam. Doch dem unzufriedenen Blick meiner Mutter nach zu urteilen, war ein Haarschnitt in Marigolds Salon nicht das, was ihr vorschwebte.

»Deine Mom hat recht.« Dad schob seinen leeren Teller von sich.

»Und das von dem Mann, der mal gedroht hat, mich in meinem Zimmer einzusperren, sollte ich jemals einen Freund haben.«

Um seinen Mund zuckte es. »Wenn ich mich recht erinnere, warst du damals fünfzehn. Die Dinge ändern sich.«

»Wir wollen doch nur, dass du glücklich bist«, warf Mom ein.

»Ich bin sehr glücklich. Und wie gesagt, ich habe zu viel zu tun, um auszugehen.«

Mom schwieg und spielte mit ihrer Gabel. Ich hatte das Gefühl, dass da noch mehr war.

Seufzend wechselte sie einen Blick mit meinem Dad, bevor sie das kurze Schweigen brach. »Damien Barrett hat noch mal angerufen.«

Sofort straffte ich wütend die Schultern. Damien Barrett arbeitete für eine Firma, die meine Eltern davon überzeugen wollte, die Farm zu verkaufen. »Du hast mit ihm geredet?«

»Nein. Er hat eine Nachricht hinterlassen. Aber du weißt …«

»Sag es nicht.« Ich hob eine Hand. »Wage nicht einmal, daran zu denken.«

»Izz, du kannst diese Unterhaltung nicht ewig aufschieben.«

»Doch, kann ich. Ich rede lieber übers Daten.«

»Russell, könntest du ihr bitte ein wenig Verstand einflößen?«

Ich sah meinen Dad an und hob die Augenbrauen.

Er erwiderte meinen Blick für einen Moment, bevor er sagte: »Nein.«

Mom seufzte schwer. »Ich weiß, dass die Farm zu verkaufen die letzte Lösung ist. Aber wir können nicht so tun, als wäre es nicht eine Möglichkeit.«

»Ich werde so tun, als hättest du das V-Wort nicht gesagt.«

»Sie hat recht, Izz.« In der Stimme meines Vaters schwang ein Hauch von Traurigkeit mit. »Das könnte die Gelegenheit sein, die wir brauchen.«

»Gelegenheit? Unsere Farm zu verkaufen ist keine Gelegenheit, sondern eine Niederlage.«

»Wenn wir uns weiter sträuben, gehen sie woanders hin«, argumentierte er.

»Gut. Wir wollen, dass sie sich woanders umschauen. Dieser Damien Barrett kann sich gehackt legen.«

»Er ist ein wenig arrogant, schätze ich«, sagte meine Mom. »Aber so schlimm ist er nun auch wieder nicht.«

»Mom, er ist ein Idiot erster Güte. Sprich nie wieder mit diesem Mann.«

Dad lachte leise, als wäre das Thema amüsant. »Liebes …«

»Was? Zuerst einmal: Ihr Angebot ist beleidigend. Dieses Land ist wesentlich mehr wert. Und zweitens: Wir werden die Farm nicht verkaufen.«

Etwas in dem Blick, den meine Eltern einander zuwarfen, machte mich wütend. Ich hasste es, die Resignation in ihren Augen zu sehen, als wäre ein Scheitern unausweichlich. Ich wusste, dass sie älter wurden und alles ein wenig langsamer lief. Andere Leute in ihrem Alter gingen in den Ruhestand und mussten nicht länger hart arbeiten, nur um ihr Lebenswerk zu erhalten.

Aber sie mussten es ja nicht allein tun. Sie hatten mich.

Ich würde das wieder hinkriegen. Ich wusste noch nicht, wie, aber es musste einen Weg geben.

Zu nervös, um weiter sitzenzubleiben, stand ich auf und stellte mein Geschirr in die Spüle. »Danke für das Frühstück, Mom. Aber jetzt muss ich los.«

»Gern geschehen.«

Neben dem Tisch blieb ich stehen und sah ihnen beiden in die Augen. »Sprecht nicht ohne mich mit diesem Damien-Typen. Ich will nicht, dass er euch übers Ohr haut.«

»Versprochen«, sagte mein Dad. »Aber diese Unterhaltung ist noch nicht beendet.«

Ich widersprach ihm nicht. Oder zumindest nicht laut. In meinem Kopf sagte ich ihm jedoch, dass diese Unterhaltung so was von beendet war und ich kein weiteres Wort darüber hören wollte, die Farm zu verkaufen. Vor allem nicht an irgendeinen dummen Trottel.

Aber wenn ich das laut gesagt hätte, hätte mein Dad mir nur vorgeworfen, stur zu sein – was überhaupt nicht stimmte –, und dass ich vernünftig sein müsse – was auch nicht stimmte –, und damit wären wir wieder am Anfang.

Reden würde gar nichts bewirken. Härter arbeiten hingegen? Das konnte helfen. Und arbeiten konnte ich.

»Ich hab euch lieb«, sagte ich mit einem hoffentlich überzeugenden Lächeln.

»Wir dich auch«, erwiderten sie im Chor.

Ich verschwand durch die Hintertür, bevor einer von ihnen noch mehr sagen konnte.

Mein Blut kochte, und deshalb fiel mir erst auf halbem Weg zur Scheune auf, dass ich vergessen hatte, eine Jacke anzuziehen. Die kalte Luft schnitt durch mein langärmliges T-Shirt und die Jeans, nur meine Arbeitsstiefel hielten meine Füße schön warm. Egal. Es würde sowieso nicht lange dauern, bis ich bei der Arbeit ins Schwitzen kam.

An der Scheune angekommen, zog ich meinen Pferdeschwanz straff und wollte gerade hineingehen, als das Handy in meiner hinteren Hosentasche vibrierte. Ich zog es heraus. Die Nummer kannte ich nicht, aber die Vorwahl verriet mir alles, was ich wissen musste.

Damien Barrett.

Normalerweise hätte ich die Mailbox rangehen lassen, aber ich war gerade in der richtigen Stimmung für diesen Kerl. Er wollte uns ein Almosen für unser Zuhause und die lebenslange harte Arbeit meiner Familie anbieten? *Nur zu, Freundchen.*

»Was wollen Sie jetzt schon wieder?«, sagte ich anstelle einer Begrüßung.

»Wie bitte?«

Warte mal. Das war nicht Damien Barrett. Seine Stimme war mehr Tenor, während diese hier Bass war.

Und mir sehr vertraut vorkam. Warum war sie mir so vertraut?

»Sorry, ich dachte, Sie wären jemand anderes. Hier ist Isabelle.«

Die Pause war gerade lang genug, um sich seltsam anzufühlen.

»Isabelle Cook?«

»Ja.«

»Hier ist Elias. Elias Stoneheart.«

Das Blut in meinen Adern gefror, und mein Herz setzte einen Schlag aus.

3. KAPITEL

Isabelle

Der Schock, diese Stimme meinen Namen sagen zu hören, ließ mich erstarren. Ich war sprachlos. Ein Tornado der Gefühle wirbelte durch mich hindurch und ließ nichts als Trümmer zurück.

»Elias?«

Was für eine dumme Frage – er hatte schließlich gerade zweimal seinen Namen gesagt – aber es gelang mir nicht, dem Ganzen einen Sinn zu geben.

»Ja. Es ist eine Weile her, hm?«

Das war die Untertreibung des Jahrzehnts. Ich hatte wie lange nicht mit ihm gesprochen? Elf Jahre? »Was ist los? Ist Dale oder Hattie etwas passiert?«

»Nein. Alles gut.«

Ich stieß den angehaltenen Atem aus. Was Elias Stoneheart anging, hatte ich viele Gefühle – große und meist schlechte –, aber sein Onkel und seine Tante, Dale und Hattie Martin, waren bezaubernd. Sie wohnten in Tilikum, und ich lief ihnen ab und zu über den Weg. Sie lächelten jedes Mal, wenn sie mich sahen, und winkten mir zu, wofür ich dankbar war. Das machte die Sache weniger unangenehm.

»Warum rufst du mich dann an? Bist du in der Stadt oder so?«

»Nein. Ich bin zu Hause.« Er schwieg wieder, was sehr untypisch für ihn war. Er war immer geradeheraus und offen gewesen.

Es hatte eine Zeit gegeben, in der ich das an ihm gemocht hatte.

Jetzt nervte es mich, dass ich mich überhaupt daran erinnerte und überhaupt einmal irgendetwas an diesem Mann gemocht hatte.

»Also, was ist los?«

Er räusperte sich. »Ich arbeite für DataStream. Ihr habt mit meinem Kollegen Damien Barrett gesprochen.«

»Du arbeitest mit Damien zusammen?« Das hätte mich nicht überraschen sollen. Eine Firma, die ein Arschloch anstellte, würde bestimmt auch ein zweites anstellen.

»Ja, leider. Wenn ich das richtig verstanden habe, hat er euch ein Angebot für das Grundstück deiner Eltern gemacht.«

»Das hat er.« Worauf wollte er hinaus? Mir war immer noch ein wenig schwindelig davon, Elias' Stimme zu hören. Aber nicht auf die gute Weise. Ganz im Gegenteil.

»Ich würde gern mit dir darüber reden.«

»Über das Angebot?«

»Ja. Hör mal, ich will nicht unprofessionell sein, aber Damien ist ein Idiot. Ich habe das Gefühl, dass er nicht sonderlich gut rübergekommen ist.«

»Das stimmt. Er kam so gut rüber wie eine Spucktüte.«

Er lachte leise. Einst hätte mich dieses Geräusch dazu gebracht, meinen Slip innerhalb von Sekunden fallen zu lassen. Es brauchte einiges, um Elias zum Lachen zu bringen, aber wenn, dann war es wie flüssiges Gold.

Igitt, was dachte ich da nur? Ich stampfte mit den Füßen auf, als müsste ich mir Schlamm von den Stiefeln treten.

»Das mit Damien tut mir leid. Wenn ich davon gewusst hätte, hätte ich dafür gesorgt, dass ihr nie mit ihm zu tun habt.«

Ich ging den Kiesweg entlang, der von der Scheune wegführte. Das Kribbeln in meinem Inneren wurde immer schwieriger zu ignorieren. Warum war er so nett zu mir?

Andererseits war das alles lange her. Vielleicht war die Vergangenheit wirklich vergangen.

»Äh, danke. Bedeutet das, dass er uns nicht mehr belästigen wird?«

»Ganz genau.«

Meine Wut und der Schock verblassten langsam. Es war immer noch seltsam, seine Stimme zu hören, aber die Anspannung in meinem Nacken und in meinen Schultern löste sich. »Okay. Danke.«

»Gern geschehen. Ich weiß, dass es vor allem in den letzten paar Jahren für dich nicht leicht war.«

»Mir geht es gut.«

»Das freut mich. Aber die Farm steht vor ein paar Herausforderungen.«

Sofort verspannte sich mein Rücken vor Misstrauen. »Woher weißt du das?«

»Damien hat eine Akte. Ich habe erst gestern von der ganzen Sache erfahren, also musste ich erst einmal gründlich recherchieren. Es sieht so aus, als hätte dein Vater vor einigen Jahren eine zweite Hypothek aufgenommen, die einen sehr ungünstigen Zinssatz hat.«

»Und woher weißt du das?«

»Das ist öffentlich einsehbar.«

Ich hätte es wissen müssen. Deshalb hatte Damien vermutlich angefangen, herumzuschnüffeln. Er hatte die Zahlen unserer

Farm recherchiert und eins und eins zusammengezählt. Man musste kein Genie sein, um zu erkennen, dass wir in Schwierigkeiten steckten.

»Tja, trotz allem, was diese Akte andeuten mag, geht es uns gut.«

Wieder schwieg er, und das Schweigen verriet mir nichts. Glaubte er mir? Blätterte er gerade durch unsere Bankunterlagen? Warum hatte er mich angerufen?

»Bist du dir da sicher?«, fragte er schließlich.

»Ja.«

»Hm.«

Das war so seltsam. Er klang vertraut und irgendwie auch nicht. Gut, als wir das letzte Mal miteinander geredet hatten, war er gerade mal neunzehn gewesen. Also quasi noch ein Kind. Dieser Elias hier klang älter, seine Stimme war tiefer.

Das Kribbeln wuchs zu einem Mahlstrom an.

»Damiens Angebot war natürlich offensichtlich ein Witz«, sagte er.

»Es war eine Beleidigung.«

»Ich weiß nicht, was er sich dabei gedacht hat.«

»Vermutlich, dass er ein paar nette Kleinstadt-Farmer über den Tisch ziehen kann.«

»Was lächerlich ist.«

»Ja. Lächerlich.«

»Ich bin froh, dass wir auf der gleichen Seite stehen.«

Warte mal. Wir standen auf der gleichen Seite? Ich hatte das Gefühl, als wäre mir etwas entgangen. Als würde ich zulassen, dass seine tiefe, samtige Stimme mir zu Kopf stieg.

»Ich auch?«

»Gut.« Erneut eine Pause. »Ich habe deine E-Mail-Adresse

hier. Bis zum Ende des Tages schicke ich dir ein neues Angebot. Ich bin mir sicher, dass du es angemessener finden wirst.«

Ich blieb abrupt stehen. »Wie bitte?«

»Ein neues Angebot. Der Vertrag, den Damien aufgesetzt hat, ist eine Katastrophe. Es war richtig von euch, ihn abzulehnen. Aber keine Sorge, ich werde das korrigieren.«

Mir blieb der Mund offenstehen. Das Kribbeln hörte auf und ließ nichts als heiße Leere zurück. »Ein neues Angebot? Ich glaube, du hast mich nicht richtig verstanden. Wir wollen kein neues Angebot. Wir verkaufen nicht.«

»Komm schon, Isabelle. Ich habe die Zahlen gesehen. Ich bin mir sicher, dass ihr heldenhaft daran gearbeitet habt, die Farm bis jetzt zu erhalten. Aber es wird Zeit. Ich werde mich darum kümmern, dass deine Eltern gut versorgt sind. Alles wird gut.«

Ich hörte die Lüge in seinem Versuch, mich zu besänftigen. Ihn interessierten weder meine Eltern noch ich. Genau wie Damien wollte er nur die Farm.

»Glaubst du ernsthaft, du kannst mich nach elf Jahren anrufen und überzeugen, die Farm zu verkaufen?«

»Ich versuche nur, dir zu helfen.«

»Ach, das redest du dir also ein?«

»Nein, es ist die Wahrheit. Fakten sind Fakten, Isabelle. Ihr könnt es euch nicht leisten, die Farm zu behalten. Das sieht jeder. Es war nur eine Frage der Zeit, bis jemand wie Damien kommen und versuchen würde, deine Eltern um ihr Land zu bringen. Wenn du mit mir zusammenarbeitest, sorge ich dafür, dass ihr einen fairen Preis bekommt.«

»Und was dann?«

»Was meinst du damit?«

»Was passiert mit der Farm, wenn ihr sie kauft?«

»Ist das wichtig?«

»Ja. Sogar sehr wichtig. Damien wollte diese Frage nämlich auch nie beantworten. Das ist Grund dreihundertzweiundfünfzig, warum ich ihm nicht vertraue.«

Elias seufzte, als würde die Unterhaltung ihn langsam nerven. »Meine Firma will auf dem Grundstück ein Speicherzentrum bauen.«

»Die Farm soll also geschlossen werden.«

»Jeder, der das Land kauft, wird die Farm dichtmachen. Sie ist ein Groschengrab.«

Mein Magen zog sich zusammen. »Aber wo soll das Weihnachtsdorf stehen? Wo würden unsere Rentiere unterkommen? Was ist mit Horace und den Hühnern meiner Mutter?«

»Horace lebt noch?«

»Ja. Esel können vierzig Jahre alt werden.«

»Das wusste ich nicht.«

»Aber es stimmt. Und wir können die Farm nicht schließen. Tilikum braucht sie.«

»Tilikum braucht neue Jobs dringender als ein Weihnachtsdorf.«

So, wie er das sagte, mit dieser Geringschätzung in der Stimme, riss der letzte Faden, der mein Temperament im Zaum gehalten hatte. »Ich weiß nicht, für wen du dich hältst. Wir haben seit Jahren nicht mehr miteinander gesprochen, und jetzt rufst du aus heiterem Himmel an und tust so, als würde dir etwas an meinen Eltern liegen. Dabei willst du nur unser Land in deine gierigen Hände kriegen. Tja, weißt du was? Das wird nicht passieren. Wir werden weder an dich noch an deinen arschigen Freund Damien verkaufen.«

»Er ist nicht mein Freund.«

»Als ob mich das interessieren würde!« Zu spät wurde mir bewusst, dass ich diesen Satz geschrien hatte. »Tu dir selbst einen Gefallen und finde ein anderes nettes altes Pärchen, dem du seine Familienfarm abschwatzen kannst. Denn unsere wirst du nicht bekommen. Und wo du schon dabei bist: Vergiss, dass du diese Nummer jemals gehabt hast.«

»Isa …«

Ich legte auf.

Die Finger fest um mein Handy geklammert, schrie ich meinen Frust laut heraus.

»Geht es dir gut?«

Ich wirbelte herum und sah Cole, unseren Farmarbeiter, vor mir stehen. Er zuckte mit erhobenen Händen zurück, als wäre ich ein tollwütiges Tier kurz vor dem Angriff.

»Sorry.« Ich atmete tief durch. »Ich hatte gerade nur eine sehr frustrierende Unterhaltung.«

»Das merke ich. Willst du drüber reden?«

Cole war groß und kräftig – durch und durch ein Farmjunge. Aschblonde Haare, blaue Augen und von der Sonne gebräunte Haut. Er war ein paar Jahre älter als ich und arbeitete schon seit Jahren für meine Familie. Wir waren mal eine Weile zusammen, und er war der netteste Junge überhaupt. Unsere Trennung war bemerkenswert freundschaftlich verlaufen; wir waren übereingekommen, dass wir als Freunde besser dran waren. Und erstaunlicherweise hatten wir damit recht behalten. Ich wusste, dass meine Eltern gehofft hatten, wir würden zusammenbleiben und heiraten – dann hätten wir die Farm gemeinsam geerbt und wären ein süßes Kleinstadt-Farmerpaar geworden. Theoretisch ergab das auch Sinn. Cole war praktisch die männliche Version von mir. Aber in der

Realität war unsere romantische Beziehung unbeholfen und ziemlich kümmerlich gewesen. Es hatte sich für uns beide nie richtig angefühlt.

Aber Cole Phillips als Freund? Er war großartig, und ich war dankbar, dass wir uns auch zwei Jahre nach unserer Trennung immer noch so gut verstanden.

»Das war Elias Stoneheart.«

Er hob eine Augenbraue. »Oh. Shit.«

»Jap.« Ich nickte in Richtung der Felder. »Ich muss eine Runde drehen, um das abzuschütteln.«

»Klar.«

Ich folgte dem Kiesweg zu der großen Wiese. Cole ging neben mir her.

»Die Farm hat Probleme«, sagte er, und das war keine Frage.

»Ja.« Ich würde ihn nicht anlügen. »Aber ich werde alles in meiner Macht Stehende tun, um sie zu retten.«

»Was wollte das Arschloch?«

»Die Farm.«

Cole sah mich unter zusammengezogenen Brauen an. »Warum?«

»Seine Firma will auf dem Land ein Speicherzentrum bauen. Was auch immer das ist. Ich weiß nur, dass er ein Arsch ist und es bedeutet, dass die Farm geschlossen werden würde. Und das Weihnachtsdorf auch.«

»Was? Er kann nicht das Weihnachtsdorf dichtmachen.«

»Ich weiß!«

»Aber habt ihr eine Wahl? Sei ehrlich.«

Während ich weiterging, dachte ich gründlich über seine Frage nach. »Ich weiß es nicht«, gestand ich schließlich. »Ich schätze, jetzt wäre der perfekte Zeitpunkt herauszufinden, dass ich einen reichen Onkel habe, von dem ich nichts wusste, und der gestorben ist und mir sein Vermögen hinterlassen hat.«

»Oder wir könnten uns mit Harvey Johnston zusammentun und den Montgomery-Schatz finden.«

Er lachte. »Viel Glück dabei.«

Lächelnd schüttelte ich den Kopf. Harvey Johnston war ein Typ hier aus der Gegend, den die meisten für verrückt hielten. Er kleidete sich wie ein Kerl aus der Goldgräberzeit und wanderte durch die Stadt, wobei er was von Eichhörnchen und dem fabelhaften Schatz der Montgomerys vor sich hinmurmelte. Tilikum war voller Sagen und Geschichten, und die des Schatzes, der in den Bergen vergraben war, existierte schon seit Generationen. Ich selbst glaubte allerdings nicht, dass es diesen Schatz gab.

»Ich bin mir nicht sicher, was ich tun soll«, gestand ich. »Außer mir den Arsch aufzureißen, um sicherzustellen, dass das diesjährige Weihnachtsdorf das Beste von allen wird, damit wir unsere Rechnungen weiterhin bezahlen können.«

»Genau das würde ich auch machen.«

»Tja, dann ist es entschieden. Elias Stoneheart kann seinen Schwanz essen. Wir werden ihm die Farm nicht verkaufen.«

»Das ist die richtige Einstellung.« Er stieß mich mit dem Ellbogen an. »Wieso vergeudest du dann noch deine Zeit hier draußen mit mir? Mach dich an die Arbeit, Faulpelz.«

»Du bist der Faulpelz. Diese Rentiere führen sich nicht von allein auf die Weide.«

»Das ist auch wieder wahr.«

»Danke, Cole.«

»Gern geschehen.«

Ich drehte mich um und ging zur Scheune zurück, wobei ich das Telefonat mit Elias in den Hintergrund schob, indem ich mental meine To-do-Liste aufrief. Hart arbeiten. Mich beschäftigt halten. Das waren die Antworten. So ging ich mit Stress um. Mit Widrigkeiten. Mit allem.

Und irgendwie würde meine harte Arbeit diese Farm retten. Elias Stoneheart glaubte, er könnte sie sich nehmen? Dann wusste er offenbar nicht, mit wem er es zu tun hatte.

Ich würde gewinnen.

4. KAPITEL

Elias

Am Montagmorgen verschandelten die Weihnachtsdekorationen immer noch die Büroräume. Ich hielt kurz an, um den Kranz, den jemand an meine Tür gehängt hatte, abzureißen und auf den Boden zu werfen, und trat in mein Büro. Wenigstens hatte niemand den Mut gehabt, hier drinnen irgendwelchen Weihnachtsschmuck aufzustellen. Ich zog den Mantel aus und setzte mich an meinen Schreibtisch.

Der erste Schluck Kaffee war angenehm heiß und bitter auf meiner Zunge. Beinahe hätte ich heute Morgen den Coffeeshop in der Lobby und die Barista mit den verrückten Augen links liegen lassen, aber ihr Kaffee war gut, und ich war zu stur, um meine Routine zu ändern. Zum Glück hatte sie meine Bestellung heute nicht infrage gestellt und mir auch keine Vorschläge von ihrem Weihnachtsangebot gemacht. Sie hatte nicht mal gelächelt, was ebenfalls eine Verbesserung darstellte.

Natürlich hatte ich ziemlich miese Laune und sie entsprechend angefunkelt, als hätte sie gerade einen Welpen getreten oder mich gebeten, zum Weihnachtsessen mit ihrer Familie zu kommen.

Verdammte Isabelle Cook.

Nach dem frustrierend erfolglosen Telefonat am Samstagmorgen hatte ich ihr Zeit gegeben, sich zu beruhigen, bevor ich versucht hatte, eine Brücke zu bauen und noch einmal mit mir zu reden. Aber sie hatte meinen Anruf abgewiesen und mich direkt auf die Mailbox umgeleitet. Dasselbe hatte sie bei einem späteren Versuch noch mal getan, nur dass sie da die Begrüßung auf ihrer Mailbox geändert hatte: »Hi, das ist die Mailbox von Isabelle. Bitte hinterlassen Sie mir eine Nachricht. Außer Elias. Hinterlass mir keine Nachricht und ruf mich auch nie wieder an.«

Eine Textnachricht an sie hatte mir wenigstens eine Antwort eingebracht: Ich sollte mich verpissen und sie in Ruhe lassen.

Das hier würde schwieriger werden, als ich gedacht hatte.

Alice kam herein. Sie trug eine weiße Bluse und einen schwarzen Rock. Hoffentlich hatte sie das Elfenkostüm verbrannt.

»Guten Morgen.«

Ich gab nur ein Knurren von mir.

»Die Einkommensnachweise, nach denen du gefragt hast, liegen in deinem Posteingang.«

»Gut.«

»Und die Firma sammelt für eines dieser Programme, die Kindern Weihnachtswünsche erfüllen. Willst du was dazugeben?«

Ich runzelte die Stirn. »Was?«

»Du weißt schon. Um Spielzeug für Kinder zu kaufen, deren Familien sich keine Weihnachtsgeschenke leisten können.«

»Warum sollte ich mich daran beteiligen?«

»Weil Weihnachten ist?«

»Nein.«

Sie seufzte. »Belle will ein Meeting ansetzen. Bist du heute Nachmittag im Haus?«

»Belle?« Isabelles Spitzname krabbelte wie eine Spinne über meinen Rücken.

»Ja, Belle McDaniel, die Marketingdirektorin?«

Ich trank einen Schluck, um meinen kurzen Anflug von Schwäche zu überdecken. »Was will sie?«

»Wenn ich raten müsste, würde ich sagen, mehr Geld für ihre Abteilung. Aber sie hat es nicht gesagt.«

»Halte sie hin. Was auch immer sie will, ich werde es nicht genehmigen.«

Wieder seufzte Alice. »Das wird ihr nicht gefallen.«

»Ich mag sie nicht.«

»Du magst niemanden.«

»Das stimmt nicht.«

»Nenn mir eine Person, die du magst.«

Ich öffnete den Mund, um etwas zu erwidern, doch es kam nichts. »Du vergeudest meine Zeit.«

»Na gut. Ich sage Belle, dass du dich nächste Woche mit ihr triffst.« Sie senkte die Stimme und murmelte: »Und dabei lasse ich die Information aus, dass du zu geizig bist, um ihr ein vernünftiges Budget zuzugestehen.«

»Das habe ich gehört.«

»Ich weiß. Vergiss nicht, dass ich heute länger Mittagspause mache.«

Ich blickte auf. »Schon wieder?«

»Ich nehme jeden zweiten Montag eine lange Mittagspause. Wegen meiner Tochter. Das weißt du.«

»Kinder sind nervig.«

»Du auch.«

Ich ignorierte ihre Attitüde. »Bleib nicht zu lang. Ich brauche deine Hilfe bei der Recherche für diesen Land-Deal.«

Sie setzte sich auf den Stuhl vor meinem Schreibtisch. »Wie genau hast du es geschafft, dieses Projekt an dich zu reißen? Hast du Nigel auf der Weihnachtsfeier betrunken gemacht?«

»Damien kann den Deal nicht zum Abschluss bringen. Ich habe Nigel nur vorgeschlagen, dass ich helfen könnte.«

»Und mit helfen meinst du, Damien bei jeder Gelegenheit zu unterminieren, ihn blöd dastehen zu lassen und hoffentlich dafür zu sorgen, dass er gefeuert wird, während du als Held der Firma gefeiert wirst?«

Ich lehnte mich in meinem Sessel zurück. »Das klingt wie mein Wunschzettel zu Weihnachten.«

Sie lachte. »Wenn das Ziel ist, dass Damien gefeuert wird, bin ich dabei.«

»Warum?«

»Weil er ein Arschloch ist. Und mich am Freitag auf der Party angemacht hat.« Sie schüttelte sich.

Ich verengte die Augen. Alices Privatleben ging mich nichts an – mir war es scheißegal, was sie außerhalb der Arbeit trieb –, aber die Vorstellung, dass Damien sie angegraben hatte, nervte mich aus irgendeinem Grund. Sie war süß und ließ sich von mir nichts gefallen – was beides für sie sprach –, aber ich fühlte mich nicht zu ihr hingezogen. Ich wollte sie nicht für mich. Warum also störte es mich, wenn Damien sie wollte?

Ich beschloss, dass der Grund egal war. Damien war ein Arschloch, vor allem Frauen gegenüber, und er sollte sich von meiner Assistentin fernhalten.

»Wenn er das noch mal macht, gib mir Bescheid«, sagte ich ausdruckslos. »Ich kümmere mich darum.«

Alice ließ ein kleines Lächeln sehen. »Danke.«

»Du musst mir nicht danken, sondern nur helfen, seine Karriere zu zerstören.«

»Ich werde mein Bestes geben. Wie lautet die Geschichte zu diesem Grundstück?«

»Es handelt sich um die Familienfarm der Cooks, die außerhalb von Tilikum liegt. Das ist eine Kleinstadt, in der nicht viel los ist. Die Farm steckt schon seit Jahren in finanziellen Schwierigkeiten, aber die Familie leugnet das noch. Damien hat den Fehler begangen, ihnen ein zu niedriges Angebot zu machen. Weil er ein Idiot ist. Jetzt wehren sie sich und behaupten, sie würden nicht verkaufen.«

»Also haben wir den Zeitpunkt verpasst, ihnen einfach nur ein besseres Angebot zu machen.«

»Richtig.«

»Hast du schon mit ihnen gesprochen?«

»Ich habe mit der Tochter telefoniert.«

»Und?«

»Sie ist … entschlossen.«

»Freches Mädchen vom Land, hm? Ist sie süß?«

Tatsächlich ist sie wunderschön.

Ich räusperte mich, um diesen unwillkommenen Gedanken wieder loszuwerden. »Es ist mir egal, wie sie aussieht. Ich werde sie nicht verführen, um sie zum Verkauf zu überreden.«

Alice verdrehte die Augen. »Ich weiß. Und so etwas würde ich auch nie vorschlagen. Ich habe mich nur gefragt, ob du vielleicht ein freches Landmädchen in deinem Leben brauchst.«

Auf gar keinen Fall. »Hör auf, dich das zu fragen, und fang an, dich nützlich zu machen. Ich brauche einen anderen Ansatzpunkt.«

»Du bist der Boss.« Sie stand auf und ging zur Tür. »Und schick mir keine wütenden Nachrichten, während ich heute Mittag weg bin. Lange Mittagspause. Jeden zweiten Montag.«

»Okay.« Ich winkte ab, ohne wirklich zuzuhören. Irgendetwas wegen Montag. Es war egal. Ich war zu sehr damit beschäftigt, durch die Cook-Akte zu blättern.

Was würde es brauchen, um Isabelle davon zu überzeugen, dass ich recht hatte und sie die Farm loslassen musste?

Keine Minute später flog die Tür zu meinem Büro auf. Damien schloss sie hinter sich – er knallte sie nicht wirklich zu, war aber nah dran. Er war Mitte dreißig, mit dunklen Haaren und einem fliehenden Kinn. Der nachlässige Bastard trug ein dunkelblaues Polohemd und Cargohosen. Es war eine Sache, wenn die Softwarejungs in ihren Videogame-Shirts und Shorts ins Büro kamen. So waren sie nun mal. Aber Damien war ein Finanztyp. Er sollte es besser wissen.

»Kann ich dir helfen?«, fragte ich.

»Was zum Teufel hast du gemacht?«

»Da musst du schon etwas genauer werden.«

»Ich komme gerade aus einem Meeting mit Nigel. Er meinte, er hätte das Data-Projekt an dich übergeben.«

Ich lehnte mich auf meinem Stuhl zurück und legte die Fingerspitzen aneinander. »Das hat er.«

»Das war mein Projekt.«

»Das war es.«

»Du hast vielleicht Nerven, so hinter meinem Rücken zu agieren.«

»Niemand hat irgendetwas hinter deinem Rücken getan. Du hast versagt. Nigel hat mich dazugeholt, um das Chaos aufzuräumen.«

Röte stieg ihm ins Gesicht, und an seiner Stirn pochte eine Ader. »Ich habe nicht versagt. Noch habe ich den Deal zwar nicht abgeschlossen, aber ich habe Fortschritte gemacht.«

»Nein, hast du nicht. Du wurdest von den Cooks ignoriert, und ihre Tochter hat aufgelegt, wenn du sie angerufen hast.«

»Woher weißt du das?«

»Geraten.« Ohnmächtige Wut ließ sein Gesicht noch dunkler anlaufen. »Du bist ein Arschloch.«

Um meinen Mundwinkel zuckte es. »Ich weiß.«

Er zeigte mit dem Finger auf mich. »Ich werde dich vernichten, Stoneheart.«

Ich rührte mich nicht, sondern blinzelte nur einmal.

»Fuck«, stieß er aus und wirbelte auf dem Absatz herum, um aus meinem Büro zu stürmen.

»Damien.« Meine Stimme war leise, aber er blieb mit der Hand auf der Türklinke stehen und sah mich über die Schulter hinweg an.

»Was?«

»Wenn du je wieder meine Assistentin anbaggerst, bringe ich dich um und sorge dafür, dass deine Leiche nie gefunden wird.«

Alle Farbe wich aus seinem Gesicht, und er schluckte. Dann verließ er ohne ein weiteres Wort mein Büro.

Elendiger Mistkerl.

Aber ich durfte ihn nicht unterschätzen. Er war wütend, was ihn nachlässig machte. Mich zu bedrohen, war ein idiotischer Zug, aber sobald er sich beruhigt hatte, würde ihm das klar werden. Unter seiner aufgeblasenen Fassade war er klug. Ein Arsch, aber clever. Er konnte mir immer noch Probleme machen. Ich musste vorsichtig sein.

Langsam ließ ich den Atem wieder aus meinen Lungen und

griff nach meinem Handy. Was sollte ich nur wegen Isabelle Cook unternehmen?

Ich scrollte durch unsere Textnachrichten vom Vortag.

Ich: Wir haben auf dem falschen Fuß angefangen. Können wir reden?

Isabelle: Nein.

Ich: Bitte?

Isabelle: Nein.

Ich: Warum nicht?

Isabelle: Verpiss dich.

Ich: Immer noch frech. Das gefällt mir.

Isabelle: Fick dich.

Ich: Wir wissen beide, dass es deutlich einfacher wäre, wenn du mit mir reden würdest.

Isabelle: Du vergeudest deine Zeit. Wir verkaufen nicht.

Ich: Die Zahlen lügen nicht. Ihr habt keine Wahl.

Isabelle: Immer noch nein.

Ich: Sprich mit mir. Lass mich dir helfen, eine Lösung zu finden.

Isabelle: Es ist Sonntag, und ich bin beim Friseur. Lass mich in Ruhe.

Ich hatte beschlossen, für den Moment zu tun, was sie wollte. Deshalb hatte ich nicht noch einmal geschrieben. Ich wollte ihr den Eindruck vermitteln, dass ich ihre Wünsche respektierte und ihr Raum gab. In Wahrheit dachte ich jedoch schon über meinen nächsten Zug nach.

War sie wirklich beim Friseur gewesen? Oder war das nur eine Ausrede, um mich loszuwerden? Zum Friseur zu gehen, passte so gar nicht zu ihr. Sie hatte sich nie sonderlich große Gedanken über ihre Haare oder ihr Aussehen gemacht. In mir blitzte die Erinnerung auf, wie ich ihr Heu aus dem Pferdeschwanz zupfte.

Aber das war lange her. Vielleicht hatte sie sich verändert.

Als ich unseren Wortwechseln noch einmal las, musste ich lächelnd zugeben, dass die erste Runde an sie gegangen war. Eines hatte sich nicht verändert: Sie war immer noch die Wildkatze mit den scharfen Krallen. Es war gefährlich, ihr zu nahe zu kommen. Doch wenn man die richtigen Stellen streichelte, schnurrte sie.

Nicht, dass ich gerade irgendeine Stelle von Isabelle Cook streichelte.

Ich wusste, wo die richtigen Stellen waren, aber das war irrelevant.

Auch wenn ich ein rücksichtsloses Arschloch war, gab es doch gewisse Grenzen, die ich nicht überschreiten würde. Und obwohl ich keinen Zweifel hatte, dass ich wieder in Isabelles Höschen kommen würde, wenn ich es darauf anlegte, würde ich es nicht versuchen.

Ich war schließlich kein Idiot. Es bedurfte mehr als ein paar Fähigkeiten im Schlafzimmer – so gut meine auch sein mochten –, um Isabelle davon zu überzeugen, die Farm ihrer Familie zu verkaufen.

Aber was?

Ich musste der Wahrheit ins Gesicht sehen: Die Antwort auf diese Frage fand sich weder in der Akte noch auf meinem Computer. Sie stand nicht in einer Excel-Tabelle oder einem

Geschäftsbericht, so eindeutig diese Zahlen auch sein mochten.

Die Antwort lag in Tilikum.

Ein unerwarteter Stich durchfuhr mich. Was war das? Ich hatte keine Angst zurückzukehren. Nur weil ich seit über zehn Jahren nicht dort gewesen war, hieß das nicht, dass ich aus Furcht ferngeblieben war. Desinteresse traf es eher. Ich war mit elf Jahren dorthin gezogen und direkt nach der Highschool wieder gegangen. Warum hätte ich auch bleiben sollen? Es war eine Kleinstadt, die einem Mann wie mir nichts zu bieten hatte. Sie war zu klein für meine Ambitionen.

Und man sehe sich an, wie weit ich gekommen war. Ich war so nah an einer Führungsposition und hatte ein Nettovermögen, das ans Respektable grenzte. Tilikum hatte nie einen Reiz auf mich ausgeübt.

Bis jetzt.

Morgen würde ich hinfahren. Bei Isabelle vorbeischauen. Sie würde schon noch Vernunft annehmen. Und mal ehrlich: Wenn das Ergebnis lautete, dass es das alberne Tilikum-Weihnachtsdorf nicht mehr geben würde? Dann hätte ich der Welt einen Gefallen getan. Was für eine Ressourcenverschwendung. Ich würde der Stadt neue Jobs bringen, mehr Geld, mehr Wohlstand. Das war wesentlich mehr, als die Cooks von ihrer antiquierten, schuldenbeladenen Farm behaupten konnten.

Tilikum würde mir danken.

Genau wie mein Boss. Vorzugsweise würde er das mit einer Beförderung, einer Gehaltserhöhung und weiteren Firmenanteilen tun.

Erneut flog mein Blick über Isabelles Nachrichten. Mehr als einen Nachmittag würde ich nicht brauchen, um die Sache abzuwickeln.

5. KAPITEL

Elias

Mein Tesla glitt geschmeidig um die Haarnadelkurven. Die Berge erhoben sich zu beiden Seiten des Highways. Steile Abhänge aus grauem Fels, an denen verkrüppelte Kiefern wuchsen. Neben mir floss der Wenatchee River dahin; sein blaugrünes Wasser wirbelte und schäumte um die Findlinge in der Flussmitte.

Plötzlich erinnerte ich mich daran, wie wir an heißen Sommertagen mit dicken, aufgeblasenen Reifenschläuchen ein anderes Stück desselben Flusses hinuntergefahren waren. Der Strom war breit und träge gewesen, der Himmel über uns blau, und im Schlepptau hatten wir eine Kühlbox mit Bier hinter uns hergezogen, für das wir noch viel zu jung gewesen waren.

Ich schob das Bild beiseite und konzentrierte mich wieder auf die Straße. Erinnerungen waren nicht der Grund, weshalb ich hier war.

Das *Willkommen in Tilikum*-Schild pikte nur ein winziges Loch in meine Coolness, als ich in die Stadt hineinfuhr. Gut. Es war lediglich eine Stadt, die sich kaum von den anderen unterschied, an denen ich auf meinem Weg hierher vorbeigekommen war.

Zugegeben, kein anderer Ort, an dem ich je gelebt hatte, war wie Tilikum gewesen. Wie viele Städte konnten schon behaupten, Kulisse einer generationenalten Fehde zu sein? Seit die Einwohner von Tilikum denken konnten, waren die Familien Haven und Bailey miteinander verfeindet.

Nicht, dass mich das je interessiert hätte. Dem Namen nach stand ich auf der Seite der Havens, aber hauptsächlich deshalb, weil jeder in Tilikum auf irgendeiner Seite stehen musste, egal, ob sie an der Geschichte teilnahmen oder nicht.

Ich hatte es nicht getan.

Doch nun verspürte ich einen winzigen Anflug von Neugierde. Spielten sie das Spiel immer noch? Oder waren sie der Sache inzwischen entwachsen?

Es war nicht wirklich wichtig.

Eine weitere Erinnerung – noch unwillkommener als die an die Rafting-Trips auf dem Fluss oder sinnlose Streiche – drängte sich in mein Bewusstsein: der Moment, als ich zum ersten Mal das Willkommensschild gesehen hatte.

Damals war ich elf gewesen und hatte einen kleinen Zusammenstoß mit dem Gesetz gehabt, was meine Eltern in Panik versetzt hatte. In einem Laden etwas zu klauen, bedeutete nicht unbedingt, dass mir eine Karriere als Krimineller bevorstand, aber meinen reichen, auf ihr Image bedachten Eltern ging es weniger um die Implikationen für meine Zukunft als vielmehr um den Fleck auf ihrem makellosen Ruf. Meine letzte Nanny zu feuern, hatte nicht gereicht, um ihre Wut auf ihren abtrünnigen Sohn zu mildern. Also hatten sie mich weggeschickt, um bei meiner Tante und meinem Onkel in dieser Kleinstadt mitten in den Cascade-Bergen zu leben.

Warum ihnen das wie eine gute Lösung vorgekommen war, wusste ich nicht. Vielleicht hatten sie gehofft, das Leben in einer Kleinstadt würde mich wieder auf die richtige Spur bringen.

Oder sie hatten einfach keine Lust mehr gehabt, sich mit mir herumzuschlagen.

Wenn man bedachte, wie wenig sie sich nach meinem Auszug um mich gekümmert hatten, war wohl von Letzterem auszugehen.

Ich erinnerte mich noch daran, wie es sich angefühlt hatte, in der Mitte der durchgehenden Sitzbank vorne im Pick-up meines Onkels Dale zu sitzen, eingeklemmt zwischen ihm und Tante Hattie, und zum ersten Mal auf Tilikum zu blicken. Meine Eltern hatten ihre Zeit zwischen Seattle, New York und Los Angeles aufgeteilt – wobei ich den Großteil meiner Zeit in New York verbracht hatte –, aber keine der Städte, die ich besucht hatte, war wie dieser Ort gewesen. Hier gab es keine Wolkenkratzer, keine vollen Straßen, blinkenden Neonschilder oder Reklametafeln. Keine Massen an Menschen, die von einem Ort zu anderen hetzten.

Stattdessen gab es kleine Läden und Geschäfte, dazu Restaurants mit Namen wie Bigfoot Diner, Copper Kettle und Zany Zebra. Letzteres hatte sogar das gesamte Gebäude mit schwarzen und weißen Streifen bemalt.

Es war ein Ort, an dem Kinder allein unterwegs sein konnten. Wo jeder deinen Namen kannte und wusste, was bei dir zu Hause los war. Wo einem die Eichhörnchen das Essen klauten, wenn man nicht aufpasste, und Gerüchte sich schneller verbreiteten als ein Waldbrand im Sommer.

Äußerlich hatte sich in den zehn Jahren, die ich nicht mehr hier gewesen war, wenig verändert. Aber das überraschte mich nicht. Städte wie diese veränderten sich nur selten. Sie wurden lediglich älter, und die Bewohner flickten, was nötig war.

Die riesige Statue eines Pin-up-Girls vor dem Dame and Dapper Barbershop war jedoch neu.

Und ein Zeichen dafür, dass die Stadt immer noch seltsam war.

Die Erinnerung an das erste Mal, als ich in die Stadt gekommen war, zwang mich, daran zu denken, dass meine Tante und mein Onkel immer noch hier lebten. Was bedeutete, ich musste mir die Zeit nehmen, sie zu besuchen.

Ich sah sie ab und zu, aber zu meinen Bedingungen. Sie waren beide pensioniert, so dass es für mich leichter war, sie in einem Hotel in Bellevue unterzubringen und zu einem schicken Abendessen einzuladen, als den ganzen Weg hier rauszufahren.

Aber da ich nun schon mal hier war, würde ich bei ihnen vorbeischauen, nachdem ich das mit Isabelle geklärt hatte. Vielleicht konnten wir ja zusammen zu Abend essen oder so.

Ich nahm den Fuß ein wenig vom Gas. Das Gefühl von Vertrautheit sorgte dafür, dass sich mein Rücken anspannte. Ebenso wie die Tatsache, dass alle Geschäfte schon für die Weihnachtstage geschmückt waren.

Wenigstens würde ich nicht lange hierbleiben müssen.

Vor mir flitzte ein Eichhörnchen über die Straße. Instinktiv trat ich auf die Bremse, um es nicht zu überfahren. Zwei weitere kamen angerannt, die buschigen Schwänze erhoben. Eine Sekunde später folgte ein verlotterter Mann mit breitkrempigem Hut, der laut rufend einen Stock schwang.

War das Harvey Johnston?

Gut, dass ich für die Eichhörnchen angehalten hatte. Sonst hätte ich den alten verrückten Kerl womöglich über den Haufen gefahren.

Er schien mich nicht zu bemerken oder überhaupt zu erkennen, dass er bei seinem Versuch, die Eichhörnchen zu vertreiben, beinahe von einem Auto angefahren worden wäre. Ich schüttelte die Begegnung ab, als wäre es ganz normal, dass ein Eichhörnchen jagender Mann mitten am Tag auf die Fahrbahn rannte.

Wobei – in Tilikum war es das.

Es gefiel mir nicht, dass die kleinen Sonderlichkeiten dieses Ortes mir so schnell wieder so vertraut waren. Das hier war nicht mein Zuhause, und es interessierte mich nicht.

Die Farm der Cooks lag nur ein kurzes Stück außerhalb des Stadtzentrums. Beinahe wäre es Tilikum gelungen, meine coole Fassade brüchig werden zu lassen. Dabei war es bloß eine Stadt, die mich nicht sonderlich interessierte, egal, wie viele Erinnerungen sie in mir wachrief. Trotzdem wollte sich eine äußerst unwillkommene Nostalgie in mich hineinschleichen, als ich auf den Parkplatz vor der Farm einbog. Ich biss die Zähne zusammen.

Das Tor war geschlossen, so dass ich gezwungen war, auf dem leeren Kiesplatz zu parken. Das Weihnachtsdorf war noch nicht eröffnet, doch überall gab es Anzeichen für seinen Bau. Jemand hatte Lichterketten in die Bäume rings um den Parkplatz gehängt, und neben dem Zaun stand eine Leiter. Ein Stück weiter den Weg zur Farm hinauf lag ein Haufen Verlängerungskabel neben einigen großen Tüten mit Weihnachtsdekoration.

So viel Arbeit. Und wofür?

Ich stieg aus. Die eisige Luft erinnerte mich daran, dass ich mich in den Bergen befand. Obwohl kein Schnee lag, war es kalt. Ich nahm meinen Wollmantel vom Rücksitz und zog ihn über. Mit einem Blick auf meine Schuhe überlegte ich, ob ich mich nicht doch für etwas anderes als Hemd und Anzughose hätte entscheiden sollen. Andererseits war es ja nicht so, dass ich über die Felder wandern und riskieren würde, in Rentierscheiße zu treten.

Die Pforte zum Fußweg war ebenfalls zu, aber nicht verschlossen. Nur halb dekoriert wirkte das Weihnachtsdorf leer und traurig. Der Pfefferminz-Salon musste neu gestrichen werden – er sah verblasst und schäbig aus –, und die Hütte für rustikale Weihnachtsdeko brauchte vermutlich ein neues Dach. Der Weg könnte eine neue Fuhre Kies vertragen, und ich hatte keine Ahnung, wie die öffentlichen Toiletten aktuell aussahen.

Als ich sah, was noch alles getan werden musste, klingelte meine innere Kasse und erstellte einen ersten groben Kostenvoranschlag – ein Instinkt, den ich nicht abschalten konnte. Diese Farm erwirtschaftete auf keinen Fall genug, um ihre Kosten zu decken, geschweige denn, um einen Gewinn abzuwerfen.

Und wenn sie keinen Gewinn abwarf, wozu existierte sie dann überhaupt?

Isabelle schien nicht im Weihnachtsdorf zu sein, also beschloss ich, zum Haupthaus zu gehen. Das lag an einem anderen Weg, der vom öffentlichen Bereich der Farm wegführte. Ich schritt durch ein weiteres Tor – ebenfalls unverschlossen – und folgte dem sich durch die Kiefern windenden Weg. Überall lagen Nadeln, und ich fragte mich, wie viel es wohl kostete, alleine nur das Gelände um das Haupthaus herum zu pflegen.

Kein Wunder, dass sie Miese machten.

Auf der Lichtung vor dem Haus blieb ich stehen. Die einst weiße Fassade war zu einem schmuddeligen Grau verwittert, und an den Fensterläden platzte die grüne Farbe ab, vor allem im ersten Stock. Die Stufen, die zu der umlaufenden Veranda führten, wirkten neu, aber die ganze Konstruktion musste dringend erneuert werden. Ich schätzte, dass auch das Dach alt war – und das war nur der äußere Teil des Hauses. Drinnen war es vermutlich genauso schlimm.

Die Wärme der Erinnerung ignorierend, die mich beim Anblick des Farmhauses beschleichen wollte, ging ich weiter. Ich hatte keine Ahnung, ob Isabelle noch hier lebte, aber selbst wenn, wäre sie nicht im Haus. Nicht um diese Tageszeit, und vor allem nicht im November. Vermutlich schuftete sie bereits seit Sonnenaufgang.

Ihre Arbeitsmoral war bewundernswert. Das war nie das Problem gewesen.

Es war wirklich schade, dass sie sie für das hier einsetzte.

Ich schob die kalten Hände in die Manteltaschen und ging um das Haus herum zur Rückseite. Von irgendwo in der großen Werkstatt dröhnte das rhythmische Schlagen eines Hammers. Es hätte Russell sein können, der dort hämmerte, aber aus irgendeinem Grund wusste ich, dass sie es war.

Das große Werkstatttor stand offen, und ein Hauch von Sägespänen lag in der Luft. Die Werkstatt sah noch genauso aus wie früher – Betonboden, verschiedene Regale an den Wänden, Werkzeuge und andere Ausrüstungen, die überall herumlagen. Isabelle hatte es immer als organisiertes Chaos bezeichnet. Für mich war es einfach ineffizient.

Anfangs konnte ich niemanden sehen. Das Hämmern brach ab, dann sah ich, wie sie sich hinter einem Stapel aus altem Bauholz aufrichtete.

Ihr Rücken war mir zugekehrt, aber die vertraute Silhouette traf mich wie ein Schlag in den Magen. Die Haare in einem unordentlichen Pferdeschwanz, Sägespäne auf ihrer Kleidung. Die Art, wie ihr Hemd an der Taille schmaler zulief, die Form ihrer Hüften in dieser Jeans. Sie trug einen ledernen Werkzeuggürtel, beigefarbene Arbeitsstiefel und keine Jacke. Natürlich nicht, denn sie vergaß ständig, eine anzuziehen.

Als ich sie das letzte Mal gesehen hatte, war sie noch ein Teenager gewesen, mit dünnen Armen und Brüsten, die kaum ihren BH ausfüllten. Was mich nicht im Geringsten gestört hatte. Meine rasenden Hormone waren Feuer und Flamme für sie gewesen.

Aber jetzt? Die Isabelle vor mir war kein ungelenker Teenager mehr, sondern eine erwachsene Frau.

Mein Herz versuchte, irgendetwas zu tun. Vielleicht wieder zu schlagen. Was auch immer es war, es tat weh und gefiel mir nicht.

Ich straffte die Schultern und schluckte das Gefühl runter. Zwang es hinter eine Wand aus Eis, wo es mir nicht in die Quere kommen konnte.

Als sie sich zu mir umdrehte und ihre Augen sich überrascht weiteten, zuckte ich nicht einmal.

Obwohl sie immer noch die schönste Frau war, die ich je gesehen hatte.

6. KAPITEL

Isabelle

Ich schob den Hammer in die Schlaufe an meinem Werkzeuggürtel und richtete mich auf. Das neue Schild für die Werkstatt des Weihnachtsmanns zu bauen, hatte eigentlich nicht auf meiner heutigen To-do-Liste gestanden, aber sobald ich das alte Schild ausgepackt hatte, war klar gewesen, dass wir es nicht noch mal würden benutzen können. Und da ich nicht mit meinem Vater darüber hatte streiten wollen, dass ich die richtigen Prioritäten setzen musste – er hätte behauptet, dass das alte Schild noch ein Jahr halten würde –, hatte ich mir etwas von dem Holz genommen, das wir herumliegen hatten, und mich daran gemacht, ein neues zu bauen.

Mit geneigtem Kopf bewunderte ich meine Arbeit. Es war nicht perfekt, aber mit ein wenig Farbe würde es gut aussehen.

Plötzlich lief mir ein seltsames Kribbeln über den Rücken, und die Härchen auf meinen Armen richteten sich auf. Vielleicht war es nur die Kälte. Ich hatte mal wieder vergessen, eine Jacke anzuziehen, aber keine Lust gehabt, zu meinem Haus zurückzugehen, um sie zu holen.

Wobei, vielleicht war es gar nicht die Kälte. Es fühlte sich eher an, als würde mich jemand beobachten.

Ich drehte mich um und hätte beinahe meine Zunge verschluckt.

Direkt vor dem offenen Tor stand Elias Stoneheart.

Elias.

Hier.

Auf meiner Farm.

Er trug einen dunklen Wollmantel – so einen schicken, wie man ihn über einem Anzug trägt – und dazu eine Stoffhose und Lederschuhe. Seine dunklen, dichten Haare hatte er zurückgekämmt, und sein kantiger Kiefer ließ ihn auf eine Weise erwachsener aussehen, die mich nicht hätte überraschen sollen. Immerhin hatte ich ihn lange nicht gesehen. Die grünen Augen waren so stechend wie immer, und sein Blick bohrte sich mit einer Intensität in meine Augen, die mir den Atem stocken ließ.

Das hier war nicht der Elias, an den ich mich erinnerte. Dieser Mann war breiter, kräftiger und – wenn das überhaupt möglich war – kälter. Seine Augen waren zwar nicht blau, aber sie waren wie Eis.

»Was machst du hier?«, fragte ich.

»Hi, Isabelle.«

Diese Stimme. Wie geschmolzene dunkle Schokolade mit einem Hauch Pfefferminz.

Oh ja, eine Stimme kann wie etwas Essbares klingen. Glaubt mir.

Vor allem Elias' Stimme.

»Hi?«, fragte ich. »Du hast meine Frage nicht beantwortet.«

»Ich dachte, es wäre gut, wenn wir uns persönlich unterhalten.«

»Wenn du den ganzen Weg hierhergekommen bist, um mit mir über den Verkauf der Farm zu reden, hast du deine Zeit vergeudet.«

»Wie wäre es, wenn wir irgendwo zusammen zu Mittag essen gehen?«

Nervöse Energie rauschte durch meine Adern. Diesem Mann von Angesicht zu Angesicht gegenüberzustehen, sorgte für eine verwirrende Mischung an Gefühlen. Wie konnte ich mich nach dem Desaster, in dem unsere Beziehung damals geendet hatte, darüber freuen, ihn zu sehen? Noch dazu, wo er nur hier war, um meinen Eltern die Farm abzuschwatzen? Und doch freute sich ein Teil von mir darüber. Ich empfand Erleichterung und einen Hauch von Aufregung, was beides keinen Sinn ergab.

Schnell unterdrückte ich diese unwillkommenen Gefühle und hielt mich an meinen Zorn und meine Verbitterung, die ich seit Jahren hegte. Die waren wenigstens weder kompliziert noch verwirrend.

»Nein«, sagte ich, und das Wort hallte wie ein Peitschenschlag durch die Werkstatt.

»Nein?«

»Das habe ich gerade gesagt.« Ich griff nach einem Sägebock und rückte ihn ein Stück näher an den anderen heran. »Ich weiß, es ist unglaublich, dass wirklich jemand Nein zu dir sagt, aber lass mich dir versichern, es wird nicht das letzte Mal gewesen sein.«

»Es ist nur ein Essen. Du hast doch bestimmt Hunger. Ich wette, du hast das Frühstück ausfallen lassen.«

Ich hob das Schild hoch und legte es auf die Sägeböcke. »Nein. Ich habe keinen Hunger.«

»Aber du hast nicht gefrühstückt.«

»Hör auf, so zu tun, als würdest du mich noch kennen.«

»Du hast recht. Das tue ich nicht. Und du hast auch recht damit, dass ich wegen der Farm hier bin.«

»Natürlich habe ich recht.« Ich ging zu einem der Regale

und kramte zwischen den halb leeren Dosen mit Holzlasur und Farbe herum. »Warum solltest du sonst hier sein?«

»Du hast nichts mehr von Damien gehört. Ich habe dir gesagt, dass ich mich für dich darum kümmern werde.«

»Und dafür soll ich dir dankbar sein?«

»Wenn du möchtest.«

»Wenn du mir sagen würdest, dass deine Firma sich für immer von uns fernhält und ich mit niemandem von euch je wieder ein Wort zu wechseln habe, dann würde ich mich vielleicht bedanken. Außerdem ist Damien nie unangekündigt hier aufgekreuzt, während ich versucht habe, zu arbeiten.«

Sein frustriertes Schnauben ließ mich beinahe lächeln. Ihn zu reizen, hatte schon immer Spaß gebracht.

Aber das hier war kein Spaß. Es war Krieg.

»Das liegt daran, dass es ihm egal ist, was hier passiert.«

Ich schnaubte, während ich weiter im Regal wühlte. Wonach suchte ich eigentlich? »Und ich soll dir glauben, dass es dir nicht egal ist?«

»Ja.«

»Ich bin kein naiver Teenager mehr.«

»Das habe ich auch nicht behauptet.«

»Nein, aber darauf hoffst du. Du hoffst, dass du einfach mit deinem teuren Mantel und deinen schicken Schuhen hier hereinschlendern und so tun kannst, als würde dir etwas an der Farm liegen. Während du vermutlich schon überlegst, was du mit unserem Land anstellen wirst, sobald alle Gebäude abgerissen sind.«

»Das stimmt nicht.«

Seine Stimme war so nah. Mein Rücken kribbelte, und ich

warf einen Blick über meine Schulter. Elias stand direkt hinter mir und hielt mir eine Dose mit roter Farbe hin.

Ich riss sie ihm aus der Hand. »Das stimmt sehr wohl.«

»Nein. Ich habe darüber nachgedacht, was es wohl kostet, die Farm am Laufen zu halten. Vor allem angesichts der nötigen Reparaturen und Instandhaltungen.«

»Unsere Farm ist mehr als eine Excel-Tabelle.« Ich stellte die Dose neben das Schild und kehrte zum Regal zurück, um nach grüner Farbe zu suchen. »Nicht alles kann in Zahlen ausgedrückt werden.«

»Oh doch. Alles kann auf Zahlen reduziert werden.«

»Glaubst du das wirklich?«

Er kam näher und griff an mir vorbei, um eine weitere Farbdose vom obersten Regal zu nehmen. Sein Duft wirbelte um mich herum – eine verlockende Mischung aus Aftershave und frisch gewaschener Baumwolle.

»Ich glaube es nicht, ich weiß es.« Er hielt mir die grüne Farbe hin.

Ich warf ihm einen finsteren Blick zu und nahm die Dose. Sie war schwerer, als ich gedacht hatte, und das Gewicht riss meinen Arm förmlich nach unten.

Elias legte eine Hand unter die Dose, wodurch wir beide uns plötzlich viel zu nah waren.

Schnell richtete ich mich auf und zog die Dose weg. »Ich hab sie.«

Das amüsierte Funkeln in seinen Augen und sein leichtes Grinsen weckten in mir den Wunsch, ihn zu ohrfeigen.

»Und du irrst dich«, sagte ich. »Diese Farm ist wesentlich mehr als nur Zahlen. Sie bedeutet den Menschen etwas, und das ist wichtiger als Geld.«

Er schnaubte. »Nichts ist wichtiger als Geld.«

Ich stellte die Dose ab und zog die Augenbrauen hoch.

»Wenn es ums Geschäft geht«, ergänzte er, als würde das die Sache besser machen.

Einen Moment lang sah ich ihn nur an. Seine gestylten Haare, die perfekt sitzende Kleidung. Vermutlich fuhr er ein teures Auto und wohnte in einer Villa mit Ausblick. Ich fragte mich, ob irgendetwas davon ihn glücklich machte.

Denn er wirkte nicht glücklich.

Vielleicht kannte ich ihn aber auch einfach nur nicht mehr.

»Tja, in dieser Sache sind wir offensichtlich geteilter Meinung. Ich denke, diese Farm bedeutet etwas, egal, ob sie einen Gewinn einfährt oder nicht.«

»Warum? Weil Menschen herkommen und Geld, das sie nicht haben, für Essen und Deko ausgeben, die sie nicht brauchen?«

»Das ist eine sehr grinchige Sicht auf das Weihnachtsdorf.«

»Das Weihnachtsdorf ist die reinste Ressourcenverschwendung. Ihr habt Unmengen von Land, das zehn Monate im Jahr keinem Zweck dient. Und wofür? Damit ihr ein paar Lichterketten und kitschige Dekorationen aufhängen könnt und die Leute mit ihren rotznasigen Kindern für eine Stunde hier rumlaufen können? Wo ist da der Sinn?«

»Weihnachtsfreude«, sagte ich nur, als wäre das total offensichtlich. Denn das war es. »Die Leute lieben das Weihnachtsdorf. Es ist süß und bringt Spaß und macht sie glücklich.«

»Aber nicht so glücklich, dass sie eure Rechnungen bezahlen.«

»Unsere Rechnungen gehen dich nichts an. Wir kommen klar.«

»Das behauptest du ständig, aber wir wissen beide, dass es nicht stimmt.«

Zorn flammte in mir auf, und ich öffnete gerade den Mund, um Elias anzufahren, als Cole in der offenen Tür erschien.

»Hey, Izz, sind wir …« Er sah Elias und verstummte.

Zum ersten Mal überhaupt wünschte ich mir, das mit Cole und mir hätte funktioniert. Wenn ich doch nur zu dem großen, kräftigen Farmarbeiter hätte schlendern können, um mich an ihn zu drücken und zu sehen, wie Elias' Augen vor Eifersucht noch grüner wurden.

Andererseits hätte Elias dafür etwas für mich empfinden müssen. Was er nicht tat.

»Hey, Cole«, sagte ich. »Ich komme in einer Minute, ja?«

»Brauchst du Hilfe?«, fragte er und bedachte Elias mit einem wütenden Blick.

»Nein, alles gut.«

Er kam einen Schritt näher. »Bist du sicher?«

Die beiden Männer waren wie zwei Raubtiere. Elias rührte sich nicht; er stand kerzengerade und musterte Cole mit kühler Gleichgültigkeit. Ich spürte jedoch, wie er Cole unter der eisigen Fassade abcheckte.

Cole war offensichtlicher. Er richtete sich zu seiner vollen – beeindruckenden – Größe auf und ballte ein paarmal die Hände zu Fäusten.

»Ja, ich bin mir sicher.« Ich machte eine beruhigende Geste in Coles Richtung. »Er wollte gerade gehen.«

Elias' Blick schoss zu mir, dann wieder zu Cole, doch er sagte immer noch nichts.

Er war gut, das musste ich ihm lassen. Er erklärte nicht, dass er ein Recht darauf hätte, hier zu sein, und er sagte Cole auch nicht, er solle sich um seine eigenen Angelegenheiten kümmern. Er blieb einfach nur stehen, als vertraute er völlig darauf, dass diese Begegnung zu seinen Gunsten verlaufen würde, egal, was der andere Mann tat.

Cole war nicht der Typ, der so leicht nachgab, doch ich sah ihn fest an und schüttelte leicht den Kopf, und mit einem weiteren harten Blick zu Elias ging Cole schließlich.

Elias drehte sich um, so dass er mich ansehen konnte. »Wo waren wir?«

»Du bist nicht glücklich.« Ich schloss den Mund und presste die Lippen zusammen. Das hatte ich nicht sagen wollen.

Er runzelte die Stirn. »Was?«

»Egal.« Ich atmete rasch ein, um mich wieder zu fangen. »Ich muss weitermachen. Ich habe noch eine Million Dinge zu erledigen.«

Ich ließ das Schild auf den Sägeböcken liegen und stürmte an Elias vorbei aus der Werkstatt. Er folgte mir nicht.

Aber ich machte mir keine Illusionen darüber, dass diese Geschichte damit erledigt sein könnte. Im Gegenteil – sie hatte gerade erst angefangen.

7. KAPITEL

Isabelle

Schweiß rann mir über die Schläfen, und ich wischte ihn mit dem Unterarm weg. Vermutlich hatte ich jetzt einen Schmutzfleck im Gesicht, aber das war mir egal. Dafür hatte ich schließlich eine Dusche.

Hinter dem Zaun brüllte Horace mich an.

»Du wirst schon nicht verhungern«, sagte ich und schob die Heugabel in das Gerstenstroh, um ihm noch eine Portion in den Futtertrog zu geben.

Wieder brüllte er. Ungeduldiger Esel. Wenn ich ihn in den Stall ließe, während ich seinen Futtertrog füllte, würde er mich vermutlich umrempeln. Nicht absichtlich. Aber er schien gar nicht zu wissen, wie groß er war.

Meine Arme brannten, und meine Füße taten weh. Seit Elias gegangen war, hatte ich mich möglichst beschäftigt gehalten – was hier vor allem um diese Jahreszeit nicht schwer war. Aber langsam ging mir die Energie aus. Vielleicht sollte ich jetzt, wo die Tiere gefüttert waren, mal eine Pause machen und auch etwas essen.

Ich stellte die Heugabel beiseite und ließ Horace in seinen Stall. Er war dunkelbraun mit weißem Maul und großen schwarzen Augen. Esel waren großartige Wachtiere, zum Beispiel wenn es darum ging, Raubtiere von den Rentieren fernzuhalten, und Horace nahm seinen Job sehr ernst. Ich war mir nicht sicher, ob er wusste, dass er ein Esel war, oder ob er sich für einen Hofhund hielt.

Während Horace fröhlich sein Gerstenstroh mampfte, zog ich meinen Pferdeschwanz stramm, zupfte ein paar Halme aus meinen Haaren und machte mich dann auf den Weg zu meinem Haus.

Meine Eltern hatten die Hütte gebaut, als ich noch klein gewesen war, um sie irgendwann an Gäste zu vermieten, aber sie hatten den Innenausbau nie fertiggestellt. Jetzt war es ein gemütliches, fröhlich gelb gestrichenes Cottage. Auf der vorderen Veranda standen zwei Stühle, die ich noch nie benutzt hatte, und von den Balken hingen Blumenampeln, die ich im Winter herunternehmen musste.

Drinnen stand ein Sofa, über dessen Rückenlehne eine grüne, selbst gestrickte Decke lag, die Annikas Mutter mir zum Einzug geschenkt hatte. In einer Ecke gab es einen Holzofen, und die Fenster ließen viel Licht herein. Die meisten der Möbel hatte ich irgendwo gefunden und wiederaufbereitet, so wie den Esstisch mit seinen Stühlen und die Bücherregale an den Wänden.

Ich liebte mein kleines Häuschen, auch wenn ich nicht wirklich viel Zeit hier verbrachte. Dazu hatte ich zu viel zu tun. Aber es war viel einfacher, auf der Farm zu wohnen, anstatt in der Stadt, und ich mochte es, meinen eigenen Bereich zu haben, auch wenn ich ihn meistens nur zum Schlafen nutzte.

Mein Handy klingelte mit einer fröhlichen Instrumentalversion von »Let it Snow«. Geistesabwesend fragte ich mich, ob ich vielleicht schon ein paar Weihnachtsdekorationen herausholen sollte. Letztes Jahr war ich nämlich, so sehr ich die Vorweihnachtszeit mit all ihren Lichtern und ihrem Glanz auch mochte, vor lauter Arbeit gar nicht dazu gekommen, mein eigenes Haus zu schmücken.

Aber ich wohnte direkt neben dem weihnachtlichsten Platz der Stadt, was das Ganze wieder wettgemacht hatte.

Seufzend zog ich das Handy aus meiner Hosentasche. Wenn es wieder Elias war, würde ich die Mailbox rangehen lassen.

Doch es war Marigold.

»Hey, Mari.«

»Hi. Sorry, dass ich dich störe. Ich weiß, dass du vermutlich Unmengen zu tun hast.«

»Ich bin gerade eben nach Hause gekommen.«

»Hast du wieder vergessen, was zu essen?«

Ich lachte. »Woher weißt du das?«

»Das ist ein Muster bei dir.«

»Da hast du vermutlich recht.« Ich ging in die Küche und suchte nach etwas, das schnell zuzubereiten war. »Was gibt es?«

»Nichts Besonderes. Eine Kundin hat nur gerade ihren Termin abgesagt, und ich dachte, da rufe ich dich mal an, um zu hören, wie die Weihnachtsvorbereitungen so laufen.«

»Langsam wird's. Es gibt zwar immer mehr Arbeit als Stunden am Tag, aber daran bin ich ja gewöhnt.«

»Du vergisst nur immer, was zu essen. Und dir das Heu aus den Haaren zu zupfen.«

Instinktiv hob ich dir Hand und zog ein Stück Stroh aus meinem Pferdeschwanz. »Ich habe kein Heu in den Haaren, sondern Stroh.«

»Oh, das ist natürlich wesentlich besser.«

Lachend nahm ich mir ein Stück Käse und ging damit zur Couch. »Es gibt Schlimmeres.«

»Stimmt. Schickt der Grinch dir immer noch Nachrichten?«

Ich stöhnte. »Schlimmer noch. Er ist heute auf der Farm aufgetaucht.«

Sie keuchte. »Nein. Elias war da?«

»Ja. Und er hat mir einen ziemlichen Schreck eingejagt. Ich habe gerade in der Werkstatt gearbeitet, und als ich mich umgedreht habe, stand er da.«

»Wow. Ich bin schockiert. Geht es dir gut?«

»Ja, alles in Ordnung.« Aber stimmte das wirklich? »Anfangs bin ich ein bisschen ausgeflippt, aber sobald ich ihn wieder los war, war alles gut.«

Das war gelogen. Warum log ich meine Freundin an?

Weil ich nicht zugeben wollte, wie sehr es mich erschüttert hatte, ihn zu sehen.

»Es muss komisch gewesen sein, ihn wiederzusehen. War es das erste Mal? Wie sah er aus?«

»So wie früher, aber auch anders. Es ist schwer zu beschreiben. Natürlich ist er älter. Aber da war noch mehr. Er war ja immer irgendwie ernst, aber dieser Kerl heute war richtiggehend kalt.«

»So, wie du das sagst, bekomme ich echt eine Gänsehaut.«

»Ich auch. Es ist schwer zu glauben, dass ich je … egal.«

»Es ist schon lange her, und ihr wart beide so jung.«

»Ich weiß.«

»Ich schätze, er hat sich für nichts entschuldigt?«

»Nicht mal ansatzweise. Aber das hätte mich auch noch mehr überrascht, als ihn zu sehen. Wenn er das getan hätte, hätte ich ihn vermutlich für einen gutmütigen Klon oder ein Alien gehalten.«

»Der gutmütige Klon gefällt mir. Das wäre schön, oder? Elias war super, wenn er nicht gerade ein totales Arschloch war.«

»Leider glaube ich, dass das Arschloch die Kontrolle komplett übernommen hat.«

»Wie ein Alien.«

»Ganz genau.«

Sie seufzte. »Echt schade. Ihr beide wart damals so gut zusammen.«

»Erinnere mich nicht daran.«

»Sorry. Er ist schrecklich, und ich hoffe, dass er nie wieder mit dir spricht.«

»Das ist schon besser. Danke.«

»Gern geschehen. Aber lass mich und Annika wissen, wenn du bei irgendwas Hilfe brauchst. Elias aus der Stadt zu vertreiben oder so. Ich bin mir sicher, ihre Brüder würden dir nur zu gern helfen.«

Annika, unsere andere beste Freundin, war die Jüngste von sieben Geschwistern und das einzige Mädchen. Sie wusste gar nicht, was sie mit so vielen Brüdern anfangen sollte. Und Mari hatte recht. Ich war mit den Haven-Brüdern aufgewachsen. Wenn ich sie um Hilfe bäte, wären sie sofort da.

Aber ich war nicht gut darin, um Hilfe zu bitten. Nicht einmal, wenn ich sie brauchte.

Was ich dieses Mal auch nicht tat.

»Danke, aber mit Elias komme ich auch allein zurecht.«

»Ich habe vollstes Vertrauen in dich.«

»Danke. Übrigens: Ich liebe meinen neuen Haarschnitt! Auch wenn ich Stroh drin hab.« Marigold war eine großartige Friseurin und hatte in der Stadt ihren eigenen Salon eröffnet. Vor ein paar Tagen hatte sie mir einen total süßen Haarschnitt verpasst, auch wenn ich – wie ich nun einmal war – am nächsten Tag wieder zu meinem üblichen Pferdeschwanz zurückgekehrt war.

»Das freut mein Herz. Wo wir gerade von hübschen Haaren und anderen Dingen sprechen: Bist du sicher, dass ich dich nicht dazu überreden kann, mit Annika und mir auf den Maskenball zu gehen?«

Die Historical Society von Tilikum gab am nächsten Wochenende einen Maskenball im Grand Peak Hotel, und so was war absolut Marigolds Ding. Sie war die süßeste, romantischste Seele, die ich je getroffen hatte, und ein Ball mit Tanz und Kostümen war für sie vermutlich ein wahrgewordener Traum.

Für mich eher nicht.

»Tut mir leid, Süße, aber ich habe einfach keine Zeit.« Was stimmte. Selbst wenn ich gern hingegangen wäre, hatte ich um diese Jahreszeit einfach zu viel zu tun, um ein ausgiebiges Sozialleben zu führen.

»Ich wollte nur sichergehen. Falls du deine Meinung noch ändern solltest: Annika und ich würden liebend gern als dein Date herhalten. Und man kann nie wissen – vielleicht machen wir dort ja die Bekanntschaft von einigen edlen Gentlemen.«

»Du bist süß. Aber das Letzte, was ich im Moment brauche, ist ein Gentleman. Oder überhaupt irgendein Mann.«

Vor allem einen mit einem Stück Kohle anstelle eines Herzens.

»Okay. Ich muss jetzt auflegen. Gerade ist jemand vorgefahren; sieht so aus, als hätte ich einen Laufkunden. Ich melde mich später wieder.«

»Danke, Mari.«

»Vergiss nicht, etwas zu essen. Und zu duschen.«

»Steht beides auf meiner Liste. Mach dir um mich keine Sorgen.«

Wir verabschiedeten uns, und aus irgendeinem Reflex heraus wechselte ich zu meinen Textnachrichten – ganz sicher nicht, um nachzusehen, ob Elias mir geschrieben hatte, sondern vielmehr, um mich zu vergewissern, dass er es nicht getan hatte. Ich wollte nichts mehr von ihm hören. Oder gar erfahren, dass er in der Stadt geblieben war.

Ich war nicht interessiert.

Puh, Selbstbetrug konnte manchmal so anstrengend sein.

Vermutlich war er bei seiner Tante und seinem Onkel. Denn ich bezweifelte, dass er die Stadt verlassen hatte. Wenn er sich einmal etwas in den Kopf gesetzt hatte, würde ein wenig Gegenwind von mir nicht reichen, um ihn von seinem Weg abzubringen. Dessen war ich mir sicher.

Genervt, dass ich überhaupt an ihn dachte, aß ich mein Stück Käse auf. Kurz überlegte ich zu duschen, aber es war noch hell, und ich konnte vermutlich noch ein wenig Arbeit in den Tag hineinquetschen. Warum sollte ich mich also frisch machen, wenn ich sowieso nur wieder schmutzig werden würde?

Die fröhliche Weihnachtsmelodie erklang erneut. Dieses Mal war es meine Mutter.

»Was gibt's? Ich bin grad auf dem Weg zum Weihnachtsdorf, um noch ein paar Dinge zu erledigen.«

»Wie wäre es, wenn du stattdessen zu uns kommst? Ich habe Abendessen gekocht.«

Ich schaute auf die Käseverpackung – das Überbleibsel meines kargen Mahls. »Das klingt, ehrlich gesagt, ziemlich gut. Gib mir ein paar Minuten.«

Ein Kranz mit einer großen roten Schleife zierte die Hintertür meines Elternhauses, und Dad hatte bereits ein paar Lichterketten in die Bäume gehängt. Vor Jahren hatte er Mom mal gefragt, warum sie sich die Mühe machte, den hinteren Garten zu dekorieren, wenn ihn doch sowieso niemand sah. Sie hatte erwidert, dass sie selbst die Dekoration sehen konnte und es sie glücklich machte. Seitdem achtete mein Vater immer darauf, die Lichter so aufzuhängen, dass sie vom Küchenfenster aus zu sehen waren.

Das war wahre Liebe.

Ich ging hinein und wurde sofort vom Duft hausgemachter Hühnersuppe und frisch gebackener Brötchen empfangen. Dad war schon dabei, die Suppe in Schüsseln zu füllen, während Mom die Butterschale auf den Tisch stellte.

»Wasch dir die Hände«, sagte sie.

Ich war bereits auf dem Weg zur Spüle, denn es war eine eiserne Regel in unserem Haus, dass jeder sich vor dem Essen die Hände wusch.

Das Leben auf einer Farm.

»Das riecht superlecker.« Ich wusch mir die Hände mit Lavendelseife. »Ich bin froh, dass du angerufen hast, denn ich habe es immer noch nicht in den Supermarkt geschafft.«

»Das hatte ich so im Gefühl«, sagte meine Mutter.

Wir setzten uns. Mom warf meinem Dad einen Blick zu, während dieser eine große Prise Pfeffer auf seine Suppe gab. Ich nahm mir ein Brötchen und bestrich es mit Butter.

»Erzählst du es freiwillig, oder müssen wir es dir aus der Nase ziehen?«, fragte meine Mutter in die Stille hinein.

Mit dem Brötchen auf halbem Weg zum Mund hielt ich inne. »Ich?«

»Ja, du.«

Seufzend legte ich das Brötchen wieder ab. »Du hast mit Cole gesprochen.«

»Er ist vorbeigekommen, bevor er nach Hause gegangen ist. War Elias wirklich hier?«

»Leider ja.«

»Was um alles in der Welt wollte er?«

»Er arbeitet für DataStream, genau wie dieser Idiot Damien Barrett. Er hat mich schon am Wochenende angerufen und wollte mit mir über den Verkauf der Farm reden. Aber ich habe aufgelegt, und vorhin ist er dann hier aufgetaucht.«

Die Miene meines Vaters verhärtete sich. Er war kein Fan von Elias Stoneheart. »Du hättest ihn zu mir schicken sollen. Ich würde mich nur zu gern mit ihm unterhalten.«

»Ist schon gut, Dad. Ich habe das im Griff.«

»Wenn er wiederkommt, musst du es mir sagen. Ich will ihn nicht auf meinem Grundstück haben.«

»Ich weiß. Aber ich bin ihn ja wieder losgeworden.« Ich aß einen Löffel Suppe.

Mom sah mich mitfühlend an. »Geht es dir gut?«

»Natürlich. Warum sollte es nicht?«

Wieder tauschte sie einen schnellen Blick mit meinem Vater. »Du hast ihn lange nicht gesehen.«

»Deshalb war es ja auch keine große Sache. Wir sind auf der Highschool ein Paar gewesen. Das hat jetzt nichts mehr zu bedeuten.«

»Liebes, wenn du darüber reden willst, sind wir für dich da.« Sie streckte die Hand aus und berührte meinen Arm.

Doch ihr Versuch, mich zu trösten, steigerte nur meine Anspannung. Ich aß noch ein paar Löffel Suppe und überschlug dabei im Kopf, wie viele Stunden Tageslicht mir noch blieben. Alternativ konnte ich auch in die Werkstatt zurückgehen und das Schild streichen, das ich am Vormittag gebaut hatte. Dafür brauchte ich kein Tageslicht.

»Da gibt es nichts zu reden. Wir verkaufen an ihn genauso wenig wie an Barrett. Und ja, er ist mein Ex, aber das ist lange her. Was vorbei ist, ist vorbei.«

Zum Glück ließen sie das Thema fallen. Meine Mutter begann zu essen, aber mein Dad rührte nur in seiner Suppe, gab noch mehr Pfeffer dazu und rührte wieder. Dann räusperte er sich und blickte kurz zu meiner Mutter.

Ich legte meinen Löffel ab. »Ihr benehmt euch seltsam. Was ist los?«

Dad hörte mit dem Rühren auf. »Was die Farm angeht … Oder genauer gesagt das Weihnachtsdorf.«

»Was ist damit?«

»Dieses Jahr werden wir es zum letzten Mal veranstalten.«

Die Worte hingen in der Luft. Ich starrte meine Eltern an und wartete auf die Pointe.

»Entschuldige bitte, was hast du gerade gesagt? Denn ich glaube, ich habe gehört, dass ihr das Weihnachtsdorf schließen wollt, und da muss ich mich definitiv verhört haben.«

»Wir lieben das Weihnachtsdorf genauso sehr wie du«, sagte Mom. »Aber es nimmt so viel Platz weg, ganz zu schweigen von der Zeit und der Arbeit.«

»Ich weiß, es ist viel Arbeit, aber das Dorf ist eine Ikone. Eine Tradition in Tilikum. Wir können es nicht schließen.«

»Wir haben versucht, einen Weg zu finden, damit es funktioniert«, erklärte mein Vater. »Glaub mir, wir haben uns alle Optionen genau angeschaut.«

»Das war's dann also? Wir geben auf? Soll ich Elias gleich anrufen und ihm sagen, dass er die Farm haben kann?«

»Nein. Genau deshalb müssen wir das Weihnachtsdorf ja schließen«, sagte mein Vater. »Es ist die einzige Chance, wenn wir die Farm behalten wollen.«

»Ich kann dir nicht folgen.«

Er atmete tief ein. »Du weißt ja bereits, dass wir bis über beide Ohren in Schulden stecken. Aber ich habe mir vor ein paar Jahren zusätzlich Geld von einem privaten Geldverleiher geliehen, mit der Farm und ihrem Einkommen als Absicherung. Ich hatte keine andere Wahl. Die Banken wollten unseren Kredit nicht erweitern, und ich dachte, ich könnte es zurückzahlen.«

»Aber das konntest du nicht.«

Er wechselte einen traurigen Blick mit meiner Mom und schüttelte den Kopf. »Nein. Und jetzt stecken wir in der Klemme. Das Weihnachtsdorf nimmt wertvollen Platz ein, den wir besser nutzen könnten.«

»Wie?«

»Indem wir es für den kommerziellen Anbau nutzen. Sobald der Schnee im Frühling geschmolzen ist, können wir diesen Teil des Grundstücks freimachen und für die Aussaat vorbereiten. Mit etwas Glück haben wir eine ausreichend gute Ernte, um zumindest einen Teil der Schulden zurückzuzahlen – wenigstens so viel, dass wir hierbleiben können.«

»Haben wir dafür denn ausreichend Platz?«

»Wenn wir die Weide mit dazunehmen, haben wir ausreichend Fläche für eine solide Menge an Getreide, die gutes Geld einbringt. Vor allem, wenn wir uns für Subventionen qualifizieren.«

»Aber wenn wir die Weide für Getreide nutzen, wo wollen wir dann …« Ich hielt inne und riss die Augen auf. »Das kann nicht euer Ernst sein. Unsere Herde? Ihr könnt nicht die Rentiere abstoßen. Sie gehören zur Familie.«

»Süße, wir lieben sie auch«, sagte meine Mom. »Aber sie sind im Unterhalt sehr teuer.«

»Und Horace?«

Wieder schauten sie einander an. Unbehagliche Falten zogen sich über ihre Stirnen.

»Horace muss bei den Rentieren bleiben. Er dreht durch, wenn wir ihn von ihnen trennen. Und wer ist schon bereit, eine Rentierherde und einen Wachesel aufzunehmen?«

»Horace wird schon klarkommen«, warf Dad ein.

»Nein, das wird er nicht. Genauso wenig wie die Rentiere. Oder diese Stadt. Das kann einfach nicht die einzige Lösung sein.«

»Manchmal gibt es keine guten Antworten«, sagte meine Mutter. »Und wir müssen die Dinge akzeptieren, die wir nicht ändern können.«

Der Appetit war mir vergangen, und ich schob die halb volle Schüssel von mir. »Nein. Das akzeptiere ich nicht. Es muss einen Weg geben, wie wir die Farm und das Weihnachtsdorf behalten können. Wir haben darüber gesprochen, es durchgehend geöffnet zu lassen oder die Gebäude im Sommer für etwas anderes zu nutzen. Und was ist mit Führungen über die Farm? Wir geben kaum welche, weil wir sie nicht bewerben. Aber wenn wir es täten …«

»Wer will sich darum kümmern?«, unterbrach mein Vater mich. »Du? Du hast so schon zu viel zu tun. Und wir können es uns nicht leisten, weitere Mitarbeiter einzustellen.«

»Und wie wollen wir dann das Weihnachtsdorf im Frühling abreißen?«

Dad seufzte. »Das Land für die neue Nutzung vorzubereiten wird ein paar Vorabkosten verursachen, aber ich habe es durchgerechnet, und es müsste klappen.«

Ich schüttelte den Kopf. »Ihr habt dieses Land nicht gekauft, um Teil der kommerziellen Landwirtschaft zu werden. Versteht mich nicht falsch. Ich habe nichts dagegen, kommerziell Getreide anzubauen. Die Leute müssen was essen. Aber ihr habt diese Farm aufgebaut, weil ihr einen Ort schaffen wolltet, der das Land ehrt und etwas Wichtiges für die Gemeinde bietet. Und das habt ihr jahrelang getan. Wir können unsere Grundsätze jetzt nicht einfach so verkaufen.«

»Uns gefällt das genauso wenig wie dir«, sagte meine Mutter. »Aber entweder wir verkaufen an DataStream und verlieren die gesamte Farm, oder wir verkaufen uns an die Agrargemeinschaft und können bleiben. Ich finde, die Entscheidung ist offensichtlich.«

Frust vibrierte in meinen Adern. Ich wollte wieder an die Arbeit zurückkehren – als könnte ich irgendetwas bauen oder reparieren, das uns aus der Klemme helfen würde. Aber das hier war größer als ein neues Schild für die Werkstatt des Weihnachtsmanns. Größer als jede Arbeit auf der Farm, die ich an diesem Abend noch erledigen konnte.

Trotzdem. Es musste einen anderen Weg geben. Meine Eltern waren müde. Seit Jahren kämpften sie um den Erhalt der Farm. Ich konnte ihnen nicht vorwerfen, dass sie glaubten, aufgeben zu müssen.

Doch ich selbst war noch nicht bereit, das Handtuch zu werfen. Ich würde eine Möglichkeit finden, unsere Farm und das Weihnachtsdorf zu erhalten.

Und ich würde nicht zulassen, dass Elias sich da einmischte.

8. KAPITEL
Elias

Dieser Tag hatte zu viele Hürden. Erst die Stadt, dann die Farm der Cooks. Und nun das.

Zum ersten Mal seit Jahren stand ich auf der Türschwelle meines Onkels und meiner Tante. Als ich das letzte Mal hier gewesen war, war ich noch ein dummes Kind gewesen, das gerade die Highschool beendet hatte und es nicht erwarten konnte, dieses Leben hinter sich zu lassen. Ich wollte aus Tilikum raus und der Welt meinen Stempel aufdrücken.

Dem Schmerz entfliehen.

Nun gab es keinen Schmerz mehr. Den hatte ich vor langer Zeit tief vergraben und in Eis gepackt.

An diese Tür zu klopfen, hatte demnach keine besondere Bedeutung. Ich schaute bloß kurz vorbei, weil ich zufällig in der Stadt war.

Ein vertrauter Schauder überlief mich, als ich die Gefühle beiseiteschob, die in mir aufsteigen wollten.

So war es schon viel besser.

Ich klopfte.

Tante Hattie öffnete die Tür und riss die Augen auf. Sie hatte die grauen Haare zu einem tiefsitzenden Pferdeschwanz zurückgebunden und trug Jeans und einen Kapuzenpullover. Tante Hattie war die ältere Schwester meiner Mutter, aber im Gegensatz zu meiner großen, schlanken Mutter war Hattie eher klein und rundlich. Sie war Grundschullehrerin gewesen und vor wenigen Jahren in den Ruhestand gegangen.

»Elias«, flüsterte sie und blinzelte. »Ist alles in Ordnung? Komm rein.«

»Ja, alles gut.« Ich ließ mich von ihr ins Haus führen. Ein Hauch von Rauch aus dem Kamin vermischte sich mit dem Duft ihrer Lavendelseife. Es war alles unangenehm vertraut.

»Bist du sicher? Ist etwas mit deinem Vater?«

Ich runzelte die Stirn. Nur selten dachte ich an meinen Vater, und noch seltener sprach ich mit ihm. »Nicht dass ich wüsste.«

»Geht es dir gut?«

»Ja.«

»Was machst du dann hier?«

»Ich war zufällig in der Stadt.«

Sie schloss die Tür. »In der Stadt? Warum?«

»Geschäftlich.«

»Oh. Na dann. Ich wünschte, du hättest angerufen, dann hätte ich was zum Abendessen vorbereitet. Aber das macht nichts. Du bist hier.«

Ich wusste nicht, warum sie so eine große Sache daraus machte, dass ich hier war. Wir hatten uns erst vor sechs Monaten gesehen.

Oder waren es acht?

Oder mehr?

Ich wusste es nicht.

»Es war eine sehr kurzfristige Entscheidung. Ich hatte nicht erwartet, dass ich den ganzen Weg hier rausfahren muss.«

Sie lächelte, und neben ihren Augen bildeten sich mehr Fältchen, als ich in Erinnerung hatte. »Ich freue mich, dass du es musstest.«

»Ist Dale zu Hause?«

»Ja, er ist hier irgendwo. Vermutlich draußen.« Sie bedeutete mir, ihr ins Wohnzimmer zu folgen. »Setz dich. Ich suche ihn. Er wird sich freuen, dich zu sehen.«

Ich murmelte eine Antwort, setzte mich aber nicht, denn ich wollte es mir nicht zu bequem machen. Hattie lief in die Küche und zur Hintertür hinaus.

Alles war noch so wie damals, als ich hier gewohnt hatte. Die gleiche durchgesessene braune Couch mit der tiefen Einbuchtung dort, wo Dale immer saß. Der gleiche Wohnzimmertisch voller Bücher – Tante Hattie liebte Thriller – und ein paar der Schneekugeln, die sie sammelte. Auf dem Kaminsims und in den Bücherregalen daneben standen noch mehr.

Ich trat an den Kamin. Neben einer Schneekugel mit einem Paar Schlittschuh laufender Pinguine stand mein offizielles Foto vom Schulabschluss. Ich starrte den jungen Mann in dem Bilderrahmen finster an und schüttelte innerlich den Kopf über sein angedeutetes Lächeln und die unordentlichen Haare. Ich erkannte ihn kaum wieder.

»Was für eine Überraschung«, sagte Dale, der durch die Küche hereinkam. Er war groß und schlaksig, mit langen Armen und dünnen Beinen. Noch hatte er alle Haare, doch sie waren grau geworden. »Ich dachte, Hattie will mich veralbern.«

Sie stieß ihn mit dem Ellbogen an. »Ich habe dir doch gesagt, dass er hier ist.«

»Onkel Dale.« Ich reichte ihm die Hand.

Er nahm sie und schüttelte sie mit festem Griff. Seine Miene war schwer zu lesen. »Es ist schön, dich zu sehen. Was bringt dich nach Tilikum?«

»Ich bin geschäftlich hier.«

»Was für Geschäfte kannst du hier haben?«

Mein Instinkt riet mir, es vage zu halten und die Farm der Cooks nicht zu erwähnen. Aber warum? Es war nur ein Grundstücksdeal. Ich hatte nichts zu verbergen.

»Meine Firma will die Farm der Cooks kaufen. Ich bin hergekommen, um mit der Familie über den Deal zu sprechen.«

Dale hob eine Augenbraue. »Was will deine Firma denn mit einer Farm?«

»Sie will das Land, auf dem sie steht.«

»Und was wird dann aus der Farm?«, fragte Hattie.

»Nun ja, es müsste natürlich alles abgerissen werden, um Raum für das Speicherzentrum zu machen, das wir dort bauen wollen.«

Sie keuchte auf. »Aber wo soll dann das Weihnachtsdorf stehen?«

Ich schnaubte frustriert. Wieso waren die Leute nur so besessen von diesem Weihnachtsdorf? »Das ist nicht mein Problem. Ich bin nur hier, um den Verkauf zu klären.«

»Ich bin überrascht, dass die Cooks überhaupt gewillt sind, zu verkaufen«, sagte Dale.

»Sie sind nicht gerade aufgeschlossen für das Angebot«, gab ich zu.

Hattie verschränkte die Arme vor der Brust. »Ich verstehe. Du bist also hier, um Isabelle zu überzeugen. Das sollte interessant werden.«

Interessant hätte ich das nicht genannt. »Ich muss mir die Zahlen noch einmal anschauen. Die Kosten, um das Grundstück zu kaufen und für unsere Zwecke herzurichten, könnten höher sein, als wir gewillt sind auszugeben.«

Und mich mit Isabelle herumzuschlagen und meine mentale Gesundheit aufs Spiel zu setzen, war die Sache womöglich auch nicht wert.

Es gab andere Grundstücke. Natürlich wäre es ideal gewesen, wenn es mir bei diesem kleinen Ausflug gelungen wäre, den Deal mit den Cooks zu besiegeln. Aber nach meiner Begegnung mit Isabelle war klar, dass das nicht an einem Nachmittag erledigt sein würde – was nicht hieß, dass ich eine Niederlage eingestand. Ich stellte nur die Effizienz der ganzen Angelegenheit infrage. Damien hatte schon sechs Monate auf diesen Deal verschwendet. Ich könnte weitere sechs Monate damit zubringen, Isabelle zum Verkauf zu überreden, oder ich könnte meine Anstrengungen darauf konzentrieren, einen würdigen Ersatz zu finden.

Vorzugsweise ein Stück Land, das nicht einer sturen Frau mit Sägespänen auf der Jeans und Stroh im Haar gehörte.

Wenn ich ein ähnlich attraktives Grundstück lieferte, konnte ich Damien immer noch besiegen und mich Nigel gegenüber beweisen.

»Tja, es ist beinahe Zeit fürs Abendessen«, sagte Hattie. »Reden wir über was anderes als über die Arbeit. Ich glaube, ich habe noch ein paar Schweineschnitzel im Kühlschrank, die für uns alle reichen sollten.«

Ohne auf eine Antwort zu warten, ging sie in die Küche. Einen Moment später hallte Weihnachtsmusik durchs Haus, begleitet vom Klappern von Schranktüren, Töpfen und Pfannen.

»Kann ich dir was zu trinken anbieten?«, fragte Dale.

»Auf jeden Fall.«

Während er uns einen Scotch einschenkte, widerstand ich

dem Drang, Hattie zu sagen, dass es für diese Art von Musik noch viel zu früh war.

Dale reichte mir ein Glas, und ich trank einen großen Schluck.

»Hast du in letzter Zeit was von deinem Vater gehört?«, fragte er.

»Nein. Aber das ist nicht ungewöhnlich.«

»Hattie hat vor ein paar Wochen mal bei deiner Mutter angerufen. Es klang, als würde es ihr ganz gut gehen.«

»Ich habe keine Ahnung.« Mit meiner Mutter sprach ich ungefähr so oft wie mit meinem Vater, also eigentlich nie. Die beiden hatten sich vor Jahren scheiden lassen, und meine Mutter hatte wenig später erneut geheiratet. Mein Vater dagegen hatte sich dafür entschieden, seine Freundinnen in regelmäßigen Abständen gegen ein jüngeres Modell einzutauschen.

Was mir egal war. Sie beide hatten ausreichend Geld, um zu tun, was immer sie wollten. Und ich musste meine Zeit nicht damit vergeuden, mich um sie zu kümmern.

»Wie geht es dir so?«, wollte Dale wissen.

»Gut.«

»Gut? Das ist alles?«

Ich trank noch einen Schluck und ging ans Fenster. »Ich habe viel zu tun. Die Geschäfte laufen gut. Mir steht zwar noch ein Idiot im Weg, aber der wird nicht mehr lange ein Problem sein. Das ist mit ein Grund, warum ich hier bin.«

»Immer auf Wettbewerb aus.«

Ich zuckte mit den Schultern. »Es ist nichts falsch daran, Ambitionen zu haben.«

»Stimmt. Solange diese Ambitionen auf das richtige Ziel gerichtet sind.«

»Es gibt nur ein Ziel: höher zu kommen.«

»Die Karriereleiter hinauf.« In seinem Ton lag etwas, das ich nicht deuten konnte. Unmut? Enttäuschung? »Ich habe von Jake Marlon gehört. Eine Schande. Er war noch viel zu jung.«

Jake Marlon hatte mir nach dem Studium meinen ersten Job gegeben. Und wichtiger noch: Er war mein Mentor gewesen. Meinen Aufstieg bei DataStream hatte ich hauptsächlich dem zu verdanken, was ich von ihm gelernt hatte.

Leider hatte Jake am siebzehnten Loch auf dem Golfplatz einen Herzinfarkt erlitten und war gestorben. Er war gerade erst fünfzig geworden.

»Ja, das war unerwartet.«

»War er verheiratet? Hatte er Kinder?«

»Nein.« Beinahe hätte ich gelacht. Jake war kein Typ für die Ehe gewesen. »Vermutlich hatte er eine Freundin, aber er hat die Frauen zu schnell gewechselt, als dass ich auf dem Laufenden hätte bleiben können.«

»Tja, es hat mich traurig gemacht, von seinem Tod zu hören.«

»Mich auch.«

»Was ist mit dir, Elias?«, rief Hattie aus der Küche. »Bringst du dieses Jahr zu Weihnachten jemand Besonderen mit nach Hause?«

Ich runzelte die Stirn. Ich kam über Weihnachten nie nach Hause, also was …

Ah, sie wollte nur wissen, ob ich eine Freundin hatte.

»Nein. Dazu habe ich zu viel zu tun.«

Hattie lehnte sich aus der Küchentür. »Du hast zu viel zu tun, um auszugehen?«

»Ja«, sagte ich in einem Tonfall, von dem ich hoffte, er würde diese Unterhaltung beenden.

Doch das tat er nicht. »Hattest du dich nicht mit einer jungen Frau getroffen? Dale, wie hieß sie noch?«

»Keine Ahnung«, antwortete Dale. »Ich glaube nicht, dass wir sie je kennengelernt haben.«

Das hatten sie nicht. Ich hatte nie eine Beziehung gehabt, die so ernst gewesen war, dass ich die Frau meiner Familie vorgestellt hatte.

»Ich schätze, er hat die Richtige einfach noch nicht getroffen«, sagte Hattie.

Es gab keine Richtige. Nicht auf die Weise, wie Hattie es meinte. Beziehungen waren kompliziert und lenkten einen nur ab. Ich liebte Frauen so sehr wie jeder andere Mann auch, aber ich brauchte weder das Gepäck noch die Ausgaben, die mit einer ernsten Beziehung verbunden waren.

Mein Handy bewahrte mich vor einer Antwort. Ganz kurz flammte ein kleiner Hoffnungsfunke auf, dass es Isabelle sein könnte, doch ich konnte ihn gleich wieder ersticken. Sie würde nicht plötzlich ihre Meinung ändern; und andere Gründe, mit ihr zu reden, hatte ich nicht.

Es war auch nicht Isabelle. Es war Nigel.

Ich stellte mein Glas ab und ging nach draußen, um den Anruf entgegenzunehmen.

»Stoneheart«, sagte ich.

»Irgendwelche Neuigkeiten?«

»Noch nicht. Ich habe kurz mit Isabelle Cook gesprochen, aber sie war … beschäftigt.«

»Hm.« Er klang nicht erfreut. »Elias, ich will ehrlich mit dir sein. Es ist kein Geheimnis, dass du ein möglicher Kandidat für den Posten des CFOs bist. Genau wie Damien. Ehrlich gesagt, waren wir schon so weit, ihm den Posten zu geben, bis er sich mit diesem Landdeal verzettelt hat. Das alles hätte recht einfach sein sollen, aber er hampelt jetzt schon seit Monaten damit herum. Ich bin beeindruckt, dass du die Initiative ergriffen hast.«

»Danke.«

»Aber Initiative und Erfolg sind zwei verschiedene Paar Schuhe. Ich erwarte von dir, dass du diesen Deal abschließt. Wenn du das schaffst, gehört der Posten dir. Verstanden?«

»Absolut. Betrachte es als erledigt.«

»Gut. Halte mich auf dem Laufenden.«

»Mach ich.«

Nigel legte auf.

Das Adrenalin brannte wie Feuer in meinen Adern. Dass er Damien, wenn auch nur kurz, mir vorgezogen hatte, machte mich wütend. Aber jetzt war der Ball in meiner Spielhälfte.

Den Vertrag abschließen. Die Beförderung einsacken – und alles, was damit einherging.

Alle Gedanken daran, ein anderes Stück Land zu finden, lösten sich in Luft auf. Das hier war meine Chance, und ich würde sie ergreifen.

Auch wenn mir die Vorstellung, noch mehr Zeit in Tilikum zu verbringen, nicht gefiel. Aber ich hatte keine andere Wahl. Meine Anrufe und Textnachrichten konnte Isabelle ignorieren. Um sie zum Einlenken zu bewegen, musste ich persönlich vor Ort sein.

Ich rief die Nummer von Alice auf.

»Alice hier?«

»Ich brauche dich ab morgen in Tilikum.«

»Wie bitte?«

»Nigel will, dass ich diesen Deal abschließe, aber das ist etwas kompliziert. Deshalb muss ich länger hierbleiben.«

»Und was hat das mit mir zu tun?«

»Du bist meine Assistentin.«

»Das weiß ich. Warum kann ich nicht aus dem Büro weiterarbeiten?«

»Weil ich dich hier brauche.«

»Das ist nicht logisch.«

Ich biss die Zähne zusammen. »Doch, aber darum geht es nicht. Ich erwarte dich morgen Mittag hier.«

»Ich kann hier nicht einfach so verschwinden. Ich habe eine Tochter, schon vergessen?«

»Nimm sie mit.«

»Ich kann sie nicht einfach mitnehmen«, stotterte sie.

»Warum nicht? Wie alt ist sie?«

»Fünf.«

»Wie viel Platz kann sie da schon beanspruchen? Nimmt dir ein Zimmer mit zwei Betten.«

»Es geht nicht um den Platz. Sie geht in die Vorschule.«

Ich schnaubte. »Ich bin mir sicher, dass sie auch nach Harvard kommt, wenn sie ein paar Tage in der Vorschule fehlt.«

»Und wer passt auf sie auf, während ich arbeite?«

Das ließ mich innehalten, bis der leise Klang der Weihnachtsmusik mich daran erinnerte, wo ich war. »Meine Tante.«

»Deine Tante? Du hast eine Tante in Tilikum?«

»Ja. Und sie war Grundschullehrerin. Problem gelöst.«

»Woher weißt du, dass sie Zeit hat?«

»Sie ist im Ruhestand.«

»Elias, meine Tochter hat spezielle Bedürfnisse. Sie kann nicht einfach bei irgendwem bleiben.«

»Meine Tante war Sonderpädagogin. Sie kommt schon klar.«

»War sie das wirklich, oder hast du dir das gerade ausgedacht?«

»Warum sollte ich mir so etwas ausdenken?«

»Um zu kriegen, was du willst.«

»Ich würde nie lügen, um zu kriegen, was ich will.«

Sie hielt inne, als würde sie mir nicht glauben. »Dann gib mir ihren Namen und ihre Telefonnummer.«

»Warum?«

»Damit ich sie selbst fragen kann. Wenn ich entscheide, dass sie mit Maddie klarkommt, bin ich morgen da.«

»Wer ist Maddie?«

»Mein Tochter!«, brüllte sie förmlich ins Telefon. »Warum bist du so verpeilt?«

Ich ignorierte ihre Beleidigung, stellte sie auf Lautsprecher und suchte Hatties Nummer aus meiner Kontaktliste heraus.

»Bist du jetzt glücklich?«, fragte ich.

»Überhaupt nicht.«

»Fahr zuerst bei mir zu Hause vorbei und bring mir noch was zum Anziehen mit. Ich hatte nicht eingeplant hierzubleiben.«

»Noch etwas, Eure Hoheit?«

»Süß. Hör mal, das hier kommt dir genauso zugute wie mir. Wenn ich befördert werde, wirst du es auch.«

»Bedeutet das, ich bekomme eine Gehaltserhöhung?«

Ich zögerte.

»Elias, sei kein Geizhals. Du bekommst eine riesige Gehaltserhöhung. Da kannst du bestimmt dafür sorgen, dass ich auch eine bekomme.«

»Na gut. Ich besorge dir eine Gehaltserhöhung. Sobald ich die Beförderung in der Tasche habe.«

»Und du kommst für meine Reisekosten auf.«

Ich hustete. »Wie bitte?«

»Du zwingst mich, zu dir zu kommen und wer weiß wie lange zu bleiben. Das zahle ich nicht aus eigener Tasche.«

»Na gut«, murmelte ich mit zusammengebissenen Zähnen.

»Und wage es nicht, mir ein Zimmer in irgendeinem heruntergekommenen Motel zu buchen. Ich wohne genau da, wo du auch unterkommst.«

Wieder klingelte meine mentale Kasse. »Fein. Aber jetzt sieh endlich zu, dass du herkommst.«

Ich legte auf, bevor sie noch mehr Forderungen stellen konnte.

Die kalte Luft brannte auf meiner Haut, aber ich blieb noch einen Moment draußen. Der Duft von Kiefern und nasser Erde umgab mich. Es roch nach Tilikum.

Mit einem genervten Stöhnen drehte ich mich um und ging zurück ins Haus.

Entschlossenheit breitete sich in mir aus. Ich würde diese Beförderung bekommen, und ich würde Damien loswerden. Und das alles mit einer unbedeutenden Kleinstadtfarm. Die arme Isabelle. Sie hatte keine Ahnung, was sie erwartete.

9. KAPITEL
Elias

Der Kaffee im Copper Kettle Diner war höchstens mittelmäßig und sorgte doch tatsächlich dafür, dass ich den Coffeeshop in unserem Bürogebäude trotz der verfrühten Weihnachtsdeko und der Barista mit den verrückten Augen vermisste. Das Diner war im Farmhaus-Chic eingerichtet, mit weiß lasiertem Holz, Landschaftsgemälden und einem antiken Quilt an der Wand. Der Duft nach Bratkartoffeln und Toast hing schwer in der Luft.

Und natürlich war auch hier alles weihnachtlich geschmückt.

Obwohl meine Tante und mein Onkel mir mein altes Zimmer angeboten hatten – was ich natürlich ablehnte –, hatte ich mich im Grand Peak Hotel eingemietet. Das würde fürs Erste funktionieren.

Am Morgen hatte ich schon ein wenig von meinem Hotelzimmer aus gearbeitet und dann beschlossen, mir einen Ort zu suchen, wo ich etwas essen konnte, während ich auf Alice wartete. Ich warf einen Blick auf meine Uhr. Noch war sie nicht zu spät, aber ich war trotzdem genervt. Ich schob meinen fast leeren Teller von mir und bedeutete der Kellnerin, mir Kaffee nachzuschenken.

Was sie tat. Von Alice immer noch keine Spur.

Endlich ging die Tür auf, und sie kam herein und setzte sich mir gegenüber. »Ich bin hier. Bist du nun glücklich?«

Ich schaute auf die Uhr. »Du bist zu spät.«

»Es ist sieben Minuten nach zwölf, und ich musste zuerst bei deiner Tante und deinem Onkel vorbeischauen, also spar dir den Mist. Wo wir gerade davon reden: Ist Hattie wirklich deine Tante?«

»Ja.«

»Und du bist bei ihr aufgewachsen?«

»Für eine Weile.«

»Das ist so irreal.«

»Was?«

»Ich weiß nicht, wie jemand, der von einer so bezaubernden Frau aufgezogen wurde, sich in …« Sie zeigte auf mich. »Sich in so etwas verwandeln konnte.«

»Was soll das denn heißen?«

»Ich hatte erwartet, dass sie biestig wäre oder so. Aber selbst am Telefon gestern konnte ich hören, dass sie ein echter Schatz ist.«

»Und?«

»Ich weiß einfach nicht, wie du mit so einer netten Frau verwandt sein kannst. Und sie ist großartig mit Maddie.«

»Wer ist Maddie?«

Sie funkelte mich böse an.

»Ach ja. Dein Kind.«

»Sie hat uns eingeladen, bei ihr zu wohnen, während wir in der Stadt sind, und ich überlege, ihr Angebot anzunehmen. Ich will niemandem zur Last fallen, aber ich glaube, Maddie würde sich dort wohler fühlen. Sie hat deine Tante und deinen Onkel bereits ins Herz geschlossen. Die beiden sind aber auch wirklich süß.«

»Gut. Das spart mir die Hotelkosten.«

»Warum bist du so geizig?«

»Ich bin nicht geizig, ich bin praktisch.«

»Nein, du bist geizig. Vermutlich könntest du dir die größte Suite leisten, aber du hast dir nur ein normales Zimmer genommen, oder?«

»Ich brauche nicht die größte Suite.«

»Danke, dass du meinen Punkt bestätigt hast.«

»Das hat nichts mit Geiz zu tun. Und was interessiert es dich, welches Zimmer ich habe?«

»Es interessiert mich nicht. Wobei, wenn du geizig sein willst, verstehe ich nicht, warum du mich hierhergeholt hast. Ich behaupte immer noch, dass ich meine Arbeit auch vom Büro aus hätte erledigen können.«

»Wenn ich hier sein muss, musst du es auch.«

Sie seufzte. »Das ist die klassische Elias-Logik. Also, was ist mit dieser Farm?«

»Ich habe gestern versucht, mit Isabelle Cook zu sprechen, aber sie ist stur. Sie will nicht über Zahlen reden und besteht darauf, dass die Farm etwas Besonderes ist und deshalb nicht die Kosten decken muss.«

»Ich nehme an, die Farm ist schon eine Weile im Besitz ihrer Familie?«

»Ihre Eltern haben sie gekauft, bevor sie auf die Welt kam. Sie ist dort aufgewachsen.«

»Ich würde sagen, das macht ihre starke Bindung zu dem Ort verständlich.«

»Ihre Bindung ist sentimental und unrealistisch. Die Farm verliert täglich Geld.«

»Okay. Aber du kannst ihre Gefühle nicht als unwichtig abtun.«

»Das sind sie aber.«

Sie verdrehte die Augen. »Für dich. Aber ihre emotionale Bindung zu dieser Farm ist einer der Gründe für ihre Weigerung zu verkaufen. Das kannst du nicht einfach ignorieren.«

»Wie soll ich dann um ihre Gefühle herumarbeiten?«

»Vielleicht gar nicht. Vielleicht musst du *mit* ihnen arbeiten.«

Diese Unterhaltung zerrte mehr an meinen Nerven als die Weihnachtsdeko. »Und wie zum Teufel soll ich das anstellen?«

»Angesichts deines generellen Mangels an Emotionen könnte das für dich unmöglich sein.«

»Das ist jetzt nicht sehr hilfreich.«

»Ich denke, du solltest damit anfangen anzuerkennen, dass die Farm für diese Familie nicht nur ein Geschäft ist. Es ist ihr Zuhause und ihr Lebensinhalt. Und offensichtlich hängen sie sehr daran. Außerdem scheint die Stadt das Weihnachtsdorf, das sie dort aufbauen, wirklich zu lieben.«

Ich stöhnte. »Wer hat dir das erzählt?«

»Deine Tante.«

»Wir werden nicht über das Weihnachtsdorf reden.«

Sie neigte den Kopf und musterte mich aus schmalen Augen. »Warum hasst du Weihnachten so sehr?«

»Wer hat gesagt, dass ich Weihnachten hasse?«

»Niemand. Aber es ist offensichtlich. Du beklagst dich jedes Jahr darüber.«

»Es ist eine absurde Ressourcenverschwendung. Die Leute geben Geld aus, das sie nicht haben, um Geschenke zu kaufen und Partys zu schmeißen. Ganz zu schweigen von dem ständigen Druck, Zeit mit Menschen zu verbringen, an denen einem nichts liegt. Das ist doch alles bloß Fake. Die Dekorationen, die Musik, die sogenannten Traditionen. Nichts davon hat wirklich eine Bedeutung.«

»Du bist so ein Grinch.«

»Konzentrier dich. Meine Meinung über Weihnachten hat nichts mit der Farm der Cooks zu tun.«

»Na gut. Dein Hass auf die fröhlichste Zeit des Jahres soll mir ein Rätsel bleiben. Aber ich wiederhole, dass du Isabelle Cooks Gefühle auf eigene Gefahr ignorierst.«

Ich schaute aus dem Fenster. Ich hasste Gefühle. Sie waren chaotisch und irrational. Aber Alice hatte recht. Ich konnte nicht so tun, als würden Isabelles Gefühle nicht existieren, so unvernünftig sie auch waren. Ich musste einen Weg finden, *mit* ihren Emotionen zu arbeiten und nicht gegen sie.

»Okay, du magst recht haben. Ich werde mit Isabelle über ihre … Gefühle sprechen.«

»Keine Sorge, es wird dir nicht wehtun.«

Nein. Das würde es nicht. Isabelle konnte mir nicht wehtun. Das konnte niemand.

Alice stand auf. »So sehr ich es lieben würde, zu Mittag zu essen, während wir über dieses sture Mädchen vom Land sprechen, ich habe noch zu arbeiten. Die Straße rauf ist ein Coffeeshop. Vermutlich werde ich mich da niederlassen, bis ich zu Maddie zurückmuss.«

Ich nickte. »Ich schicke dir eine Nachricht, wenn ich was brauche.«

»Sag Bescheid, wenn du wieder zur Farm fährst.«

»Warum?«

»Weil ich sie sehen will.«

Ich wusste nicht, warum sie das wollte, fragte aber nicht nach.

»Vermutlich morgen. Ich will Isabelle Zeit geben, sich zu beruhigen.«

Alice zog die Augenbrauen zusammen und nahm ihre Tasche. »Du hast sie wirklich wütend gemacht, oder?«

»Nein.«

»Aber sicher doch. Wir sehen uns später.«

Und damit ging sie. Ich checkte meine Nachrichten. Nigel hatte mich in einer Antwort an Damien in CC gesetzt. Offenbar versuchte Damien, das Projekt wieder an sich zu reißen, indem er Nigel alternative Grundstücke anbot. Nigels Antwort – *Elias kümmert sich darum* – ließ mich lächeln.

Du wirst dich schon ein wenig mehr anstrengen müssen, um mich zu schlagen, Damien.

Wie aus dem Nichts trat plötzlich Harvey Johnston an meinen Tisch und setzte sich. Er hatte einen ziemlich ungepflegten Bart und trug einen breitkrempigen Hut, eine Lederweste über einem abgetragenen Flanellhemd und Jeans.

»Bist du hier richtig?«, fragte ich.

»Klar«, sagte er mit rauer Stimme. »Neu in der Stadt?«

»Nicht wirklich.«

»Kann mich nicht erinnern, dich je gesehen zu haben.«

»Ich habe als Kind hier gelebt.«

»Oh.« Er rieb sich über den Bart, als hätte ich etwas gesagt, worüber er nachdenken musste. »Hat sich nicht viel verändert, oder?«

Meine Gedanken wanderten zu Isabelle. Zu dem Mädchen, das in meiner Abwesenheit zur Frau geworden war. »Einige Dinge schon.«

»Pass auf die Eichhörnchen auf. Die haben sich organisiert.«

»Wirklich?«

»Darauf kannst du wetten. Sie klauen dir das Hemd vom Leib. Man muss vorsichtig sein.«

»Ich wird's mir merken.«

»Wie lange bleibst du?«

Ich war nicht sicher, warum er sich an meinen Tisch gesetzt hatte, oder warum ich mich von ihm in eine Unterhaltung verwickeln ließ. Aber ich war neugierig genug, um weiterzureden.

»Hoffentlich nicht lange. Ich bin geschäftlich hier.«

»Geschäfte? Gut, gut. Geschäfte sind gut.«

»Das sind sie.«

»Aber man muss auf die Vergangenheit aufpassen.«

Das war ein seltsamer Kommentar. »Die Vergangenheit?«

»Jaja.« Er betastete seine Weste, als suchte er nach etwas. »Die Vergangenheit holt einen immer ein. Man kann sich vor ihr nicht verstecken.«

»Ich muss mich nicht vor der Vergangenheit verstecken. Sie ist vorbei.«

»Das denken wir alle. Aber sie verfolgt uns.«

Das hier war eine der seltsamsten Unterhaltungen, die ich je geführt hatte. »Ich bin mir nicht sicher, ob ich weiß, wovon du redest.«

Er hielt meinen Blick fest, und die plötzliche Klarheit in seinen Augen erschreckte mich. »Man kann sich nicht verstecken. Sie findet einen immer wieder. Es ist besser, ihr zu seinen eigenen Bedingungen entgegenzutreten.«

Ich hatte keine Ahnung, was ich dazu sagen sollte.

»Du bist hier aufgewachsen?«, fragte er, und ich wusste nicht, ob die Frage an mich gerichtet war oder ob er das für sich selbst klarstellen wollte. »Dann wirst du es wissen. Du wirst es wissen.«

»Was werde ich wissen?«

»Dass die Vergangenheit einen verfolgt«, murmelte er und stand auf, um sich einmal im Kreis zu drehen und wieder seine Weste abzutasten, als hätte er etwas verloren. »Pass auf die verdammten Eichhörnchen auf.«

Verwirrt sah ich ihm nach, als er das Diner durchquerte und durch die Tür verschwand.

Was zum Teufel war das denn?

Aber ich hatte weder die Zeit, noch den Wunsch, länger über diese Begegnung mit Tilikums verrücktem alten Mann nachzudenken. Ich musste konzentriert bleiben. Je eher ich diesen Deal abschloss, desto schneller konnte ich zu meinem eigentlichen Leben zurückkehren. Ich wollte nicht mehr Zeit in dieser Stadt verbringen, als unbedingt notwendig war. Vor allem nicht mit den anstehenden Feiertagen. Da musste ich sicher in meinem Apartment sein, geschützt vor den Belästigungen der Weihnachtszeit.

Und um das zu erreichen, musste ich einen Weg finden, mit Isabelles Gefühlen umzugehen – eine Aufgabe, auf die ich mich nicht im Geringsten freute.

10. KAPITEL

Isabelle

Ich spürte Farbtropfen auf meiner Wange, aber die würde ich später abwischen. Es gab noch eine letzte Zuckerstange vor dem Pfefferminz-Salon – dem Süßwarenladen des Weihnachtsdorfs –, die gestrichen werden musste. Der Rest des Gebäudes sah schon wesentlich besser aus. Cole und ich hatten an diesem Morgen viel geschafft, weshalb ich guter Stimmung war.

Aber der Anblick von Elias, der jetzt auf mich zukam, saugte sofort alle Fröhlichkeit aus der Luft.

Ich stöhnte. »Na super. Scrooge ist wieder da.«

Cole drehte sich um, und für eine Sekunde fragte ich mich, wie er es geschafft hatte zu streichen, ohne auch nur einen einzigen Farbklecks abzukriegen. Selbst seine Hände waren sauber.

»Soll ich ihn für dich loswerden?«

Elias war nicht allein. Eine Frau begleitete ihn. Sie war hübsch – fransig geschnittene blonde Haare, die selbst Mari gutheißen würde, und ein dunkelblauer Wintermantel über einer Stoffhose.

Mich überfiel ein Anflug von Eifersucht. War das seine Freundin? Warum brachte er eine Frau mit hierher?

Natürlich konnte ich nicht wirklich eifersüchtig sein. Das mit Elias und mir war lange vorbei. Es interessierte mich nicht, mit wem er jetzt zusammen war.

An diese Lüge klammerte ich mich, als er vor mir stehen blieb. Sein Blick glitt einmal abschätzig an mir und meinem Overall hoch und runter. Dann sah er kurz zu Cole und wieder zu mir.

»Isabelle.«

»Oh, gut, du bist noch in der Stadt«, sagte ich sarkastisch.

Die Frau beugte sich zu ihm und flüsterte: »Ich mag sie jetzt schon.«

Er warf ihr einen finsteren Blick zu, bevor er seine Aufmerksamkeit wieder auf mich richtete. »Morgen.«

Wirklich? Er wollte Höflichkeiten austauschen? »Morgen? Hast du dir Verstärkung mitgebracht?«

»Das ist meine Assistentin Alice.«

Alice trat vor und reichte mir die Hand. »Hi. Ich bin Alice Moore. Schön, Sie kennenzulernen.«

»Isabelle Cook.« Ich schüttelte ihre Hand. »Ich will nicht unhöflich sein, aber wenn Sie hier sind, um mich zu überreden, die Farm an ihn zu verkaufen, verschwenden Sie Ihre Zeit.«

»Ehrlich gesagt wollte ich mir die Farm nur mal ansehen.«

Sie wirkte unglaublich freundlich. Mein erster Instinkt war, sie zu mögen, aber vielleicht war genau das Elias' Plan. Nach dem Motto: guter Cop, böser Cop.

»Wir sind ziemlich beschäftigt, um alles für die Weihnachtszeit vorzubereiten.«

»Ich kann ihr eine Führung geben«, bot Cole an.

Ich sah ihn an und zog eine Augenbraue hoch.

Sein Blick ruhte nicht auf mir, sondern auf Alice.

Das war interessant.

»Ich würde Sie gern herumführen«, sagte er zu ihr.

»Das ist Cole Phillips«, erklärte ich, auch wenn keiner von ihnen sich daran zu erinnern schien, dass ich hier war. »Er kennt die Farm so gut wie ich. Wenn Sie mögen, kann er Ihnen gerne alles zeigen.«

Sie schenkte Cole ein schüchternes Lächeln. »Das klingt super. Vielen Dank.«

»Ist mir ein Vergnügen.« Cole grinste. Dann hielt er ihr den Arm hin, und sie hakte sich bei ihm unter. »Hier entlang.«

Elias trat einen Schritt näher, und gemeinsam sahen wir den beiden nach.

»Wer ist das?«, fragte er.

»Cole arbeitet hier auf der Farm. Wir waren mal zusammen.«

Ich war nicht sicher, warum ich das sagte. Es war nicht relevant. Vielleicht wollte ich nur sehen, wie Elias reagierte.

Er enttäuschte mich nicht.

»Wie bitte?«, knurrte er. »Mit *dem* Typen?«

»Ja. Mit *dem* Typen. Er ist wirklich nett.«

»Schön für ihn.«

»Wenn Sie deine Freundin ist, musst du dir keine Sorgen machen. Cole wird nichts unternehmen.«

»Alice ist nicht meine Freundin.«

Die Intensität in seiner Stimme jagte mir einen Schauer über den Rücken. Natürlich war ich überhaupt nicht erleichtert darüber, herauszufinden, dass er nicht mit ihr zusammen war. Es war nicht wichtig, und es war mir egal.

Ich war so eine Lügnerin.

»Ah. Na dann.«

Er sah mich an, doch seine Miene war schwer zu deuten. Ich wusste nicht, was er dachte.

»Zurück für Runde zwei?«, fragte ich.

»Ich bin nicht hier, um mich mit dir zu streiten.«

»Das ist schade. Ich habe es genossen, zu gewinnen.«

»Was lässt dich denken, du hättest gewonnen?«

Ich zuckte mit den Schultern. »Du bist gegangen. Andererseits ist das ja typisch für dich.«

Er sah mich finster an. »Ich bin gegangen, weil du mich darum gebeten hast. Aber ich denke, wir sollten reden. Wie wäre es, wenn wir irgendwo einen Kaffee trinken gehen?«

»Hast du dieses Mal eine PowerPoint-Präsentation mitgebracht? Oder vielleicht Kopien unserer Kontoauszüge?«

»Nein. Mir ist bewusst geworden, dass dir diese Farm etwas bedeutet.«

»Das tut sie. Weshalb wir nicht verkaufen werden.«

»Ich weiß, du willst, dass ich verschwinde, aber so leicht wirst du mich nicht los. Die Farm bedeutet dir eine Menge, und das verstehe ich. Sie ist dein Zuhause. Du bist hier aufgewachsen. Also fällt es dir schwer, dir vorzustellen, das alles loszulassen.«

Ich tippte den Pinsel in die Farbe und wischte ihn am Rand ab, bevor ich mich wieder daran machte, einen weißen Streifen nachzumalen. »Ganz genau.«

»Ich will deine Gefühle nicht kleinreden, wenn ich sage, dass ich über eure finanzielle Situation reden möchte.«

»Das ist interessant. Denn beim letzten Mal hast du ausdrücklich betont, dass Geld das Einzige ist, was zählt.«

»Das meinte ich im Zusammenhang mit geschäftlichen Entscheidungen.«

»Und ich bin da immer noch anderer Meinung. Einige Dinge sind wichtiger als Geld, selbst wenn es ums Geschäft geht.«

»Einigen wir uns darauf, dass wir uns in diesem Punkt uneinig sind. Du hast deine Prioritäten, und ich habe meine.«

»Ja, wir haben wirklich unterschiedliche Prioritäten.« Ich bemühte mich, den Anflug von Traurigkeit aus meiner Stimme herauszuhalten, scheiterte aber. »Das hatten wir schon immer.«

Für einen Moment musterte er mich aus diesen kalten grünen Augen. »Was sind deine Prioritäten?«

Obwohl die Farbe längst verteilt war, strich ich mit dem Pinsel wieder und wieder über den Streifen. »Ich schätze, zu meinen Prioritäten gehört, die Farm so gut zu machen, wie sie für uns und die Gemeinschaft nur sein kann, und meinen Eltern zu helfen, damit sie irgendwann in den Ruhestand gehen können.«

»Was ist mit dir?«

»Das sind meine ganz persönlichen Prioritäten.«

»Nein. Das sind die für die Farm und deine Eltern. Was ist mit dir? Was willst du?«

Erneut tauchte ich den Pinsel ein. Ein Tropfen weißer Farbe lief über den Rand und blieb dort hängen, ohne zu fallen.

»Ich weiß es nicht. Ich konzentriere mich völlig auf die Farm. Etwas anderes kenne ich nicht.«

»Okay. Aber willst du für dich nicht mehr?«

»Mehr was?« Die Schwerkraft gewann, und der Tropfen fiel zu Boden. »Mehr Geld? Mehr schöne Dinge? Das ist genau das, was du nicht verstehst. Ich liebe die Farm. Und ich liebe es, das Weihnachtsdorf zu organisieren. Es macht die Menschen glücklich und verbreitet Freude. Was für mich eine größere Priorität hat, als mir ein teures Auto oder sonst was kaufen zu können. Und sag jetzt nicht, dass Freude zu verbreiten keine Rechnungen bezahlt.«

»Tja, aber das tut es nicht. Ganz eindeutig.«

»Du verstehst es wirklich nicht.« Ich nahm die Farbdose in

die Hand und wischte den Pinsel am Rand ab. »Wenn du dir nur die Zahlen anschaust, sieht es vermutlich so aus, als könnte man auf diese Farm verzichten. Aber damit lässt du außer Acht, was sie für die Gemeinschaft leistet. Und ich weiß, dass wir unsere Rechnungen zahlen müssen. Ich bin nicht dumm.«

»Das habe ich nie behauptet. Und das ist genau das, was ich sagen will: Meinst du nicht, dass du für etwas Größeres bestimmt bist?«

»Ein größeres Bankkonto?«

Er zögerte. »Nicht unbedingt.«

»Vielleicht sind die Dinge, die ich tue, nur klein. Aber sie können trotzdem eine Wirkung haben.«

»Zuckerstangen. Lebensnotwendig für die Gesundheit einer Gemeinde.«

Ich hörte den Humor in seiner Stimme. Das war so selten – und so entwaffnend. Beinahe hätte ich gelächelt.

»Ha, ha, Mr. Grinch. Und weißt du was? Ich könnte argumentieren, dass Zuckerstangen wirklich gesund für die Gemeinschaft sind. Zumindest in dem, wofür sie stehen.«

»Und das wäre?«

»Der Geist der Weihnacht.«

Er verdrehte die Augen. »Hör auf mit diesem Grußkartenschwachsinn.«

»Das ist kein Grußkartenschwachsinn. Die Weihnachtsfreude ist echt. Sie bringt das Beste in den Menschen hervor. Und genau das erschaffen wir hier.«

»Ihr erschafft Weihnachtsfreude?«

»Ja.«

»Und das ist gut für die Gemeinschaft?«

»Ganz genau.«

»Besser als Jobs und Investitionen?«

»Ja, vielleicht.«

Er starrte mich nur skeptisch an.

»Spar dir den Blick. Ich kann es dir beweisen.«

»Das kannst du nicht.«

Trotz loderte in mir auf. Sein arrogantes Selbstbewusstsein war zum Verrücktwerden. Aber ich würde es ihm schon zeigen. »Wollen wir wetten?«

»Du willst mit mir wetten, dass Weihnachtsfreude wichtig ist?«

Ich trat einen Schritt näher. »Ich wette, ich kann dich davon überzeugen, dass nicht nur Weihnachtsfreude wichtig ist, sondern auch diese Farm.«

»Und wie willst du das anstellen?«

»Am Wochenende organisieren wir hier eine Spielzeugsammlung. Du hilfst mit, und wenn du danach immer noch denkst, dass das, was ich hier tue, keinen Einfluss auf die Gemeinschaft hat, setze ich mich mit dir hin und sehe mir all die Finanzunterlagen an, die du in deiner Mappe dabeihast.«

»Eine echte Unterhaltung über den Verkauf der Farm?«

»Ja.«

Er zögerte, während er meinen Blick festhielt. Was hatte ich da nur für eine furchtbare Idee gehabt. Ich wollte ihn für die Spielzeugsammlung gar nicht hier haben; er würde mir den ganzen Vormittag lang nur im Weg sein. Aber jetzt, wo ich ihn herausgefordert hatte, konnte ich keinen Rückzieher mehr machen.

»Abgemacht.« Er streckte mir die Hand hin.

»Aber du musst ehrlich sein.«

»Versprochen.«

Ich stellte die Farbdose weg und ergriff seine Hand.

Sein Griff war fest, und seine Hand erstaunlich warm. Ich hatte erwartet, dass seine Haut so eisig sein würde wie sein Blick.

Aber das war sie nicht, und diese Tatsache war seltsam verlockend.

Ich zog meine Hand zurück und widerstand dem Drang, sie an meinem Overall abzuwischen. »Sonntagmorgen. Neun Uhr.«

»Ich werde da sein.«

Meine Wangen wurden heiß, aber das musste an der kalten Luft liegen. Meine Nasenspitze wurde langsam taub. Der Drang, näherzutreten und mich an Elias' harten, warmen Körper zu kuscheln, traf mich wie aus dem Nichts.

Ich trat zurück. Nein, ich würde ihn definitiv nicht berühren.

»Ich bin mir nicht sicher, wo Cole mit Alice hin ist«, sagte ich.

»Die Führung war seine Idee. Dann kann er sie auch nach Hause fahren.«

Jetzt musste ich doch lachen. Es war so typisch für Elias. Vermutlich hatte er nicht mal so arschig klingen wollen. Für ihn war das nur die logische Konsequenz. »Ich bin mir sicher, dass ihm das nichts ausmachen wird.«

Er nickte knapp und trat einen Schritt zurück. Wenn ich es nicht besser gewusst hätte, hätte ich behauptet, dass es ihm schwerfiel, mich zu verlassen.

Aber das war albern. Ich hatte mir ganz offensichtlich mit Marigold zu viele romantische Filme angesehen. Er würde nicht rückwärts gehen, den Blick auf mich gerichtet, während er innerlich gegen den Wunsch ankämpfte, zu mir zu laufen und mich zu küssen.

Mich zu küssen? Wirklich? Ich hatte *definitiv* zu viele Filme mit Mari gesehen. Ich wollte ihn nicht küssen. Wenn er es versuchen würde, würde ich …

Wie auch immer.

Er tat es nicht. Es gab keinen widerstrebenden Rückzug in Zeitlupe. Sein kühler Blick ließ meinen los, und dann drehte Elias sich um und ging.

Tja, wie es aussah, würde ich ihn wohl am Sonntag wiedersehen.

Ich griff nach der Farbdose und machte mich wieder an die Arbeit. Dabei fragte ich mich, worauf ich mich da nur eingelassen hatte.

11. KAPITEL

Elias

Auf der Farm war der Teufel los. Zahllose Menschen schleppten vollbepackte Tüten mit Spenden vom Parkplatz ins Weihnachtsdorf, wo die Cooks eine der Hütten mit dem Schild *Spielzeugsammlung* versehen und innen mit Kisten und Tischen ausgestattet hatten.

Es sah alles sehr humanitär aus, aber ich war mir trotzdem nicht sicher, was Isabelle hiermit erreichen zu können glaubte. Was würden ein paar Spielzeuge den Kindern schon helfen? Sie würden nur ihre Zimmer mit Zeug vermüllen, das sie nicht brauchten und nach ein paar Wochen wieder leid waren. Und wofür? Für den kurzen Anflug von Freude beim Auspacken eines bunten Geschenks?

Wurde das Geschenkpapier auch gespendet? Während ich mir die Größe der Sammelkisten und die immer noch mit ihren Spenden eintreffenden Leute so anschaute, fragte ich mich, wer wohl die Zeit und das Geld aufwenden würde, um all dieses Zeug einzupacken.

Spielzeuge waren ja in Ordnung. An ihnen war nichts grundsätzlich falsch. Aber Weihnachtsgeschenke halfen einen Scheiß, die Wunden eines Kindes zu heilen.

Ich musste es wissen.

Noch hatte ich Isabelle nicht gesehen, aber dafür diesen Farmarbeiter. Cole Irgendwas. Er trug eine dunkle Jacke und eine Mütze, ausgewaschene Jeans und braune Stiefel. Er war ein großer Kerl mit kräftigen Armen – zweifelsohne vom Herumwuchten der Heuballen oder was auch immer er hier machte. Ich verengte die Augen. Isabelle war mit ihm zusammen gewesen? Das ergab Sinn. Er war der Typ hart arbeitender Farmer, genau wie sie. Und er schien immer gut gelaunt zu sein, denn er lächelte viel.

Ganz im Gegensatz zu mir.

Warum hatte es nicht funktioniert? Die beiden schienen sich gut zu verstehen. Bedeutete das, dass sie immer noch Gefühle für ihn hatte? Vermutlich sah sie ihn jeden Tag. Sehnte sie sich danach, noch einmal diese kräftigen Arme um sich zu spüren?

Und wichtiger noch: Warum war ich so eifersüchtig?

Normalerweise war ich nicht der eifersüchtige Typ. Wenn ich etwas wollte, setzte ich alles daran, es auch zu bekommen. Eifersucht war eine Schwäche. Eine Ablenkung. Doch wenn ich Cole sah, spürte ich ein heimtückisches Ziehen allein bei dem Gedanken daran, dass er Isabelle einst berührt hatte.

Tilikum war eindeutig nicht gut für mich. Ich hatte keinen Grund, auf einen Mann eifersüchtig zu sein, der auf der Farm arbeitete, die ich abreißen lassen wollte.

Ich musste endlich diesen Deal abschließen, damit ich hier wieder wegkam.

Cole lächelte jemanden an. Es war nicht das freundliche Lächeln eines Mannes, der einen Einheimischen mit einer Tüte voller Spielzeuge begrüßte. In seiner Miene lag eine gewisse Hitze. Lächelte er etwa gerade Isabelle an?

Mein Augenlid zuckte. Aber dann sah ich, dass sein Flirten nicht ihr galt.

Sondern Alice.

Meine Assistentin näherte sich winkend und blieb ein paar Schritte vor ihm stehen. Unwillkürlich ballten sich meine Hände zu Fäusten. Er sollte sich gefälligst von ihr fernhalten.

Warum interessierte mich das überhaupt? Warum hatte ich diesen Typen so auf dem Radar? Es war mir egal, ob er mal mit Isabelle zusammen gewesen war oder jetzt mit Alice flirtete. Isabelle gehörte mir nicht. Und Alice war nur meine Assistentin. Ich würde sie nicht mal als eine Freundin bezeichnen.

Ein Eichhörnchen flitzte an mir vorbei und raste einen Baumstamm hinauf. Dieser Ort machte mich nervös. Ich musste mich konzentrieren.

Da ich ihr nicht gesagt hatte, dass sie kommen sollte, ging ich zu Alice hinüber, um zu sehen, was sie hier machte.

Sie zog die Augenbrauen hoch, als sie mich sah. »Ich hätte nicht gedacht, dich hier zu treffen.«

Da ich nicht vorhatte, ihr von meiner Wette mit Isabelle zu erzählen, machte ich mir gar nicht erst die Mühe, meine Anwesenheit zu erklären. »Warum bist du hier?«

»Cole hat mich eingeladen.« Sie schaute zu dem kleinen Mädchen hinunter, das neben ihr stand. »Ich glaube nicht, dass du meine Tochter schon kennengelernt hast? Maddie, das ist Mr. Stoneheart.«

Das kleine Mädchen war das Ebenbild seiner Mutter; die blonden Haare wurden von pinkfarbenen Klammern aus dem Gesicht gehalten, und sie trug einen gelben Mantel. Mit großen Augen und einem breiten Lächeln sah sie mich an. Ich runzelte die Stirn. Ich wusste nicht, warum sie so glücklich aussah. Oder warum sie an Krücken ging.

»Hat sie sich verletzt?«, fragte ich.

Alice seufzte. »Nein. Sie hat eine Zerebralparese.«

»Mein Gehirn kann nicht so gut mit meinen Beinen reden«, erklärte das Mädchen mit fröhlicher Stimme, als hätte sie gerade verkündet, zum Frühstück Eiscreme gegessen zu haben. »Aber ich kann gehen. Siehst du?«

Sie demonstrierte es, indem sie ein paar Schritte mit den Krücken machte. Ihre Beine drehten sich an den Knien nach innen, und ihr Gang wirkte unbeholfen, aber sie hatte recht. Sie konnte gehen.

Irgendwie fand ich das seltsam bezaubernd.

»Das ist toll«, sagte ich ohne den geringsten Anflug von Sarkasmus in der Stimme. Denn ich meinte es ernst.

Alice sah mich überrascht an. Genau wie Cole.

»Hast du einen Stein in deiner Brust?« Maddie zeigte mit dem Finger auf mich.

»Einen Stein?«

»Stoneheart.«

»Nein, Liebes, das bedeutet nicht, dass er einen Stein anstelle eines Herzens hat.« Alice strich ihr eine Strähne aus der Stirn. »Das ist nur sein Nachname. Er hat ein ganz normales Herz.«

Cole schnaubte.

Ich ignorierte ihn. »Hm. Vielleicht habe ich tatsächlich einen Stein in meiner Brust. Ich habe nie nachgeschaut.«

Immer noch lächelnd trat sie vor, bis sie direkt vor mir stand, und streckte mir die Hand entgegen. »Kann ich mal fühlen?«

Ich schätze, meine Stirn krauste sich unter dieser Frage noch mehr, aber ich ging in die Hocke, damit sie ihre Hand flach auf meine Brust pressen konnte. Ihr Lächeln wurde von einem Ausdruck höchster Konzentration ersetzt.

»Du hast einen Herzschlag«, flüsterte sie.

Wirklich? Aber natürlich hatte ich den. Immerhin lebte ich ja noch. Und trotzdem war ich irgendwie überrascht, dass sie ihn fühlen konnte.

Ohne etwas zu erwidern, stand ich auf und richtete meinen Mantel.

»Guten Morgen«, sagte Isabelle hinter mir. »Danke, dass ihr gekommen seid, um zu helfen.«

»Danke, dass Sie uns eingeladen haben«, sagte Alice. »Das hier ist meine Tochter Maddie.«

»Hi, Maddie. Schön, dich kennenzulernen.«

»Er hat einen Herzschlag«, sagte sie und zeigte auf mich. »Ich habe nachgeguckt.«

Isabelle schaute zwischen uns hin und her. »Gut zu wissen.«

»Hey, Maddie, hast du Lust, eine Runde auf dem Miniaturzug zu drehen?«, fragte Cole.

»Ja!«

»Wie sagt man das?«, ermahnte Alice sie.

»Ja bitte.« Maddie machte ein paar Schritte auf Cole zu, dann schaute sie zu Isabelle. »Ich habe eine Zerebralparese.«

»Das sehe ich«, antwortete Isabelle.

»Sie wird oft nach ihren Krücken gefragt«, erklärte Alice. »Ich schätze, ihre Lösung ist, es den Leuten zu sagen, bevor sie Fragen stellen können.«

»Kluges Kind. Hier entlang.« Cole lächelte sie an, dann ging er zum Zug, mit langsamen Schritten, damit Maddie problemlos mit ihm mithalten konnte.

»Wie alt ist sie?«, fragte Isabelle.

»Fünf«, erwiderte Alice. »Aber mit dem Vokabular einer Zwölfjährigen.«

»Kein Zweifel. Das ist beeindruckend. Und sie ist bezaubernd.«

»Danke. Sie ist definitiv das Licht meines Lebens.«

»Cole ist wirklich gut mit Kindern«, versicherte Isabelle ihr.

»Oh.« Alice wirkte ein wenig nervös. »Ja, so kam es mir auch vor.«

Isabelle lächelte. »Sie können ruhig gehen und sich ein wenig umsehen. Der Herr hier mit dem Herzschlag und ich haben noch ein bisschen was zu tun.«

Alice folgte Cole und Maddie tiefer ins Weihnachtsdorf hinein, womit ich mit Isabelle allein zurückblieb.

»Ich wusste nicht, dass deine Assistentin eine Tochter hat. Geschweige denn eine mit einer körperlichen Beeinträchtigung.«

Ich sah dem kleinen Mädchen mit dem stockenden Gang nach. »Ich auch nicht.«

»Du wusstest nicht, dass sie eine Tochter hat?«

»Doch. Aber nicht, dass die Kleine eine Zerebralparese hat.«

»Wirklich? Wie lange arbeitet ihr schon zusammen?«

Der leicht anklagende Unterton in ihrer Stimme machte mich defensiv. »Ein paar Jahre. Aber es ist ja nicht so, als würde sie ihr Kind mit zur Arbeit bringen. Wie zum Teufel sollte ich also irgendetwas über es wissen?«

Isabelle zuckte mit den Schultern. »Keine Ahnung. Also los, wir haben jede Menge zu tun.«

Dieses Mal hatte sie daran gedacht, eine Jacke anzuziehen. Sie war dick und praktisch – moosgrün mit fellbesetzter Kapuze. Aber sie trug keine Mütze, und ich fragte mich, ob ihre Ohren in dieser eisigen Luft nicht kalt wurden. Und ob sich unter der Jacke wieder ein Overall verbarg.

Warum hatte mich das beim letzten Mal so angemacht? Mit Farbe bekleckster Jeansstoff war weit entfernt von einem sexy Kleid mit High Heels. Aber der Anblick von Isabelle in einem Overall hatte mich unerklärlicherweise erregt.

Ich folgte ihr zu der Spendenhütte. Ein paar Jugendliche – vermutlich im Highschool- oder Collegealter – nahmen die Spenden an und verteilten sie auf die verschiedenen Kisten. Russell und Faye waren nirgendwo zu sehen, was mich erleichterte. Irgendwann würde ich ihnen zwar gegenübertreten müssen, aber es machte mir nichts aus, diese Begegnung noch eine Weile aufzuschieben.

»Okay, es ist eigentlich ganz einfach«, erklärte Isabelle. »Die Leute bringen ihr Zeug, und wir packen es in die richtige Kiste. Alles muss unverpackt sein. Die meisten Leute wissen das, aber ab und zu bringen einige die Geschenke schon verpackt her. Du musst sie dann nicht darauf hinweisen oder so, sag einfach Danke und leg sie auf den Tisch dort hinten.«

»Die Leute sollten sich an die Anweisungen halten.«

Sie verdrehte die Augen. »Tja, manchmal tun sie das aber nicht, und dennoch wissen wir ihre Großzügigkeit zu schätzen.«

»Okay. Was noch?«

»Nahrungsmittelspenden kommen da drüben hin. Es darf nichts Verderbliches sein, da wir den Großteil davon für Thanksgiving- oder Weihnachtsessen verteilen werden. Wenn die Kiste zu voll wird, stapelst du die Sachen einfach da drüben auf dem Tisch.«

»Und all das hier ist Weihnachtsfreude?«

Sie stemmte die Hände in die Hüften. »Ja. Es ist Großzügigkeit. Wie gesagt, Weihnachten bringt das Beste in den Menschen zum Vorschein.«

Ich brummte unverbindlich.

Isabelle schickte die Freiwilligen zu anderen Stellen im Weihnachtsdorf, und wir machten uns daran, die Spenden zu sortieren. Die Leute kamen mit Tüten voller Konserven, Nudeln, Reis und anderen verpackten Lebensmitteln. Wieder andere hatten Spielzeug oder Kleidung dabei. Ein Mann brachte einen restaurierten Bollerwagen, und ein anderer reichte Isabelle einfach einen Umschlag mit Bargeld.

Sie begrüßte jeden mit einem Lächeln und viele mit einer Umarmung. Die meisten Leute schienen sie zu kennen. Sie erzählten, wie sehr sie sich schon auf die Eröffnung des Weihnachtsdorfes freuten, und erklärten, wie toll alles schon aussähe.

Doch nichts davon konnte mir etwas vormachen. Dass Leute Spenden brachten, bewies gar nichts.

Eine Frau mit einer roten Strickmütze näherte sich zögerlich der Hütte, als sei sie nicht sicher, ob sie wirklich hier sein sollte. Sie hielt eine kleine Papiertüte fest an die Brust gepresst. Wenn sich darin eine Spende befand, konnte es nicht viel sein – es sei denn, es handelte sich um Bargeld oder Gutscheine.

Isabelle drehte sich um, und ein strahlendes Lächeln breitete sich auf ihrem Gesicht aus. »Ms. Myers. Hallo. Wie geht es Ihnen? Wie geht es den Kindern?«

»Uns geht es gut. Die Kinder bekommen gute Noten in der Schule.«

»Das ist wunderbar. Und wie geht es Ihnen?«

»Ich habe meinen Kurs abgeschlossen und einen guten Job gefunden. Da arbeite ich schon seit Juli.«

»Ich freue mich so für Sie.«

»Danke.« Sie griff in die Tüte und holte ein kleines Spielzeugauto heraus. »Es ist nicht viel, aber ich wollte dieses Jahr auch etwas geben.«

Isabelle nahm das Auto und hielt es beinahe ehrfürchtig in der Hand. »Oh, Ms. Myers. Das ist wundervoll. Vielen, vielen Dank.«

»Ach, es ist nichts.« Sie zerknüllte die Papiertüte.

»Es ist nicht nichts«, widersprach Isabelle. »Das ist so großzügig. Ich danke Ihnen.«

In den Augen der Frau schimmerten Tränen. Irgendwie sah sie gleichzeitig glücklich und traurig aus. Ich hatte keine Ahnung, was hier los war. Das war doch bloß ein kleines Auto. Angesichts der Massen an Spielzeug, die wir bisher eingesammelt hatten, war es wirklich nichts.

Isabelle nahm die Frau in den Arm und drückte sie fest. Dann verabschiedeten sie sich voneinander, und die Frau ging.

»Was war das?«, fragte ich.

Isabelle wischte mit dem Finger unter ihren Augen entlang, als hätte diese Begegnung sie zu Tränen gerührt. »Vor ein paar Jahren standen Ms. Myers und ihre beiden Kinder kurz davor, obdachlos zu werden. Wir haben ihnen Geschenke und Essen für ein Weihnachtsdinner gebracht. Letztes Jahr hat sie immer noch darum gekämpft, wieder auf die Füße zu kommen, also haben wir es noch mal gemacht. Und dieses Jahr hat sie genug, um etwas zurückzugeben.«

»Das da?« Ich zeigte auf das Spielzeugauto, das nicht mehr als ein paar Dollar gekostet haben konnte.

»Ich weiß, es ist nicht viel. Aber darum geht es nicht. Sie hat gegeben, was sie konnte. Und hast du gesehen, wie glücklich es sie gemacht hat? Dass sie diejenige ist, die dieses Jahr geben kann, anstatt zu nehmen?«

Skeptisch musterte ich das Auto, behielt aber eine neutrale Miene bei. Mir gefiel nicht, wie ich mich gerade fühlte – als hätte es einen kleinen Riss in dem Eispanzer um mein Herz gegeben.

»Das ist eine nette Geschichte, aber sie beweist nicht, dass du recht hast. Um eine Spielzeugsammlung zu veranstalten, braucht es kein Weihnachtsdorf. Die könntet ihr überall machen. Vermutlich würdet ihr sogar mehr Spenden bekommen, wenn ihr es in der Stadt machen würdet. Da kommen mehr Leute vorbei.«

»Du bist nervtötend, weißt du das?«

»Ich bin nur praktisch veranlagt.«

Sie verschränkte die Arme. »Na gut. Weißt du was? Du hast gewonnen. Wenn dir diese Begegnung nicht beweist, dass der Geist der Weihnacht wichtig ist, weiß ich es auch nicht.«

»Ziehst du die Wette zurück?«

»Für den Moment.«

»So funktioniert das nicht.«

»Ich behaupte immer noch, dass die Weihnachtsfreude wichtig ist. Selbst wenn du zu griesgrämig bist, um das zu sehen. Aber ich werde mich mit dir hinsetzen und über die Farm reden.«

»Bei einem Abendessen?«

»Davon war nie die Rede.«

Was zum Teufel machte ich hier? Ich wollte nicht mit ihr zu Abend essen. »Wir hätten die Bedingungen gleich zu Anfang festlegen sollen, aber das haben wir nicht, also tue ich das jetzt. Geh mit mir essen.«

Trotzig hielt sie meinen Blick fest. Ihre widerspenstige Miene ließ einen Funken der Lust in mir aufglimmen. Ich mochte es, wenn sie mich so ansah – wenn sie versuchte, sich mir entgegenzustellen.

Die Sekunden vergingen, aber ich würde nicht nachgeben. Isabelle würde mit mir zu Abend essen.

»Na gut«, stieß sie schließlich hervor. »Aber ich entscheide, wo wir hingehen.«

Das konnte ich ihr zugestehen. »Gern. Du kennst dich in der Stadt besser aus als ich.«

Ihre Nasenflügel blähten sich, und ihre Augen funkelten. Verdammt, sie war so unglaublich schön.

Das war sie schon immer gewesen.

»Und jetzt spiel irgendwo anders den Grinch.« Sie winkte mich weg. »Ich habe zu arbeiten.«

Ich lächelte, aber als ich mich umdrehte, um zu meinem Wagen zu gehen, fühlte sich mein Sieg irgendwie leer an. Es war nicht meine Schuld, dass sie eine schlechte Wette eingegangen war. Wie hätte das Einsammeln von Spenden irgendetwas beweisen können? Natürlich hatte ich gewonnen; sie hatte verloren, bevor die Wette überhaupt begonnen hatte.

Dennoch empfand ich nicht die übliche Befriedigung darüber, dass die Sache zu meinen Gunsten gelaufen war. Ich war rastlos und unruhig.

Beinahe so, als wollte ich nicht gehen.

Ein Eichhörnchen rannte an mir vorbei in Richtung der Weihnachtsbaumplantage. Meine Füße schienen ihm folgen zu wollen, und ohne zu überlegen warum, ließ ich es zu. Die Worte von Harvey Johnston hallten durch meinen Kopf. *Die Vergangenheit holt einen immer ein. Man kann sich vor ihr nicht verstecken.*

Natürlich hatte er auch gesagt, die Eichhörnchen hätten sich organisiert. Vielleicht sollte ich alles vergessen, was er gesagt hatte.

Aber das konnte ich nicht. Ein großer Teil meiner Vergangenheit hatte hier stattgefunden, und so wenig ich mich dem auch stellen wollte, irgendetwas zog mich weiter. Vor dem großen hölzernen Schild mit der Aufschrift: *Cook Family Farm – Weihnachtsbäume zum Selberschlagen*, blieb ich stehen und hörte förmlich das Dröhnen der Sägen, roch den Duft von Sägespänen in der Luft. Genau wie damals, als ich zum ersten Mal hier gewesen war.

12. KAPITEL

Elias

Elf Jahre alt

Sägespäne kitzelten in meiner Nase, und das Dröhnen der Säge kam mir viel zu laut vor. Was nicht bedeutete, dass ich Angst hatte. In New York war ich oft an Baustellen vorbeigekommen, die noch lauter waren. Und vermutlich auch gefährlicher. Aber trotzdem spannte ich mich unwillkürlich an.

Onkel Dale legte eine Hand auf meine Schulter. »Keine Sorge. Wir werden niemandem, der eine Kettensäge in der Hand hat, zu nahe kommen.«

»Ich habe keine Angst vor Kettensägen.«

»Das habe ich auch nicht gesagt.« Er tätschelte meine Schulter. »Komm, suchen wir uns den perfekten Baum aus.«

»Ist es nicht zu früh für einen Weihnachtsbaum? Gestern war doch erst Thanksgiving.«

»Deshalb schlagen wir ihn ja auch selbst. Dann ist er frisch. Solange wir ihn feucht halten, sollte er die Zeit überstehen.«

»Und Weihnachtsbäume sind so hübsch«, warf Tante Hattie ein. »Wenn wir ihn jetzt schon aufstellen, können wir ihn länger genießen.«

Das klang logisch. Ich wusste nicht, wie Onkel Dales und Tante Hatties Weihnachtsbaum aussehen würde, aber meine Mutter stellte jedes Jahr einen riesigen Baum auf und bezahlte einen Dekorateur dafür, dass er ihn nach einem von ihr ausgewählten Thema schmückte. Die Farben waren genau aufeinander abgestimmt. Ich tat so, als wäre es mir egal, dass sie keine Kugeln aufhängte, die ich in der Schule gemacht hatte. Ich war schließlich kein Baby mehr. So ein Kram interessierte mich nicht.

Obwohl … wenn ich dieses Jahr in der Schule etwas bastelte, würden Tante Hattie und Onkel Dale es vielleicht aufhängen.

Mein Onkel ging voran einen kleinen Hügel hinunter und an einem Tisch vorbei, an dem heiße Schokolade ausgeschenkt wurde. Sehnsüchtig schaute ich auf die weißen Becher, in denen Marshmallows schwammen. Aber ich würde nicht fragen, ob ich einen haben konnte. Auch wenn mein Onkel und meine Tante vermutlich Ja sagen würden. Sie waren wirklich nett zu mir. Aber ich mochte es nicht, sie um etwas zu bitten. Das fühlte sich irgendwie seltsam an.

Außerdem ging hier irgendetwas vor. Ich konnte es spüren. Auf unserem Weg durch die dichten Tannenreihen schaute Tante Hattie immer wieder nervös zu Onkel Dale. Ich wohnte zwar erst seit ein paar Monaten bei ihnen, aber ich kannte die besorgten Blicke, die Erwachsene manchmal tauschten.

Normalerweise bedeuteten sie schlechte Nachrichten.

Die Handsäge, die Onkel Dale über der Schulter trug, sah verrostet aus.

»Bist du sicher, dass diese Säge scharf genug ist, um einen Baum zu fällen?«, fragte ich.

»Tja, wir brauchen vielleicht ein wenig zusätzliche Muskelkraft, aber ich glaube, wir kriegen das hin.«

»Wir?« Bedeutete das, er würde mich die Säge benutzen lassen?

»Wenn du alt genug bist, um ein Schmuddelheft aus einem Eckladen zu klauen, bist du auch alt genug, um eine Säge zu benutzen.«

Tante Hattie schnalzte mit der Zunge. »Dale.«

Er zwinkerte mir zu.

Ich versuchte, nicht zu lächeln, aber es fiel mir schwer. Mir war nicht ganz klar, was ich davon halten sollte, dass er mich mit dem aufzog, womit ich mich in Schwierigkeiten gebracht hatte. Es wirkte beinahe, als wäre er deswegen gar nicht böse.

Nicht wie mein Vater.

An Dad zu denken, warf in mir die Frage auf, ob meine Tante und mein Onkel schon was von meinen Eltern gehört hatten. Sie hätten eigentlich anrufen und meinen Besuch über Weihnachten besprechen sollen. Bei unserem letzten Treffen waren sie so wütend gewesen. Mom hatte mich nicht mal angeschaut, geschweige denn sich von mir verabschiedet. Dad hatte nur gesagt, ich solle mich bessern. Ich wusste nicht, was er machen würde, wenn ich es nicht tat. Sie hatten mich bereits weggeschickt. Wie viel schlimmer konnte es schon noch werden?

»Okay, Elias.« Onkel Dale blieb mitten zwischen den Tannen stehen. »Ich zähle auf dich. Finde den perfekten Weihnachtsbaum für uns.«

Unbehaglich schaute ich mich um. Ich wusste nicht, wie man einen Baum aussuchte. Moms Dekorateur hatte das immer getan, und es waren künstliche Bäume gewesen. Was, wenn ich mich falsch entschied?

»Ich weiß nicht«, sagte ich und verschränkte die Arme. »Ich will ihn nicht aussuchen.«

»Ach, komm schon.« Seine sanfte Stimme war seltsam tröstend. »Zeig mir wenigstens ein paar, die dir gefallen, um die Auswahl einzuschränken.«

Tante Hattie nickte mir ermutigend zu. Interessierte es sie wirklich, was ich dachte? Oder machten sie das, was Erwachsene manchmal taten, nämlich zu lügen, damit man sich dazugehörig fühlte, um am Ende dann doch zu tun, was sie wollten?

Ich beschloss, es herauszufinden.

»Den da.« Ich zeigte auf einen struppigen, krummen Baum.

Onkel Dale zog die Augenbrauen zusammen und rieb sich übers Kinn. »Den da? Bist du sicher?«

Trotzig straffte ich die Schultern. »Ja. Ich will den da.«

Tante Hattie umkreiste den hässlichen Baum, als würde sie ihn genau inspizieren. »Er ist ein wenig kahl, aber das bedeutet, wir haben mehr Platz für Baumschmuck.«

»Guter Punkt«, sagte Dale. »Und mit seiner Größe passt der Stern perfekt auf die Spitze.«

»Unser letzter Baum war zu groß«, überlegte sie laut.

»Das war er, oder? Gute Wahl, Elias. Der hier ist perfekt.«

»Wirklich?«

»Wirklich.« Er grinste mich an, und in seinem Lächeln lag keine Lüge. »Außerdem, was hat das Kind in dem Weihnachtsfilm noch gesagt? Er braucht nur ein wenig liebevolle Zuneigung?«

»Charlie Braun«, sagte Hattie.

Onkel Dale hielt mir die Säge ihn. »Willst du es versuchen, oder soll ich es dir erst zeigen?«

Ein Teil von mir wollte ihm die Säge aus den Händen reißen und so tun, als wüsste ich, was ich tat. Nur damit ich nicht zugeben musste, dass ich nicht die geringste Ahnung hatte, wie man eine Handsäge benutzte.

Doch der andere Teil von mir gewann. Der Teil, der Onkel Dale ein wenig vertraute. Vielleicht würde er sich nicht über mich lustig machen, weil ich es nicht wusste.

»Kannst du es mir zeigen?«

»Na klar.«

Auch wenn der Baum klein war, brauchten wir eine ganze Weile, bis wir seinen Stamm durchgesägt hatten. Onkel Dale zeigte mir, wie es ging, und half mir dann, mich richtig hinzustellen. Ich wurde schmutzig, aber das schien sie nicht zu stören, und so störte es mich auch nicht. Ich schob und zog die Säge wieder und wieder vor und zurück, bis meine Arme so wehtaten, dass ich nicht weitermachen konnte. Onkel Dale übernahm und sägte mit geübten Zügen die letzten Zentimeter.

»Du hast den Großteil der Arbeit geleistet«, sagte er.

Ein Mitarbeiter der Farm hängte ein Schild an den Baum, und ich ging mit Tante Hattie nach vorn an die Kasse, während Onkel Dale den Pick-up vorfuhr. Wieder kamen wir an dem Stand mit der heißen Schokolade vorbei. Dieses Mal war er so nah, dass ich den Zucker und den Kakao riechen konnte.

»Willst du einen?«, fragte Tante Hattie und zeigte auf den Tisch.

Ich nickte.

»Nur zu. Ich bezahle den Baum und komme dann wieder her.«

Als wir zum ersten Mal an dem Tisch vorbeigekommen waren, hatte eine Frau dahinter gestanden. Doch nun stand da ein Mädchen.

Und nicht irgendein Mädchen. Sondern Isabelle Cook, ein Mädchen aus meiner Klasse. Die blonden Haare hatte sie zu zwei Zöpfen geflochten, die unter ihrer Mütze hervorschauten, und obwohl es ziemlich kalt war, trug sie keine Jacke, sondern nur ein Sweatshirt.

Ihr Lächeln machte komische Dinge mit meinem Magen, und ich war nicht sicher, ob ich das mochte oder nicht.

»Hi, Elias. Habt ihr euch einen Baum geholt?«

»Ja.«

»Und, hast du einen schönen ausgesucht?«

»Nein. Ich habe einen hässlichen gewählt, aber meine Tante und mein Onkel mochten ihn trotzdem.«

Sie lachte, und ich verstand nicht, warum. Das war kein Witz gewesen.

»Willst du einen heißen Kakao?« Sie nahm einen Becher und hielt ihn mir hin.

»Klar.« Ich nahm ihn. »Darfst du den auch trinken, oder musst du ihn nur verteilen?«

»Wenn ich will, darf ich auch einen trinken.« Wieder lächelte sie und griff nach einem weiteren Becher. »Das ist eine gute Idee. Heute ist es ziemlich kalt.«

Es machte mich nervös, so mit ihr zu reden. In der Schule sahen wir uns ständig, aber wir unterhielten uns nie. In der Schule redete niemand mit mir. Es gab Gerüchte darüber, warum ich hier war, und die meisten Kids hatten Angst vor mir.

Um mein Unbehagen zu überspielen, trank ich einen Schluck. Sie auch. Ich fragte mich, ob es sich wohl so anfühlte, wenn man auf ein Date ging.

Falls ja, glaubte ich nicht, dass ich jemals mit einem Mädchen ausgehen wollte.

Oder vielleicht doch.

Meine Gefühle waren ein einziges Durcheinander.

»Warum hast du keine Jacke an?«, fragte ich.

Sie blickte an sich hinunter, als würde es ihr jetzt erst auffallen. »Die habe ich wohl im Haus vergessen.«

»Wo wohnst du?«

»Hier.«

»Du wohnst auf einer Weihnachtsbaumplantage?«

Sie nickte. »Japp. Das hier ist die Farm meiner Eltern. Uns gehört auch das Weihnachtsdorf.«

»Quatsch.«

»Nein, wirklich.«

»Niemandem gehört ein Weihnachtsdorf.«

»Uns schon. Es ist Teil unserer Farm. Unser Haus steht da hinten.« Sie zeigte in die Richtung. »Aber man kann es von hier aus nicht sehen.«

»Oh.« Ich trank noch einen Schluck. »Das ist komisch.«

»Nein. Komisch ist, dass du es komisch findest.«

Das brachte mich beinahe zum Lächeln. Isabelle schien gar keine Angst vor mir zu haben, so wie die anderen Kinder. Das gefiel mir irgendwie.

Da ich nicht wusste, was ich noch sagen sollte, trank ich weiter meine heiße Schokolade.

»Bist du wirklich von New York hierhergezogen?«, fragte sie.

»Ja.«

»Und? Gefällt es dir hier?«

»Schätze schon.«

»Willst du wieder zurück?«

Ich zögerte und trank den letzten Rest, um mir etwas Zeit zum Nachdenken zu verschaffen. Diese Frage hatte mir noch niemand gestellt, und ich war nicht sicher, ob ich eine Antwort darauf hatte. Als ich hier angekommen war, hatte ich so schnell wie möglich wieder weggewollt. Ich hatte sogar meine Tasche gepackt, um weglaufen zu können.

Doch meine Tante und mein Onkel waren eigentlich ganz nett. Sie hörten zu, wenn ich redete, und hatten mich einen hässlichen Weihnachtsbaum aussuchen lassen.

Ich schluckte den letzten klebrigen Marshmallow hinunter. »Nicht wirklich. Aber ich werde meine Eltern über Weihnachten besuchen. Vielleicht schicken sie mich dann nicht wieder hierher zurück.«

Ihr Lächeln schwand. »Oh nein. Ich hoffe, du kommst wieder.«

»Warum?«

Ich wusste nicht, warum ihre Wangen auf einmal so rosig waren, aber es sorgte dafür, dass mein Magen wieder komische Dinge anstellte.

»Ich weiß nicht. Aber ich bin mir ziemlich sicher, dass Tilikum ein besserer Ort zum Leben ist.«

»Vermutlich werden sie mich zurückschicken.«

Da war ihr Lächeln wieder. »Willst du noch einen Kakao?«

»Darfst du den Leuten mehr als einen geben?«

»Nein. Aber ich verrate es nicht, wenn du es nicht verrätst.« Sie nahm einen neuen Becher und hielt ihn mir hin.

Grinsend nahm ich ihn an.

»Elias!«, rief Tante Hattie. »Wir müssen los.«

»Ich muss gehen. Danke für den heißen Kakao.«

»Gern geschehen. Tschüss, Elias. Wir sehen uns in der Schule.«

Ich winkte ihr zu und ging zu Tante Hattie.

»Kennst du das Mädchen?«, fragte sie.

»Ja. Sie ist in meiner Klasse.«

»Das ist schön. Wie ist die Schokolade?«

»Gut.«

Onkel Dale hatte den hässlichen Weihnachtsbaum auf die Ladefläche seines Pick-ups gelegt. Tante Hattie wischte ihm ein wenig Schmutz von der Jacke.

»Hast du mir auch einen heißen Kakao mitgebracht?«, fragte er.

»Nein«, antwortete ich. »Sorry. Ich wusste nicht, dass du einen willst.«

»Ist schon gut.« Er warf Hattie einen Blick zu, und da war wieder dieser Blick, bei dem sich mein Magen unangenehm zusammenzog. »Hör mal, Junge, da ist etwas, über das wir mit dir reden müssen.«

Ich schluckte schwer. Was hatte ich nun schon wieder angestellt? Würden sie mich jetzt auch wegschicken?

»Ich habe vorhin mit deinem Vater gesprochen«, fuhr er fort. »Und es sieht so aus, als würde es nicht klappen, dass du sie über Weihnachten besuchst.«

Mein Magen sackte mir in die Kniekehlen. »Was meinst du damit?«

»Du wirst über Weihnachten hier bei uns bleiben.«

Beinahe hätte ich gefragt, was passiert war, aber ich konnte mich gerade noch zurückhalten. Ich wusste es. Meine Eltern wollten mich nicht. Sie ließen mich hier, weil sie mich nicht sehen wollten. Nicht mal an Weihnachten.

»Aber«, sagte Tante Hattie mit erzwungener Fröhlichkeit in der Stimme. »Wir werden ein tolles Weihnachtsfest haben. Wir haben den perfekten Baum, und es wird Geschenke geben, und wir backen Kekse und machen alle möglichen schönen Sachen.«

»Wo wir gerade von schönen Sachen sprechen«, sagte Onkel Dale. »Wie wäre es, wenn wir das Weihnachtsdorf besuchen, wo wir schon mal hier sind? Da haben sie Rentiere und Weihnachtsschmuck und, wie ich gehört habe, sehr leckere Kekse. Oder vielleicht Popcorn. Magst du das?«

Ich zuckte mit den Schultern.

»Ich schon. Ich denke, wir sollten uns eine Portion holen.«

»Und wir können ein paar schöne Schmuckstücke für unseren Baum aussuchen«, schlug Hattie vor. »Das machen wir jedes Jahr. Willst du auch eines auswählen?«

Ich starrte auf meine Füße; der Becher mit meinem zweiten Kakao hing zwischen meinen schlaffen Fingern. »Okay.«

Ich war nicht böse auf meinen Onkel und meine Tante. Deshalb hatten sie mich den hässlichen Baum aussuchen lassen, und deshalb würden sie mir Kekse oder Süßigkeiten oder was auch immer ich wollte im Weihnachtsdorf kaufen. Sie versuchten wiedergutzumachen, dass meine Eltern mich nicht wollten.

»Komm, Kumpel«, sagte Onkel Dale und nahm meine Hand. Und auch wenn ich schon zu alt war, um die Hand eines Erwachsenen zu halten, ließ ich es zu. Tante Hattie nahm mir den Becher ab und ergriff meine andere Hand.

Ich warf einen Blick über meine Schulter. Isabelle beobachtete uns. Wenigstens musste ich mir keine Gedanken darüber machen, dass meine Eltern mich in New York behalten würden. Vielleicht hatte Isabelle recht, und Tilikum war ein besserer Ort zum Leben.

Außerdem hätte ich es vermisst, sie in der Schule wiederzusehen.

13. KAPITEL
Isabelle

Das hier war kein Date.

Es war kein Date, weil ich nicht wollte, dass es eines war. Und er wollte es auch nicht, obwohl der Satz *Geh mit mir essen* in seiner tiefen, samtigen Stimme so geklungen hatte, als würde er mich auf ein Date einladen. Aber nein, ich würde definitiv nicht mit Elias Stoneheart auf ein Date gehen.

Das hier war ein geschäftliches Treffen.

Und ich würde auch niemandem – nicht mal Annika und Marigold – gestehen, dass ich vier verschiedene Outfits anprobiert hatte. Und schon gar nicht, dass drei davon Kleider gewesen waren.

Kleider waren für Feiern oder formelle Anlässe. Das hier war nichts von beidem.

Deshalb hatte ich mich schließlich für einen cremefarbenen Pullover, Jeans – nicht schick, aber immerhin sauber – und kniehohe Stiefel entschieden, die ich liebte, aber nur selten anzog. Normalerweise trug ich meine Arbeitsstiefel – weil ich immer arbeitete – oder Sneaker – weil die leicht an- und auszuziehen waren. Aber für ein Geschäftsessen, das kein Date war, kam mir mein Outfit angemessen vor.

Das Restaurant war ziemlich ruhig. Ich war früher gekommen, um uns einen Tisch zu sichern. Kurz überlegte ich, schon eine Vorspeise zu bestellen, aber dann beschloss ich zu warten.

Ich wusste nicht, was Elias wollte. Als Teenager waren wir ein Paar gewesen, aber dass ich von damals noch wusste, wie gern er Cheese Fries mochte, bedeutete nicht, dass ich wusste, was er heute in einem Restaurant bestellen würde, auf dem so etwas gar nicht auf der Karte stand.

Als er kurz darauf den Laden betrat, war es, als würde er jeglichen Sauerstoff aus dem Raum saugen. Mein Atem stockte, und da war ich nicht die Einzige. Die Kellnerin wirkte, als wäre sie von einem Liebeszauber erfasst worden, und eine andere Kellnerin blieb mit ihrem voll beladenen Tablett stehen und starrte ihn an.

Er sah aber auch verdammt gut aus, das konnte ich nicht leugnen. Die Zeit hatte ihn nur noch attraktiver gemacht. Seine durchdringenden grünen Augen, der leichte Bartschatten und die breiten Schultern strahlten pure Männlichkeit aus. Ich wusste, dass der Eindruck sofort von seiner Arroganz zunichtegemacht wurde, sobald er den Mund öffnete, aber aus der Ferne war er einfach umwerfend.

Ob wohl irgendwo da drin noch der Junge steckte, den ich einst gekannt hatte?

Er trat zu mir und setzte sich. »Isabelle.«

Mein Name auf seinen Lippen, in dieser samtigen Stimme, jagte mir einen Schauer über den Rücken, der zwischen meinen Schenkeln explodierte.

Hormonen konnte man einfach nicht trauen.

»Elias.« Ich zwang mich zu einem kühlen Tonfall.

»Du siehst gut aus. Du trägst die Haare offen.«

Beinahe ohne es zu wollen, ging meine Hand zu einer Strähne, die auf meinem Schlüsselbein ruhte. Ich trug die Haare nur selten offen, aber auch wenn das hier ein geschäftliches Treffen war und kein Date, hatte ich mir die Zeit genommen, sie zu föhnen, anstatt mir meinen üblichen Pferdeschwanz zu machen.

»Danke.«

Ein Kellner trat an unseren Tisch, um unsere Bestellung aufzunehmen, was mich davor bewahrte, mir überlegen zu müssen, was ich auf dieses Kompliment sagen sollte. Ich bestellte einen Eistee. Ein Glas Wein wäre zwar auch nett gewesen, aber wie gesagt: Das hier war ein Geschäftstreffen.

Elias bestellte sich ein Glas Cabernet. Ich entschied, dass das nichts zu bedeuten hatte.

»Wie, keine Stapel von Finanzprojektionen und Excel-Tabellen, um mich davon zu überzeugen, dass wir die Farm verkaufen müssen?«, fragte ich, sobald der Kellner gegangen war.

Er senkte den Blick, als hätte er etwas vergessen, und ich sah einen winzigen Bruch in seinem Panzer. »Nein.«

»Warum nicht?«

»Ist das wichtig?«

»Vermutlich nicht.«

»Du kennst die Farm in- und auswendig. Und die Finanzen sicherlich auch.«

»Das stimmt.«

Er nickte nur. Doch in seinen grünen Augen lag etwas, das ich nicht deuten konnte. Wenn ich es nicht besser gewusst hätte, hätte ich gesagt, dass er aufgewühlt wirkte. Ja, sogar gehetzt.

Fast hätte ich ihn gefragt, was los war, aber er griff schon nach der Speisekarte. Ich tat es ihm gleich, auch wenn seine Anwesenheit mich so aus dem Konzept brachte, dass ich mich kaum konzentrieren konnte. Was hatte er vor? Wie wollte er mich zum Verkauf der Farm überreden, wenn nicht, indem er mich mit Zahlen bombardierte?

Und warum wirkte er so abgelenkt?

Der Kellner kam mit unseren Getränken zurück und nahm unsere Essenswünsche auf. Elias verlagerte sein Gewicht und trank einen Schluck von seinem Wein. Der Unterschied in seinem Verhalten war subtil und wäre jemandem, der ihn nicht kannte, vermutlich gar nicht aufgefallen. Mir schon. Er war rastlos und versuchte, es zu verbergen.

»Wie ist der Rest der Spielzeugsammlung gelaufen?«, fragte er.

»Super. Ich glaube, wir haben mehr Spenden erhalten als im letzten Jahr.«

»Schön.«

»Wie war dein restlicher Sonntag? Nimmst du dir auch mal frei, oder arbeitest du nur?«

Sein Blick war auf den Tisch geheftet, während er mit einem Finger den Rand seines Glases nachfuhr. »Ich habe mir den Tag freigenommen.«

Ich unterdrückte den unerklärlichen Drang, meine Hand auszustrecken und tröstend auf seine zu legen.

Was war mit mir los?

»Hast du was Schönes gemacht?«, fragte ich.

»Nicht wirklich.«

Schweigen senkte sich auf uns herab. Frustriert zog ich die Schultern hoch. Was machten wir hier überhaupt?

»Willst du mir sagen, warum du mit mir essen gehen wolltest, oder warten wir damit, bis unser Essen kommt?«

Er zögerte. »Ehrlich gesagt weiß ich es nicht. Ich wollte dir die Finanzen mitbringen, damit wir sie zusammen durchgehen können, aber ich hatte einen seltsamen Tag.«

»Geht es dir gut?«

»Ja. Alles in Ordnung.«

Ihm ging es nicht gut. Aber das wusste ich, seit er auf der Farm aufgetaucht war. Irgendetwas lauerte unter der Oberfläche seiner kühlen, selbstbewussten Fassade. Etwas, das er niemanden sehen lassen wollte.

Doch ich sah es.

»Hast du dich je mit Harvey Johnston unterhalten?«, fragte er.

Was für eine seltsame Frage. »Manchmal. Ich grüße ihn, wenn ich ihn in der Stadt sehe. Warum?«

»Er ist verrückt, oder? Ein bisschen neben der Spur?«

»Ich weiß es nicht. Manchmal wirkt es, als wüsste er nicht, wo er ist. Aber manchmal ist er auch ganz normal. Vielleicht kommt und geht es.«

Noch immer sah er mich nicht an und spielte mit seinem Glas.

»Warum fragst du? Hat Harvey etwas Seltsames gesagt?«

»Es ist nichts.« Er nahm die Hand herunter und straffte die Schultern. »Der Typ hat Angst vor Eichhörnchen. Er weiß gar nichts.«

»Erinnerst du dich noch, als Harvey im Baum festsaß?«

Er nickte langsam. »Was hatte er da oben gemacht?«

»Ich glaube, ein Eichhörnchen gejagt.«

»Musste nicht die Feuerwehr anrücken, um ihm wieder runterzuhelfen?«

»Ja. Niemand wusste, wie er so hoch auf den Baum gekommen ist. Er hat behauptet, die Eichhörnchen hätten ihm etwas geklaut.«

»Vermutlich seinen Verstand.«

Ich lachte. »Ja, vielleicht.«

Es fühlte sich seltsam an, mit ihm über diese Erinnerung zu reden. Ich hatte nicht vorgehabt, eine Geschichte anzusprechen, die so eng mit unserer Vergangenheit verknüpft war, aber wir hatten Harvey in dem Baum entdeckt, weil wir die Schule geschwänzt und einen alten Holzfällerweg runtergefahren waren, um in Elias' Auto rumzumachen.

Erinnerte er sich daran? Seine Miene verriet nichts.

»Mit einem hatte er recht«, sagte er jetzt. »Hier hat sich nicht viel verändert.«

»Kommt Tilikum dir noch genauso vor wie früher?«

Nun endlich sah er mich an, doch sein Gesicht verriet mir immer noch nicht, was er dachte. »Ja, fast.«

»Ich schätze, das ist das Schicksal einer Kleinstadt.«

»Lebst du wirklich gern hier?«

Ich lächelte. »Ja, sehr gern sogar.«

»Warum?«

In seiner Stimme lag keine Verurteilung, nur Interesse.

»Was soll man an dieser Stadt nicht mögen? Hier ist es wunderschön, und die Luft ist immer klar und frisch. Es gibt kaum Verkehr, und die Menschen sind freundlich. Natürlich wird geklatscht und getratscht, aber das ist harmlos. Außerdem ist das hier mein Zuhause. Hast du dich nie irgendwo zu Hause gefühlt?«

»Nicht wirklich.«

»Was ist mit der Zeit, in der du bei deiner Tante und deinem Onkel gewohnt hast? Hat sich das nicht nach einem Zuhause angefühlt?«

Er wandte den Blick ab. »Ich war nicht freiwillig dort. Meine Eltern hatten mich zu ihnen geschickt, um mich loszuwerden.«

Ich war mir sicher gewesen, dass der alte Elias weggefrostet worden war, doch jetzt sah ich einen Anflug von dem verletzten kleinen Jungen von damals. Mein Herz schmerzte für ihn.

»Sorry. Ich hätte es nicht ansprechen sollen.«

»Schon gut. Es ist lange her.«

Der Kellner brachte unser Essen. Ich legte mir die Serviette auf den Schoß und langte zu. Wenn ich schon mit Elias Stoneheart zu Abend essen musste, dann immerhin in einem Restaurant mit gutem Essen.

Der Abend hingegen war bisher fürchterlich.

»Ist Alice noch in der Stadt?«, fragte ich nach einer Weile.

»Ja. Sie wohnt bei Hattie und Dale.«

»Das ist nett von ihnen. Wie geht es den beiden?«

Er überlegte kurz. »Gut. Sie sind in Rente, was ihnen gutzutun scheint.«

»Und was ist mit dir? Wie ist dein Leben so, wenn du nicht gerade versuchst, Leute zu überreden, ihre Farm zu verkaufen?«

»Ich arbeite sehr viel.«

Das überraschte mich nicht. Er war schon immer wahnsinnig fokussiert gewesen. Aber mein Gefühl, dass er nicht glücklich war, blieb. Irgendetwas ging hier vor, und es hatte nichts mit Ehrgeiz und Gier zu tun.

Vielleicht wünschte ich mir das aber auch nur.

»Wo wohnst du? Ich nehme mal nicht an, dass du in deinem Büro schläfst?«

»Ich habe ein Apartment im Zentrum von Bellevue.«

»Das ist eine nette Gegend, oder?«

Er zuckte mit den Schultern, als wäre das irrelevant. »Ich habe es als Wertanlage gekauft. Es war ein guter Deal, und je nachdem, wie lange ich es behalte, bekomme ich beim Verkauf mindestens das Doppelte dafür.«

»Also ist es mehr eine Investition als ein Zuhause.«

»So könnte man es sagen.«

»Was machst du in deiner Freizeit?«

Er runzelte die Stirn, als verstünde er die Frage nicht. »In meiner Freizeit?«

»Ja. Gehst du wandern oder segeln, besuchst du Konzerte oder braust du dein eigenes Bier?«

»Nein.«

»Also arbeitest du nur und wohnst in einer Investitionsimmobilie.«

Er fing meinen Blick auf und hielt ihn für einen Moment fest. »Woher kommt dieses plötzliche Interesse an meinem Leben?«

»Ich weiß nicht. Ich habe dich lange nicht gesehen und bin neugierig. Hast du irgendwelche Hobbys?«

»Wie viele Hobbys hast du? Alles, was mit der Farm zu tun hat, zählt nicht.«

Ich öffnete den Mund, um zu antworten, aber dann wurde mir bewusst, dass so ziemlich alles, was ich tat, mit der Farm zu tun hatte. »Das ist etwas anderes«, sagte ich schließlich.

»Wieso? Du gehst ganz in deiner Arbeit auf. Das war schon immer so. Und bei mir ist es dasselbe.«

Ich wollte nicht, dass er recht hatte. Mein Leben war komplett anders als seins. »Ich verbringe Zeit mit meinen Freundinnen. Erinnerst du dich noch an Annika und Marigold?«

Er trank einen Schluck. »Klar. Leben sie noch hier in der Stadt?«

»Ja. Und wenn ich nicht auf der Farm arbeite, bin ich mit ihnen zusammen.«

Er schwieg, und ich sah ihn erwartungsvoll an.

»Wenn du darauf wartest zu hören, dass ich ebenfalls Zeit mit Freunden verbringe, wartest du vergeblich.«

»Du hast keine Freunde?«

»Nein.«

»Und das stört dich nicht?«

»Nein. Freunde lenken einen nur ab.«

»Wovon?«

»Von allem.«

Elias hatte nie einen großen Freundeskreis gehabt. Auf der Highschool hatte er den Großteil seiner Zeit entweder mit mir verbracht, gelernt oder gearbeitet. Aber überhaupt keine Freunde zu haben?

Und bedeutete es, dass er auch keine Freundin hatte?

Es wirkte zumindest so. Aber das ging mich nichts an. Es war sogar vollkommen irrelevant, und ich würde nicht nachfragen.

Bis ich meinen Mund öffnete und die Frage herausschoss wie eine Rakete. »Bist du mit jemandem zusammen?«

Seine grünen Augen sahen mich an, und mir wurde plötzlich ganz flau im Magen. »Nein.«

»Ich auch nicht.«

Ich widmete mich wieder meinem Essen. Warum hatte ich das gesagt? Das hier sollte ein Geschäftsessen sein. Warum wühlte ich in seinem Privatleben rum und offenbarte ihm meins?

«Damien Barrett hat dich nicht noch mal angerufen, oder?«, fragte Elias.

Beinahe hätte ich bei diesem Themenwechsel vor Erleichterung geseufzt. Zurück zum Geschäft. »Nein. Du hast dein Versprechen gehalten, ihn aus der Sache rauszuhalten. Das muss ich dir lassen.«

»Gut.«

»Du magst ihn nicht sonderlich, oder?«

»Er ist ein Idiot.«

»Stimmt.« Ich lachte. »Sieh uns einer an. Wir sind tatsächlich einer Meinung. Das ist ein Weihnachtswunder.«

Einer seiner Mundwinkel hob sich ein wenig, und mein Magen kribbelte erneut.

War das er? Der Elias, an den ich mich erinnerte?

Was auch immer das zu bedeuten hatte. Er hatte nicht gesagt, dass seine Firma die Versuche einstellen würde, die Farm zu kaufen. Hatte ich diese Runde gewonnen? Oder er?

War das hier überhaupt eine Schlacht?

Die Grenzen waren verschwommen, und ich wusste nicht, was ich davon halten sollte. Für einen Moment hatte ich hinter Elias' kalte Fassade schauen können und den Mann dahinter gesehen. Den Mann, an den ich mich erinnerte.

Den Mann, den ich einst geliebt hatte.

Er war immer noch da. Ich wusste nur nicht, ob er je wieder hervorkommen würde. Oder was ich tun würde, wenn es geschah.

14. KAPITEL

Elias

Seit dem Abendessen mit Isabelle waren fünf Tage vergangen, und ich war immer noch wütend auf mich. Ich hatte sie genau da gehabt, wo ich sie hatte haben wollen. Sie war noch nicht bereit gewesen, die Verträge zu unterschreiben, aber sie hätte mir zugehört, während ich ihr ganz rational erklärte, warum sie keine andere Wahl hatte. Und was hatte ich mit dieser Chance getan?

Nichts.

Überhaupt nichts.

Stattdessen hatte ich mich von einem Nachmittag auf der Weihnachtsbaumplantage vollkommen aus dem Konzept bringen lassen.

Am Montagmorgen hatte es bei einem anderen Projekt in der Firma eine kleine Krise gegeben, und da es Zeitverschwendung gewesen wäre, dafür nach Bellevue ins Büro zurückzufahren, hatte ich die Woche in Tilikum damit verbracht, die Feuer aus meinem Hotelzimmer heraus zu löschen. Das war effizienter. Nur deshalb war ich geblieben. Es hatte nichts mit Isabelle oder der seltsamen Anziehung zu tun, die sie auf mich ausübte.

Das Essen mit ihr war zu angenehm gewesen. Ich hatte gegen den beinahe unwiderstehlichen Drang ankämpfen müssen, meine Hand auszustrecken und ihre zu berühren.

Sie verdrehte mir den Kopf.

Es klopfte an meiner Tür, und ich erhob mich von meinem provisorischen Arbeitsplatz auf dem Bett, um zu öffnen. Alice kam herein und blickte sich im Zimmer um, während sie ihre Tasche abstellte und den Mantel auszog.

»Du bist wirklich geizig.«

»Das hier ist das beste Hotel in der Stadt. Wieso macht mich das geizig?«

»Du hättest dir ein Zimmer mit Wohnbereich und Schreibtisch oder so buchen können, aber du arbeitest auf deinem Bett.« Sie grinste, und ich wusste, dass jetzt irgendein sarkastischer Kommentar kommen würde. »Kein Wunder, dass du nie verheiratet warst.«

»Ich hätte einmal fast geheiratet.« Verdammt. Das hätte ich nicht laut sagen sollen.

»Wirklich? Wann?«

»Spielt keine Rolle.«

»Komm schon. Erzähl es mir.« Sie setzte sich auf die Bettkante. »Findest du es nicht seltsam, dass wir seit beinahe drei Jahren zusammenarbeiten und ich nichts über dein Privatleben weiß?«

»Nein.«

»Und du kennst mich auch kaum.« Sie setzte sich aufrechter hin. »Wie wäre es damit: Du kannst mich etwas Persönliches fragen, und ich antworte. Und dann erzählst du mir davon, wie du beinahe geheiratet hättest.«

Ich wollte sie gerade anblaffen und ihr sagen, dass ich nichts über ihr Privatleben wissen wollte, als mir klar wurde, dass das nicht stimmte. Die Erinnerung an das strahlende Lächeln ihrer Tochter und wie sie ihre Hand auf meine Brust gelegt und mir gesagt hatte, dass ich ein Herz hätte, stieg in mir auf.

»Na gut. Erzähl mir von Maddies Vater.«

»Oh, wow. Du schießt gleich dahin, wo es wehtut. Aber gut. Vermutlich ist es ein fairer Tausch für deine Beinahe-verheiratet-Geschichte.« Sie atmete tief durch. »Maddies Vater und ich waren seit knapp sechs Monaten ein Paar, als ich herausfand, dass ich schwanger war. Er hat den Moment genutzt, um mir zu sagen, dass er keine Kinder haben wollte. Was ein Dealbreaker gewesen wäre, wenn ich es von Anfang an gewusst hätte. Ich wollte immer Kinder haben. Jedenfalls, er war von Anfang an kein sonderlich begeisterter Vater, aber als er erfahren hat, dass sie eine Zerebralparese hat, war das zu viel für ihn. Er hat sich in die Arme einer anderen Frau – einer Kollegin – geflüchtet. Als ich das dann herausfand, behauptete er, es wäre nicht seine Schuld, und er könne nichts für seine Gefühle.« Sie verdrehte die Augen. »So ein Unsinn.«

Wut stieg in mir auf. »Hat er Kontakt zu seiner Tochter?«

»Nicht wirklich. Eine Weile habe ich versucht, es irgendwie hinzukriegen, aber er hat sie einmal zu oft sitzenlassen. Sie war damals noch zu jung, um es zu merken, aber ich wollte nicht, dass sie das immer wieder durchmachen muss, vor allem nicht, wenn sie älter wird.«

»Ich hoffe, er bezahlt wenigstens pünktlich den Unterhalt.«

»Meistens. Aber er mault ständig deswegen und diskutiert jedes Mal rum, wenn irgendwelche Extrakosten anfallen.«

»Ich will dieses Arschloch umbringen.«

»Da sind wir schon zu zweit. Aber es ist schon okay. Ich habe meinen Frieden damit gemacht. Jetzt bist du dran. Warum hättest du nur beinahe geheiratet? Nein, warte. Lass mich raten.«

Das war albern, aber ich ließ ihr den Spaß. »Nur zu.«

»War es so eine Las-Vegas-Geschichte? Du warst mit einem Mädchen dort, und ihr habt euch betrunken und hättet beinahe geheiratet?«

»Nein.«

»Hast recht. Das würde auch nicht zu dir passen. War sie eine Goldgräberin und hat dich verlassen, als sie erkannt hat, was für ein Geizkragen du bist?«

Ich verengte die Augen. »Nein.«

Sie lachte. »War nur ein Witz. Aber jetzt mal ernsthaft: Was ist passiert?«

»Sie war meine Jugendliebe. Wir waren jung und dumm, und eine Weile dachte ich, wir würden nach dem Schulabschluss heiraten. Aber das haben wir nicht. Ich habe die Stadt verlassen.«

»Warte mal. Bist du hier zur Schule gegangen? In Tilikum?«

Ich nickte.

Ihre Augen weiteten sich. »Wer war sie? Lebt sie noch hier? Hast du sie wiedergesehen?«

»Ja, ich habe sie gesehen.«

»O mein Gott! Sind wir deshalb hier? Benutzt du die Farm der Cooks, um die Beziehung mit deiner Highschool-Liebe wieder aufleben zu lassen?«

»Nein. Definitiv nicht.«

Ihre Schultern sackten nach unten. »Du musst mir schon mehr geben. Wie heißt sie? Habe ich sie schon getroffen?«

»Ja. Es ist Isabelle.«

»Warte mal, was? Isabelle? Isabelle Cook?«

»Ja.«

»Die von der Cook-Farm?«

»Das sagte ich gerade.«

Sie sah mich aus großen Augen an. »Isabelle Cook ist deine Ex-Freundin, und das erfahre ich jetzt erst?«

Ich runzelte die Stirn. »Warum hättest du das wissen müssen?«

»Ich finde, das ist eine ziemlich wichtige Information, wenn man bedenkt, dass wir gerade versuchen, die Farm ihrer Familie zu kaufen. Gegen ihren Willen, möchte ich anfügen.« Sie blickte sich um, als versuchte sie, die Antworten auf ihre zahlreichen Fragen irgendwo in meinem Hotelzimmer zu finden. »Ich kann nicht fassen, dass du nichts gesagt hast.«

»Die Geschichte ist lange her und spielt heute keine Rolle mehr.«

»Bist du dir da sicher?«

»Hat dein Ex noch etwas mit deinem jetzigen Leben zu tun?«

»Nicht wirklich. Wenn ich nicht mit ihm zusammen gewesen wäre, hätte ich Maddie nicht, und sie zu haben werde ich niemals bereuen. Aber nein, er hat nichts mehr mit meinem Leben zu tun, abgesehen davon, dass er mir manchmal Stress wegen des Unterhalts macht.«

»Ganz genau. Meine Vergangenheit mit Isabelle Cook hat ebenfalls nichts mit der Gegenwart zu tun.«

Sie sah mich skeptisch an. »Okay.«

Ich wollte das Thema wechseln. »Was läuft da eigentlich zwischen dir und dem Farmarbeiter?«

»Cole?«

»Ja. Du weißt, dass er auch Isabelles Ex ist, oder?«

»Ja, hat er mir erzählt. Und ich weiß nicht, was da läuft.« Ihre Wangen röteten sich. »Es geht dich auch nichts an.«

»Du wolltest doch, dass wir einander besser kennenlernen.«

Sie seufzte. »Ja, ich schätze, das habe ich mir wohl selbst eingebrockt. Ich mag ihn, okay? Er ist echt großartig. Aber er lebt hier, und ich nicht, und Fernbeziehungen sind schwierig. Vor allem mit Maddie. Auch wenn die beiden sich auf Anhieb gut verstanden haben, und das ist so süß, dass es meine Eierstöcke ziepen lässt.«

»Ich glaube nicht, dass ich etwas über deine Eierstöcke wissen will.«

»Verständlich. Aber das bringt mich zu meiner nächsten Frage: Warum sind wir noch hier? Ziehst du das Ganze in die Länge, um Isabelle zurückzugewinnen? Sei ehrlich.«

»Nein. Ich versuche nicht, Isabelle zurückzugewinnen.«

»Warum nicht?«

»Warum sollte ich? Unsere Trennung hatte ganz offensichtlich einen Grund.«

»Dessen bin ich mir sicher. Aber die Tatsache, dass sie deine Ex ist, erklärt so einiges. Vor allem die Art, wie du sie ansiehst. Und warum du freiwillig einen ganzen Vormittag mit Spendensammeln verbracht hast.«

»Wie sehe ich sie denn an?«

Sie wackelte mit den Augenbrauen. »Als würdest du gern ihre Glocken zum Läuten bringen.«

Ich stöhnte.

»Na gut, du willst deine Zuckerstange …«

»Stopp. Keine weihnachtlichen Wortwitze.«

»Du bist eine Spaßbremse.«

»Nur fürs Protokoll: Ich habe ihr bei der Spielzeugsammlung geholfen, weil wir eine Wette laufen hatten.« Keine Ahnung, warum ich das Bedürfnis verspürte, mich vor Alice zu rechtfertigen. »Eine Wette, die ich gewonnen habe.«

»Du kannst sagen, was du willst, aber ich glaube immer noch, dass du Gefühle für sie hast.«

»Ich habe keine Gefühle.«

»Das dachte ich auch immer, aber jetzt bin ich mir da nicht mehr so sicher.« Sie legte den Kopf schief. »Maddie mochte dich, und sie verfügt über eine gute Menschenkenntnis. Dachte ich zumindest. Jetzt allerdings zweifle ich alles an, was ich je über die Welt zu wissen geglaubt habe.«

»Kinder mögen mich nicht.«

»Niemand mag dich. Aber meine Tochter hat sich offensichtlich zum Ziel gesetzt, dieses Muster zu durchbrechen, auch wenn ich nicht recht verstehe, warum.«

»Sehr witzig. Hat sich der Entwickler zurückgemeldet? Ich brauche die Zahlen.«

»Hat er. Aber eine Sache noch, bevor wir diese zauberhafte offene Unterhaltung beenden.«

Wieder stöhnte ich.

»Ich weiß, du hasst es, nett zu sein, aber ich bekomme vielleicht keine weitere Chance. Du bist heute ausgesprochen guter Laune.«

»Nein, bin ich nicht.«

Sie winkte ab. »Doch. Ich muss dich das einfach fragen: Bist du sicher, dass der Kampf um die Cook-Farm das alles wert ist? Angesichts dessen, dass sie nicht verkaufen wollen und du eine Vergangenheit mit Isabelle hast?«

»Meine Vergangenheit mit Isabelle hat mit der Farm nichts zu tun.«

»Ich weiß, dass du die emotionale Bandbreite einer Steckrübe hast, aber selbst du kannst das nicht ernsthaft glauben. Deine Geschichte mit Isabelle hat sehr wohl etwas mit der Sache zu tun. Du kannst die Vergangenheit nicht von der Gegenwart trennen, egal, wie gern du das möchtest.«

»Doch, das kann ich.«

»Du kannst es versuchen, aber es wird nicht funktionieren. Die Vergangenheit holt uns immer wieder ein.«

Beinahe wäre ich zusammengezuckt. »Was hast du gerade gesagt?«

»Dass die Vergangenheit die Angewohnheit hat, uns immer wieder einzuholen. Vor allem, wenn es sich dabei um nicht gelöste Angelegenheiten handelt. Vertrau mir. Damit kenne ich mich aus.«

»Wenn du das nächste Mal vorschlägst, dass wir einander besser kennenlernen, lautet die Antwort Nein.«

»Das dachte ich mir. Aber ernsthaft, denk mal darüber nach. Ich verstehe, dass Nigel dir die Beförderung vor die Nase hält, und es wäre toll, wenn du sie bekommst. Aber es gibt Wichtigeres.«

»Diese Unterhaltung ist beendet«, verkündete ich. »Sorg dafür, dass die Entwicklungsabteilung mir die Budgetänderungen übermittelt, damit ich sie mir ansehen kann.«

Sie hob ergeben die Hände. »Ich habe gesagt, was ich sagen wollte. Du kannst auf mich hören oder nicht. Aber fürs Protokoll: Die Cooks sind eine sehr nette Familie, und ich will nicht daran teilhaben, sie unter Druck zu setzen, damit sie verkaufen.«

Jetzt riss mir wirklich der Geduldsfaden. »Wir setzen niemanden unter Druck. Ihre sentimentale Bindung an diese Farm vernebelt ihnen den Verstand. Sie können es sich nicht leisten, die Farm zu behalten. Ich werde sie nicht um ihr Land bringen, indem ich ihnen ein unterirdisches Angebot mache, so wie Damien es getan hat. Sie werden einen fairen Preis bekommen. Aber sie müssen verkaufen. Das ist unausweichlich.«

»Okay.« Sie stand auf und sammelte ihre Sachen zusammen. »Ich arbeite heute vom Haus deiner Tante und deines Onkels aus.«

Ich schnaubte unwillig.

Sie ging hinaus, und ich funkelte die geschlossene Tür an.

Was zum Teufel wusste Alice schon?

Andererseits starrte mir die Wahrheit direkt ins Gesicht: Isabelle wurde langsam zu einem Problem.

Mit ihr essen zu gehen, war ein Fehler gewesen. Es hatte sich zu vertraut, zu intim angefühlt. Ich war sowieso schon ein wenig aus dem Gleichgewicht gewesen, und Zeit mit ihr zu verbringen, hatte alles nur noch schlimmer gemacht.

Sie machte mich schwach.

Denn die Wahrheit war: Tief in meinem Innern fragte ich mich ganz allmählich, ob Alice womöglich recht hatte. Ob wir uns nicht zurückziehen und den Versuch, die Cooks zum Verkauf zu überreden, aufgeben sollten.

Aber das war Schwäche, die da sprach. Ich war nicht dort hingekommen, wo ich jetzt war, weil ich in meinem Kopf Platz für sentimentalen Unsinn hatte.

Was bedeutete, dass ich Isabelle aus meinen Gedanken verbannen musste. Mit ihr würde ich sowieso niemals eine Einigung erzielen.

Ich ergab mich dem Unausweichlichen, auch wenn ich mir wünschte, dass es nicht so weit hätte kommen müssen. Es war an der Zeit, Isabelle aus der Gleichung zu entfernen und mich direkt an Russell und Faye Cook zu wenden.

15. KAPITEL
Elias

Es roch nach Rentier. Selbst hier draußen vor dem Stall stiegen mir die Ausdünstungen der Tiere deutlich in die Nase. Allerdings musste ich widerstrebend zugeben, dass es kein unangenehmer Geruch war. Der Himmel über mir war wolkenverhangen und die Bergspitzen nicht zu sehen. Die Stille in der Luft fühlte sich vertraut an, als würde die Welt sich darauf vorbereiten, von einer Schneedecke verhüllt und für den Winter zur Ruhe gebettet zu werden.

Im Weihnachtsdorf waren zahlreiche Arbeiter damit beschäftigt, aufwendige Dekorationen aufzubauen und letzte Hand an die Verkaufsbuden zu legen. Isabelle hatte ich unter ihnen jedoch nicht entdeckt. Ein Teil von mir war enttäuscht – hatte sie wiedersehen, erneut in ihrer Nähe sein wollen. Doch ich unterdrückte dieses Gefühl schnell wieder und versiegelte es mit einer Eisschicht.

Mein Besuch hier war nicht persönlich, sondern rein geschäftlich, und das Letzte, was ich jetzt brauchen konnte, war eine Komplikation in Form von Isabelle.

Am Eingang zum Stall blieb ich stehen. Da war der Mann, dessentwegen ich hergekommen war: Russell Cook.

Seine Haare waren mittlerweile vollständig verschwunden, doch die Glatze stand ihm. Sie gab ihm etwas Besonderes. Auch der graue Bart passte zu seiner rauen Erscheinung, genau wie sein kräftiger Körperbau und die großen Hände. Trotz der Falten, die sein Gesicht durchzogen, sah er nicht alt aus. Von Lebenserfahrung verwittert vielleicht, aber nicht alt.

Ich hatte Isabelles Vater immer gemocht. Mehr sogar, ich hatte ihn respektiert. Er liebte seine Tochter innig und arbeitete hart, um seine Familie zu versorgen. Das ehrte ihn.

Gerade schob er die Heugabel in einen Haufen Stroh. Die Rentiere standen in ihren Ställen und scharrten mit den Füßen. Eines von ihnen hob den Kopf und sah mich an, und plötzlich musste ich daran denken, wie ich mich Mr. Cook in genau diesem Stall in einer anderen Situation hatte stellen müssen. Damals war ich noch ein Kind gewesen, das sich in einer quälenden Mischung aus wilder Entschlossenheit und purer Panik an ihn gewandt hatte.

Doch dieses Kind gab es nicht mehr. Und ich fürchtete mich nicht vor Russell Cook.

»Guten Morgen«, sagte ich, um seine Aufmerksamkeit zu erregen, und betrat den Stall.

Jetzt hoben auch die restlichen Rentiere die Köpfe und sahen mich neugierig an.

Russell ließ die Heugabel sinken und straffte die Schultern. »Was willst du?«

Ich trat noch ein paar Schritte vor, und das mir am nächsten stehende Rentier schüttelte schnaubend den Kopf. »Ich dachte, wir könnten miteinander reden.«

»Wir haben nichts zu bereden.«

Isabelle war ihrem Vater so ähnlich. Was bedeute, dass es reine Zeitverschwendung war, ihn davon überzeugen zu wollen, mit mir zu reden. Ich musste direkt zum Punkt kommen.

»Wir wissen beide, dass die Farm Geld verliert. Und das schon seit Jahren.«

»Versuch du mal, während dieser jahrelangen Dürre eine Farm zu führen, dann reden wir wieder.«

Ich hob abwehrend die Hände. »Das sollte keine Kritik sein. Sie haben das Beste aus den Karten gemacht, die das Leben Ihnen zugeteilt hat. Das respektiere ich.«

»Aber du bist hier, um mich daran zu erinnern, dass es nicht genug war.«

»Nein, ich bin hier, um Ihnen einen Ausweg zu bieten.«

Das leichte Hinabsinken seiner Schultern entging mir nicht. Genauso wenig wie das lange Ausatmen oder die Müdigkeit in seinen Augen.

Das hier war es, was Damien falsch gemacht hatte. Neben seiner Annahme, er könne die Farm für den geringstmöglichen Preis kriegen, weil die Besitzer finanzielle Probleme hatten. Er war nie hier gewesen, hatte dieser Familie nie von Angesicht zu Angesicht gegenübergestanden. Er hatte die subtilen Zeichen nicht gesehen, die ihm hätten helfen können, einen Fuß in die Tür zu kriegen.

Russell Cook war ein Kämpfer. Aber er verlor langsam seinen Kampfeswillen.

»Was lässt dich glauben, dass ich nach einem Ausweg suche?«, fragte er. »Ich habe mein ganzes Leben lang hart für diese Farm gearbeitet. Ich werde sie jetzt nicht einfach aufgeben.«

»Aber was wäre, wenn Sie es könnten? Was wäre, wenn Sie dieses Kapitel abschließen und ohne Schuldgefühle oder Sorge das nächste beginnen könnten?«

Er erwiderte nichts, sondern sah mich nur finster an, bevor er sich wieder seiner Arbeit widmete.

Ich trat näher. Das Rentier in der Box neben mir schnüffelte durch die Spalten in der Holztür. »Sich der Realität zu stellen, ist nicht dasselbe wie aufzugeben.«

»Nein. Aber einfach wegzugehen ist es.«

Seine Worte waren wie eine Ohrfeige. Die ich durchaus verdient hatte. Aber ich war nicht hier, um mit ihm über meine Vergangenheit mit seiner Tochter zu sprechen.

»Nur wenn es nicht der richtige Schritt ist. Manchmal ist es klüger, den Schaden zu begrenzen.«

Wieder antwortete er nicht, aber ich spürte, dass ich zu ihm durchdrang, also fuhr ich fort.

»Vergessen Sie das Angebot von Barnett. Er hat versucht, Sie auszunutzen, und dafür entschuldige ich mich. Ich bin nicht hier, um jeden Penny aus diesem Deal herauszupressen.«

»Das spielt keine Rolle. Du bist trotzdem hier, um uns zum Verkauf zu überreden.«

»Das stimmt. Aber denken Sie doch mal über die Auswirkungen auf die Gemeinde nach. Das hier ist wertvolles Land, und was wir vorschlagen, würde neue Jobs und neue Möglichkeiten mit sich bringen.«

»Ich bin mir nicht so sicher, dass unsere Gemeinde diese Form von Möglichkeiten braucht, von denen du redest.« Faye betrat den Stall durch die andere Tür. Ihre grauen Haare waren kurz geschnitten, und sie trug eine beigefarbene Jacke zu Jeans und Stiefeln.

»Mrs. Cook.« Ich nickte ihr zu.

»Nenn mich ruhig Faye, Elias. Du weißt, dass ich nie sonderlich auf Formalitäten bedacht war.«

Russell warf ihr einen missbilligenden Blick zu. »Warum bist du so freundlich?«

»Weil Freundlichkeit nichts kostet.«

Er murmelte etwas Unverständliches.

»Es ist lange her«, sagte sie. »Wie geht es Dale und Hattie?«

»Sehr gut. Sie genießen ihren Ruhestand.«

»Das freut mich für sie. Und was ist mit dir? Wie es aussieht, ist es dir auch gut ergangen.«

Noch nicht gut genug. »Ja, ich schätze schon.«

»Es muss seltsam sein, nach so vielen Jahren nach Tilikum zurückzukehren. Genießt du deinen Besuch hier?«

»Er ist interessant.« Wie hatte ich so schnell die Kontrolle über die Unterhaltung verlieren können? Ich musste uns wieder zum vorliegenden Thema zurückbringen. »Ich habe gerade mit Ihrem Mann über die Zukunft der Farm gesprochen.«

Etwas blitzte in ihren Augen auf. Enttäuschung? »Ich habe mich schon gefragt, warum du hier bist.«

»Warum sollte er sonst hier sein?«, fragte Russell.

Ihr Blick fing meinen auf und hielt ihn einen Moment fest. »Ich weiß es nicht. Hast du gesehen, was Isabelle aus dem Gästehaus gemacht hat? Sie hat es in ein wunderschönes kleines Zuhause verwandelt.«

»Nein, das habe ich nicht gesehen.« Wohnte sie jetzt dort? Bei unserem Abendessen hatte ich sie gar nicht danach gefragt. Ich musste den Anflug von Neugierde unterdrücken. Schließlich war ich nicht wegen Isabelle hier.

»Ehrlich gesagt, ich glaube, sie verbringt dort nicht viel Zeit. Das Mädchen arbeitet zu viel.« Sie warf ihrem Mann einen bewundernden Blick zu. »Genau wie ihr Vater.«

»Ich arbeite nicht zu viel.«

»Natürlich tust du das. Aber du hast noch nie stillsitzen können.«

»Was hätte es auch für einen Sinn, wenn ich den ganzen Tag nur rumsitze?« Er verteilte noch mehr Stroh, wie um seinen Punkt zu beweisen.

Seltsamerweise traf das einen Nerv bei mir.

Eines der Rentiere schnaubte, und Faye ging zu ihm hinüber. »Ah, Buckwheat, schenken wir dir nicht genügend Aufmerksamkeit?«, fragte sie leise und streichelte seine Nüstern. »Ist schon gut, du großes Baby. Also, Elias, was hattest du über die Zukunft der Farm gesagt?«

Das war eine gute Frage. Was hatte ich über die Zukunft der Farm gesagt? Meine Gedanken wanderten immer wieder zu Isabelle. Zu der Art, wie sie mit den Rentieren gesprochen hatte, wenn sie sie fütterte. Wie sie ihre Namen gerufen hatte. Wie die Tiere sich an sie gedrängt, ihre Aufmerksamkeit gesucht hatten. Und wie ich sie damit aufgezogen hatte, dass sie die Rentiere verwöhnte.

Was stimmte nicht mit mir? Ich schien keinen Fuß auf das Land der Cooks setzen zu können, ohne dass die Vergangenheit sich in mein Bewusstsein drängte.

Ich räusperte mich und versuchte, die Fassung zu wahren. »Ich habe gesagt, dass ein Verkauf Ihre beste Option ist.«

»Wie das?«

Ich öffnete den Mund, um zu antworten, doch bevor ich ein Wort sagen konnte, kam Isabelle herein. Sie trug wieder einen Jeansoverall – und warum zum Teufel musste sie darin so sexy aussehen? Verdammt, sie war wirklich wunderschön.

Als sie mich sah, riss sie die Augen auf und blieb stehen. »Elias. Was machst du hier?«

»Wir haben uns nur ein wenig unterhalten«, sagte Faye.

»Worüber?«

»Die Farm«, antwortete Faye nüchtern.

»Er will, dass wir verkaufen«, warf Russell ein. »Aber das ist ja nichts Neues.«

Ich versuchte, nicht zusammenzuzucken, und wappnete mich gegen den Sturm, der sich in Isabelles Blick zusammenbraute.

»Du versuchst mich zu umgehen, nicht wahr?«, fragte sie.

Damit hatte sie absolut recht, aber das würde ich nicht zugeben. »Es ist eine Familienfarm. Ich dachte, es wäre nur angemessen, mit der gesamten Familie zu reden.«

»Und zwar ohne dass ich dir in die Quere komme.«

Ganz genau. »Natürlich nicht.«

»Du bist so ein Lügner.«

Ihre trotzige Haltung machte mich total an. Mir gefiel, wie angriffslustig sie war. Ihr wahnsinnig süßer Pferdeschwanz löste sich langsam auf, und der Overall verhüllte zwar ihre Kurven, gab aber gleichzeitig einen verführerischen Hinweis darauf, was sich unter ihm verbarg. Sie war zerzaust, und ich wollte sie noch mehr zerzausen.

Außerdem hatte sie recht. Ich log, und ich hatte keine Ahnung, warum ich mich deswegen so schlecht fühlte, aber eine rastlose Unzufriedenheit nagte an mir.

»Na gut. Ich bin hergekommen, um allein mit deinen Eltern zu reden. Ich dachte, sie wären vernünftigen Argumenten gegenüber zugänglich.«

»Du bist wirklich unglaublich.« Sie wirbelte herum und verließ den Stall.

Ich musste mich beeilen, um sie einzuholen. »Nein, unglaublich ist, dass du dich weigerst, eine rationale Unterhaltung über dieses Thema zu führen.«

Sie ging einfach weiter, und ich konnte nicht sagen, ob sie ein bestimmtes Ziel hatte. »Das liegt daran, dass es nichts mehr zu bereden gibt. Du willst etwas kaufen, das nicht zum Verkauf steht. Wir haben Nein gesagt. Ende der Geschichte.«

»Wir wissen beide, dass das nicht das Ende der Geschichte ist. Was passiert, wenn alles zusammenbricht? Du kannst gerne weiterhin so tun, als würde das hier für deine Eltern nicht im Konkurs enden, aber wenn ihr nicht bald etwas unternehmt, wird genau das passieren.«

»Ich weiß, dass es ein Risiko ist, die Farm zu behalten, aber wir sind gewillt, dieses Risiko einzugehen. Ich werde nicht aufgeben. Und wir werden nicht bankrottgehen.«

»Um deinetwillen wünschte ich, es wäre so einfach.«

Sie blieb stehen und sah mir in die Augen. »Wirklich? Interessiert es dich tatsächlich, was aus uns wird, oder ist das hier nur ein Mittel zum Zweck für dich? Denn ich kann es wirklich nicht sagen.«

Ich hatte keine Ahnung, was ich darauf antworten sollte. Interessierte es mich? Ich hatte mir tausend Mal eingeredet, dass es mich nicht interessierte. Dass das hier nichts mit Isabelle und mir oder der Vergangenheit oder einem der unangenehmen Gefühle zu tun hatte, die versuchten, sich in mir auszubreiten. Die Farm der Cooks war nichts als ein Mittel zum Zweck, damit ich das bekam, was ich wollte.

Doch wenn sie mich so ansah …

Warum war ich so verdammt verwirrt?

Kaltherzige Entschlossenheit war einfach. Vertraut. Ich legte sie an wie eine Rüstung, um mich gegen die Verlockung, weich zu werden, zu schützen.

»Es ist egal, ob es mich interessiert oder nicht. Darum geht es hier nicht.«

Beinahe traurig schüttelte sie den Kopf. »Ich kann einfach nicht glauben, dass ich fast darauf reingefallen wäre.«

»Worauf?«

»Auf deinen Charme. Auf die Maske, die du trägst, um zu verbergen, dass dein Herz nur ein Stück Kohle ist. Bei unserem Abendessen hatte ich wirklich gedacht …« Sie unterbrach sich und wandte den Blick ab. »Egal. Ich habe mich geirrt. Du bist nicht derselbe.«

»Nicht derselbe wie wer?«

»Vergiss es.« Sie zeigte mit dem Finger auf mich, und das Feuer in ihren Augen verbrannte mich beinahe. »Lass meine Eltern aus der Sache raus.«

»Belle.«

Mein alter Spitzname für sie war mir kaum über die Lippen gekommen, als ich schon wusste, dass es ein Fehler gewesen war. Ihre Miene verfinsterte sich, und ich zuckte förmlich zurück.

»Nenn mich nicht so.«

Abwehrend hob ich die Hände. »Du hast recht. Es tut mir leid.«

Mit einem weiteren zornigen Blick wirbelte sie herum und stapfte davon.

Dieses Mal folgte ich ihr nicht.

Verdammt.

Warum vermasselte ich das hier ständig? Was ein schlichter Geschäftsabschluss hätte sein sollen, wurde von Sekunde zu Sekunde komplizierter.

Und ich hasste Komplikationen.

Ein Eichhörnchen rannte an mir vorbei, und ich funkelte es böse an, als wäre das Ganze irgendwie seine Schuld. Das Schlimmste an alldem war, dass ich nicht mal sagen konnte, was mich mehr störte: Die Tatsache, dass ich bei meinem Projekt keinen Schritt weitergekommen war, oder dass Isabelle so wütend auf mich war.

Wobei, vielleicht wusste ich es doch.

Es sollte mir egal sein. Sowohl sie als auch die Farm.

Aber das war es nicht.

Und ich hatte keine Ahnung, was ich dagegen tun konnte.

16. KAPITEL

Isabelle

Eine fröhliche Rauchwolke kräuselte sich aus dem Schornstein des Farmhauses. Die Nachmittagssonne stand schon tief am Himmel. Marigold und Annika waren gekommen, weil sie die besten Freundinnen seit Erfindung der Freundschaft waren und nur zu gerne ihren Nachmittag damit verbrachten, mir dabei zu helfen, Dinge von meiner endlosen To-do-Liste zu streichen. Nachdem wir nun auch noch das neue Schild für die Werkstatt des Weihnachtsmanns angebracht hatten, war es an der Zeit, Schluss zu machen. Vor allem, weil ich ihnen nicht das Gefühl geben wollte, stundenlang schuften zu müssen, nur damit wir Zeit miteinander verbringen konnten.

Wir gingen um das Haus meiner Eltern herum zur Hintertür, die direkt in die Küche führte. Meine Hände waren schmutzig, also trat ich an die Spüle, um sie zu waschen, bevor ich nach dem Wasserkessel griff.

»Hinsetzen«, befahl Marigold und zeigte auf den Tisch. »Du hast den ganzen Tag gearbeitet. Ich mache uns einen Tee.«

Mein müder Körper sehnte sich danach, sich hinzusetzen. »Ich würde ja widersprechen, aber meine Füße bringen mich um.«

Ich ließ mich auf einen Stuhl sinken, streckte die Beine aus und bewegte meine Zehen. Ich war schon vor Sonnenaufgang aufgestanden, und anstatt endlos über Elias – den großen, blöden Grinch – nachzudenken, hatte ich mich direkt an die Arbeit gemacht. Seitdem hatte ich kaum eine Pause eingelegt, nicht mal, als Marigold und Annika gekommen waren.

Annika zog ihre Jacke aus und hängte sie an den Haken an der Tür. Dann half sie Mari beim Zubereiten des Tees. Die pinken Spitzen ihrer blonden Haare fielen ihr gerade so über das Schlüsselbein und sahen an ihr einfach super aus. Sie wirkten lustig und leicht – genau was Annika brauchte. Sie zog ihren zuckersüßen zweijährigen Sohn Thomas alleine auf, und ich wusste, dass es ihr schwerfiel, ihre eigenen Bedürfnisse nicht ständig hintanzustellen.

Mari goss den Tee in drei bunt zusammengewürfelte Tassen mit Blumenmuster, während Annika einen Teller mit Crackern und Käse auf den Tisch stellte. Dann setzten sie sich zu mir, und wir seufzten gemeinsam zufrieden auf, als wir unseren ersten Schluck tranken.

»Ich frage ja nicht gern, aber ich muss«, sagte Mari. »Was ist mit Elias?«

»Abgesehen davon, dass er der Grinch ist? Vielleicht ist er auch Ebenezer Scrooge. Ich kann mich nicht entscheiden.«

»Ist er noch in der Stadt?«

Ich seufzte. »Leider ja. Und er treibt mich in den Wahnsinn.«

»Es tut mir leid, dass du dich damit herumschlagen musst«, sagte Mari. »Falls du Hilfe beim Vergraben der Leiche brauchst – du kannst auf uns zählen.«

Das ließ mich lächeln. Marigold war die Freundlichkeit in Person, aber wenn man jemandem wehtat, der ihr nahestand, konnte sie zur Bestie werden. »Danke. Hoffentlich kommt es nicht so weit, aber wenn, sage ich euch Bescheid.«

So sehr ich meine Freundinnen mochte und ihnen normalerweise alles erzählte, über Elias wollte ich nicht mit ihnen reden. Dazu hatte ich zu viele widersprüchliche Gefühle, von denen ich noch nicht wusste, was ich mit ihnen anstellen sollte. Also musste ich das Thema wechseln. Waren die beiden nicht kürzlich auf dem Maskenball gewesen? Das war ein wesentlich besseres Gesprächsthema.

»Wie war der Maskenball?«

Marigold seufzte. »Herrlich. Annika war ein wundervolles Date, und ich habe mit mehreren sehr feinen Herren getanzt.«

»Warum bist du nur immer so ein Männermagnet?«, sagte ich. »Was ist mit dir«, fragte ich dann an Annika gewandt. »Mit wie vielen feinen Herren hast du getanzt?«

»Ich glaube, sie hat gar nicht getanzt«, warf Mari ein. »Oder?«

Annika legte die Hände um ihre Tasse und schüttelte den Kopf. »Ich habe mit niemandem getanzt. Aber Mädels, ich muss euch was erzählen. Es ist eine ziemlich große Sache.«

Ich setzte mich aufrechter hin. In ihrer Stimme lag eine Sehnsucht, die ich noch nie zuvor gehört hatte.

»Was ist passiert?«, fragte Mari. »Ist alles in Ordnung?«

Sie atmete tief ein, dann sprudelten die Worte förmlich aus ihr heraus. »Ihr wisst es nicht, aber ich chatte heimlich mit Levi Bailey. Auf dem Ball hat er mich in eine Abstellkammer gezogen und geküsst.«

Ich riss die Augen auf. Mari schnappte erschrocken nach Luft und presste sich die Hände aufs Herz.

»Es tut mir leid, dass ich euch nie davon erzählt habe«, sagte Annika. »Ich hatte irgendwie das Gefühl, ich könnte es niemandem sagen.«

Ich konnte es kaum glauben. Annika war eine Haven, und die Havens und die Baileys führten seit Generationen eine Fehde gegeneinander. Sie hatte einen Bailey geküsst? Das war verrückt. »Warte mal. Du chattest heimlich mit Levi Bailey? Seit wann?«

»Seit ungefähr einem Jahr. Wir haben uns schon in der Highschool geschrieben, aber aufgehört, als ich aufs College gegangen bin.«

»O mein Gott.« Ich konnte es immer noch nicht fassen. Jemandem, der nicht aus Tilikum kam, wäre eine solche Generationen überdauernde Familienfehde vermutlich albern vorgekommen, aber in dieser Stadt bildete sie sozusagen das Fundament. Niemand übertrat diese Grenze. Niemals. »O. Mein. Gott. Ihr habt euch damals schon geschrieben, und du hast uns nichts erzählt?«

»Ich weiß. Es tut mir so leid.« Ihre Schultern sackten nach unten. »Ich hatte überlegt, es euch zu sagen, aber irgendwie war es auch schön, dieses Geheimnis ganz für mich zu haben. Es fühlte sich an, als würde die Magie verschwinden, wenn jemand anderes davon erfuhr.«

»Ist schon gut. Du musst dich nicht entschuldigen. Ich bin nur überrascht.«

Annika erzählte uns, wie ihre Freundschaft mit Levi Bailey damals auf der Highschool angefangen hatte. Sie hatten den Kontakt verloren, als Annika aufs College gegangen war, aber nach ihrer Rückkehr hatten sie wieder angefangen, sich zu schreiben. Und von da an war die Sache eskaliert.

»Okay, aber noch mal zurück zu dem Teil, wo er dich auf dem Maskenball in der Abstellkammer geküsst hat«, sagte Mari.

Ich nickte. Der Teil interessierte mich auch.

»Er ist an mir vorbeigegangen und hat meinen Arm berührt«, sagte sie, und wieder schnappte Mari hörbar nach Luft. »Ich habe ihn angesehen, und es war … ich weiß nicht … als würde in mir ein Feuerwerk explodieren. Er hat mich mit diesem Blick angeschaut, und ich wusste irgendwie, dass ich ihm folgen sollte. Also habe ich es getan. Und dann hat er mich in diese Kammer gezogen. Sobald die Tür hinter uns ins Schloss gefallen ist, hat er mich gefragt, ob ich allein auf dem Ball bin, und als ich Ja gesagt hab, hat er mich geküsst.«

»Wow«, hauchte Mari.

»Ich weiß. Es war wirklich wow«, sagte Annika. »Und dann ist er in der Nacht zu meinem Haus gekommen und hat Kiesel an mein Fenster geworfen. Er ist auf den Balkon geklettert und hat mich noch mal geküsst.«

Marigold seufzte dramatisch. »Ist nicht dein Ernst.«

»Doch. Und das ist noch nicht alles. Vor Kurzem gab es vor Lukes Laden einen kleinen Autounfall, und er war einer der Ersthelfer. Wir haben uns in der Gasse neben dem Laden getroffen, und er hat mich wieder geküsst. Und damit meine ich, er hat mich gegen die Wand gedrückt und förmlich verschlungen.«

»Verdammt, das ist heiß.« Ich war nicht neidisch auf meine Freundin, weil sie so geküsst worden war. Überhaupt nicht.

Okay, war ich doch. Aber nicht, weil ich es ihr nicht gönnte. Ich freute mich für sie und war nur für mich selbst ein kleines bisschen traurig. Ich konnte mich nicht daran erinnern, wann mich das letzte Mal ein Mann verschlungen hatte.

Oder vielleicht doch. Aber daran wollte ich nicht denken.

Mari legte den Arm an die Stirn. »Ich falle gleich in Ohnmacht.«

»Und dann …« Annika zögerte, und ihre Wangen wurden rot.

Marigold und ich beugten uns vor. Konnte diese Geschichte noch besser werden?

»Als Thomas gestern im Bett lag, war ich allein, also habe ich Levi gefragt, ob er telefonieren wollte. Er hat angerufen, und wir haben … nun ja …«

»Was?« Ich starb fast vor Neugier.

»Wir hatten vielleicht so was wie Telefonsex.«

Ich riss die Augen auf. »Hör auf!«

Ihren Wangen färbten sich tiefrot. »Ich weiß. Ich kann es selbst kaum glauben.«

»Das ist das Romantischste, das ich je im Leben gehört habe«, stieß Mari aus.

»Das sagst ausgerechnet du?«, fragte ich.

»Natürlich. Ich bin zwar romantisch, aber nicht prüde. Sie sind ein geheimes Liebespaar. Das ist unglaublich.«

»Ich weiß nicht, ob wir ein geheimes Liebespaar sind«, sagte Annika.

»Wie würdest du es denn sonst nennen?«, fragte Mari.

Ich nickte. »Das klingt definitiv nach einem geheimen Liebespaar.«

Annika senkte den Blick und starrte auf ihre Tasse. »Was soll ich nur tun? Er ist ein Bailey. Meine Brüder werden ihn umbringen.«

Damit hatte sie recht. Ihre Brüder besaßen einen überbordenden Beschützerinstinkt. »Dann sag es ihnen nicht.«

Mari zeigte auf mich. »Genau.«

»Für den Moment ist das ja noch in Ordnung«, sagte Annika. »Aber wie lange kann so eine geheime Liebespaargeschichte halten, wenn sie geheim bleiben muss?«

»Oh, oh«, sagte ich und tauschte einen wissenden Blick mit Marigold.

»Was?«, fragte Annika.

»Du magst ihn wirklich.«

»Ja, ich mag ihn wirklich. Und das ist das Problem. Er ist nicht bloß irgendein heißer Typ, der mal eine warme Alternative zu meinem kleinen vibrierenden Freund bietet. Er ist …«

»Sprich weiter«, forderte Mari sie auf.

»Er ist süß und überraschend witzig und außerdem irgendwie sehr intensiv.«

»Und heiß, wenn wir mal ehrlich sind«, ergänzte ich. Denn es stimmte. Die Bailey-Brüder waren alle heiß, aber wegen dieser Fehde hatte ich nie einen von ihnen näher kennengelernt.

»Total heiß«, seufzte Annika. »Aber wir alle wissen, wie die Realität aussieht. Solange diese Fehde besteht, können wir nicht zusammen sein.«

»Ich habe mir immer schon gewünscht, dass jemand diese blöde Fehde endlich beendet«, sagte Mari sehnsüchtig. »Ich hasse es, wenn Menschen gemein zueinander sind.«

Ich warf ihr einen Blick zu. »Das liegt daran, dass dein Herz aus purem Gold und Sonnenschein gemacht ist.«

»Ich glaube nicht, dass irgendjemand diese Fehde beenden kann«, sagte Annika. »Vor allem jetzt nicht. Ich habe Josiah gesagt, dass er sich nicht um Gram Baileys Land bemühen soll, aber hat er auf mich gehört? Natürlich nicht. Er hört nie auf mich.«

»Warum will er das Land eigentlich so unbedingt?« Ich verlagerte unbehaglich das Gewicht. Die Havens versuchten schon seit einer Weile Gram Bailey – der Matriarchin des Bailey-Clans – Land abzukaufen, worüber der Rest der Baileys ziemlich verärgert war. »Vielleicht bin ich übersensibel, weil der Prinz der Dunkelheit gerade versucht, die Farm meiner Eltern in die Hände zu kriegen«, fuhr ich fort. »Aber ist es nicht irgendwie mies, dass er versucht, sie auszukaufen?«

»Ich weiß, dass es schlimm aussieht. Aber er versucht nur, unseren Eltern zu helfen. Der Holzindustrie geht es schon seit Jahrzehnten zunehmend schlechter, und Haven Timber stirbt mit ihr. Josiah denkt, wir müssen zu etwas anderem übergehen. Vielleicht in Richtung Tourismus oder Freizeitgestaltung. Er will ein Resort bauen, oder Hütten, oder vielleicht auch beides, aber das ganze Land von Haven Timber ist so schwer zu erreichen. Gram Baileys Land grenzt an unseres, und Josiah dachte, wenn sie es sowieso verkaufen muss, warum dann nicht an uns? Er hat ja nicht vor, sie auf die Straße zu setzen. Aber ich habe ihm gesagt, dass die Baileys dem niemals zustimmen werden.«

»Und Josiah ist auch nicht gerade für seinen geschickten Umgang mit anderen Menschen bekannt«, warf ich ein. Es stimmte. Josiah war ungefähr so charmant wie ein Baumstamm. »Er hätte Luke schicken sollen. Oder sogar Zachary.«

»Er hätte es gar nicht erst tun sollen«, erklärte Annika. »Es muss einen anderen Weg geben, um Haven Timber zu retten, als diese dumme Fehde in einen Krieg ausarten zu lassen.«

»Aber siehst du es denn nicht?« Marigold richtete sich auf, und ihre Augen strahlten. »Wenn das zwischen dir und Levi wahre Liebe ist, hat es die Macht, die Fehde zu beenden.«

Annika lachte. »Nur keinen Druck.«

»Nein, ich meine, es besteht Hoffnung«, erklärte Mari. »Wenn es wahre Liebe ist, dann gibt es nichts Mächtigeres auf der Welt. Und wenn nicht, nun, dann hat es sowieso nicht sein sollen.«

»Woher weiß ich, ob es wahre Liebe ist?«, fragte Annika.

»Oh, das wirst du wissen.« Mari nickte weise.

»Um euch mal wieder aus den romantischen Wolken auf die

Erde zurückzuholen«, sagte ich. »Annika, wenn du je ein Alibi brauchst, sag einfach Bescheid. Ich decke dich gern.«

»Ich auch.« Mari presste ihre Fingerspitzen aneinander und zog die Augenbrauen hoch. »Du weißt schon, dass Levi gleich bei mir um die Ecke wohnt? Ich hab ihn und seine Brüder eine Million Mal kommen und gehen sehen.«

Annika versuchte, lässig mit den Schultern zu zucken, scheiterte jedoch kläglich. Sie wusste ganz genau, wo Levi Bailey wohnte. »Ja.«

»Niemand würde Fragen stellen, wenn dein Auto in meiner Auffahrt steht.«

»Das ist perfekt.« Ich grinste, und Annika lief wieder rot an. »Du wirst rot.«

Sie berührte ihr Gesicht. »Wirklich?«

»Definitiv«, bestätigte Marigold. »Und das ist absolut bezaubernd.«

Das war es wirklich. Ich wollte das hier so sehr für Annika. Auch wenn Levi ein Bailey war und dieser Umstand die Sache unglaublich kompliziert machte, konnte ich es in ihren Augen sehen: Sie mochte diesen Mann sehr.

Annika atmete tief ein. »Kann ich kurz innehalten und sagen, wie wundervoll ihr beide seid? Ihr seid wirklich die Besten.«

Ich zwinkerte ihr zu. »Wir sind für dich da.«

»Also haltet ihr mich nicht für verrückt, weil ich das hier zulasse?«

»Nein«, sagte ich. »Es ist kompliziert, aber nicht verrückt. Wenn es nur eine geheime Affäre ist, dann nur zu, hab Spaß. Den hast du verdient. Aber ich will nicht lügen: Wenn es darüber hinausgeht, hast du einen ziemlich großen Berg zu bezwingen.«

»Doch das ist es wert«, warf Mari ein.

Annika lächelte, und ich wusste, dass Mari recht hatte. Dennoch wechselte ich einen schnellen Blick mit ihr, durch den wir uns wortlos darauf verständigten, dass Levi Bailey etwas Fürchterliches widerfahren würde, sollte er unserem Mädchen wehtun.

Wir plauderten weiter, während wir unseren Tee tranken und an unseren Snacks knabberten. Mari stand auf, um noch einen Tee aufzusetzen, und zum ersten Mal akzeptierte ich ihre Hilfe, ohne mich zu beschweren und darauf zu bestehen, alles selbst zu machen. Ich wusste, dass ich nicht gut darin war, mich auf andere Leute zu verlassen – und dass ich manchmal ein wenig nachgiebiger sein sollte. Das fiel mir nicht leicht, aber bei meinen beiden besten Freundinnen konnte ich mich tatsächlich entspannen.

Ich freute mich so für Annika. Aber ihre Geschichte weckte auch Gefühle in mir, die ich nicht ignorieren konnte.

Vielleicht musste ich doch mit ihnen über Elias sprechen.

»Da wir gerade bei den Geständnissen sind«, sagte ich, als Mari uns Tee nachschenkte. »Ich war am Sonntag mit Elias essen.«

»Was? Habt ihr nur zusammen gegessen, oder hat er dich auf ein Date eingeladen?«, fragte Annika.

»Gute Frage. Es sollte eigentlich ein Geschäftstermin werden, aber wir haben kaum über die Farm gesprochen, und am Ende hat es sich mehr wie ein Date angefühlt.«

Mari zog besorgt die Augenbrauen zusammen. »Oh, Liebes. Bist du sicher, dass das eine gute Idee war?«

»Nein. Es war absolut keine gute Idee. Vor allem, weil er danach versucht hat, meine Eltern hinter meinem Rücken zum Verkauf der Farm zu überreden.«

»Dieser Mistkerl«, sagte Annika.

»Das ist er. Aber …«

»Was?«, hakte Mari nach.

»Ich weiß nicht.« Ich legte den Kopf auf den Tisch. »Ich bin so verwirrt. Und das sollte ich nicht sein. Wir waren damals in der Highschool zusammen und haben uns mächtig verbrannt. Dann ist er weggezogen, und ich war so sauer auf ihn, aber ich habe mir immer eingeredet, dass es so wahrscheinlich am besten war. Wenn er in Tilikum geblieben wäre, hätte ich ihn ständig sehen müssen. So konnte ich einfach mit meinem Leben weitermachen.«

»Aber es muss einen Grund geben, warum du verwirrt bist«, sagte Mari.

Und Annika ergänzte: »Vielleicht hast du noch Gefühle für ihn.«

Ich hob den Kopf. »Das wäre aber doch noch verrückter als Annika mit einem Bailey, oder? Ich kann keine Gefühle für ihn haben. Er ist ein gieriges, selbstsüchtiges Arschloch.«

»Ist er das?«, fragte Mari.

Annika sah so skeptisch drein, wie ich mich fühlte. »Wie meinst du das?«

»Ist er wirklich ein gieriges, selbstsüchtiges Arschloch, oder wirkt er vielleicht nur so?«, fragte Mari. »Ich sage nicht, dass ich die Antwort weiß. Glaub mir, ich habe keinen Grund, ihn zu mögen. Er hat dir wehgetan, und damit steht er auf meiner Fieslingsliste. Aber du hast ihn damals wirklich geliebt, was bedeutet, er muss etwas Liebenswertes an sich gehabt haben. Vielleicht bist du jetzt verwirrt, weil dieser Teil von ihm immer noch da ist.«

»Ich weiß nicht, ob dieser Teil von ihm noch existiert. Beim

Dinner hatte ich tatsächlich das Gefühl, ihn sehen zu können. Aber dann hat er die Nummer mit meinen Eltern abgezogen, was so arschig war, dass ich nicht mehr weiß, was ich denken soll.«

»Möglicherweise wirft ihn der Umstand, wieder in Tilikum zu sein, ein wenig aus der Bahn«, schlug Annika vor. »Diese Stadt hat etwas an sich, das einem unter die Haut geht. Als ich hierher zurückgezogen bin, war ich auch eine Weile wie verstört. Als müsste ich mich erst wieder an die Seltsamkeiten hier gewöhnen.«

»Das könnte sein«, gab ich zu. »Er kam mir beim Essen tatsächlich komisch vor. Als wäre etwas vorgefallen.«

»Seine Kindheit war nicht gerade einfach«, sagte Mari. »Ich wette, er hat viele bittersüße Erinnerungen an seine Zeit hier.«

»Das stimmt. Seine Eltern haben ihn ausgesetzt wie einen ungewollten Hund. Das war furchtbar. Aber es entschuldigt nicht, dass er sich wie ein Arschloch benimmt.«

»Natürlich nicht«, bestätigte Mari. »Aber Menschen sind kompliziert. Genau wie Gefühle.«

»Da hast du recht«, seufzte Annika.

Ich hob meine Tasse. »Auf große Gefühle, Komplikationen und Freundinnen, die einem helfen, einen Weg durch sie hindurch zu finden.«

Wir stießen miteinander an und tranken einen Schluck.

»Sei nur vorsichtig«, sagte Mari. »Er hat dein Herz ganz schön verletzt. Ich will nicht, dass er dir noch mal so wehtut.«

»Das ist wirklich das Letzte, was ich brauche«, bestätigte ich. »Ich werde vorsichtig sein. Ehrlich gesagt, kann ich nicht glauben, dass wir gerade diese Unterhaltung über Elias Stoneheart führen. Ich habe geschworen, nie wieder mit ihm zu reden, und jetzt sitze ich hier und frage mich, warum ich jedes Mal neben der brennenden Wut auch Schmetterlinge im Bauch habe, wenn ich ihn sehe.«

»Schmetterlinge und brennende Wut sind eine mächtige Kombination«, erklärte Annika.

Sehr mächtig sogar. Ich war so wütend auf ihn, und doch konnte ich nicht aufhören, an ihn zu denken. An seine so intensiven grünen Augen, die harten Konturen seines Körpers, seine hypnotische Stimme.

Und den schmerzlichen Ausdruck, den ich manchmal in seinem Gesicht sah.

Er war unwiderstehlich. Und gefährlich. So sehr ich mir auch wünschte, dass er ein wärmendes Feuer an einem verschneiten Wintertag wäre, er konnte genauso gut eine unkontrollierbare Feuersbrunst werden und mein Herz zu Asche verbrennen.

17. KAPITEL

Elias

Die Zahlen auf dem Monitor verschwammen vor meinen Augen. Ich massierte mir den Nasenrücken, als könnte ich damit den beginnenden Kopfschmerz aufhalten. In einer Stunde hatte ich ein Meeting, für das ich fit sein musste. Konzentriert. Während ich in Tilikum gewesen war, hatte Damien rumgeschnüffelt, Gerüchte gestreut und versucht, einen Schwachpunkt bei mir zu finden. Unter normalen Umständen hätte ich mir darüber keine Sorgen gemacht. Er würde nichts finden, egal wie intensiv er suchte. Ich hatte keine Schwächen.

Beziehungsweise ich hatte sie so tief vergraben, dass sie praktisch nicht existierten.

Aber jetzt? Jetzt hatte ich eine Schwäche. Und zwar eine große. Und ihr Name war Isabelle Cook.

Nach Bellevue zurückzukehren, hätte dieses Problem lösen sollen. Nach meinem fehlgeschlagenen Versuch, mit ihren Eltern zu reden, hatte ich beschlossen, mich erst einmal zu sammeln. Ich konnte nicht endlos aus dem Büro wegbleiben, und Tilikum tat mir nicht gut. Es lenkte mich zu sehr ab.

Sie lenkte mich zu sehr ab.

Doch selbst hier im Büro ließ sie mich nicht los.

Sie war immer noch wütend auf mich. Aber wieso störte mich das so sehr? Warum halfen Zeit und Entfernung nicht, mich davon abzuhalten, mir obsessiv Gedanken über sie zu machen? Es war über eine Woche her, und ich sollte längst darüber hinweg sein. Sie war es schließlich auch. Nach unserem letzten Gespräch war sie vermutlich direkt wieder an die Arbeit gegangen und hatte mich aus ihrem Kopf verbannt. Und da sie kurz vor der Eröffnung des Weihnachtsdorfs gestanden hatten, war garantiert mehr als genug zu tun gewesen, um sich abzulenken.

Wie war das Eröffnungswochenende wohl gelaufen?

Frustriert stand ich auf, schob die Hände in die Hosentaschen und schaute aus dem Fenster. Warum interessierte mich das? Das Weihnachtsdorf war kindisch und sinnlos. Nichts als sentimentaler Unsinn. Aber ich hatte mich das ganze Wochenende über gefragt, ob wohl viele Besucher gekommen waren. Ob die Leute ausreichend Geld ausgegeben hatten, um die Kosten zu decken. Ob es dieses Jahr genügend fällbare Bäume gab, um die Nachfrage zu decken, oder ob die steigende Beliebtheit von künstlichen Weihnachtsbäumen ihren Verkäufen schadete. Beinahe hätte ich angefangen zu recherchieren – ob mehr Leute sich für Bequemlichkeit und Sauberkeit entschieden anstatt für die Nostalgie eines echten Baums –, aber ich hatte mich gerade noch zurückhalten können.

Weil es mir egal sein sollte.

Ich sollte wirklich nicht hoffen, dass ihr Eröffnungswochenende gut gelaufen war. Für mich war es besser, wenn es schlecht gelaufen war. Dann waren sie eher bereit zu verkaufen.

Und dennoch …

Es klopfte an der Tür, und Alice kam herein. Sie blieb stehen und sah mich neugierig an. »Ist alles in Ordnung?«

»Ja. Warum?«

»Du wirkst so …« Sie hielt einen Stapel Umschläge hoch.

»Egal. Hier ist die Post. Hauptsächlich Weihnachtskarten – und bevor du was sagst: Ich habe die meisten davon behalten. Aber es sind auch ein paar Sachen dabei, die du besser öffnen solltest.«

»Leg sie auf meinen Tisch.«

Sie tat es.

»Wie geht es Maddie?«

Alice öffnete und schloss ihren Mund ein paarmal, und als sie schließlich antwortete, klang sie verwirrt. »Ihr geht es gut.«

Wieder schaute ich aus dem Fenster. »Machst du heute länger Mittagspause?«

»Äh, ja. Maddie hat Physiotherapie. Ich sollte gegen zwei Uhr zurück sein.«

»Hilft es?«

»Hilft was?«

»Maddie. Hilft ihr die Physiotherapie?«

»Ja. Sehr sogar. Ich glaube, ohne würde sie nicht laufen können.«

Den Blick nach draußen gerichtet, fragte ich mich, warum die Vorstellung, dass das kleine Mädchen nicht laufen könnte, ein Ziehen in meiner Brust auslöste.

»Äh …« Sie verstummte, und ich sah über die Schulter zu ihr nach hinten. »Sorry, ich wollte dich etwas fragen, aber jetzt weiß ich nicht mehr, was. Ah, doch: Belle aus dem Marketing möchte immer noch einen Termin mit dir. Ich glaube nicht, dass ich sie noch länger vertrösten kann, aber …«

»Ich habe heute um drei Uhr Zeit für sie.«

»Oh. Okay. Gut. Ich sage ihr Bescheid. Bist du sicher, dass mit dir alles in Ordnung ist?«

Nein. »Ja.« *Lügner.*

»Gut. Wenn du noch was brauchst, schick mir eine Nachricht, und ich kümmere mich heute Nachmittag darum.«

»Okay.«

Sie wandte sich zum Gehen.

»Triffst du dich noch mit diesem Typen von der Farm?«

»Cole Phillips.«

»Was?«

»Er hat einen Namen, und der lautet Cole Phillips. Und ja, wir treffen uns noch. Glaube ich. Es ist kompliziert.« Sie hielt einen Moment inne. »Nein, das ist nicht das richtige Wort. Er ist toll. Das einzig Komplizierte ist die Entfernung.«

Ich würde sie an den Farmtypen verlieren. Warum nervte mich das so? Assistentinnen waren ersetzbar.

»Tu mir einen Gefallen und kündige nicht, bevor ich nicht diesen Landdeal eingetütet habe.«

»Elias, ich habe nicht vor …«

»Vielleicht, vielleicht auch nicht. Das geht mich nichts an. Komm heute Nachmittag nicht zu spät.« Ich rollte die Ärmel meines Hemds hoch und setzte mich wieder.

»Werde ich nicht.«

Nachdem sie mir noch einen verdutzten Blick zugeworfen hatte, verließ sie mein Büro und schloss die Tür hinter sich.

Ich hatte keine Ahnung, warum ich sie nach dem Farmtypen gefragt hatte. Es war einfach so rausgekommen. Noch ein Punkt, den ich auf meine »Warum interessiert mich das?«-Liste schreiben konnte. Ich hatte noch nie darauf geachtet, ob Alice einen Freund hatte oder nicht. Schon früh in meiner beruflichen Laufbahn hatte ich gelernt, dass es besser war, alles Persönliche aus dem Büro rauszuhalten.

Geschäft und Freundschaft passten einfach nicht zusammen.

Ich griff nach der Post, die Alice mir dagelassen hatte. Die Briefe, die meiner Aufmerksamkeit bedurften, legte ich beiseite. Ganz unten lag ein roter Umschlag mit einer Weihnachtsbriefmarke. Stirnrunzelnd betrachtete ich ihn. Alice wusste, dass ich Weihnachtskarten hasste. Ich warf sie immer weg, ohne sie zu öffnen, deswegen hatte sie es übernommen, sie für mich zu öffnen und auf dem Regal hinter ihrem Schreibtisch aufzustellen.

Mein Blick glitt über den Absender. Vincent Stoneheart.

Deshalb. Sie war von meinem Vater.

Ich stieß den Atem aus, öffnete den Umschlag und zog die Karte heraus.

Auf der Vorderseite stand in silberner und goldener Glanzschrift auf rotem Grund: *Beste Wünsche zum Weihnachtsfest.* Wie abgedroschen. Ich klappte die Karte auf. Innen gab es noch mehr Silber und Gold und eine weitere nichtssagende Botschaft: *Fröhliche Weihnachten von der ganzen Familie.*

Statt einer Unterschrift gab es einen Stempel.

Die ganze Familie? Was für ein Scheiß. Er hatte keine Familie.

Kopfschüttelnd warf ich die Karte in den Papierkorb. Ganz kurz überlegte ich, ob wirklich er mir diese Karte geschickt hatte. Aber nein, ich war nur ein weiterer Name auf der Liste seiner Assistentin. Vermutlich hatte er keine Ahnung, wer alles eine Karte bekam.

Und wieder stellte ich mir die gleiche Frage: Warum interessierte es mich?

In den letzten Jahren hatte ich meinen Vater genau zweimal gesehen. Beide Male auf der Beerdigung eines Familienmitglieds. Ich hatte sogar mit ihm gesprochen, auch wenn unser

Gespräch jedes Mal kurz und unpersönlich gewesen war. Doch es hatte gereicht, um deutlich zu machen, dass er nicht ansatzweise von mir beeindruckt war.

Das war er nie gewesen. Und ich hatte mir mittlerweile eingeredet, dass ich auch gar nicht mehr den Wunsch hatte, mein Vater würde sich für mich interessieren. Er interessierte sich für niemanden, außer für sich selbst.

Und ganz sicher interessierte er sich nicht für den Sohn, den er vor all den Jahren nach Tilikum abgeschoben hatte.

Und jetzt musste ich wieder an den hässlichen Weihnachtsbaum denken, den mein Onkel und meine Tante mich hatten aussuchen lassen. Der Stern war zu schwer gewesen für die spindeldürre Spitze, so dass er seitlich hinunterhing. Onkel Dale hatte einen kleinen Haken in die Decke gebohrt und die Baumspitze mit einem Angeldraht daran festgezurrt, damit der Baum geradestand. Den Weihnachtsschmuck, den ich in der Schule gebastelt hatte, hatten sie direkt unter den Stern gehängt, als könnten sie damit wiedergutmachen, dass ich an Weihnachten nicht nach Hause durfte.

Das war mittlerweile beinahe zwanzig Jahre her. Warum dachte ich ausgerechnet jetzt an dieses erste Weihnachtsfest in Tilikum? Ich hatte die Vergangenheit schon vor langer Zeit hinter mir gelassen. Ich war nicht mehr dieses zornige Kind.

Ein Schauder überlief mich, als ich meine Erinnerungen und Gefühle gefrieren ließ. Die Kälte zog mir den Brustkorb zusammen, aber das ignorierte ich. Es war besser so.

Ich musste mich konzentrieren. Mein Job, mein Büro, mein Gehalt, mein Vermögen – das war alles gut. Ich hatte etwas aus mir gemacht, aber es lag noch ein weiter Weg vor mir. Es gab noch so viel, was ich erreichen wollte, und dabei würde ich mich auf keinen Fall von irgendeinem sentimentalen Quatsch ablenken oder schwächen lassen.

Als mein Blick also erneut zu meinem Handy glitt und mich der Drang überkam, Isabelle eine Nachricht zu schicken – um mich zu entschuldigen, was wollkommen verrückt war –, ignorierte ich es. Ich fror das Gefühl in einer Eisschicht ein und widmete mich meiner Arbeit.

Ich musste mir dringend einen anderen Heimweg überlegen. Meine Wohnung lag nur ein paar Straßen vom Büro entfernt, deshalb ging ich – wenn das Wetter es erlaubte – immer zu Fuß. Der abendliche Spaziergang gab mir die Zeit, den Tag noch einmal Revue passieren zu lassen, ein paar Dinge zu durchdenken und Pläne für den nächsten Tag zu machen. Ich mochte Routine, und dieses Ritual gehörte dazu.

Doch das Zentrum von Bellevue war mit so vielen Weihnachtslichtern geschmückt, dass man es vermutlich vom Weltall aus sehen konnte. Und wie hatte ich die Parade vergessen können, die die Northeast Eighth jeden Abend verstopfte? Die Menschenmassen auf den Bürgersteigen, die künstlichen Schneeflocken? Die geschmückten Wagen und die Trommler, die aussahen wie Spielzeugsoldaten? Hatten diese Menschen denn überhaupt keine Würde?

Anstatt mir einen Weg durch die Massen zu bahnen, die darauf warteten, dass die nächste Show begann, nahm ich den Umweg um den Bellevue Square. Der Weg war länger, und auch hier tummelten sich mit Einkaufstüten beladene Menschen. Aus den Lautsprechern hallte Weihnachtsmusik durch die Luft. Ich vergrub die Hände tief in den Manteltaschen und zog die Schultern hoch, als wäre es eisig kalt.

Ob es in Tilikum schneite? Vermutlich.

An der nächsten Kreuzung blieb ich stehen und wartete, während der Verkehr vorüberfloss. Eine Frau stand neben mir. Sie hielt die Hand eines Mädchens, das ein wenig älter aussah als Maddie. Die Kleine trug ein rotes Samtkleid und eine passende Schleife im Haar.

Sie schaute zu mir auf, und ihre Augen weiteten sich. »Mommy.«

Die Aufmerksamkeit der Frau war auf ihr Handy gerichtet.

»Mommy.« Das Mädchen zupfte an der Hand seiner Mutter, während es mich weiter ansah. »Der Grinch.«

»Was?« Die Mutter schaute immer noch nicht auf.

»Mommy, da ist der Grinch. Aber er ist nicht grün.«

Endlich riss die Frau ihren Blick vom Handy los, um erst ihr Kind, dann mich anzusehen. Ihre Wangen röteten sich, und sie zog ihr Mädchen näher zu sich heran. »Liebes, nein. Das ist nur ein Mann.« Sie lachelte verlegen. »Es tut mir wirklich leid. Ich habe keine Ahnung, was sie da redet.«

Ich antwortete nicht, sondern ließ meinen Blick stumm zu dem Mädchen gleiten. Dann verengte ich die Augen.

»Er ist der Grinch. Er hat sich nur verkleidet«, flüsterte das Mädchen. »Er hat gemeine Augen.«

Unbehaglich verlagerte die Frau ihr Gewicht von einem Bein auf das andere und stieß ein nervöses Lachen aus. »Es tut mir leid. Sie ist erst sechs. Bitte entschuldigen Sie uns.«

Die Ampel sprang auf Grün, und die Frau eilte mit ihrem Kind über die Straße, wobei sie mir über die Schulter noch einen argwöhnischen Blick zuwarf.

Ich ignorierte die beiden und überquerte ebenfalls die Straße. Im nächsten Block wurde die Musik leiser, empfing mich aber gleich wieder, als ich mein Gebäude betrat. Ohne auf die kitschige Dekoration in der Eingangshalle zu achten, zog ich schützend die Schultern gegen die Instrumentalversion von »Sleigh Ride« hoch und ging direkt zu dem Fahrstuhl, der mich in meine Wohnung bringen würde.

Die Weihnachtsdeko meiner Nachbarn war inzwischen bis auf den Flur hinausgequollen. An den Türen hingen Kränze, und jemand hatte sogar eine Girlande an seinem Türrahmen befestigt. Irgendein anderer Idiot hatte Weihnachtsstrümpfe aufgehängt, als erwartete er, dass der Weihnachtsmann an Heiligabend über die Flure eines Luxusapartmenthauses in der Innenstadt spazieren würde.

Ich gab den Türcode ein und betrat meine Wohnung, ohne mir die Mühe zu machen, das Licht anzuschalten. Es war kühl, und beinahe konnte ich hören, wie Alice mir vorwarf, geizig zu sein. Doch das ignorierte ich auch. Wenn mir zu kalt wurde, zog ich eben einen verdammten Pullover über.

Nachdem ich meine Sachen weggepackt und mir ein frisches T-Shirt und eine Jogginghose angezogen hatte, ging ich in die Küche und schenkte mir einen Whiskey ein. Nachdem ich ihn kurz im Glas geschwenkt hatte, trank ich einen Schluck und genoss das Brennen, mit dem er mir die Kehle hinunterfloss.

Mein Handy vibrierte. Die Hoffnung, dass es Isabelle sein könnte, drohte das Eis in meiner Brust zu schmelzen. Aber es war nur Alice.

»Ja?«

»Sorry, dass ich dich störe, aber hast du heute mit Isabelle gesprochen?«

»Nein.« Angespannt stellte mein Glas ab. »Warum? Was ist los?«

»Ich habe gerade mit Cole telefoniert. Irgendetwas ist mit ihrem Dad. Cole war auf der anderen Seite der Farm, deshalb hat er nicht gesehen, was passiert ist. Aber da war ein Krankenwagen, und Mr. Cook wurde ins Krankenhaus gebracht. Näheres weiß er noch nicht. Ich hatte gehofft, dass du wüsstest, was los ist.«

»Ich habe keine Ahnung.«

Ihre Stimme war vor Sorge ganz belegt. »Ich hoffe, es geht ihm gut. Cole klang so besorgt. Ich bin geneigt, hinzufahren, aber das ist albern. Maddie geht jetzt gleich ins Bett, und so gut kenne ich die Cooks nun auch wieder nicht. Außerdem gehöre ich zu den Leuten, die versuchen, ihnen die Farm gegen ihren Willen abzukaufen. Was eigentlich für Cole ein echtes Problem sein sollte, doch er ist so verständnisvoll.«

»Du schweifst ab.«

»Ich weiß. Was zum Teufel stimmt nicht mit mir? Ich habe eine Sache mit dir geteilt, und plötzlich rede ich mit dir, als wären wir die besten Freunde.«

Wir sind keine Freunde.

Beinahe hätte ich es gesagt. Und wenn mein Kopf nicht gerade vor Sorge über Isabelle und ihren Vater durchdrehen würde, hätte ich mich gefragt, warum ich es nicht getan hatte. Warum ich sie nicht hatte anlügen wollen.

Denn irgendwie waren Alice und ich Freunde.

Wann war das passiert?

Für so etwas hatte ich jetzt keine Zeit. Ich musste herausfinden, was mit Isabelles Vater los war.

»Kann sein, dass ich morgen nicht im Büro bin.«

»Oh. Okay.« Sie klang überrascht. »Lass mich wissen, wenn du was erfährst.«

»Mache ich.« Ich wollte auflegen, hielt aber inne. »Und Alice?«

»Ja?«

»Danke, dass du angerufen hast.«

»Natürlich. Wenn Cole mich zurückruft, sage ich dir Bescheid.«

»Danke.«

Ich legte auf und rief Isabelles Nummer auf. Dann starrte ich einen oder zwei Herzschläge lang auf das Display.

Statt sie anzurufen, ging ich in mein Zimmer und warf ein paar Klamotten in eine Tasche. Ich würde sie von unterwegs aus anrufen. Egal, was sie sagen würde oder was mit ihrem Vater los war, ich wusste, dass ich dort sein musste. Warum? Keine Ahnung. Es sollte mir egal sein. Sie. Die Farm. Ihre Eltern. Alles sollte mir egal sein.

Trotzdem stieg ich ins Auto und fuhr nach Tilikum.

18. KAPITEL

Isabelle

Mein Körper schmerzte vor Erschöpfung, aber das Piepen von Dads Überwachungsmonitor hielt mich wach. Genauso wie der harte Plastikstuhl, auf dem ich seit Stunden saß. Ich versuchte, eine bequemere Position zu finden, was nur dazu führte, dass es am Ende noch ein wenig unbequemer wurde.

Dad döste in seinem Bett. Die dünne blaue Decke war bis zu seinem Kinn hochgezogen. Er sah so müde aus. So zerbrechlich. Bisher hatte ich meinen Vater nie als alt betrachtet, und es gefiel mir nicht.

Unzahlige Male hatte ich ihm schon gesagt, dass er sich vom Dach fernhalten sollte. Aber hatte er auf mich gehört? Nein. Er war mitten im Schneetreiben hinaufgestiegen, um eine Abdeckung auf irgendeinen Lüftungsschacht zu legen, die vom Wind weggeweht worden war. Und dann war er gestürzt.

Und auf den Boden geprallt.

Ich hatte nicht gesehen, wie es passiert war, und vielleicht war es auch besser so. Doch meine Mutter hatte es gehört, was für sie grausam und für ihn gut gewesen war, denn so hatte jemand den Krankenwagen rufen können. Das hatte zu einem kleinen Tumult im Weihnachtsdorf geführt, vor allem als es unter den Besuchern die Runde machte, dass Russell Cook ins Krankenhaus gebracht worden war.

In der Notaufnahme kroch die Zeit nur noch dahin. Der

Minutenzeiger der Uhr schien hier nur noch halb so schnell vorwärtszuwandern wie sonst. Der Arzt war zweimal dagewesen und hatte mir versichert, dass mein Dad wieder vollkommen gesund werden würde. Sie wollten ihn nur zur Beobachtung über Nacht dabehalten. Morgen würde er vermutlich schon wieder entlassen werden.

In der Stadt jagten bereits die Gerüchte durch den Buschfunk wie ein Wintersturm. Russell Cook hatte einen Herzinfarkt. Einen Schlaganfall. Nein, einen Schlaganfall und einen Herzinfarkt gleichzeitig. Er war gestürzt und hatte sich den Rücken gebrochen und war nun gelähmt. Einige Leute vermuteten Fremdeinwirkung, wobei sich offenbar niemand erklären konnte, wer es auf den netten alten Farmer abgesehen haben könnte, der das Weihnachtsdorf veranstaltete. Zu Annikas Glück schien niemand zu versuchen, den Vorfall mit der alten Haven-Bailey-Fehde in Verbindung zu bringen. Die ganze Situation war auch so schon wie eine Bombe, die kurz vor der Explosion stand, und in dieses Feuer musste nicht noch mehr Öl gegossen werden.

Zumal mein Dad einfach nur gedacht hatte, er könnte immer noch im Schnee über die Dächer turnen, als wäre er der Weihnachtsmann persönlich.

Mein Bein kribbelte, also verlagerte ich das Gewicht, bevor es ganz einschlafen konnte. Mom hatte ich über Nacht nach Hause geschickt und ihr versichert, dass ich bei Dad bleiben würde, bis sie ihn auf ein normales Zimmer verlegten. Wie durch ein Wunder hatte er sich nichts gebrochen, aber es war ein Sturz aus großer Höhe gewesen. Ihm würde alles wehtun, und vielleicht brauchte er Physiotherapie, bevor er wieder an die Arbeit zurückkehren konnte.

Das würde ihm gewaltig gegen den Strich gehen. Es gab nur wenig, was Russell Cook mehr hasste, als tatenlos herumzusitzen.

Der Pfleger schob seinen Kopf um den blauen Vorhang herum. »Sorry, dass Sie so lange warten mussten. Sein Zimmer ist fast fertig. Ich komme in ein paar Minuten wieder, um ihn nach oben zu fahren.«

»Danke.«

»Kann ich Ihnen irgendetwas bringen?«

»Nein.« Ich setzte mich auf und unterdrückte ein Stöhnen. »Mir geht es gut.«

Der Pfleger ging, und ich streckte die Arme über den Kopf. Wie lange war ich schon hier? Seit Stunden. Auch wenn ich mich nicht erinnerte, wann genau wir hier eingetroffen waren. Jedenfalls lange genug, um nicht länger auf diesem Stuhl sitzen zu können.

»Du solltest nach Hause gehen«, sagte Dad mit rauer Stimme.

»Ruh dich einfach aus, Dad. Sie bringen dich gleich nach oben.«

»Ich habe ihnen schon gesagt, dass ich nicht hierbleiben muss. Mir geht es gut.«

»Du bist von einem Dach gefallen. Dir geht es nicht gut.«

Er murmelte etwas Unverständliches vor sich hin. So ganz wollte er nicht zugeben, dass ich recht hatte, aber wenigstens versuchte er nicht wieder, aus dem Bett aufzustehen.

Der Pfleger kam zurück und verkündete, dass das Zimmer jetzt bereit war. Ich drückte Dads Hand, bevor sie ihn nach oben brachten, und versicherte ihm, dass Mom gleich am Morgen vorbeischauen würde.

Während ich zusah, wie sie ihn davonrollten, fiel mir auf, dass ich mein Auto nicht dabei hatte. Ich war mit meiner Mutter hergekommen, und sie war bereits zu Hause. Ich zog das Handy aus der Tasche und schaute auf die Uhr. Es war schon spät, aber Marigold war vermutlich noch wach. Ich würde es wiedergutmachen.

»Was ist passiert? Geht es ihm gut?«

Mein müdes Hirn konnte die Stimme nicht gleich verarbeiten. Wie in Zeitlupe glitt mein Blick langsam nach oben. Vor mir stand Elias. Er trug seinen Wollmantel über ... war das eine Jogginghose? Elias Stoneheart trug Jogginghosen?

Das hier konnte nicht real sein.

»Elias? Was machst du denn hier?«

»Ich habe gehört, dass deinem Vater etwas zugestoßen ist.«

»Von wem hast du das gehört?«

»Alice hat mit diesem Phillips gesprochen.«

Ich blinzelte. Das ergab Sinn. Cole war offensichtlich ganz verrückt nach Alice, also war es nicht überraschend, dass die beiden in Kontakt geblieben waren. »Aber ... warum bist du hier?«

Seine coole Fassade bekam einen Riss. So wie bei unserem Abendessen. In seinen Augen sah ich einen Anflug von Wärme.

»Ich weiß nicht.« Die schlichte Ehrlichkeit in seiner Stimme raubte mir beinahe den Atem. »Ich bin einfach ins Auto gestiegen und hergekommen. Geht es deinem Vater gut?«

»Dafür, dass er vom Dach gefallen ist, ja. Wie durch ein Wunder hat er sich nichts gebrochen. Sie behalten ihn aber zur Beobachtung über Nacht hier.«

Er trat näher. »Geht es dir auch gut?«

Seine Frage ließ mich beinahe die Fassung verlieren. Tränen drohten sich in meinen Augen zu sammeln, als der Stress und die Erschöpfung der letzten Stunden mich übermannten. Mit einem scharfen Atemzug schüttelte ich sie ab. »Ja. Auch wenn mir gerade aufgefallen ist, dass ich nicht weiß, wie ich nach Hause kommen soll.«

»Ich fahre dich.«

Ich hielt mein Handy hoch. »Ich wollte gerade Marigold anrufen.«

»Isabelle.« Der befehlende Unterton in seiner Stimme führte nicht dazu, dass mir plötzlich ganz heiß wurde. Überhaupt nicht. »Ich bin hier. Lass mich dich nach Hause fahren.«

Er hatte recht. Es gab keinen Grund, Marigold zu belästigen, wenn er mich fahren konnte. Doch irgendetwas an dem warmen Schimmer in seinen Augen, seiner Nähe und der Art, wie mein Körper auf ihn reagierte, ließ alle Alarmglocken in mir schrillen.

War es eine Warnung – oder eine Einladung?

Obwohl ich es besser wusste, nickte ich. »Okay. Danke.«

Er berührte mich nicht, als wir durch die Notaufnahme zum Ausgang gingen. Keine sanfte Hand an meinem Rücken oder an meinem Arm. Nicht, dass ich das wollte. Mein Körper sehnte sich absolut nicht nach seiner Berührung.

Es gelang mir immer schlechter, meine Gefühle zu leugnen.

Schweigend gingen wir zu seinem Auto. Dicke Schneeflocken trieben durch den Lichtschein der Straßenlaternen und hüllten alles in eine weiße Decke. Ich schlang die Arme gegen die Kälte um meinen Oberkörper und erinnerte mich daran, dass ich auf diesen Mann wütend war. Er wollte unsere Farm kaufen und schließen. Er hatte hinter meinem Rücken mit meinen Eltern gesprochen.

Und er hatte mir mit achtzehn das Herz gebrochen.

Ich stieg ein und trat mir innerlich in den Hintern, weil ich überhaupt daran gedacht hatte. Das Letzte, was ich gerade brauchte, nachdem ich meinen Vater über Nacht im Krankenhaus gelassen hatte, war, mich von meinen Emotionen auf eine Schlittenfahrt durch den Wald alter Erinnerungen mitnehmen zu lassen.

Wir fuhren durch die Stadt, an den Weihnachtslichtern und dem großen Weihnachtsbaum im Lumberjack Park vorbei. Elias bog auf den Schotterweg ein, der zum Haus meiner Eltern führte, und dann an der Gabelung rechts zu meinem Haus ab. Es war irgendwie seltsam, und irgendwie auch nicht, dass er ohne nachzufragen wusste, wo ich wohnte.

Mein Herzschlag beschleunigte sich, als er vor meinem kleinen Häuschen anhielt. Alles war gut. Er setzte mich nur hier ab. Ich verstand immer noch nicht, warum er den ganzen Weg nach Tilikum gekommen war – und wichtiger noch, was das zu bedeuteten hatte –, aber darüber musste ich heute Nacht nicht nachdenken. Ich konnte einfach dankbar dafür sein, dass er da gewesen war, als ich eine Mitfahrgelegenheit gebraucht hatte, hineingehen und mich ins Bett legen.

Allein.

Definitiv allein.

Denn alles andere wäre ein Fehler weihnachtsschlittengroßen Ausmaßes.

»Danke fürs Herbringen.« Ich streckte die Hand nach dem Türgriff aus.

»Isabelle.«

Warum klang er so gequält, wenn er meinen Namen sagte? Das brachte mich um. Ich hielt inne und fürchtete mich beinahe davor, ihn anzusehen.

Du bist sauer, Isabelle. So wahnsinnig sauer auf diesen Mann.

»Es tut mir leid, dass ich ohne dich mit deinen Eltern gesprochen habe. Das hätte ich nicht tun sollen.«

Die Ernsthaftigkeit, mit der er das sagte, nahm mir allen Wind aus den Segeln, ließ die Luft aus der Wut, an der ich mich festzuklammern versuchte. Jetzt fürchtete ich mich wirklich davor, ihn anzusehen. Wenn ich in seine Augen schaute, würde ich etwas Dummes tun. Wie ihn zu küssen.

Wie konnte ich daran denken, ihn zu küssen? Das hier war Elias. Ich hatte eine Vergangenheit mit diesem Mann. Eine schlechte Vergangenheit. Ich sollte mich nicht nach seinen Lippen sehnen.

Doch das tat ich.

Ich drehte mich nicht zu ihm um. »Danke für die Entschuldigung. Ich verzeihe dir.«

Er sagte nichts und rührte sich nicht, als wartete er darauf, dass ich den nächsten Schritt machte. Als wollte er mir die Möglichkeit geben, eine Entscheidung zu treffen.

Seine Zurückhaltung drohte mich zu zerbrechen. Vor allem, weil ich spürte, wie viel Kraft es ihn kostete. Wovor er sich zurückhielt, wusste ich nicht. Davor, noch mehr zu sagen? Davor, mich zu bitten, mit hineinkommen zu dürfen? Davor, sich vorzubeugen und seine Lippen auf meine zu pressen?

Was wollte ich eigentlich von ihm?

Ich wusste es nicht, und vielleicht war es dieses Nicht-Wissen, das mich dazu antrieb, ihn zu fragen: »Willst du noch für ein paar Minuten mit reinkommen?«

»Gern.«

Wir stiegen aus, und ich fischte den Schlüssel aus meiner Handtasche. Weder auf der Veranda noch im Haus brannte

Licht, aber es gelang mir trotz der Dunkelheit, die Tür aufzuschließen. Mein Herz klopfte nervös, als ich Elias hereinbat und das Licht einschaltete.

»Voilà.«

Er trat ein paar Schritte in den Raum hinein und sah sich um. »Keine Deko.«

»Für Weihnachten? Nein. Ich habe zwar genug, finde aber nie die Zeit, um sie rauszuholen.«

»Du wohnst auf einer Weihnachtsbaumplantage und hast keinen Weihnachtsbaum.« Einer seiner Mundwinkel hob sich ganz leicht.

Tu mir das nicht an, Elias. Sei jetzt nicht süß und lustig. »Ja, es ist ein Witz. Aber ich habe so viel zu tun …«

Er nickte, als würde er es verstehen. »Was hat dein Vater auf dem Dach gemacht?«

»Außer zu leugnen, dass er zu alt dafür ist? Er hat versucht, irgendwas zu reparieren.«

»Das hätte Phillips machen sollen.«

»Das habe ich ihm auch gesagt. Und Cole hat es ihm gesagt. Aber du kennst meinen Dad. Er ist so stur wie Horace.«

»Horace ist ein Esel.«

Ich lachte. »Im wahrsten Sinne des Wortes.«

Mein Lächeln schwand, und die elektrische Spannung zwischen uns war unmöglich zu leugnen. Fühlte er sie auch?

Er räusperte sich und sah sich wieder um. »Ich weiß gar nicht mehr, wie es hier früher aussah. War es fertig?«

»Nicht wirklich.« Ich legte meine Handtasche ab und zog meine Jacke aus. »Es war nur ein Rohbau und nicht bewohnbar.«

»Du hast das alles selbst gemacht.«

So, wie er das sagte – als Aussage und nicht als Frage –, klang es wie ein Kompliment. Ein Kribbeln lief mir über den Rücken. »Ja. Es hat eine Weile gedauert, aber ich glaube, das war es wert.«

»Es sieht super aus.«

»Danke.«

Wieder trafen sich unsere Blicke, und für eine Sekunde glaubte ich, er würde sagen, dass er jetzt losmüsse. Ich war hin- und hergerissen. Noch immer wusste ich nicht, was genau ich von ihm wollte.

Oder vielleicht wusste ich es und fürchtete mich nur davor, es zuzugeben.

Doch er schien zu einer Entscheidung gekommen zu sein. Er zog den Mantel aus, legte ihn über die Armlehne des Sofas und ging in die Küche.

Er trug tatsächlich eine Jogginghose.

Ohne ein Wort fing er an, in meinen Küchenschränken herumzusuchen. Der Anblick von Elias in meiner Küche, so lässig in Jogginghose und T-Shirt, raubte mir für einen Moment die Sprache. Ich konnte ihn nicht mal fragen, wonach er suchte. Ich starrte ihn einfach nur an.

Er nahm zwei Becher heraus und stellte sie auf die Arbeitsplatte. Dann suchte er weiter. Als Nächstes folgte der Wasserkessel, den er füllte und auf den Herd stellte. Ich wollte gerade fragen, was er da machte, als er sich zu mir umdrehte. In diesem Moment wusste ich wieder, warum meine Freundinnen und ich uns einig waren, dass ein Mann in einer grauen Jogginghose verdammt heiß war.

Denn o meine liebe Zuckerfee, er füllte die Hose verdammt gut aus.

»Setz dich«, sagte er.

Es war unmöglich, dieser tiefen, samtigen Stimme zu widerstehen. Außerdem wollte mein müder Körper auf etwas sitzen, das nicht hart und aus Plastik war. Ich zog die Schuhe aus und ließ mich mit einem tiefen Seufzer auf die Couch sinken.

Es war ein langer Tag gewesen.

Und Elias war hier. Er hatte gehört, dass mein Dad verletzt war, und war gekommen.

Warum?

Der Wasserkessel pfiff, während ich über diese Frage nachdachte. Warum war er hier?

Ich wusste es nicht. Und ich hatte so das Gefühl, Elias wusste es auch nicht.

Ein paar Minuten später kam er ins Wohnzimmer und reichte mir einen Becher. Dann setzte er sich neben mich. Ich beugte mich über den Becher und atmete tief ein.

Heißer Kakao.

Schnell schluckte ich gegen die Erinnerungen an, die in mir aufstiegen, und hoffte, dass er sie mir nicht ansehen konnte. Wie oft hatte er mir am Ende eines harten Tages einen heißen Kakao gemacht? Wenn wir für eine Arbeit gelernt oder an unseren Abschlussprojekten gearbeitet hatten. Als ich anfing, mehr Verantwortung auf der Farm zu übernehmen und mich bis zur Erschöpfung getrieben hatte.

Als der Verlust …

Nein, daran zu denken würde mich nur zum Weinen bringen, und das würde ich vor Elias Stoneheart niemals zulassen.

Zum Glück unterbrach er das kurze Schweigen. »Du hast keine Marshmallows oder Schlagsahne.«

Ich schaute in meinen Becher. »Ich bin überrascht, dass ich Kakaopulver hatte.«

»Ich nicht.«

Ich trank einen Schluck. Der Kakao war dick und weich und extra schokoladig. Genau so wie ich es mochte. »Das ist gut. Danke.«

»Ich dachte, du könntest es brauchen.«

»Hast du ein Bett für heute Nacht?«

»Ich fahre ins Hotel.«

Ja. Ins Hotel. Das war die richtige Antwort. Denn ich würde ihn garantiert nicht einladen hierzubleiben. »Okay.« Ich trank noch einen Schluck. Das war so beruhigend. »Danke, dass du den ganzen Weg hierhergekommen bist. Das hättest du nicht tun müssen.«

»Ich weiß. Ich bin froh, dass es deinem Vater gut geht.« Er stellte seinen Becher auf den Couchtisch. »Wie war das Eröffnungswochenende?«

»Gut. Aber ich wünschte, es wäre besser gewesen.«

»Vielleicht kommt es noch.«

Ich verspürte den seltsamen Drang, ihm vom Plan meiner Eltern zu erzählen, die Farm für den Anbau von Getreide umzubauen, hielt mich aber gerade noch rechtzeitig zurück. Er war der letzte Mensch, dem ich mich anvertrauen sollte. Vermutlich sollte ich mit ihm überhaupt nicht über die Farm reden. Doch irgendwie wirkte sein Interesse heute persönlich. »Ja, normalerweise steigen die Besucherzahlen, je näher Weihnachten rückt. Viele Leute holen sich ihren Baum erst kurz vor dem Fest.«

»Habt ihr schon das Rentier-Programm gestartet, von dem du immer gesprochen hast?«

Wieso erinnerte er sich daran? Damals, auf der Highschool, hatte ich die Idee gehabt, unser Angebot zu erweitern und das ganze Jahr über Führungen über unsere Farm anzubieten. Der Höhepunkt sollten die Rentiere sein. Doch irgendwie hatten wir nie die Zeit gefunden, diese Idee auszuarbeiten und umzusetzen. »Nein. Aber ich denke, das sollten wir.«

»Was hält euch zurück?«

»Zeit und Geld, schätze ich. Cole und ich könnten einige der Führungen geben, aber dann müssten wir einen anderen Helfer für die Farm einstellen. Ich bin überzeugt, dass wir ausreichend Geld verdienen könnten, um die Kosten zu decken, aber es würde Zeit brauchen, um das Angebot bekannt zu machen.«

»Es ist richtig, langfristig zu denken.«

Ich nickte.

Dann verfielen wir wieder in Schweigen. Ich trank meinen Kakao und kämpfte mit meinen Gefühlen. Seine Anwesenheit war so tröstlich. Je länger wir zusammensaßen, desto mehr schmolz der Stress des Tages dahin. Diese Wirkung hatte Elias schon immer auf mich gehabt. Er hatte es geschafft, dass ich mich besser fühlte, ohne dass er ein Wort sagen musste.

Er verlagerte sein Gewicht. War er näher gerückt? Ich hielt den Blick fest auf meinen Becher gerichtet und fürchtete mich auf einmal davor, aufzuschauen. Hitze schoss durch meine Adern, und meine Haut kribbelte bei der Vorstellung, von ihm berührt zu werden. Wieder bewegte er sich, und nun spürte ich sein Bein an meinem, was einen wahren Wirbelsturm in mir auslöste.

Das hier war schlecht. Ich durfte es nicht zulassen.

Oder doch?

Ich stellte meinen Becher ab und drehte mich mit klopfendem Herzen so, dass ich Elias ansehen konnte.

Seine grünen Augen nahmen mich sofort gefangen. Ich kannte diese Augen. Die eisige Maske war weg, und stattdessen sah ich den Mann, den ich damals gekannt hatte. Diese kleinen Einblicke hatte ich mir nicht eingebildet. Er war immer noch da.

Und er kam näher. Sein Blick fiel auf meinen Mund. Mein Herz schlug so heftig, dass ich es in den Ohren hörte und in meinen Handgelenken pulsieren spürte. Ein Kribbeln überlief mich, und die Schmetterlinge in meinem Bauch flogen auf, ohne dass die Wut sie daran hinderte.

Zeitgleich wappnete ich mich für den Aufprall und ließ meinen gesunden Menschenverstand los. Elias würde mich küssen, und ich würde es zulassen.

Nein, ich würde sogar noch mehr tun. Ich würde den Kuss erwidern. Und zwar gründlich.

Das Klopfen an der Tür erschreckte mich so sehr, dass ich mir beim Zurückzucken den Nacken verrenkte.

»Au.« Ich legte die Hand in den Nacken. War da wirklich jemand an meiner Tür? Um diese Uhrzeit?

Das Klopfen ertönte wieder. Dieses Mal lauter.

»Sorry … ich kann nicht … Tür …«, stotterte ich und stand auf. Mein Herz raste immer noch, und ich war vermutlich so rot wie die Beere einer Stechpalme. Vor der Tür stand Cole, die Hand erhoben, um erneut zu klopfen.

»Tut mir leid, dass ich dich störe, aber ich habe nichts mehr über deinen Vater gehört, und du bist nicht ans Telefon gegangen.«

Ich sah zu meiner Handtasche hinüber, in der mein Handy

steckte. »Es tut mir so leid. Ich dachte, Mom würde dich anrufen, aber vermutlich glaubte sie, ich würde es tun. Meinem Vater geht es gut. Er hat sich nichts gebrochen, bleibt aber zur Vorsicht über Nacht im Krankenhaus.«

Cole atmete erleichtert aus. »Gut. Es freut mich, das zu hören. Geht es dir gut? Brauchst du irgendwas?«

Elias stand auf und räusperte sich. Coles Blick glitt zu ihm, und seine Augen weiteten sich.

»Oh. Ich wusste nicht, dass du Besuch hast.« Er warf einen Blick über seine Schulter. »Richtig. Das Auto. Hätte mir auffallen müssen. Sorry.«

»Nein, er ist nicht …« Ich verstummte, denn was sollte ich sagen? Ich hatte keine Ahnung, was hier passierte, also wie sollte ich es Cole erklären? »Er hat mich nach Hause gefahren.«

»Könntest du Alice informieren?«, fragte Elias. »Sie hat sich Sorgen um Russell gemacht.«

Cole blinzelte, als würde ihn die Bitte überraschen. »Ja. Klar. Ich rufe sie gleich an.«

»Danke, Cole«, sagte ich.

»Ich schaue morgen bei dir vorbei«, sagte er.

Damit ging er, und ich schloss die Tür.

»Ich sollte jetzt gehen.«

Enttäuschung erfasste mich. Elias hatte bereits den Mantel an. Verdammt, Cole. Und ich sollte auch verdammt sein. Wenn ich ihn vorhin angerufen hätte, wäre er nicht vorbeigekommen. »Sicher, klar. Es ist schon spät. Fährst du morgen wieder nach Hause?«

Er öffnete den Mund, um zu antworten, hielt aber noch einmal inne. »Ich weiß es nicht«, sagte er schließlich.

Ich nickte langsam und trat beiseite, damit er an mir vorbeigehen konnte. »Okay. Ich schätze, wir reden dann später noch mal.«

»Gute Nacht, Isabelle.«

»Gute Nacht, Elias.«

Dann ging er, und als die Tür hinter ihm ins Schloss fiel, fragte ich mich, was zum Teufel hier gerade passiert war.

19. KAPITEL
Elias

Der heiße Kakao war ein Fehler gewesen.

Isabelle beinahe zu küssen war auch ein Fehler gewesen, aber irgendwie war der heiße Kakao sogar noch schlimmer. Ich hatte nur einen Schluck getrunken, doch das hatte gereicht. Das warme, süße Getränk war über meine Zunge geglitten, hatte meine Kehle gewärmt, und mir war bewusst geworden, dass ich seit Jahren keine heiße Schokolade mehr getrunken hatte.

Nicht seit ich sie zuletzt für Isabelle gemacht hatte. An dem Weihnachtsfest, an dem alles auseinandergebrochen war.

Aber daran würde ich jetzt nicht denken.

Als ich zu meinem Wagen ging, ließ ein Eichhörnchen über den Weg. Es hielt inne, stellte sich auf die Hinterbeine und sah mich an.

Das war seltsam.

Dann rannte es davon und einen Baum hinauf.

In dieser Stadt gab es überall Eichhörnchen, also hätte eins, das einen Baum hinaufläuft, keine erneute Welle an Erinnerungen lostreten sollen. Doch plötzlich sah ich das lichtergeschmückte Haus der Cooks vor mir – so, wie es an jenem schrecklichen Abend ausgesehen hatte.

Unsere Beziehung hatte nicht direkt an diesem Abend geendet. Wir waren noch bis zum Schulabschluss zusammengeblieben. Doch im Rückblick war dieses Weihnachtfest der Anfang vom Ende gewesen. Danach hatte sich alles verändert, und schließlich hatte ich Tilikum – und Isabelle – für immer den Rücken gekehrt.

Ich stieg in den Wagen und fuhr los. Doch die Erinnerungen ließen mich nicht los. Dieses Mal konnte ich sie nicht unter einem Panzer aus Eis begraben.

Achtzehn Jahre alt

Die Weihnachtsbeleuchtung am Farmhaus strahlte so hell, dass sie auch am frühen Nachmittag schon zu sehen war. Hinter den vorderen Fenstern war alles dunkel. Ich hatte Isabelles Eltern unten im Dorf gesehen, aber sie mich nicht, was auch ganz gut so war. Meine Beziehung zu ihnen war dieser Tage etwas angespannt, um es milde auszudrücken.

Nicht, dass ich es ihnen vorwerfen konnte. Schließlich war ich der Typ, der ihre Tochter geschwängert hatte.

Wir wussten es seit ein paar Wochen. Es war noch sehr früh, so dass man ihr nichts ansah, und sie meinte, dass sie auch noch nicht viel spürte. Keine morgendliche Übelkeit oder seltsamen Gelüste. Nur wenige Leute wussten davon, ihre Eltern, meine Tante und mein Onkel, Annika und Marigold. Bald würden wir es öffentlich machen müssen, vor allem nach dem heutigen Tag. Die Leute würden Fragen stellen, und in dieser Stadt machten Gerüchte schnell die Runde.

Nicht, dass es mich interessierte, was die anderen dachten.

Während unsere Klassenkameraden sich auf die Abschlussprüfungen vorbereiteten, ihre Collegezulassungen feierten und sich Praktikumsplätze sicherten, versuchten wir uns an den Gedanken zu gewöhnen, dass wir Eltern werden würden.

Und das Seltsame daran war: Ich hatte keine Angst mehr.

Ein Eichhörnchen sprang durch die Büsche und dann einen Baum hinauf. Ich ignorierte es und ging um das Haus herum zur hinteren Veranda. Dort schaute ich durchs Küchenfenster. Isabelle saß am Tisch und aß einen Keks.

Ich liebte sie so sehr.

Deshalb hatte ich keine Angst. Ich liebte sie, und ich liebte das Kind, das wir erschaffen hatten. Es war nicht einmal ansatzweise geplant gewesen, aber es war passiert. Und damit war mir etwas klar geworden.

Ich wollte das. Ich wollte eine Familie.

Natürlich wäre es besser gewesen, wenn es nicht gerade jetzt passiert wäre, während wir noch zur Schule gingen. Wir waren jung, und das hier warf all unsere Pläne für die Zukunft über den Haufen. Aber da es nun einmal passiert war, würden wir das Beste daraus machen. Ich würde mich immer um sie kümmern.

Mit einem tiefen Atemzug, um mein rasendes Herz zu beruhigen, schob ich die Hand in die Jackentasche und berührte das kleine Schächtelchen darin. Es war ihr Weihnachtsgeschenk – und so viel mehr.

Also dann mal los.

Ich klopfte und steckte meinen Kopf durch den Türspalt. »Hey.«

Sie lächelte, doch ich sah die Traurigkeit in ihren Augen. »Hey. Danke, dass du gekommen bist.«

»Das wäre ich sowieso. Es ist Heiligabend.« Ich ging zum

Tisch und setzte mich neben sie. »Geht es dir gut? Du siehst traurig aus.«

»Ja, es geht mir gut.«

Das stimmte nicht. Wir kannten uns, seit wir elf Jahre alt waren, und waren seit drei Jahren ein Paar. Ich kannte sie. Irgendetwas stimmte nicht. Und weil ich sie kannte, würde ich sie nicht bedrängen. Sie würde es mir sagen, wenn sie dazu bereit war.

Außerdem hatte ich das Gefühl, dass ich wusste, worum es ging. Ihre Eltern waren vermutlich immer noch sauer wegen des Babys. Ich wünschte, sie wüssten, dass sie sich keine Gedanken zu machen brauchten. Hoffentlich würden sie es nach dem heutigen Abend verstehen.

Ich beugte mich vor und gab ihr einen Kuss auf die Wange. »Warte hier.«

Sie blieb sitzen und knabberte weiter an ihrem Keks, während ich aufstand und den Wasserkessel aufsetzte. Es dauerte nur wenige Minuten, um uns zwei Becher mit heißem Kakao und Schlagsahne zuzubereiten. Und weil Weihnachten war, gab ich noch ein paar rote und grüne Streusel darauf.

»Frohe Weihnachten.« Ich stellte einen der Becher vor ihr hin. Keine Ahnung warum, aber heißer Kakao schien immer dafür zu sorgen, dass sie sich besser fühlte.

»Danke.« Sie zog den Becher zu sich heran, trank aber nicht.

Ich setzte mich ebenfalls, und meine Hand wanderte wie von selbst zu meiner Jackentasche. Ich wusste, dass das kleine, in Silberpapier eingewickelte Schächtelchen noch da war, konnte aber nicht aufhören, mich dessen zu vergewissern. Beinahe hätte ich es herausgeholt und auf den Tisch gelegt. Immerhin war ich deswegen hergekommen. Aber Isabelle schniefte, und ich sah, dass sie Tränen in den Augen hatte.

Panik stieg in mir auf. Ich streckte den Arm aus und legte meine Hand auf ihre. »Belle, was ist los?«

Wieder schniefte sie und hielt den Blick fest auf den Tisch gerichtet. »Ich konnte es dir vorhin am Telefon nicht sagen.«

»Was konntest du mir nicht sagen?«

Sie brauchte einen Moment, um zu antworten, und als sie es tat, war ihre Stimme kaum mehr als ein Flüstern. »Das Baby.«

Grauen schnürte mir die Kehle zu. »Was ist passiert? Geht es dem Baby gut?«

Sie schüttelte den Kopf, und nun liefen ihr die Tränen über die Wangen.

Ich rutschte enger an sie heran. »Belle, sag es mir. Ich bin hier. Alles ist gut. Sag mir, was passiert ist.«

»Als ich heute früh aufgewacht bin, wusste ich, dass irgendetwas nicht stimmte. Keine Ahnung warum. Da war nichts. Nur ein bisschen Blut. Ich habe es Mom erzählt, und sie meinte, wir sollten zum Arzt gehen. Nur zur Sicherheit. Sie haben einen Ultraschall gemacht. Sie mussten ihn von zwei Ärzten prüfen lassen, nur um sicherzugehen.« Weitere Tränen kamen. »Da war kein Herzschlag mehr.«

Mein eigenes Herz blieb stehen. Ein stechender Schmerz fuhr durch meine Brust, und mir stockte der Atem. »Was?«

Endlich sah sie mich an, und der Schmerz in ihren Augen war unerträglich. »Wir haben das Baby verloren.«

»Wie? Wissen sie, wieso?«

»Nein. Sie meinten, das passiert manchmal. Es war noch sehr früh, da ist das wohl nicht ungewöhnlich.«

Das waren die Worte von jemand anderem – Sätze, die sie wiederholte, als würde es ihr helfen, sie zu verstehen. Wut auf denjenigen, der ihr das erzählt hatte, strömte wie geschmolzener Stahl durch meine Adern. Nicht ungewöhnlich? Als wäre es damit in Ordnung?

Ich hatte keine Ahnung, was ich sagen sollte. Ich war nicht gut darin, andere zu trösten, nicht einmal Isabelle. »Und es gab nichts, was sie tun konnten?«

Sie schüttelte den Kopf. »Nein. Sie meinten, es wäre nicht meine Schuld.«

»Natürlich ist es nicht deine Schuld.«

»Vielleicht ist es sogar besser so. Es hat eben nicht sollen sein.«

Besser? Nein, das hier war nicht besser. Etwas, das so wehtat, war garantiert nicht besser. »Haben deine Eltern das gesagt?«

»Nein. Sie meinten nur, dass es ihnen leidtut. Meine Mom hat geweint.«

Isabelle hatte auch geweint, das sah ich jetzt. Die Haut um ihre Augen war gerötet und geschwollen. Wieder schniefte sie und wischte sich die Tränen mit dem Handrücken ab.

Ich wollte auch weinen. Es war ein ganz seltsames Gefühl. Ich weinte nie. Als ich das letzte Mal eine Träne vergossen hatte, hatte mein Vater mich auf mein Zimmer geschickt und gesagt, ich dürfe erst wieder rauskommen, wenn ich ein Mann sein könne. Ich wollte diesen Verlust beweinen, doch ich konnte es nicht. Die Tränen wollten einfach nicht kommen.

Was stimmte nicht mit mir?

»Belle, es tut mir so unendlich leid.«

»Ist schon in Ordnung. Es geht mir gut.« Wieder wischte sie sich die Tränen ab und trank endlich einen Schluck von ihrem Kakao.

Ihr ging es nicht gut, und mir auch nicht. Aber ich hatte keine Ahnung, was ich tun sollte.

Lange saßen wir schweigend da und tranken unseren heißen Kakao. Vielleicht war es ja genau das, was wir brauchten. Einfach nur hier zu sitzen und gemeinsam traurig zu sein. Ich war mir des kleinen Schächtelchens in meiner Manteltasche sehr bewusst, aber jetzt hatte sich alles geändert. Wieder einmal. Ich verstand nicht, wie das ständig passieren konnte. Ich war bei ihr gewesen, als sie den Schwangerschaftstest gemacht hatte, und da hatte es sich ganz ähnlich angefühlt. Als hätte ein einzelner Augenblick den Kurs unserer Zukunft für immer verändert. Und nun hatte unser Weg wieder eine scharfe Kurve genommen – eine, die wir nicht hatten kommen sehen.

Die Erde unter mir verschob sich. Ich hatte in den letzten Wochen so viel Zeit damit verbracht, neue Pläne zu schmieden, Dinge zu überlegen. Sollte ich jetzt alles wieder rückgängig machen? Würden wir nun wieder ganz normale Teenager werden? Würden wir unseren Abschluss machen und mit unserem Leben fortfahren, als wäre das hier nie passiert?

Isabelle schob ihren halb leeren Becher von sich. »Ich sollte rausgehen und im Weihnachtsdorf helfen.«

»Belle, nein.« Ich griff nach ihrer Hand, aber Isabelle war schon aufgestanden. »Du solltest dich ausruhen.«

»Ich habe mich eben ein wenig hingelegt. Ich will mich nicht weiter ausruhen. Das macht mich nur verrückt.«

Ich sah zu, wie sie unsere Becher zur Spüle trug und ausgoss. »Was hat der Arzt gesagt?«

»Dass ich tun kann, was immer sich gut anfühlt, solange ich es nicht übertreibe.«

»Vielleicht sollten wir uns einfach einen Film ansehen oder so.«

»Ich muss etwas tun, nicht einfach nur rumsitzen.«

Noch nie hatte ich mich so hilflos gefühlt. Der Schmerz in meiner Brust war erdrückend, als würden meine Rippen jeden Moment brechen und meine Lungen durchbohren. Ich wusste nicht, was ich tun sollte, wie ich mit dieser Situation umgehen sollte. Isabelle stellte die Dose mit dem Kakaopulver weg und spülte den Löffel ab, den ich benutzt hatte. Warum tat sie das? Warum musste sie ausgerechnet jetzt die Küche aufräumen?

Ich stand auf und fasste sie sanft an den Armen. »Belle.«

Sie ließ zu, dass ich sie an mich zog. Ich schlang die Arme um sie und wünschte, ich könnte das alles einfach ungeschehen machen. Sie erwiderte die Umarmung, und ich spürte, wie sie tief ausatmete, als sie ihren Kopf an meine Brust lehnte. Vielleicht sollte ich ihr das Weihnachtsgeschenk trotzdem geben. Nur weil wir kein Baby bekamen, hieß es nicht, dass wir nicht immer noch …

Aber sie entzog sich mir und richtete ihren Pferdeschwanz. »Ich verspreche, vorsichtig zu sein, aber ich muss ein paar Dinge erledigen. Willst du immer noch morgen zum Weihnachtsessen kommen?«

Ich nickte. »Na klar.«

»Möchtest du, dass ich dabei bin, wenn du es Dale und Hattie erzählst?«

»Nein. Das mache ich schon.«

Sie sah mir in die Augen, doch ihre waren trocken. »Elias, es tut mir so leid.«

»Das muss es nicht. Du hast nichts falsch gemacht.«

»Trotzdem. Ich weiß, dass es nicht leicht ist.« Sie verlagerte ihr Gewicht von einem Fuß auf den anderen und spielte mit ihrem Pferdeschwanz herum, so wie sie es immer tat, wenn sie gestresst war. »Wir sehen uns also morgen? Dann können wir reden. Ich kann nur jetzt einfach nicht stillsitzen.«

Ich nickte wieder und wünschte, ich könnte alles wiedergutmachen.

Aber vielleicht wollte sie das gar nicht. Vielleicht war sie ja sogar erleichtert.

Dass sie nun nicht mehr an mich gebunden war.

Wir verabschiedeten uns, und als ich die Küche durch die Hintertür verließ, wusste ich bereits, dass ich am nächsten Tag nicht zum Weihnachtsessen kommen würde. Isabelle würde wütend sein, aber ich konnte einfach nicht.

Und vielleicht wollte sie es ja auch gar nicht mehr.

Ohne auf meine Umgebung zu achten, ging ich zu meinem Wagen. Ich stieg ein und nahm das Schächtelchen aus der Jackentasche.

Es war nicht viel. Nur ein schlichter Goldring. Ich hatte nicht viel Geld, aber ich hatte mein Bestes gegeben. Als ich den Ring ausgesucht hatte, hatte ich beschlossen, etwas aus mir zu machen, damit ich ihr etwas Besseres kaufen konnte. Spätestens zu unserem fünften Hochzeitstag würde Isabelle einen Diamanten am Finger haben. Und zwar einen großen.

Aber es würde keinen fünften Hochzeitstag geben. Isabelle würde mich nicht heiraten. Denn jetzt musste sie das nicht mehr.

Eine einzelne Träne lief mir über die Wange, aber verdammt sollte ich sein, wenn ich jetzt anfing zu weinen. Ich wischte sie weg, schloss das Schächtelchen und warf es auf den Beifahrersitz.

Ich startete den Wagen und fuhr los. Mein Brustkorb schmerzte immer noch, aber ich verhärtete mich dagegen, ließ eine Eisschicht um mein Herz wachsen, die das einhüllte, was von ihm noch übrig war.

Und im Grunde war es auch egal. Denn es schlug sowieso nicht mehr.

20. KAPITEL

Isabelle

Als ich aufwachte, fühlte ich mich, als hätte ich am Abend zuvor zu viel getrunken. Anstatt sofort aufzuspringen und mich direkt an die Arbeit zu machen, wie ich es sonst tat, musste ich mich förmlich aus dem Bett quälen. Ich duschte eine gefühlte Ewigkeit lang in der Hoffnung, dass die Wärme die Knoten in meinen Schulter- und Rückenmuskeln lösen würde. Dabei konnte ich die ganze Zeit nur daran denken, dass ich letzte Nacht beinahe Elias geküsst hätte.

Das war verrückt. Ich war verrückt.

Zum Glück hatte Cole uns unterbrochen.

Doch war ich für sein plötzliches Auftauchen vor meiner Tür wirklich dankbar?

Nein. Aber ich sollte es sein. Er hatte mich davor bewahrt, einen Riesenfehler zu begehen.

Im Laufe des Vormittags fühlte ich mich langsam besser. Meine Mutter war zu meinem Dad ins Krankenhaus gefahren, und ich blieb auf der Farm, um einen weiteren geschäftigen Tag im Weihnachtsdorf zu managen. Die Arbeit half. Das tat sie immer. Die Stunden vergingen wie im Flug, während ich diverse kleine Brände löschte und dafür sorgte, dass alles glatt lief. Das WLAN war unzuverlässig, was dazu führte, dass die Verkäufer keinen Kreditkartenzahlungen annehmen konnten. Aber Isabelle löste das Problem. Die Popcornmaschine streikte – und auch wenn ich nicht wusste, wie dieses Ding überhaupt funktionierte, gelang es mir, sie zu reparieren. Daneben mussten Zuckerstangen ausgeliefert und heißer Kakao für die Baumkunden zubereitet werden.

Ich dachte nicht ein einziges Mal an Elias.

Was natürlich gelogen war. Ich dachte ständig an ihn.

Ich fragte mich, wo er war. Ob er in Tilikum geblieben oder früh am Morgen zurückgefahren war. Vielleicht sogar noch letzte Nacht. Ich widerstand dem Drang, ihm eine Nachricht zu schicken und ihn einzuladen, mit mir zusammen zu Mittag zu essen. Oder vielleicht sogar zu Abend.

Arbeiten. Ich musste mich beschäftigt halten.

Der Duft von Kiefern und Sägespänen umwehte mich, als ich nach den Jungs schaute, die sich um den Verkauf der Weihnachtsbäume kümmerten. So früh an einem Wochentag waren nur wenige Kunden da, die nach dem perfekten Baum für ihr Weihnachtsfest suchten. Das Geräusch einer Säge hallte durch die Luft, als einer unsere Männer das untere Ende eines Baums zuschnitt, damit er später besser in den Ständer passte. Ich schaute beim Kassierer vorbei und vergewisserte mich, dass wir noch genügend frische Adventskränze für den nachmittäglichen Kundenansturm hatten.

Auf dem Rückweg ins Weihnachtsdorf hielt ich Ausschau nach kaputten oder verrutschten Dekorationen. Auf einer Bank hatte jemand einen leeren Kaffeebecher stehen lassen, den ich in den nächstbesten Mülleimer warf. Und während ich mich so umschaute, stellte ich mich unwillkürlich vor, wie es wohl aussehen würde, wenn wir das Weihnachtsdorf wirklich schließen müssten. Anstelle von sorgfältig angelegten Wegen, die mit immergrünen Girlanden, Lichterketten und roten Schleifen geschmückt waren, würde es hier dann nur noch endlose Reihen an Getreide geben. Und jede Menge Staub in der Luft, der von den großen Agrarmaschinen aufgewirbelt wurde. Keine gemütlichen kleinen Hütten mit handgemachtem Weihnachtsschmuck und Keksen. Keine Weihnachtsmann-Werkstatt oder hölzernen Pinguine, die lächelnd auf den Schneewehen standen. Keine Rentiere, die die Kinderaugen von Tilikum strahlen ließen.

Aber hinter meiner Entschlossenheit, die Farm und das Weihnachtsdorf zu erhalten, lag noch mehr. Für mich repräsentierte dieser Ort etwas. Er war angefüllt mit den Erinnerungen an ein Kind, das es niemals gegeben hatte. Das nie die Chance erhalten hatte, auf die Welt zu kommen und hier aufzuwachsen.

Das Kind, das ich beinahe mit Elias bekommen hätte.

Eine Welle der Trauer überrollte mich. Es war seltsam, dass ich selbst nach so vielen Jahren noch wegen etwas traurig sein konnte, das ich nie gehabt hatte. Ich dachte nicht oft an das Baby, aber ab und zu – und vor allem um diese Zeit im Jahr.

Ich hatte zwei Optionen: Aufzugeben und traurig zu sein, oder um die Farm meiner Eltern und alles, wofür sie stand, zu kämpfen.

Die Entscheidung war offensichtlich. Und ich würde nicht zulassen, dass meine widerstreitenden Gefühle für Elias sich mir in den Weg stellten.

Also straffte ich die Schultern und ging weiter, wobei ich die Leute, die mir entgegenkamen, grüßte und im Kopf überschlug, wie viele Menschen heute wohl das Dorf besuchen würden. Würde es reichen, um die Kosten zu decken? Den größten Umsatz machten wir an den Wochenenden, aber der heutige

Tag sah jetzt schon recht vielversprechend aus. Vielleicht gab es doch noch Hoffnung.

Ich richtete den Blick nach vorn und zuckte zurück. War das Elias? Er saß in seinem dunklen Wollmantel und der Jogginghose auf einer Bank und sah aus, als hätte er noch immer dasselbe an wie letzte Nacht. Seine Unterarme lagen auf den Oberschenkeln, und er hatte die Stirn in Falten gelegt, als wäre er tief in Gedanken versunken.

Misstrauisch trat ich näher. Er schien mich nicht zu bemerken. Ich schob die Hände in die Jackentaschen – heute hatte ich tatsächlich mal daran gedacht, eine anzuziehen – und blieb vor ihm stehen.

»Elias?«

Sein Kopf zuckte hoch, und er richtete sich auf, sagte aber nichts.

»Geht es dir gut?«

Er blinzelte. »Ja.«

Ich legte den Kopf schief. »Bist du sicher?«

Seine Augen wirkten ein wenig wild, und seine Haare waren nicht gekämmt. Räuspernd stand er auf. »Ja. Alles in Ordnung.«

»Hast du letzte Nacht noch ein Hotelzimmer bekommen?«

»Hotel?«

»Ja.« Langsam machte er mir Sorgen. »Als du gefahren bist, hast du gesagt, du würdest ins Hotel gehen. Erinnerst du dich?«

»Richtig. Stimmt. Ich war im Grand Peak.«

Er hatte den gleichen gehetzten Ausdruck in den Augen, der mir schon bei unserem gemeinsamen Abendessen aufgefallen war. »Bist du sicher, dass alles in Ordnung ist? Du siehst aus, als hättest du einen Geist gesehen.«

»Nein. Nur ein Eichhörnchen.«

»Was?«

»Nichts. Wie geht es deinem Vater?«

»Laut meiner Mutter ist er ziemlich knurrig. Er soll heute noch entlassen werden.«

»Gut.«

»Er wird es für eine Weile langsam angehen müssen.« Ich ging los in Richtung Rentierstall, und Elias folgte mir. »Meine Mutter wird es nicht leicht haben, ihn davon zu überzeugen.«

»Und dir fehlen ein paar Hände.«

Ich seufzte. »Ich werde so tun, als wäre das kein Problem.«

Er hätte diese Gelegenheit nutzen können, um mich daran zu erinnern, dass es ein weiterer Schlag für unsere Finanzen wäre. Doch das tat er nicht. Er ging einfach neben mir her, als ob er irgendwie hierhergehörte.

Im Stall beendete Cole gerade eine Führung mit einer Vorschulklasse und beantwortete ihre Fragen zu den Rentieren. Ein kleiner Junge in der ersten Reihe hob die Hand und hüpfte aufgeregt auf und ab.

Cole zeigte auf ihn. »Schieß los. Was hast du für eine Frage?«

»Wohnt Rudolph auch hier?«

»Leider nicht, Kumpel«, sagte Cole. »Keines unserer Rentiere hat eine rote Nase.«

»Können die fliegen?«, wollte ein anderes Kind wissen.

»Ich hab's noch nicht gesehen, aber …« Er blickte sich verschwörerisch um und beugte sich dann vor, als wollte er ihnen ein Geheimnis verraten. »Manchmal frage ich mich, ob sie es vielleicht tun, wenn wir nicht hinschauen.«

Die Kinder kicherten, und Cole grinste.

Ich wollte ihn nicht unterbrechen, deshalb wartete ich an der Stalltür, bis er fertig war. Er beantwortete noch ein paar Fragen, wobei er sein übliches Lächeln zeigte. Elias stand neben mir. Er funkelte Cole nicht direkt böse an, doch seine vor der Brust verschränkten Arme sprachen Bände.

Schließlich sammelte die Lehrerin ihre Kinder wieder ein und führte sie zur anderen Stallseite hinaus, wo sie einmal um die Weiden der Rentiere herumgehen und noch mehr von der Herde sehen konnten. Cole warf Elias einen kurzen Blick zu, wobei seine Miene schwer zu lesen war, bevor er zu uns trat.

»Meine Mutter bringt meinen Vater her, sobald er entlassen wurde«, sagte ich. »Er soll sich ausruhen, was bedeutet, wir müssen eine vereinte Front bilden, um sicherzustellen, dass er sich an die Anweisungen der Ärzte hält.«

»Keine Sorge.« In Coles warmen Augen schimmerte Besorgnis. Er trat näher und legte eine Hand auf meinen Unterarm. »Wie geht es dir?«

»Ganz gut. Ich versuche, nicht in Panik zu geraten bei der Vorstellung, dass uns ausgerechnet jetzt vor dem Wochenende ein Mann fehlt.«

»Ich weiß. Aber wir kriegen das hin.«

»Danke.«

»Wir sprechen uns später.« Er drückte meinen Arm und ging.

»Warum muss er später mit dir sprechen?«, fragte Elias.

War das Eifersucht in seiner Stimme? »Wir arbeiten zusammen. Was bedeutet, wir müssen … zusammenarbeiten?«

»Er verbirgt etwas.«

»Was?« Ich sah Cole hinterher. »Nein. Wie kommst du darauf?«

»Niemand ist so nett, wenn er nicht etwas zu verbergen hat.«

Ich schnaubte. »Doch, einige Menschen sind wirklich so nett. Und Cole gehört zufällig dazu.«

»Warum …« Er verstummte und wandte den Blick ab.

»Warum was?« Ich stemmte die Hände in die Hüften. »Warum wir Schluss gemacht haben? Das geht dich nichts an.«

»Er geht mit meiner Assistentin aus. Damit geht es mich sehr wohl etwas an.«

»Sind die beiden wirklich zusammen? Oh, darauf hatte ich gehofft«, sagte ich erfreut.

»Wirklich?«

»Natürlich. Sie sind ein tolles Paar.«

Er zog die Augenbrauen zusammen, und in seinen grünen Augen blitzte Wut auf. Worüber war er so verärgert? Ein Anflug von Eifersucht überkam mich. Dabei gab es nichts, worauf ich eifersüchtig sein musste. Sein Beschützerinstinkt gegenüber seiner Assistentin sollte mich nicht stören.

Aber das tat er.

»Hör mal, ich weiß nicht, was zwischen Alice und Cole los ist, aber er verbirgt nichts«, sagte ich. »Im Gegensatz zu dir ist er sehr offen und unkompliziert. Bei ihm gilt: Du bekommst, was du siehst.«

»Inwiefern bin ich kompliziert?«

»Das fragst du ernsthaft? Inwiefern bist du nicht kompliziert?«

Er wollte schon antworten, hielt aber noch einmal inne, als wüsste er nicht, was er sagen sollte. Schließlich deutete er anklagend auf mich. »Du hast mich hereingebeten.«

»Was?«

»Du hast mich gestern Nacht hereingebeten. Das war nicht meine Idee.«

»Willst du damit sagen, dass ich kompliziert bin? Ich bin nicht diejenige, die einfach hierhergefahren und unerwartet in der Notaufnahme aufgetaucht ist.«

»Es war gut, dass ich das gemacht habe.«

»Warum? Weil ich eine Mitfahrgelegenheit gebraucht habe? Da hatte ich auch andere Optionen.«

Er kam näher. »Nein. Weil du mal wieder dabei warst, dir einzureden, dass du niemanden brauchst.«

»Das tue ich gar nicht.«

»Belle.« Er umfasste mein Kinn und hob meinen Kopf an, damit ich ihn ansehen musste. »Das machst du ständig.«

»Tu nicht so, als ob du mich kennen würdest.«

Die Hand noch immer an meinem Kinn, brachte er sein Gesicht noch näher an meins. »Aber ich kenne dich.«

Mein Puls raste, und trotz der Kälte in der Luft breitete sich Hitze in mir aus. Seine Berührung war fest, aber sanft, sein Blick eindringlich. Er hatte recht. Er kannte mich. Er hatte mich schon immer auf eine Weise gekannt wie niemand sonst.

Aber das hier durfte ich nicht zulassen.

Also trat ich einen Schritt zurück, und er ließ mich los. Aus einem Reflex heraus zog ich meinen Pferdeschwanz straff. »Ich muss wieder an die Arbeit.«

Ein Muskel in seinem Kiefer zuckte, und er stieß ein tiefes Knurren aus. Dann legte er einen Arm um meine Taille und zog mich grob an sich. Bevor ich noch ein Wort sagen konnte, hatte er meinen Pferdeschwanz gepackt und presste seine Lippen auf meine.

Die Hitze seines Kusses verbrannte mich von innen. Seine Zunge verlangte Einlass, den ich ihr gewährte. Ich wimmerte leise, und meine Knie gaben unter mir nach, doch Elias hielt mich fest gegen seinen harten Körper gepresst. Er hielt sich nicht zurück, sondern verschlang mich förmlich.

So war ich schon sehr, sehr lange nicht mehr geküsst worden. Vage war mir bewusst, dass uns jemand so sehen könnte, doch es war mir egal. Für mich gab es nur Elias' Lippen auf meinen, seinen Griff in meinem Haar und seinen starken Arm, der mich an ihn zog.

Langsam und beinahe widerstrebend wurde der Kuss sanfter. Ohne mich loszulassen, zog Elias seinen Kopf gerade so weit zurück, dass unsere Lippen sich voneinander trennten.

Dann rieb er seine Nase an meiner, und mein Atem beschleunigte sich erneut. Mir war schwindelig, und ich war vollkommen überwältigt von der Intensität dieses Kusses.

Anstatt das Vernünftige zu tun und mein Hirn in die Realität zurückzuzwingen, tat ich das Verrückte. Ich stellte mich auf die Zehenspitzen, schlang meine Arme um Elias' Nacken und küsste ihn erneut.

Hinter mir räusperte sich jemand. Keuchend zuckte ich zurück und ließ die Arme sinken. Elias ließ mich ebenfalls los. Seine Augen wurden groß.

Oh nein. Wen sah er da an?

»Tut mir leid, dass ich euch unterbreche«, sagte meine Mutter so lässig, als hätte sie uns gerade beim Teetrinken überrascht und nicht beim Herummachen im Stall. »Ich dachte nur, du möchtest vielleicht wissen, dass dein Vater wieder zu Hause ist.«

Ich schluckte und drehte mich um. »Wie geht es ihm?«

»Er ist angeschlagen und müde. Und wütend auf mich, weil ich ihn gezwungen habe, sich hinzulegen. Aber das war zu erwarten.«

»Kann ich mit irgendetwas helfen?«

Sie schüttelte den Kopf. »Nein. Ich kümmere mich um ihn.«

Ich spürte, wie mir die Röte in die Wangen stieg. Meine Lippen brannten noch unter der Hitze unseres Kusses. »Mom, wir …«

»Mach dir keine Gedanken.« Sie wischte meinen Versuch einer Erklärung fort. »Elias, möchtest du heute mit uns zu Abend essen?«

Ich sah sie fassungslos an. Sie lud ihn zum Abendessen ein? »Ich weiß nicht, ob er bleibt.«

Sie ignorierte mich und sah Elias freundlich an.

»Sehr gern«, antwortete er.

»Wunderbar. Wir essen gegen sechs.« Sie zeigte mit dem Daumen hinter sich in Richtung des Haupthauses. »Ich gehe jetzt besser und stelle sicher, dass Russell nicht versucht, sich rauszuschleichen. Ich sehe euch beide heute Abend.«

Ich murmelte ein leises »Danke«. Mehr brachte ich nicht raus. Mir war immer noch schwindelig von den ganzen Endorphinen, die dieser Kuss ausgelöst hatte, und ich wusste kaum, was hier vor sich ging.

Als meine Mutter den Stall verließ, atmete Elias tief ein und trat einen Schritt zurück. Sein cooles Selbstbewusstsein schien zurückgekehrt zu sein, aber die Hitze in seinen Augen war ungebrochen. »Dann lass ich dich mal arbeiten. Ich habe auch noch einiges zu tun.«

»Ja. Arbeiten.«

Er schenkte mir ein schiefes Lächeln. »Ich sehe dich heute Abend.«

Ich nickte.

Elias leckte sich über die Unterlippe, so schnell, dass ich es beinahe verpasst hätte. Aber ich hatte das Gefühl, als ob er mich immer noch schmecken konnte. Ohne ein weiteres Wort drehte er sich um und ließ mich allein und verwirrt zurück.

21. KAPITEL

Elias

Ich war mir nicht sicher, wie ich zu einer Essenseinladung bei den Cooks gekommen war. Zuerst hatte Fayes Auftauchen im Stall wie eine Katastrophe gewirkt. Für eine Sekunde war ich wieder ein panischer Teenager gewesen, der beim Herummachen von der Mutter seiner Freundin erwischt worden war. Doch ich war schnell wieder zu mir gekommen.

Und irgendetwas an diesem Kuss hatte mich aus meiner Benommenheit gerissen. Ich war ohne einen bestimmten Grund zur Farm gefahren. Ja, ich hatte mir nicht mal die Mühe gemacht, mir was Vernünftiges anzuziehen, sondern mir nur meinen Mantel gegen die Kälte übergeworfen. Isabelle hatte mich auf einer Bank im Weihnachtsdorf gefunden, und ich konnte mich kaum erinnern, wie ich dorthin gekommen war.

Aber sie zu küssen hatte mir das Gefühl zurückgegeben, mich wieder unter Kontrolle zu haben.

Und es hatte noch etwas anderes in mir geweckt. Ein tiefes Verlangen, das ich bisher geleugnet hatte.

Ich wollte sie. Und ich war nicht sicher, wie lange ich noch dagegen ankämpfen konnte.

Ein Abendessen mit ihr und ihren Eltern war vermutlich nicht die beste Idee. Stattdessen hätte ich Tilikum verlassen sollen. Ich hätte nach Hause fahren und meinen Kopf geraderücken sollen, anstatt mein Hotelzimmer um eine weitere Nacht zu verlängern und Alice eine Nachricht zu hinterlassen, dass ich auch am nächsten Tag nicht ins Büro kommen würde.

Doch genau das hatte ich getan.

Ich ging durch den frisch gefallenen Schnee und klopfte an die Tür der Cooks. Eine Girlande aus Tannenzweigen und Stechpalme, die mit einer dicken roten Schleife verziert war, umrahmte die Haustür. Durch das Fenster konnte ich den funkelnden Weihnachtsbaum sehen, dessen weiße Lichter sich in glänzenden Kugeln spiegelten.

Faye öffnete mir. Sie trug einen dunkelblauen Pullover mit weißen Schneeflocken und lächelte. »Wie schön, dass du es geschafft hast. Komm herein.«

Ihre Freundlichkeit war zugleich entwaffnend und verstörend. Ein Teil von mir wollte sich in der Vertrautheit des Farmhauses entspannen. Der tröstende Duft nach frisch gekochtem Essen hing in der Luft, und im Holzofen knisterte ein Feuer. Ich musste zugeben, dass die Weihnachtsdeko im Haus eher charmant als kitschig war, und dass die Lichterketten, Girlanden und Kerzen eine gemütliche Atmosphäre schufen. Selbst die instrumentale Weihnachtsmusik, die leise im Hintergrund spielte, zog mich an.

Doch ich wusste nicht, was ich von Fayes Gastfreundschaft halten sollte. Versuchte sie, mich in falscher Sicherheit zu wiegen?

Wie auch immer, ich war jetzt hier. Und hier drin gab es zumindest keine Eichhörnchen, die an mir vorbeiliefen und mich auf unerklärlichen Wegen ungewollt in die Vergangenheit lockten.

Faye nahm mir den Mantel ab und ging voran in die Küche. Isabelle stand am Herd und rührte in einem Soßentopf. Sie hatte ihre Arbeitskleidung gegen einen dunkelgrünen Pullover und Jeans sowie rot-weiß-geringelte Socken eingetauscht.

Ich wollte zu ihr gehen, sie in die Arme nehmen und so küssen wie vorhin im Stall. Doch Russell saß am Tisch und spießte mich mit seinem Blick förmlich auf.

Dieser Abend würde interessant werden.

»Heute wird nicht über Geschäfte gesprochen«, verkündete Faye und zeigte erst auf mich, dann auf ihren Mann. »Wir werden ein schönes, festliches Abendessen haben.«

»Es ist kein Feiertag«, grummelte Russell.

»Aber es ist die Vorweihnachtszeit, das zählt auch. Wenn es dir lieber ist, kann ich dir anstatt des Truthahns mit Kartoffelpüree aber auch eine Dosensuppe aufwärmen.«

»Also wirklich, Liebes.«

Faye lächelte nur.

»Mom, wann hast du die Zeit gehabt, einen Truthahn zu braten?«, fragte Isabelle.

»Ach, nichts leichter als das. Man muss ihn nur vorbereiten, in den Ofen schieben und warten. Das macht keine Arbeit.« Sie zeigte auf den Herd. »Rühr weiter.«

Isabelle wandte sich wieder dem Topf zu. Kurz sprang ihr Blick zu mir, doch dann schaute sie wieder weg. Sie war süß, wenn sie so nervös war.

Und es gefiel mir, dass ich für ihre Nervosität verantwortlich war. Jetzt wollte ich sie nur umso mehr.

Russell sah mich weiter finster an, als könnte er meine Gedanken lesen und wüsste all die Dinge, die ich mit seiner Tochter anstellen wollte.

Wie unangenehm. Aber ich ließ mich davon nicht stören.

Aus alter Gewohnheit bot ich meine Hilfe an, und unter Fayes Anweisungen brachten Isabelle und ich das Essen auf den Tisch. Russell versuchte ein paarmal aufzustehen, nur um sofort von seiner Frau oder Tochter gescholten zu werden. Wenn man bedachte, dass er von einem Dach gefallen war, sah er ganz gesund aus. Doch die Art, wie er das Gesicht verzog, wenn er sich bewegte, verriet, dass er versuchte, sich nicht anmerken zu lassen, wie geschunden sein Körper wirklich war.

»Wie lange wirst du in der Stadt bleiben?«, fragte Faye, nachdem wir alle saßen und uns Essen auf den Teller taten.

»Ich muss morgen wieder zurück.«

»Das ist schade. Aber ich bin mir sicher, dass du zur Parade zurückkommst.«

Ich unterdrückte ein Stöhnen. Die jährliche Weihnachtsparade gab es immer noch? Natürlich gab es sie. Tilikum hatte seine Traditionen schon immer geliebt.

»Das bezweifle ich«, erklärte ich.

Faye wirkte seltsam enttäuscht, während Russell versuchte, meine Anwesenheit an seinem Esstisch zu ignorieren. Isabelle hielt den Blick fest auf ihren Teller gerichtet.

Sie dachte an unseren Kuss. Dessen war ich mir sicher.

Faye wechselte das Thema und verwickelte ihren Mann in eine Unterhaltung über die Farm. Ich aß einen Bissen von meinem in Soße getränkten Truthahn und musste ein wohliges Stöhnen unterdrücken. Das Fleisch war zart und saftig, die Soße samtig und aromatisch. Ich hatte vergessen, wie befriedigend so ein Essen sein konnte.

Und alles andere war genauso gut – cremiges Kartoffelpüree, das mit einer absurden Menge an Butter zubereitet worden war, grüne Bohnen, die Faye vermutlich im Herbst in ihrem eigenen

Garten geerntet hatte, und dazu ein Brot mit einer knusprigen Kruste, das förmlich im Mund schmolz.

Mir war gar nicht bewusst gewesen, wie sehr ich das hier vermisst hatte. Ich ernährte mich gut, aber oft war es etwas vom Lieferdienst oder irgendwas Einfaches, das ich nur schnell zusammengerührt hatte. Ich hatte mir nicht mal die Mühe mit einem Thanksgiving-Dinner gemacht, und die Einladung meiner Tante und meines Onkels ausgeschlagen. Stattdessen hatte ich allein in meiner Wohnung gesessen und was vom Thailänder gegessen. Damals hatte ich mir nichts dabei gedacht. Aber die Aromen und Texturen dieser Mahlzeit ließen weitere Erinnerungen in mir aufsteigen – gute Erinnerungen an Festmahle zu Feiertagen, gefolgt von Kuchen und heißem Kakao.

Und anstatt mich zu verwirren und zu frustrieren, schenkten mir diese Erinnerungen ein seltsames Gefühl inneren Friedens.

Ich fing Isabelles Blick von der gegenüberliegenden Seite des Tisches auf. Sie wischte sich einen Krümel vom Mundwinkel und leckte sich über die Lippen.

Verlangen nach ihr brodelte in mir auf. So sehr hatte ich schon lange keine Frau mehr gewollt. Ich war ein Mann mit ganz normalen Bedürfnissen, doch ich neigte dazu, ihnen nicht nachzugeben. Sich auf jemanden einzulassen, war anstrengend und den Aufwand auf lange Sicht niemals wert.

Doch bei Isabelle wäre es das.

Getreu ihrer Warnung ließ Faye während des Essens nicht zu, dass wir übers Geschäft sprachen. Sie stellte mir wohlwollende Fragen über meinen Job und meine Wohnung, als wären wir einfach alte Freunde, die sich nach langer Zeit wiedersahen. Selbst Russell schaltete sich ein, um mir Fragen über meinen Tesla zu stellen und wie der mit dem Schnee zurechtkam.

»Es tut mir leid, dass ich keinen vernünftigen Nachtisch habe.« Faye stand auf und sammelte unsere leeren Teller ein.

Ich hatte meinen förmlich sauber geleckt. »Ich bin sowieso viel zu satt.«

»Ich auch.« Isabelle stand auf, um ihrer Mutter beim Abräumen zu helfen. »Danke für das wundervolle Essen, Mom. Das war wirklich superlecker.«

»Es war mir ein Vergnügen.«

Russell stand auf und verzog schmerzhaft das Gesicht, hob aber die Hand, um jegliche Hilfe abzuwehren. »Ich bin kein Invalide. Ich kann das Geschirr spülen.«

»Ja, ich schätze, das wird dir nicht schaden«, sagte Faye. »Ich helfe dir dabei.«

Ich bedankte mich bei Faye für das Essen, und Russell nickte mir zu. Es war nicht wirklich freundlich, aber besser als der finstere Blick vom Anfang.

»Ich begleite dich nach Hause«, sagte ich zu Isabelle.

Sie öffnete den Mund, wie um zu widersprechen, doch ich zog die Augenbrauen in die Höhe. Wenn sie Nein sagte, würde ich gehen – ich würde in mein Hotel zurückkehren und mich meinem sexuellen Frust ergeben. Aber ich wusste, dass sie das nicht tun würde.

»Okay, danke«, sagte sie schließlich.

Ich half ihr in die Jacke, zog dann meinen Mantel an und trat mit ihr zusammen hinaus in die Kälte.

Schweigend gingen wir nebeneinanderher her, während Schneeflocken um uns herumwirbelten. Die weiße Decke dämpfte alle Geräusche und reflektierte das Mondlicht, wodurch die Nacht unnatürlich hell und still war.

Die Fenster von Isabelles Cottage waren dunkel. Ich folgte

ihr hinein, und als sie das Licht anschaltete, war ich erneut überrascht, wie sehr dieses Haus wie sie war. Ich konnte auch sehen, dass sie nicht viel Zeit hier verbrachte. Dazu war es beinahe zu ordentlich und aufgeräumt.

Sie zog ihren Mantel aus und warf ihn über einen Sessel. Obwohl sie mich nicht ausdrücklich eingeladen hatte, tat ich dasselbe.

Wir würden noch eine Weile darum herumtanzen, aber ich wusste, wie diese Nacht enden würde. Isabelle wollte es genauso sehr wie ich. Das sah ich in ihren Augen, in der Art, wie sie sich über die Lippen leckte. Eine leichte Röte stahl sich auf ihre Wangen, als ich sie ansah wie ein Raubtier seine Beute.

»Elias, vielleicht …«

Entschlossen ging ich zu ihr und brachte sie mit einem Kuss zum Schweigen.

Wenn es Widerstand in ihr gegeben hatte, so schmolz der in dem Moment dahin, als unsere Münder aufeinanderprallten. Sie schlang mir die Arme um den Nacken und presste sich an mich. Hitze schoss durch meine Adern.

Ich drückte sie langsam rückwärts in die Richtung, von der ich annahm, dass dort ihr Schlafzimmer lag. Wir zogen uns gegenseitig aus, ließen die Sachen auf den Boden fallen und stolperten schließlich durch eine Tür. Wir waren heiß und hektisch, unsere Küsse feucht und wild. Etwas fiel krachend zu Boden, doch wir ignorierten es. Die Spannung zwischen uns war kaum noch auszuhalten.

Mit suchenden Fingern zerrte ich ihr die letzten Kleidungsstücke vom Leib. Zwischen zwei Küssen murmelte ich etwas von einem Kondom und hielt lange genug inne, um meine

Hose vom Boden aufzuheben, ein Kondom aus meiner Brieftasche zu fischen und es überzurollen.

Dann drückte ich Isabelle rücklings aufs Bett und kniete mich über sie. Ihr vertrauter Geruch umhüllte mich und steigerte mein Verlangen nach ihr noch weiter. Ihre Haut war warm und weich, ihr Mund gierig.

Als ich in sie eindrang, stöhnten wir auf, klammerten uns aneinander fest. Verlangen verwandelte sich in Lust. Ihre Hüften bewegten sich, ihr Körper wand sich unter mir. Sie fühlte sich so überwältigend gut an.

Ich hatte sie so sehr vermisst.

Doch daran wollte ich nicht denken. Nicht jetzt, während ich in ihr war. Ich wollte mein Verlangen stillen, diese intensive Lust füttern. Mehr nicht.

Wir rollten herum und warfen dabei die Kissen vom Bett. Sie war so unglaublich, so wunderschön, dass ich sie verschlingen wollte. Unsere Körper bewegten sich im Einklang, als wären sie dafür gemacht.

Als wären wir füreinander gemacht.

Die Intensität stieg. Mein Herz schlug wie wild in meiner Brust, und die Hitze und der Druck waren überwältigend. Isabelle warf den Kopf zurück. Sie kam zum Höhepunkt und riss mich mit sich. Stöhnend packte ich ihre Hüften fester und folgte ihr.

Es fühlte sich so verdammt gut an.

Schwer atmend sank sie gegen mich. Instinktiv vergrub ich meine Finger in ihrem Haar – der Pferdeschwanz hatte sich irgendwann aufgelöst – und bedeckte ihren Hals und ihre Schulter mit kleinen Küssen.

Was vermutlich ein Fehler war. Sie so zu küssen war viel zu

intim. Das hier war nur Sex. Doch ihre Haut schmeckte so gut, und ich war noch nicht bereit, mich von ihr zu lösen.

Nach einem langen Moment rollte sie sich von mir hinunter, und ich stand auf, um mich um das Kondom zu kümmern. Als ich zurückkam, war sie schon halb angezogen.

Gut. Keine Verwirrung. Keine Gefühle. Das hier hatten wir beide gewollt – gebraucht –, und mehr brauchte es auch nicht zu bedeuten.

Isabelle warf mir meine Unterwäsche zu. »Ich schätze, das war der Nachtisch. Aber wenn du willst – ich habe heißen Kakao und sogar Schlagsahne gekauft.«

Ich musste gehen. Zu bleiben würde die Sache nur kompliziert machen.

Aber aus irgendeinem Grund konnte ich es nicht. Ich zog meine Boxershorts und das Hemd über. »Dazu kann ich nicht Nein sagen.«

Sie selbst zog sich komplett wieder an und ging in die Küche. Noch immer konnte ich sie auf meinen Lippen schmecken, ihren betörenden Duft auf meiner Haut riechen.

Ich atmete tief durch. Das war kein Problem. Wir waren beide erwachsen und konnten miteinander schlafen, solange ich in der Stadt war. Dadurch musste sich gar nichts ändern.

Schnell schob ich das nagende Gefühl beiseite, dass sich bereits alles geändert hatte, und folgte Isabelle in die Küche.

22. KAPITEL
Elias

Isabelle bewegte sich mit geübter Gewandtheit in der Küche. Erneut warnte mich eine Stimme in meinem Kopf, nicht länger zu bleiben. Das alles hier war mir so vertraut – von dem guten Gefühl, mit ihr geschlafen zu haben, bis zu den Geräuschen zufallender Schranktüren und kochenden Wassers, das den Eispanzer um mein Herz zu schmelzen drohte.

Isabelle hatte die Macht, mich verletzlich zu machen, und das war das Letzte, was ich brauchen konnte.

Trotzdem blieb ich.

Ich sagte mir, dass es schon reichen würde, den Drang, sie zu berühren, zu unterdrücken – den Drang, mich hinter sie zu stellen, meine Arme um sie zu legen und ihren Hals zu küssen. Nein, so weit würde ich nicht gehen. Das wäre viel zu intim.

Und es würde zu viele Erinnerungen wecken.

Sie reichte mir einen Becher mit heißem Kakao, einem Berg Schlagsahne und grünen und roten Streuseln.

»Wie soll ich das denn trinken?«

»Gib dein Bestes.« Sie trank einen Schluck aus ihrem Becher, und die Schlagsahne klebte an ihrer Oberlippe und Nasenspitze. »Okay, vielleicht habe ich ein wenig übertrieben. Aber es ist sooo gut.«

Ich lachte leise, als sie ein Küchentuch nahm und sich das

Gesicht abwischte, und versuchte selbst zu trinken, ohne die Nase in die Sahne zu tauchen. Angenehm überrascht stellte ich fest, dass es diesmal keine Welle an Erinnerungen auslöste.

Vielleicht war das hier ja genau das, was ich brauchte. Wie eine Art Konfrontationstherapie.

Isabelle zeigte in Richtung Wohnzimmer, und wir gingen zur Couch und setzten uns jeweils in eine Ecke. Sie zog ihre Beine unter sich und legte die Hände um den Becher.

»Du kannst dir also einfach freinehmen und nicht zur Arbeit gehen? Wieso wirst du dafür nicht gefeuert?«

»Meine Position gewährt mir gewisse Freiheiten. Wenn ich nicht gerade ein Meeting im Büro habe, kann ich arbeiten, von wo ich will.«

»Das ist nett.« Sie trank einen Schluck, diesmal ohne die Sahne auf ihrem Gesicht zu verteilen. »Schätze also, das bedeutet, dass du heute keine Meetings hattest.«

»Nein. Aus irgendeinem Grund ist es um diese Zeit im Jahr im Büro immer ziemlich ruhig.«

»Äh, ja, es ist die Vorweihnachtszeit.«

Ich verdrehte die Augen. »Das ist nur eine Ausrede.«

»Was erwartest du von den Leuten? Dass sie Weihnachten einfach ignorieren?«

»Wenn es das Geschäft beeinflusst, ja.«

Sie schüttelte den Kopf. »Wann bist du zu Ebenezer Scrooge geworden?«

»Bin ich gar nicht.«

»Irgendwie schon. Bei dir dreht sich alles nur um Zahlen. Ich kann mir richtig vorstellen, wie du in einem kalten Haus sitzt und dich weigerst, die Heizung anzumachen, während du Goldmünzen zählst und sie dann in eine Truhe schließt.«

Ihr Kommentar bezüglich der Heizung traf etwas zu sehr ins Schwarze. »Das würde ich nie tun.«

»Aber es wirkt nicht so, als würdest du dich auf Weihnachten freuen.«

»Das stimmt.«

Ich erwartete, dass sie nach dem Grund dafür fragen würde, doch sie trank nur einen weiteren Schluck von ihrem Kakao. Ich tat es ihr gleich.

Dann starrte sie in ihren Becher. »Meine Eltern haben vor, das Weihnachtsdorf nach dieser Saison für immer zu schließen.«

Ich runzelte die Stirn. »Ich dachte, sie versuchen, die Farm zu behalten.«

»Das wollen sie auch. Deshalb glauben sie, sie müssten das Weihnachtsdorf schließen. Es nimmt sehr viel Platz ein, und sie denken, sie können die Farm produktiver machen, wenn sie diesen Platz für den Anbau von Getreide nutzen. Sie wollen die ganze Farm für den kommerziellen Ackerbau umbauen.«

Das war eine durchaus sinnvolle Überlegung. Ich kannte die Agrarindustrie nicht gut genug, um die Zahlen im Kopf zu haben, aber es klang logisch, dass der kommerzielle Getreideanbau der Farm mehr Einkommen einbringen würde als bisher. Das kam mir bei ihrem Schuldenstand zwar trotzdem ziemlich weit hergeholt vor, doch es konnte eine Alternative zum Verkauf sein.

Aus irgendeinem Grund gefiel mir diese Idee überhaupt nicht.

Wenn sie einen Weg fanden, die Farm zu behalten, würde es mich vermutlich meine Beförderung kosten. Das war natürlich nicht ideal, aber es reichte nicht als Erklärung, warum sich bei der Vorstellung, dass das Weihnachtsdorf geschlossen werden könnte, ein solches Gefühl der Unzufriedenheit in mir breitmachte.

Das ergab überhaupt keinen Sinn. Ich mochte das Weihnachtsdorf nicht einmal.

Finster starrte ich in meinen Becher, bevor ich ihn auf den Couchtisch stellte. Vielleicht stieg der Kakao mir doch wieder zu Kopf.

Isabelle schien meine mangelnde Reaktion nicht zu bemerken. »Vermutlich sollte ich nicht mit dir über die Farm reden, aber ich weiß nicht, ob das an diesem Punkt überhaupt noch wichtig ist. Es ist, was es ist. Ich arbeite so hart ich kann, um ihnen zu beweisen, dass wir das Weihnachtsdorf nicht schließen müssen, aber langsam kommt es mir vor wie eine verlorene Schlacht. Ich bin mir nicht mal sicher, was schlimmer wäre – ein hässliches Rechenzentrum, wenn wir an dich verkaufen, oder alles niederzureißen und langweiliges Getreide anzubauen.«

»Wer sagt, dass das Rechenzentrum hässlich sein würde?«

»Etwa nicht?«

»Vermutlich schon«, musste ich eingestehen. »Bei diesen Gebäuden gehen normalerweise Funktionalität und Sicherheit vor Ästhetik.«

»Siehst du? Beides ist hässlich.«

Ich wollte dafür sorgen, dass sie sich besser fühlte, aber es gab nicht viel, was ich sagen konnte. Ich hatte nicht die Lösung, die sie sich wünschte. Ich konnte die Farm ihrer Familie nicht retten.

Aber konnte ich ihr nicht wenigstens kurzfristig helfen? «Wenn du morgen ein weiteres Paar Hände brauchst, kann ich vorbeikommen.«

Sie zog eine Augenbraue in die Höhe, und um ihre Mundwinkel sah ich den Anflug eines Lächelns. »Das würde uns sehr helfen.«

»Dann werde ich da sein.«

Ein unerklärlicher Drang zu bleiben erfasste mich. Ich wollte Isabelle ins Bett tragen und mit ihrem warmen Körper neben mir einschlafen.

Aber das würde zu weit gehen.

Deshalb zwang ich mich wieder einmal, aufzustehen und zu gehen. Ich verabschiedete mich und fuhr ins Hotel zurück.

Und ging allein ins Bett, während ihr Duft noch an meiner Haut klebte.

Am nächsten Morgen wachte ich früh auf und fuhr direkt zur Farm. Über Nacht war noch mehr Schnee gefallen, aber die Hauptstraßen waren bereits geräumt, so dass ich keine Probleme hatte. Bei meiner Ankunft war Phillips gerade dabei, den Parkplatz mit dem Schneebläser zu räumen. Er schien der einzige Mensch hier zu sein, aber ich wusste, dass Isabelle irgendwo in der Nähe war.

Beim Weihnachtsdorf stellte ich den Wagen ab und stieg aus, um sie zu suchen. Ich fand sie in der Nähe der Rentierweide, wo sie gerade dabei war, den Zaun zu reparieren. Gegen die Kälte trug sie eine dicke Winterjacke, eine Strickmütze und Handschuhe. Um die Hüften hing der lederne Werkzeuggürtel, und ihre Jeans hatte an einem Bein bereits einen Schmutzfleck.

Sie schlug einen Nagel in ein Brett und zog dann daran, um zu testen, ob es halten würde.

»Hat Horace wieder gegen den Zaun getreten?«, fragte ich.

Lachend schob sie den Hammer in die Schlaufe am Gürtel. »Das würde mich nicht überraschen. Ich weiß nicht, wie dieses Brett sich gelöst hat, aber du kennst ihn. Sobald er einen Schwachpunkt findet, lässt er nicht mehr locker.«

»Tja, ich bin hier. Wie kann ich helfen?«

Sie musterte mich von Kopf bis Fuß. »Ist das deine Arbeitskleidung?«

Ich blickte an mir hinunter. Da das hier offensichtlich kein Job für einen Anzug war, trug ich meinen Wollmantel über einem T-Shirt und Jogginghosen. »Was anderes habe ich nicht.«

»Dann solltest du in die Stadt fahren und dir was kaufen.«

»Hat um diese Uhrzeit schon irgendwer auf?«

»Friendly Farm and Feed öffnet um sieben.«

»Ist das nicht ein Landhandel?«

»Ja.«

»Und da verkaufen sie Kleidung?«

»Da verkaufen sie so ziemlich alles.«

Ich beäugte sie misstrauisch.

»Du kannst natürlich auch so bleiben, wenn du willst, aber ich wette, der Mantel war teuer, und ich garantiere dir, er wird schmutzig werden. Und nass. Es soll den ganzen Tag schneien. Vertrau mir, bei dreißig Zentimeter Schnee willst du nicht in diesen Schuhen rumlaufen.«

Da hatte sie nicht unrecht. Ich hatte zwar keine Ahnung, wann ich in Zukunft je wieder Verwendung für Arbeitskleidung haben würde, aber mir nasse, eiskalte Füße zu ersparen, war die Ausgabe vermutlich wert.

»Okay. Ich bin gleich wieder da.«

Sie zog den Hammer wieder aus dem Gürtel. »Du kannst dich bei mir umziehen. Viel Erfolg.«

Ich machte mich auf den Weg zu Friendly Farm and Feed. Der Laden lang direkt am Highway, gleich vor der Stadt. Das verblasste Schild an dem lagerhausähnlichen Gebäude hatte die Form einer Kuh, und trotz der frühen Stunde standen schon mehrere Pick-ups auf dem Parkplatz. Ein rostiger Traktor, der vermutlich seit Jahrzehnten nicht mehr bewegt worden war, war mit bunten Lichterketten geschmückt.

Die großen Türen waren weit geöffnet, und aus Gebläsen direkt über dem Eingang wehte heiße Luft herunter. An den Wänden standen Säcke mit Hühner- und Rinderfutter, und in der Luft lag der Geruch von Kiefern und Heu.

Ich blickte mich auf der großen Fläche um. Hier schien es alles zu geben – Werkzeuge, Haustierbedarf, Tierfutter, Schneebläser und sogar Weihnachtsschmuck. Ein Bereich im hinteren Teil sah vielversprechend aus, also ging ich darauf zu.

Die Abteilung mit Arbeitskleidung war zweckmäßig eingerichtet. Ich wühlte mich durch ein Meer aus karierten Flanellhemden und entschied mich schließlich leicht resigniert für eines in Blau. Dazu eine Hose aus schwerem braunem Baumwollstoff, eine dicke Jacke und ein Paar Arbeitsstiefel. Auf dem Weg zur Kasse nahm ich noch ein Paar Handschuhe und eine schwarze Strickmütze mit.

Das würde zwar alles nicht gut aussehen, aber zumindest würde ich nicht den ganzen Tag frieren.

Nachdem das erledigt war, kehrte ich zur Farm zurück. Das Weihnachtsdorf schien langsam aufzuwachen. Die ersten Verkäufer und Arbeiter trudelten ein. Eine Frau in einem rot-grünen Elfenkostüm schlenderte vorbei, als wäre es vollkommen normal, so in der Öffentlichkeit herumzulaufen.

Zumindest musste ich nicht so etwas anziehen.

Ich ging zu Isabelles Cottage, um mich umzuziehen. Das Hemd passte besser als erwartet, und die Hose war dick und steif, aber nicht allzu schlimm. Ich schnürte die Stiefel zu, zog die Jacke an, setzte die Mütze auf und trat wieder in den Schnee hinaus.

Isabelle war mit der Reparatur des Zauns fertig. Ich fand sie an der Hütte, wo die Leute ihre Weihnachtsbäume bezahlten. Sie war gerade dabei, mit einem dicken Stock Eiszapfen vom Dach zu schlagen.

Als sie mich sah, nahm sie den Stock runter und lächelte. »Sieh dich einer an.«

Ich breitete die Arme aus. »Nur zu. Halte dich nicht zurück.«

»Nein. Es steht dir. Man sagt ja, dass manche Männer herausgeputzt besonders gut aussehen, aber vielleicht sollten wir dich öfter mal ein wenig dreckig machen.«

Verlangen flammte in mir auf, und ich trat näher. »Ich könnte *dich* ein wenig dreckig machen.«

Sie biss sich auf die Unterlippe, legte aber eine Hand auf meine Brust und wich einen Schritt zurück. »Ich bin mir nicht sicher, ob wir das wirklich wiederholen sollten.«

Ich wusste, dass es keine gute Idee war, und das sorgte nur dafür, dass ich sie noch mehr wollte. Aber ich war schließlich kein Tier und konnte mich unter Kontrolle halten. Für den Moment zumindest.

»Was soll ich machen? Ich tue alles, solange es nichts mit Horace zu tun hat.«

»Was hast du gegen Horace? Der ist doch so ein Schnuckelchen.«

»Horace hasst mich.«

»Wann hast du ihn das letzte Mal gesehen?«

»Glaubst du, er erinnert sich nicht mehr an mich?«

»Doch, vermutlich schon. Esel haben ein wirklich gutes Gedächtnis. Aber ist schon okay. Ich brauche Hilfe, um die von uns gefällten Bäume herzubringen. Du kannst das UTV nehmen, der hat schon einen Anhänger dran. Sie liegen alle im Außenfeld. Cole sollte die Reihen markiert haben, in denen er einen Baum gefällt hat.«

»Okay. Wo sollen sie hin?«

»Da drüben zum Unterstand, in dem die Maschinen stehen.« Sie zeigte darauf. »Die Jungs packen sie dann auf den Rüttler, um die losen Nadeln loszuwerden, und bereiten sie für den Verkauf vor.«

»Verstanden. Die Schlüssel für das UTV stecken?«

»Ja, das sollten sie. Weißt du noch, wie man es fährt?«

»Natürlich.«

Kurz hielt sie inne und lächelte. »Danke nochmal.«

Ihr Dank fühlte sich gut an – er erwärmte einen Teil meines Herzens. Und zum ersten Mal fror ich dieses Gefühl nicht gleich wieder ein. »Gern geschehen.«

Sie nickte mir noch einmal zu und machte sich dann auf den Weg ins Weihnachtsdorf. Ich drehte mich um und ging zum UTV. Der Schlüssel steckte tatsächlich, doch auch wenn der Motor gleich beim ersten Mal ansprang, klang er rau, als müsste er mal überholt werden. Ich ließ das Feld, auf dem die Bäume zum Selberschlagen standen, links liegen und fuhr weiter auf das nächste.

Der kalte Fahrtwind biss mir in die Wangen. Aber irgendwie war es auch erfrischend. Ich fand die Markierungen, die Cole an den Reihen mit den gefällten Bäumen hinterlassen hatte, und fing an, die ersten auf den Anhänger zu laden.

Es war harte Arbeit, doch es fühlte sich gut an, draußen zu sein, durch den Schnee zu stapfen, unter meiner warmen Kleidung zu schwitzen. Das Training im Fitnessstudio konnte hiermit nicht mithalten, und ich hatte die dumpfe Vorahnung, dass ich am nächsten Tag Muskelkater haben würde. Aber es gefiel mir, wie meine Muskeln sich anspannten, wie gut es sich anfühlte, eine Ladung nach der anderen zum Unterstand zu fahren.

Noch ein letztes Mal fuhr ich hinaus, um sicherzugehen, dass ich keinen Baum übersehen hatte. Doch wenn es nicht noch auf anderen Feldern welche gab, hatte ich sie alle eingesammelt. Also fuhr ich zurück und stellte das UTV da ab, wo ich es gefunden hatte, bevor ich mich auf die Suche nach Isabelle machte, um zu hören, was als Nächstes anstand.

Im Weihnachtsdorf wimmelte es nur so von Besuchern. Familien mit jungen Kindern, Paare und sogar eine Gruppe Teenager wanderten über die geschmückten Wege zwischen den Buden. Der Duft von Zucker lag in der Luft – entweder von der Bäckerei, die Weihnachtskekse verkaufte, oder vom Popcornstand. Oder von beiden.

Vor der Werkstatt des Weihnachtsmanns trat ich ein wenig zur Seite, um Isabelle eine Nachricht zu schicken und sie zu fragen, wo sie war. Eine Familie mit zwei Kindern – der Junge war vermutlich zehn oder elf, und das Mädchen sah aus, als wäre es in Maddies Alter – blieb vor der kleinen Hütte stehen.

»Ist der Weihnachtsmann zu Hause?«, fragte das Mädchen.

Der Vater zeigte auf ein Schild an der Tür. »Da steht, dass er in zehn Minuten wieder da ist. Sollen wir so lange warten?«

Das Mädchen hüpfte auf und ab. »Ja! Ich will den Weihnachtsmann sehen.«

Ihr Bruder hüpfte mit ihr und fiel in ihre Begeisterung ein. Das Mädchen ließ die Hand seines Vaters los und lief zur Hütte, um durchs Fenster zu schauen. Ihr Vater folgte und hob sie hoch.

Der Junge warf mir einen Blick zu und grinste. »Ich weiß es schon.«

»Was weißt du?«, fragte ich.

Er senkte die Stimme zu einem Flüstern. »Dass der Weihnachtsmann nicht echt ist. Aber für meine Schwester soll ich so tun als ob. Dad sagt, ich bin jetzt Teil der Magie.«

»Avery, guck mal«, sagte das Mädchen. »Da drin ist ein Baum. Und Geschenke.«

»Komme schon.« Er zuckte mit den Schultern, lächelte aber, als würde er es genießen, den Glauben seiner Schwester an den Weihnachtsmann zu unterstützen.

Die ganze Szene war seltsam bezaubernd. Und wenigstens hatte mich dieses Mädchen nicht einen verkleideten Grinch genannt.

Isabelle hatte noch nicht geantwortet, deshalb ging ich zum Rentierstall, um zu sehen, ob sie dort war. Das war sie nicht, aber Phillips.

Er wirkte erstaunt, als er mich sah. »Elias?«

»Hast du Isabelle gesehen? Ich soll ihr heute helfen.«

»Nein. Aber wenn du hier bist, um zu helfen, kannst du dann Horace in den Stall bringen? Ich habe gerade gehört, dass Russell draußen bei den Weihnachtsbäumen gesehen wurde, und muss Faye helfen, ihn davon zu überzeugen, nach Hause zu gehen und sich auszuruhen.«

Ich unterdrückte ein Stöhnen. Nein, ich wollte nicht Horace in den Stall bringen. Aber ich würde keinen Rückzieher machen. Wenn dieser Kerl damit klarkam, konnte ich das auch.

»Klar. Kein Problem.«

»Super. Er ist in seinem Pferch draußen. Weißt du, wo er hinmuss?«

»Ich glaube schon.«

»Danke, Mann.« Er wandte sich zum Gehen.

Mist.

Mit wachsendem Grauen sah ich ihm nach. Als ich das letzte Mal in Horaces Nähe gekommen war, hatte er versucht, mir in die Kronjuwelen zu beißen. Auf diese Begegnung freute ich mich wirklich nicht.

23. KAPITEL

Isabelle

Ich hatte an diesem Tag so viel zu tun, dass es mir beinahe gelang, dem Schneesturm an Gefühlen davonzulaufen, der versuchte, mich unter sich zu begraben.

Beinahe.

Als Elias am Morgen aufgetaucht war, ging es mir noch gut. Okay, mein Körper hatte an gewissen Stellen gekribbelt, aber es war mir gelungen, meine Hormone im Zaum zu halten. Ja, wir hatten miteinander geschlafen. Aber das war keine große Sache. Und es war ja auch nicht das erste Mal.

Doch verdammte Klingglöckchen, es war großartig gewesen. Besser noch als in meiner Erinnerung, und die war schon sehr gut.

Trotzdem, es war nur Sex. Die Spannung zwischen uns hatte sich immer weiter aufgebaut, und wir hatten ihr schließlich nachgegeben. Nun konnten wir wieder ins normale Leben zurückkehren.

Wenn es überhaupt so etwas wie ein normales Leben gab, während mein Ex in der Stadt war und versuchte, die Farm meiner Familie zu kaufen, mein Dad vom Dach gefallen war und meine Mom sich seltsam gastfreundlich verhielt, und mir immer bewusster wurde, dass ich noch ziemlich viele Gefühle für Elias hatte.

Und nun hatten wir zusammen geschlafen.

Vielleicht machte ich mir etwas vor, wenn ich glaubte, dem Schneesturm davonlaufen zu können. Denn ich fürchtete, ich stand schon knietief drin.

Als Elias vom Einkaufen zurückgekommen war, angezogen wie ein echter Farmarbeiter, hatte ich mich beinahe nicht zurückhalten können. Wie hatte ich nur vergessen können, wie gut er in Arbeitskleidung aussah? Ohne Zweifel stand Elias Stoneheart ein Anzug hervorragend, aber in Arbeitskleidung mit einem leichten Bartschatten konnte er einen Eisberg zum Schmelzen bringen.

Zum Glück hatte ich ihn den ganzen Morgen auf den Feldern beschäftigt halten können. Das hatte mir ausreichend Zeit verschafft, um mich zusammenzureißen und meiner weiblichen Anatomie zu erklären, dass Elias und ich nicht wieder ins Orgasmuswunderland wandern würden.

Es sei denn …

Nein.

Ich checkte mein Handy und sah, dass ich neue Nachrichten hatte. Eine war von Elias, der mich wissen ließ, dass er mit den Weihnachtsbäumen fertig war. Die anderen waren von meiner Mom und Cole. Es hatte einen Ausbruch gegeben. Dad bewegte sich frei auf dem Gelände.

Seufzend ging ich Richtung Baumverkauf. Dort hatte man meinen Vater zuletzt gesehen; einer unserer Saisonarbeiter hatte ihn verpetzt. Ich würde herausfinden, wer meiner Mutter den Hinweis gegeben hatte, und sicherstellen, dass der- oder diejenige mit einer Dose Kekse nach Hause ging.

Es schneite immer noch, und ich machte mir eine mentale Notiz, jemanden loszuschicken, um dafür zu sorgen, dass der Parkplatz gestreut und der Weg von dort zum Weihnachtsdorf freigeschaufelt wurde. Das war vermutlich ein Job, den Elias gern übernehmen würde.

Sein Angebot, zu helfen, hatte mich tief berührt. Er hatte nichts zu gewinnen, wenn er seinen Samstag hier verbrachte. Für ihn wäre es sogar besser, wenn wir versagten. Wenn diese Saison schlecht genug lief, würde es wesentlich leichter werden, meine Eltern zum Verkauf zu überreden.

Warum also war er heute gekommen?

Wohl kaum, weil wir miteinander geschlafen hatten. So gern ich auch glauben wollte, dass ich zwischen meinen Beinen so viel Magie besaß, der Gedanke war einfach albern.

Es dauerte nicht lange, meinen Dad zu finden. Er stand mit verschränkten Armen neben dem Baumrüttler im Unterstand. Cole war da, genau wie meine Mom. Beide versuchten offensichtlich, ihn davon zu überzeugen, dass er nicht beim Rütteln der Bäume helfen konnte.

»Dad, was machst du hier draußen?« Ich ging zu ihm, und der Duft von Kiefern und Sägespänen umwehte mich.

Er sah mich trotzig an. »Ich kann helfen, den Rüttler zu bedienen.«

»Oder du könntest dich ausruhen und so schneller wieder auf die Beine kommen.«

»Durchs Herumsitzen komme ich garantiert nicht auf die Beine.«

»Doch. So funktioniert das mit der Heilung. Man verletzt sich, man ruht sich aus und gibt seinem Körper Zeit, sich zu erholen.«

Er sah mich finster an.

»Russell, ich liebe dich, aber du bist unmöglich.« Meine Mutter schüttelte den Kopf und verließ den Unterstand.

»Dad.« Ich hakte mich bei ihm unter. »Du stresst Mom. Dein Sturz hat ihr wirklich Angst gemacht. Ich weiß, du hast das Gefühl, schon wieder arbeiten zu können, aber warum gibst du nicht ihr zuliebe nach und ruhst dich heute noch aus? Dann würde sie sich wesentlich besser fühlen.«

Sein tiefer Atemzug hörte sich an, als würde ihm gerade der Wind aus den Segeln genommen. »Ich will es für deine Mom nicht noch schlimmer machen.«

»Natürlich nicht.« Ich drückte seinen Arm. »Wenn dir danach ist, dann koch heute das Abendessen für sie. Dafür wäre sie sehr dankbar. Und wir kommen hier draußen klar. Die Geschäfte laufen heute gut.«

»Das stimmt. Es waren schon viele Besucher da«, sagte Cole. »Wir haben hier alles im Griff.«

»Ihr habt recht.« Er klang widerstrebend, aber ich war mir sicher, dass er uns zugehört hatte. Zumindest für heute. Morgen war eine andere Geschichte.

»Danke, Dad.«

Ich umarmte ihn, und er kehrte tatsächlich zum Haus zurück.

»Macht es dir etwas aus, ihm nachzugehen?«, fragte ich Cole. »Aber mit Abstand, damit er es nicht merkt? Er könnte immer noch versuchen, einen Umweg zu machen und etwas zu tun, was er nicht tun sollte.«

»Ja, kein Problem. Übrigens, was macht Elias hier?«

»Mom hat ihn gestern Abend zum Essen eingeladen.« *Und danach habe ich ihn in mein Bett eingeladen. Nein, sag das nicht.* »Er hat angeboten zu helfen, da Dad sich noch ausruhen soll.«

»Hm.« Er kratzte sich am Bart. »Ich habe ihn gebeten, Horace in den Stall zu bringen. Vermutlich ist er noch da.«

Oh nein. »Elias versucht, Horace aus dem Pferch zu holen?«

»Ja. Er meinte, er würde das schon schaffen.«

»Dann sehe ich besser mal nach.«

Cole ging, um sich zu vergewissern, dass mein Vater sich nicht in Schwierigkeiten brachte, und ich marschierte direkt zu Horace.

Lautes Eselbrüllen hallte durch die Luft. Horace war generell freundlich zu Menschen, aber Menschenmassen stressten ihn, so dass wir ihn tagsüber in einem Pferch abseits vom Weihnachtsdorf hielten. Normalerweise ging er problemlos in seinen Stall, weil er wusste, dass er dort sein Futter bekam. Aber wenn er einmal entschieden hatte, jemandem nicht zu trauen, war es schwer, ihn vom Gegenteil zu überzeugen.

Und Esel haben ein verdammt gutes Gedächtnis.

Ich fand Elias bei ihm im Pferch. Horace stand gute drei Meter von ihm entfernt und sah ihn an. Seine Ohren zuckten. Elias sprach ganz leise und machte einen Schritt auf ihn zu, doch Horace zog sich sofort zurück. Mit wachsendem Vergnügen sah ich zu, wie sie ihren Tanz fortsetzten. Horace spiegelte jeden einzelnen von Elias' Schritten und hielt immer den gleichen Abstand.

Elias blieb stehen. »Horace, es ist an der Zeit, in den Stall zu gehen.«

Horace brüllte, als wollte er sagen: »Zwing mich doch.«

Ich hielt mir die Hand vor den Mund, um nicht laut loszulachen.

»Verdammt«, murmelte Elias und versuchte erneut, an den Esel heranzutreten.

Dieses Mal blieb Horace stehen.

Elias näherte sich ihm ganz langsam. »Guter Esel. So ist es gut. Komm mit mir.«

Doch sobald Elias nach dem Halfter griff, senkte Horace den Kopf und trat einen Schritt zur Seite. Dann brüllte er wieder, und ich erkannte, dass Horace sich nicht so benahm, weil er gestresst war, sondern weil er mit Elias spielte.

Ich unterdrückte ein weiteres Kichern, als Horace jetzt auch noch anfing, im Kreis um Elias herumzutänzeln. Endlich gelang es Elias, das Halfter zu packen, und sofort blieb Horace stehen. Es war, als steckten seine Hufe auf einmal in Zement. Elias zog am Halfter, doch Horace weigerte sich, auch nur einen Schritt zu machen.

»Verdammter Esel.« Wieder zog Elias, und wieder rührte Horace sich nicht.

»Er spielt mit dir.« Ich ging durch das Gatter und schloss es hinter mir.

»Dessen bin ich mir bewusst«, stieß Elias hervor.

Horace brüllte.

Ich trat neben ihn und strich ihm über den Hals. »Hey, mein Guter. Hast du Spaß mit Elias?«

Elias ließ los, und Horace drehte den Kopf, um seine Nüstern an meinem Hals zu reiben.

Ich streichelte ihn sanft. »Guter Junge.«

»Für dich ist er ein guter Junge. Für mich ist er immer noch ein sturer Esel.«

»Er war nicht stur. Er hat versucht zu spielen.«

»Tolles Spiel.« Elias' Stimme troff vor Sarkasmus.

Lachend fasste ich Horace am Halfter. »Wenigstens hat er nicht versucht, dich zu beißen.«

»Stimmt.«

»Komm, Horace. Zeit, in den Stall zu gehen.«

Ich führte ihn zum Stall, wo Cole bereits den Futtertrog vorbereitet hatte. Horace fing glücklich an zu fressen, und ich schloss die Stalltür hinter ihm.

»Bei dir sieht das so einfach aus«, sagte Elias.

»Es hilft, dass er mich kennt. Esel haben den Ruf, stur zu sein, aber in Wahrheit sind sie einfach nur sehr intelligent und auf ihre eigene Sicherheit bedacht. Vertrauen ist der Schlüssel zu einem guten Verhältnis mit ihnen. Außerdem spielen sie gern, und ich glaube, es hat ihm gefallen, dich zu foppen.«

Elias atmete lang und hörbar aus. »Ach was. Also, was steht als Nächstes an? Müssen die Rentiere vor den Schlitten des Weihnachtsmanns gespannt werden?«

Mein Magen knurrte. Ich zog mein Handy aus der Tasche und warf einen Blick auf die Uhr. Es war schon nach eins. Kein Wunder, dass ich Hunger hatte. Hatte ich heute überhaupt schon etwas gegessen? Vermutlich nicht.

»Ich hole mir jetzt was zum Mittagessen. Wenn du losmusst, ist das in Ordnung.«

»Ich kann noch bleiben.«

»Bist du sicher?«

»Solange meine nächste Aufgabe nichts mit Horace zu tun hat.«

»Abgemacht. Komm, räubern wir die Reste im Kühlschrank meiner Eltern. Wir können uns Truthahnsandwiches machen oder so.«

Er grinste. »Da bin ich dabei.«

Dieses Grinsen stellte furchtbare Sachen in mir an – alles in mir kribbelte. Wenn wir schnell aßen, hatten wir noch Zeit, zu mir zu gehen und …

Nein. Das würde nicht passieren.

Gemeinsam gingen wir zum Haus meiner Eltern. Ich wusste, dass ich ein gefährliches Spiel spielte, aber Elias hatte etwas an sich, dem ich einfach nicht widerstehen konnte.

24. KAPITEL
Elias

Nachdem ich auch den ganzen Sonntag noch auf der Farm geholfen hatte, fuhr ich am Abend nach Hause. Widerstrebend, wie ich zugeben musste. Doch dem Büro zu lange fernzubleiben, würde Damien nur mehr Gelegenheiten geben, mich zu unterminieren. Das konnte ich nicht zulassen.

Vor allem, da ich keine Ahnung hatte, was ich mit der Farm der Cooks anstellen sollte. Wenn er davon Wind bekam, war ich am Arsch.

Das Wochenende über mit Isabelle zusammenzuarbeiten, war seltsam befriedigend gewesen. Ich spürte zwar jeden einzelnen Muskel, aber es war nicht wie der Kopfschmerz nach einem langen Tag im Büro. Ich hatte nicht den Wunsch, ein paar Schmerztabletten mit einem Glas Whiskey hinunterzuspülen. Im Gegenteil – ich fühlte mich so gut, wie schon lange nicht mehr.

Die Arbeitswoche brachte die üblichen Krisen und Herausforderungen. Ich blieb jeden Abend lange im Büro und holte nach, was durch meinen Ausflug nach Tilikum liegengeblieben war. Damien schien mir aus dem Weg zu gehen, was mir nur recht war. An einer offenen Konfrontation war ich nicht interessiert.

Außerdem wusste ich immer noch nicht, wie ich ihn schlagen sollte.

Am Freitag stellte ich verwundert fest, dass ich das Ende des Tages kaum erwarten konnte. Technisch gesehen gab es für mich keinen Grund, übers Wochenende nach Tilikum zu fahren. Aber ich hatte aufgehört mir einzureden, dass ich es nicht tun würde. Und ich hatte mir auch kein Hotelzimmer gebucht, in der Hoffnung, dass Isabelle mich bei sich übernachten lassen würde.

Denn verdammt, ich wollte sie. Eine Nacht hatte einfach nicht gereicht.

Weihnachten umgab mich, egal wohin ich ging – auf den Straßen, in meinem Gebäude, im Büro –, und jede Deko, jede Schleife, jede Zuckerstange erinnerte mich an sie. Sie war überall. Ich ließ mich sogar von der übertrieben fröhlichen Barista im Coffeeshop überreden, ihren Eierlikör-Latte zu probieren. Es war ein Weihnachtsgetränk. Und ich hasste Weihnachtsgetränke.

Doch der Latte war köstlich. Und natürlich erinnerte er mich an Isabelle.

Es klopfte an meiner Bürotür, und kurz darauf steckte Nigel den Kopf herein. »Hast du eine Minute?«

Ich verbarg das sinkende Gefühl in meinem Magen hinter einer neutralen Miene. »Sicher.«

Er trat ein und schloss die Tür hinter sich. Mein Chef war die ganze Woche nicht in der Stadt gewesen, und ich hatte gehofft, dass ich nicht mit ihm persönlich würde reden müssen, bevor ich mir überlegt hatte, was ich ihm erzählen sollte. Denn ich wusste genau, was er mich fragen würde.

Er setzte sich nicht, sondern blieb lässig neben dem Stuhl vor meinem Schreibtisch stehen. »Ich wollte mich nur nach dem aktuellen Stand in dem Landdeal erkundigen.«

»Ich weiß, dass es länger dauert, als es sollte. Die Familie ist stur.«

Er nickte langsam, doch ich konnte seine Miene nicht deuten. »Interessant.«

Was war interessant? Dass die Cooks nicht verkaufen wollten, oder dass ich den Deal noch nicht eingetütet hatte? »Es ist eine ziemlich geschäftige Zeit für sie. Ich schätze, das Einkommen aus ihrer Weihnachtsbaumplantage macht sie übertrieben selbstbewusst, was ihre Aussichten angeht, die Farm erhalten zu können.«

»Kann sein. Aber ich will mit dem Kauf nicht warten, bis ihnen das Geld ausgegangen ist.«

»Das verstehe ich.« Ich zögerte, weil ich nicht wusste, ob ich alternative Lösungen vorschlagen sollte. Würde mich das inkompetent wirken lassen? Hatte Damien bereits andere Grundstücke vorgeschlagen, die Nigel abgelehnt hatte? Das hätte ich recherchieren sollen, doch ich war fest davon ausgegangen, dass ich diesen Deal abschließen würde. Und jetzt stand meine Beförderung auf dem Spiel.

Es konnte trotzdem nicht schaden, die Fühler ein wenig auszustrecken. »Gibt es noch andere Grundstücke, die wir in Betracht ziehen sollten? Deren Besitzer einem Verkauf offener gegenüberstehen?«

Etwas blitzte in seinen Augen auf. Frust? Nigel gehörte zu den Männern, die es gewohnt waren zu kriegen, was sie wollten.

»Ich habe noch nichts Besseres gesehen. Und da die Grundstückspreise steigen, müssen wir den Deal so schnell wie möglich abschließen.«

»Verstanden.«

Er hielt meinen Blick für einen Moment fest, bevor er nickte und ging. Es brauchte keine weiteren Worte. Ich wusste, was dieser Blick bedeutete: Schließ den Deal ab, oder vergiss deine Beförderung.

Ich ließ den angehaltenen Atem aus meinen Lungen. Verdammt. Das hier fühlte sich zunehmend an wie eine Situation, in der ich nicht gewinnen konnte.

Mein Handy vibrierte.

Isabelle: Ich habe eine Frage, die ich vermutlich nicht stellen sollte.

Ich: Schieß los.

Isabelle: Kommst du dieses Wochenende her?

Ich: Das hatte ich vor.

Isabelle: Okay.

Ich: Ich werde bei dir übernachten.

Isabelle: Wow. Du lädst dich selber ein?

Ich: Gib zu, du willst es auch.

Isabelle: Äh ...

Ich: Leugne es nicht, Belle.

Isabelle: Na gut, du kannst bei mir übernachten.

Ich: Ich fahre gleich los, aber mit dem Verkehr kann es eine Weile dauern, bis ich da bin.

Isabelle: Ich lass das Licht an.

Bei der Aussicht, eine Nacht in Isabelles Bett zu verbringen, musste ich unweigerlich lächeln. Ich wusste immer noch nicht, wie ich mein Problem lösen sollte, aber wenigstens hatte ich etwas, worauf ich mich freuen konnte.

Die Nacht mit Isabelle war sogar noch besser als erwartet. Sie hatte tatsächlich das Licht für mich angelassen und öffnete mir in einem durchsichtigen roten Nachthemd. Ich ignorierte die Tatsache, dass sie darin aussah wie ein Weihnachtsgeschenk, und riss es ihr so schnell wie möglich vom Leib.

Am vergangenen Wochenende war mir die Vorstellung, die Nacht bei ihr zu verbringen, noch zu intim vorgekommen, doch jetzt fühlte es sich seltsam normal an. Befriedigt und gesättigt kuschelten wir uns ein und wachten im Morgengrauen auf. So gut hatte ich seit langer Zeit nicht mehr geschlafen.

Und sie für eine Runde Morgensex zurück ins Bett zu ziehen, war auch nicht schlecht.

Danach zogen wir uns an und machten uns an die Arbeit. Und daran mangelte es wirklich nicht. Der Parkplatz musste geräumt und die Wege zwischen den Baumreihen vom Schnee befreit werden, damit die Besucher sicher dort entlanggehen konnten. Die Rentiere und Horace mussten versorgt werden, wobei ich nicht erneut gebeten wurde, mich um ihn zu kümmern. Verdammter Esel.

Langsam kamen die ersten Kunden, um durchs Weihnachtsdorf zu schlendern oder einen Baum zu kaufen. Der Duft von Zucker aus der Popcornmaschine lag schwer über der gesamten Farm und vermischte sich mit dem Geruch der frisch geschlagenen Bäume. Ich ersetzte Sicherungen an Lichterketten, schleppte Strohballen, die eigentlich während der Woche hätten geliefert werden sollen, übernahm eine Schicht am Rüttler und schob Tannenbäume durch Netze, damit sie für die Kunden einfacher zu transportieren waren.

»Frohe Weihnachten«, wünschte eine Kundin, nachdem ich ihr geholfen hatten, den Baum auf die Ladefläche ihres Pick-ups zu wuchten.

»Frohe Weihnachten«, murmelte ich.

»Ah, sieh dich einer an, wie du Weihnachtsgrüße austauschst«, sagte eine Stimme hinter mir. »Hat es sehr wehgetan?«

Ich wirbelte herum. Vor mir standen Alice und ihre Tochter. Beide trugen dicke Wintermäntel und Mützen. Maddie stützte sich auf ihre Krücken und grinste mich an.

»Was macht ihr denn hier?«, fragte ich.

»Wir wollen uns die Weihnachtsparade ansehen. Aber ich glaube, die größere Frage ist: Was machst du hier? Und was hast du da an?«

Ich versuchte, mir eine schlagfertige Antwort einfallen zu lassen, aber mir fiel nichts ein. »Isabelles Dad fällt noch aus, deshalb habe ich angeboten zu helfen.«

Alice schüttelte langsam den Kopf. »Gerade wenn ich denke, du könntest mich nicht mehr überraschen …«

»Erzähl es niemandem im Büro.«

»Natürlich nicht. Was würde Damien tun, wenn er herausfände, dass du der Familie hilfst, die du eigentlich zerstören sollst?«

»Wir sind nicht darauf aus, sie zu zerstören. Sei nicht so dramatisch.«

»Aber jetzt mal ehrlich – dein Outfit?« Sie zeigte mit dem Finger auf mich. »Unglaublich.«

Ich blickte an mir hinunter. »Was ist daran unglaublich? Ich trage ein kratziges Flanellhemd und steife Arbeitshosen.«

»Ganz genau.«

Maddie hatte nicht aufgehört, mich anzugrinsen.

»Warum lächelt sie so?«, fragte ich.

»Ich werde den Weihnachtsmann sehen«, antwortete Maddie.

Ich musterte sie. »Lass mich raten: Du wirst dir von ihm Weltfrieden wünschen.«

Sie kicherte. »Nein. Ich will eine Merica-Puppe.«

Fragend runzelte ich die Stirn. Ich hatte keine Ahnung, was sie meinte.

»Sie meint eine American-Girl-Puppe«, erklärte Alice. »Es gibt eine mit Krücken, aber die ist nicht gerade erschwinglich. Ich schätze, ob der Weihnachtsmann sie bringt oder nicht, hängt davon ab, ob Mommy dieses Jahr einen Weihnachtsbonus bekommt.« Sie schenkte mir ein verschmitztes Lächeln.

Mein Blick glitt von ihr zu Maddie, die mich immer noch lächelnd aus großen, hoffnungsvollen Augen anschaute. »Gut gespielt. Du bekommst einen Bonus.«

»Danke, Boss.« Sie sah ihre Tochter an. »Tja, Miss Maddie, wir sollten mal schauen, ob wir Cole irgendwo finden. Was meinst du?«

Wenn die Kleine hätte auf und ab hüpfen können, hätte sie es vermutlich getan. Stattdessen nickte sie nur heftig. »Jay! Cole.«

»Frohe Weihnachten, Elias«, sagte Alice, und der klugscheißerische Unterton in ihrer Stimme war nicht zu überhören.

»Ich werde diesen Gruß nicht erwidern.«

»Das macht nichts. Ich wollte nur den Bonus.«

Maddie winkte. »Frohe Weihnachten.«

Ich biss die Zähne zusammen und knurrte leise, aber es wollte mir nicht gelingen, dieses süße kleine Mädchen zu enttäuschen. »Frohe Weihnachten.«

»Meine Kleine, du bist magisch«, sagte Alice, als sie sich umdrehten und davongingen.

Aus Richtung des Unterstands ertönte ein lauter Knall. Instinktiv lief ich los, um zu sehen, was passiert war. Hoffentlich nicht Russell, der sich erneut verletzt hatte.

Zwei Arbeiter beugten sich über den Rüttler, in dem ein Baum zur Hälfte feststeckte. Die unteren Äste waren schon ins Netz eingewickelt, aber die obere Hälfte hing noch auf der anderen Seite heraus.

Isabelle kam angelaufen, als hätte sie einen Radar für diese Dinge. »Was ist passiert?«

»Der Rüttler hängt fest«, sagte einer der Männer. »Er startet nicht wieder.«

»Na super«, murmelte sie. »Kriegen wir den Baum raus, um ihn einzuwickeln, damit die Kunden nicht warten müssen?«

Wortlos sprang ich ein, um einem der Männer zu helfen, den Baum aus der Maschine zu ziehen. Er schnitt das Netz durch, und während Isabelle anfing, die Maschine zu untersuchen, wickelte ich den Baum ein. Dann brachten wir ihn nach draußen und luden ihn auf den Pick-up des Kunden.

Als ich zurückkam, lag Isabelle rücklings auf dem Boden unter der Maschine, als würde sie ein Auto reparieren.

»Der muss ausgetauscht werden«, sagte einer der Mitarbeiter leise. »Wir hätten schon lange einen neuen gebraucht.«

»Schreib's auf die Liste«, sagte der andere.

Isabelle kam wieder unter der Maschine hervor und stand auf. »Das könnte es gewesen sein. Lasst es uns ausprobieren.«

Die beiden Arbeiter schoben einen kleineren Baum in die Röhre und schalteten das Gerät an.

Nichts.

»Für heute können wir die Bäume einfach per Hand einwickeln«, sagte einer von ihnen.

Isabelle seufzte. »Ja, versucht euer Bestes. Danke, Jungs.«

Sie ging, und ich folgte ihr.

»Ich wusste, dass wir einen neuen Rüttler brauchen«, sagte sie im Gehen. »Ich hatte nur gehofft, dass dieser hier noch eine Saison durchhält. Er erspart so viel Zeit.«

»Wie viel kostet so was?«

»Ich glaube, nicht viel, aber da muss ich recherchieren. Aber wenn meine Eltern die Farm tatsächlich umbauen sollten, wäre es ohnehin egal.«

»Oder wenn meine Firma sie kauft.«

Sie blieb stehen und stemmte die Hände in die Hüften. »Ist das dein Ernst? Willst du diese Unterhaltung wirklich noch einmal führen?«

»Belle?«

»Nein. Tu das nicht. Versuch nicht, die Sache mit uns beiden da mit reinzuziehen.«

»Sollen wir einfach so tun, als würde die Farm nicht in Schwierigkeiten stecken?«

»Ich weiß, dass wir Probleme haben.«

»Wir sind hier keine Gegner. Wenn wir zusammenarbeiten, können wir eine Lösung finden, die für alle gut ist.«

»Eine Lösung, die beinhaltet, dass das Weihnachtsdorf geschlossen wird, ist für niemanden gut. Vor allem nicht für diese Stadt.« Ein paar Besucher sahen zu uns herüber, und Isabelle hob eine Hand. »Wir schließen nicht. Wir haben bis Weihnachten jeden Tag geöffnet!«, rief sie und funkelte mich böse an.

»Ich will mich nicht mit dir strei…«

»Gut. Dann lass es.« Sie wirbelte herum und marschierte davon.

Ich wusste es war klüger, ihr nicht zu folgen.

Vor mir rannte ein Eichhörnchen über den Weg und schoss dann einen Baum hoch. Warum zum Teufel gab es in dieser Stadt so viele Eichhörnchen?

»Sie halten keine Winterruhe«, sagte eine raue Stimme hinter mir.

Ich zog die Augenbrauen zusammen und drehte mich langsam um.

Harvey Johnston grinste mich an. Er trug eine Daunenjacke, und anstelle seines üblichen breitkrempigen Huts bedeckte eine Strickmütze seine zauseligen grauen Haare. Die Mütze sah selbst gemacht aus. Schlecht selbst gemacht.

Ich war nicht sicher, ob ich mit Harvey eine Unterhaltung über Eichhörnchen – oder überhaupt irgendetwas – führen wollte. Vermutlich würde er wieder erzählen, dass die Vergangenheit mich irgendwann einholte, und ich würde wieder in ein Kaninchenloch der Erinnerungen fallen.

»Sie bleiben in ihren Nestern«, fuhr er fort, als wäre die Information unglaublich wichtig für mich. »In den Bäumen. Aber manchmal kommen sie raus, wenn sie wissen, dass es irgendwo Futter gibt. Und davon gibt es hier eine ganze Menge.«

»Gut zu wissen.«

Er hob die Hand, wie um an seinen Hut zu tippen, fand die Krempe aber nicht. »Frohe Weihnachten.«

»Frohe Weihnachten.«

Dann wanderte er den Weg hinunter in Richtung Parkplatz, und ich schaute mich ängstlich um, ob nun eine andere prägende Szene aus der Vergangenheit vor meinem geistigen Auge auftauchen würde.

Doch das geschah nicht. Es war nur das Weihnachtsdorf von heute, nicht das meiner Kindheit oder meiner Teenagerjahre. Vermutlich war es das letzte Jahr seiner Existenz, was mich, als ich mich so umschaute, traurig stimmte. Wo würde Maddie nächstes Jahr hingehen, um den Weihnachtsmann zu treffen?

Ich schüttelte den Gedanken ab. Es war egal. Männer, die als Weihnachtsmann verkleidet waren, gab es überall. Es war ja nicht so, dass sich ihre Weihnachtswünsche nicht erfüllten, wenn sie nicht hierherkam. Ich war derjenige, der ihrer Mutter den Weihnachtsbonus gab. Damit hatte der Weihnachtsmann nichts zu tun.

Ein weiteres Eichhörnchen flitzte vorbei, und das vertraute mystische Grauen überkam mich. Wachsam blickte ich mich um, doch auch diesmal wurde ich nicht in eine ungewollte Erinnerung an vergangene Weihnachten geschubst. Das Eichhörnchen lief einfach nur den Pfad entlang.

Und aus irgendeinem Grund schlug ich dieselbe Richtung ein.

25. KAPITEL

Elias

Ich folgte nicht einem Eichhörnchen. Ich versuchte nur, durch Bewegung meinen Frust loszuwerden.

Die Tatsache, dass das Eichhörnchen den Weg in die gleiche Richtung hinunterhüpfte, war purer Zufall.

Der Weg war von Schnee befreit worden, aber zwischen den Buden türmten sich die Schneewehen, und eine weiße Decke lag über den Bäumen. Es war wirklich ein Winterwunderland.

Und das Lied, das mir plötzlich in den Kopf kam, half nicht wirklich, meine Stimmung zu heben.

Warum musste Isabelle nur so stur sein? Wir wussten beide, dass die Farm immer noch Probleme hatte. Der Sex hatte daran nichts geändert.

Missmutig schob ich die Hände in die Taschen und ging weiter, wobei ich an glücklichen Familien und Kindern vorbeikam, die auf die Hinweisschilder zur Werkstatt des Weihnachtsmanns und zum Rentierstall zeigten. Ich ging in die falsche Richtung, tiefer auf das Gelände der Farm hinaus, drehte aber dennoch nicht um.

Das Eichhörnchen verließ den Pfad und lief einen Baum hinauf. Ich ignorierte es und ging weiter. Der Weg machte jetzt eine Rechtskurve, und aus einer umgebauten Scheune drangen Musik und Stimmen. Ein Schild davor verkündete, dass es sich um die Weihnachtsfeier der Historischen Gesellschaft von Tilikum handelte.

Eine Weihnachtsfeier. Sofort spannten sich meine Rückenmuskeln an, und mein Mund verzog sich zu einem spöttischen Lächeln. Ich hasste Weihnachtsfeiern.

Doch aus Gründen, die ich mir nicht erklären konnte, näherte ich mich trotzdem den weit offenstehenden Türen und schaute hinein.

Die alte Scheune war leer geräumt und zu einem Veranstaltungsraum umgebaut worden. Alles sah sehr rustikal, mit der Weihnachtsdeko aber dennoch festlich aus. Zahlreiche Gasheizstrahler sorgten für Wärme. In einer Ecke stand ein großer, geschmückter Weihnachtsbaum, und an der Decke hingen Lichterketten. Die Tische waren mit rot-grünen Tischdecken und Stechpalmengestecken geschmückt. Im Hintergrund spielte Weihnachtsmusik, und die Gäste standen am Büfett oder saßen an den Tischen und unterhielten sich. Alles machte einen geselligen, stilvollen Eindruck.

Ein paar der Leute kamen mir bekannt vor, vermutlich noch aus der Zeit, als ich hier gewohnt hatte – Freunde meiner Tante oder meines Onkels oder Leute aus der Stadt. Ein Lachen erregte meine Aufmerksamkeit, und ich sah, dass meine Tante und mein Onkel ebenfalls da waren. Sie standen mit einem anderen Paar zusammen – Neil und Barb Halverson, wenn ich mich richtig erinnerte – und hielten Sektgläser in den Händen. Hattie trug einen rot-grünen Pullover und die gleiche blinkende Weihnachtskette wie Dale.

Niemand schien mich zu bemerken. Seltsam gebannt starrte ich auf die Szene. Waren Dale und Hattie Mitglieder der Historischen Gesellschaft? Und waren sie es auch schon gewesen, als ich noch hier gelebt hatte? War das hier eine typische Weihnachtstradition für die beiden?

Ich hatte keine Ahnung, was sie normalerweise in der Weihnachtszeit so machten. Sie hatten keine eigenen Kinder, die sie besuchen kamen, aber sie hatten die Feiertage immer sehr geliebt.

»Ihr hättet an Thanksgiving zu uns kommen sollen«, sagte Barb gerade.

»Das wäre nett gewesen«, sagte Hattie. »Aber wir hatten ein wundervolles Dinner, auch wenn wir nur zu zweit waren.«

»Ich dachte, Elias wäre wieder in der Stadt«, sagte Neil.

»Ja, er war Anfang des Monats hier«, antwortete Hattie. »Aber nicht über Thanksgiving.«

»Was ist mit Weihnachten?«, wollte Barb wissen. »Verbringt er die Tage mit euch?«

»Nein. Normalerweise bleibt er zu Hause«, erklärte Hattie.

»Er hat immer viel zu tun«, warf Dale ein. »Und ich glaube, er liebt Weihnachten nicht so sehr wie wir.«

»Das ist schade.« Barb verzog mitfühlend das Gesicht. »Was ist eigentlich aus seinen Eltern geworden?«

»Hattie spricht ab und zu mit seiner Mutter«, sagte Dale. »Aber von seinem Vater haben wir schon lange nichts mehr gehört.«

»Sind sie geschieden?«

Dale nickte. »Sie haben sich schon vor einigen Jahren getrennt. Joan hat wieder geheiratet, Vincent nicht, soviel ich weiß.«

»So was ist furchtbar schwer für ein Kind«, sagte Barb. »Er hat mir immer leidgetan.«

Mein ganzer Körper verspannte sich. Ich wollte ihr Mitleid nicht.

»Zum Glück haben wir seine Eltern überreden können, ihn bei uns zu lassen, bevor der hässliche Teil ihrer Trennung losging«, sagte Hattie. »Joan ist meine Schwester, und ich liebe sie, aber sie hat sich ihrem Sohn gegenüber nicht richtig verhalten. Keiner von beiden.«

Moment. Sie hatten meine Eltern überredet, mich bei ihnen wohnen zu lassen? Es war die Idee meiner Tante und meines Onkels gewesen?

Das hatte ich nicht gewusst.

»Nein, das haben sie wirklich nicht«, stimmte Dale ihr zu. »Ich mag mir gar nicht vorstellen, was aus ihm geworden wäre, wenn wir ihn nicht bei uns aufgenommen hätten.«

»Ja, er hatte Glück, euch zu haben«, sagte Barb.

»Es wirkt nur nicht so, als wüsste er das«, warf Neil ein.

Barb stieß ihren Mann an. »Das wissen wir nicht.«

»Ich sage nur, wie es ist«, erwiderte Neil. »Sie hätten ihm Ihr Zuhause nicht so öffnen müssen, wie Sie es getan haben. Man würde meinen, dass er ein wenig mehr Dankbarkeit zeigen würde, vor allem rund um die Feiertage.«

»Wir verstehen das. Sein Job nimmt ihn sehr in Anspruch«, sagte Hattie. »Und er hat wirklich was aus sich gemacht.«

»Wir sind stolz auf ihn«, stimmte Dale ihr zu. »Er war auf dem falschen Weg, aber er hat sich gefangen. Bald wird er sogar mehr verdienen als sein Vater, und das will was heißen.«

Ich fühlte mich, als hätte mir jemand ein Messer in die Brust gestoßen. Stolz auf mich?

Bis zu diesem Moment war mir nicht bewusst gewesen, wie sehr ich mich nach dieser Bestätigung von meinem Onkel gesehnt hatte. Bei seinen Worten bekam ich ganz weiche Knie.

Ich stolperte ein paar Schritte vom Eingang der Scheune

zurück. Meine Tante und mein Onkel hatten mich noch immer nicht bemerkt – vielleicht weil ich aussah wie ein Farmarbeiter –, und so sollte es auch bleiben, denn ich wusste nicht, was ich zu ihnen hätte sagen sollen.

Sie hatten mich bei sich haben wollen. Sie waren stolz auf mich.

Und ich hatte mich ihnen gegenüber immer nur wie ein Arschloch benommen.

Hastig drehte ich mich um und kehrte ins Weihnachtsdorf zurück, an Schneebänken, roten Schleifen und funkelnden Lichtern vorbei. Ich musste hier weg. Dieser Ort verdrehte mir den Kopf. Ich ging zu meinem Wagen und fuhr los, bemerkte aber schnell meinen Fehler. Die Hauptstraße war wegen der Parade komplett gesperrt. Trotz der Kälte hatten sich die Menschen auf den Bürgersteigen entlang der Route versammelt und warteten darauf, dass der Umzug begann.

Verdammte Weihnachtsparade.

Ich bog in eine Seitenstraße ab und fuhr an weihnachtlich geschmückten Geschäften und Restaurants vorbei. An jeder Tür hing ein Kranz, und die Fenster waren mit Lichterketten geschmückt. Das war alles so gemütlich und fröhlich, dass es mich krank machte.

Als ich erneut abbog, fiel mir ein Schild ins Auge: Timberbeast Tavern.

Eine Kneipe. Keine Lounge oder Bar, kein Ort, an dem sie Craft-Cocktails mit hippen Namen servierten. Ich war noch nie in der Timberbeast Tavern gewesen, aber von außen sah sie genau aus wie das, was ich jetzt brauchte. Eine Kneipe mit klebrigem Fußboden und billigem Whiskey. Und das Beste daran? Es war weit und breit keine einzige Weihnachtsdekoration zu sehen.

Der Parkplatz war beinahe leer. Was auch perfekt war, denn ich wollte allein mit meinem Drink an der Bar sitzen und meine schlechte Laune pflegen.

Ich trat ein und stöhnte. Entlang des Tresens verlief eine Lichterkette, und in einer Ecke stand ein Weihnachtsbaum. Fröhliche Weihnachtsmusik spielte im Hintergrund, und der Barkeeper trug eine verdammte Weihnachtsmütze.

Was war das nur mit dieser Stadt? Selbst die Holzfällerkneipe feierte Weihnachten?

Aber da ich immer noch einen Drink wollte, setzte ich mich an die Bar.

»Was kann ich dir bringen?«, fragte der Barkeeper, ein riesiger Kerl im rot karierten Flanellhemd und mit dicken, behaarten Armen unter den hochgerollten Ärmeln.

»Whiskey.«

»Irgendeine bestimmte Marke?«

»Nein. Bring mir einfach nur einen Drink.«

Er stellte ein Glas auf den Tresen und füllte es mit einer bernsteinfarbenen Flüssigkeit, bevor er es zu mir rüberschob. »Bist du wegen der Parade in der Stadt?«

Ich leerte das Glas in einem Zug. »Nein.«

Er schnaubte und schenkte mir nach. Dann ließ er mich allein mit meinem Whiskey.

Ich beugte mich über meinen Drink und versuchte die Musik zu ignorieren. »I'll Be Home for Christmas.« Echt jetzt? Musste ich hier sitzen und mir von Bing Crosby Schuldgefühle machen lassen?

Wobei die vermutlich berechtigt waren. Seit ich bei meiner Tante und meinem Onkel ausgezogen war, hatte ich nicht ein einziges Weihnachtsfest mit ihnen verbracht.

Aber war das wichtig? Es war doch einfach nur ein Tag wie jeder andere.

Andererseits war es das vielleicht nicht. Zumindest nicht für sie.

Genau wie die Farm für Isabelle nicht einfach nur ein Stück Land war.

Verdammt.

Wie hatte das alles so kompliziert werden können? Ich hatte mich auf diese ganze Sache eingelassen in der festen Überzeugung, dass ich von Isabelle das bekommen würde, was ich wollte – nämlich die Unterschrift der Cooks auf einem Kaufvertrag. Und jetzt saß ich hier, in den gleichen Klamotten wie dieser Phillips-Typ, mit Schmutz an den Schuhen und wachsenden Schwielen an den Händen und trank billigen Whiskey in einer Kleinstadtkneipe.

Was hätte mein Mentor getan? Die Antwort war leicht. Jake Marlon hätte mit Isabelle geschlafen, sie mit dem Sex manipuliert und allen Widerstand ihrer Eltern einfach niedergemäht. Er hätte alle Tricks angewandt und am Ende bekommen, was er wollte – den Landdeal und die Beförderung.

Ganz sicher hätte er sich nicht in der Situation wiedergefunden, in der ich mich jetzt befand – verwirrt, frustriert und gegen eine wachsende Anzahl unangenehmer Gefühle ankämpfend.

Ich hatte ihn für seinen Ehrgeiz und seine Ambitionen bewundert. Er hatte mir beigebracht, vor nichts haltzumachen und mir zu holen, was ich wollte.

Andererseits war er tot auf dem Golfplatz zusammengebrochen. Er war nicht mal dazu gekommen, seine Runde zu Ende zu spielen.

Und Isabelle hätte ihn nicht mit dem Hintern angeguckt. Sie hätte seinen Bullshit sofort durchschaut.

Dieser Gedanke brachte mich beinahe zum Lächeln. Verdammte Isabelle und ihr Temperament. Ich fragte mich, ob sie eigentlich wusste, wie zäh sie war. Das hatte ich schon immer an ihr geliebt.

Der Song endete und wurde von »Blue Christmas« abgelöst. Das war zwar auch ein Weihnachtslied, aber es passte wenigstens besser zu meiner Stimmung.

Langsam ließ ich den Atem aus meinen Lungen und leerte mein Glas. Der Whiskey war grauenhaft. Der Barkeeper sah mich an und fragte stumm, ob ich noch einen wollte. Ich schüttelte den Kopf. Aber ich würde noch ein wenig hier sitzenbleiben, bevor ich mich dem Wahnsinn dieser Weihnachtsparade aussetzte. Isabelle würde dort irgendwo sein – und ich musste sie finden.

26. KAPITEL
Isabelle

Normalerweise stürzte ich mich in die Arbeit, wenn ich wütend oder gestresst war. Aber heute half das nicht. Egal, wie viele Aufgaben ich von meiner Liste streichen konnte, wie viele Brände ich löschte oder wie viele Sachen ich reparierte: Ich war ein einziges Nervenbündel.

Verdammter Elias.

Ich hätte letzte Nacht nicht mit ihm schlafen sollen. Oder heute Morgen. Die Grenzen verschwammen, und ich wurde immer verwirrter. Seine Erwähnung des Farmverkaufs hatte mich dann endgültig überschnappen lassen.

Weswegen ich mich ein bisschen schlecht fühlte.

Das Weihnachtsdorf leerte sich langsam, und die Leute machten sich auf den Weg in die Innenstadt, um die jährliche Weihnachtsparade zu sehen. Annika und Marigold hatten mir beide geschrieben, dass ich kommen und sie mir mit ihnen zusammen anschauen sollte. Sie wussten, dass ich mir die Zeit nehmen konnte, es aber ohne ihr Zureden nicht tun würde.

Sie waren so gute Freundinnen.

Ich machte mir nicht die Mühe, mich umzuziehen. Es war kalt, also musste ich sowieso warme Sachen tragen. So, wie ich war, stieg ich in meinen Wagen und fuhr in die Stadt, wo ich ein paar Straßen von der Parade entfernt noch einen Parkplatz fand.

Winzige Schneeflocken fielen aus den tiefhängenden Wolken – gerade genug, um Weihnachtsstimmung zu verbreiten, ohne dass man sich Sorgen machen musste, ob man auch wieder nach Hause kam. Es war so schön, wenn das Wetter mitspielte. Um diese Jahreszeit wusste man in den Bergen nie, was einen erwartete.

Die Menschen säumten dicht gedrängt die Straße und warteten auf den Beginn der Parade. Zahlreiche Väter trugen ihre Kinder auf den Schultern, damit sie besser sehen konnten, und die Mütter umklammerten die Hände ihrer Kleinen, um nicht von ihnen getrennt zu werden. Eine Familie trug einheitliche Stirnbänder mit Rentiergeweihen, und ich sah Elias' Onkel und Tante mit blinkenden Weihnachtsketten um den Hals auf der anderen Straßenseite.

Das war alles so heimelig. So süß. Familien, Freunde und Nachbarn versammelten sich, um eine alberne Kleinstadtparade anzuschauen, die sich in den letzten Jahrzehnten vermutlich nur wenig verändert hatte.

»Da bist du ja.« Wie aus dem Nichts tauchte Marigold vor mir auf. Sie sah wie immer bezaubernd aus mit ihrem schicken weißen Wollmantel und den schulterlangen Haaren. »Ich hatte gehofft, dass wir dich finden.«

Annika drängte sich ebenfalls durch die Menge. An der Hand hielt sie ihren Sohn Thomas. Sie trug einen cremefarbenen Wintermantel mit passender Mütze. Thomas, der wie immer ernst dreinschaute, war ganz in Blau gekleidet, und unter seiner Strickmütze lugten seine Haare hervor. Er war so ein süßer kleiner Kerl.

»Hey! Frohe Weihnachten!« Ich umarmte meine Freundinnen. »Es ist so schön, euch zu sehen.«

Annika zupfte mir ein Stück Stroh von der Mütze. »Gleichfalls.«

Ich wischte mir mit der Hand über die Mütze, für den Fall, dass da noch mehr Stroh war. »Hi, Thomas. Kann ich dich hochheben?«

Er nickte und streckte die Arme nach mir aus. Ich hob ihn hoch und setzte ihn mir auf die Hüfte. »Freust du dich darauf, den Weihnachtsmann zu sehen?«

Er zog die Augenbrauen zusammen und schüttelte den Kopf.

»Er steht nicht so darauf, auf dem Schoß eines Fremden zu sitzen«, sagte Annika.

»Das kann ich verstehen. Aber freust du dich auf Weihnachten?«

Er nickte.

»Super. Guck mal.« Ich zeigte mit dem Finger auf die Straße. »Die Parade fängt an.«

Der erste Wagen rollte vorbei – ein bunter Zug, dessen Waggons mit Geschenken gefüllt waren.

»Ach, wie süß«, sagte Marigold.

»Ich liebe die Weihnachtsparade«, seufzte Annika. »Thomas, was sagst du?«

»Goßer Fuck!«, rief dieser.

»Wie bitte?«, fragte ich.

Annika lachte. »Das heißt ›großer Truck‹. Er sieht den Feuerwehrwagen kommen.«

Und richtig, als Nächstes kam die Feuerwehr von Tilikum. Sie hatten ihr Löschfahrzeug mit Lichterketten und Feuerwehrmännern geschmückt – einschließlich Levi Bailey.

»We-vi goßer Fuck«, erklärte Thomas mit ernster Stimme.

»Oh, er sagt Levi«, sagte ich. »Das habe ich verstanden.«

»We-vi!« Thomas winkte. »We-vi goßer Fuck.«

»Ach wirklich?« Marigold zog eine Augenbraue hoch und stieß Annika an.

Levi sah Annika und zwinkerte ihr zu. Dann winkte er Thomas.

»Bye-bye We-vi!«, rief Thomas. »Bye-bye We-vi goßer Fuck!«

»Wow, okay.« Annika streckte die Arme aus und nahm mir Thomas wieder ab. »Alle haben den großen Truck gesehen, Kumpel. Guck mal, da kommen Eisbären.«

Der nächste Wagen sah aus wie ein großer Eisberg, auf dem mehrere Eisbären mit rot-grünen Schals standen und winkten.

»Oh«, sagte Marigold und blickte auf etwas – oder jemanden – hinter mir. »Annika, lass uns mal schauen, ob Thomas von da drüben aus bessere Sicht hat.«

»Warum? Oh.« Annika nickte. »Guter Plan. Wir sehen uns später, Isabelle.«

»Wartet mal, wo wollt ihr denn hin?«

Sie antworteten nicht, sondern verschwanden einfach in der Menge.

Das war seltsam.

Und dann spürte ich ihn hinter mir.

Keine Ahnung, woher ich wusste, dass es Elias war und nicht irgendein anderer Zuschauer.

Ein kleiner Schauer überlief mich. Ich versuchte ihn zu unterdrücken, aber es gelang mir nicht. Schon gar nicht, als ich mich umdrehte.

Warum konnte ich nicht wütend bleiben?

Seufz.

Ich bekam einfach nicht genug von ihm in dieser Jacke mit der Strickmütze und den Arbeitsstiefeln. Warum musste das bei ihm aber auch so sexy aussehen? Cole trug so was jeden Tag, und ich bemerkte es kaum.

Ein Blick in Elias' grüne Augen reichte, um zu wissen, dass ihm gerade sehr viel durch den Kopf ging. Ob er es allerdings mit mir teilen würde oder nicht, war eine andere Geschichte. Aber ich sah hinter die eisige Maske, hinter die Fassade der Gleichgültigkeit, die er wie eine Rüstung trug. Irgendetwas bereitete ihm Sorgen.

»Das ist …« Er zeigte auf die Parade. »… schon was.«

Der nächste Wagen bestand nur aus Harry Montgomery in seinem Pick-up, den er mit bunten Lichtern und einer großen roten Schleife am Kühlergrill geschmückt hatte. Hinten auf der Ladefläche standen ein halbes Dutzend seiner Ziegen, jede mit einer roten Schleife um den Hals.

»Es ist nichts Ausgefallenes, aber es ist süß.«

Eine der Ziegen blökte die Menge an.

»Warum ist Horace nicht bei der Parade dabei?«

»Wir haben es mal versucht, aber er hat sich geweigert. Was echt schade war, denn er sah in seinem Weihnachtspullover einfach zum Anbeißen aus.«

»Ein Esel-Weihnachtspullover? Das sind die Schlimmsten. Da bin ich ganz bei Horace.«

»Was hast du gegen Weihnachtspullover? Die sind doch witzig.«

»Sie sind hässlich.«

»Genau das ist der Sinn dahinter. Du bräuchtest einen mit dem Grinch darauf.«

Als Nächstes kam der Spielmannszug der Highschool. Sie

spielten eine schnelle Version von »Jingle Bells«, und ein paar der Kids um uns herum fingen an, den Text aus voller Kehle mitzusingen. Elias öffnete den Mund, als wollte er etwas sagen, schloss ihn dann aber wieder und zuckte unter dem Lärm leicht zusammen.

Endlich war die Kapelle vorübergezogen, und die Kinder beruhigten sich wieder.

Elias beugte sich zu mir. »Tut mir leid wegen vorhin.«

»Ist schon gut. Ich habe dich ziemlich angefahren.«

»Mach dir darüber keine Gedanken. Ich bin hier das Arschloch.«

Ein kleiner Junge starrte Elias mit vor Entsetzen weit aufgerissenen Augen an. Dann legte er langsam einen Finger an seine Lippen und sagte: »Vorsichtig.«

Elias runzelte die Stirn. »Wie bitte?«

»Der Weihnachtsmann kommt und schreibt dich auf die böse Liste.«

»Oh, da steht er schon drauf«, sagte ich.

Die Augen des Jungen wurden noch größer. »Dann musst du dich beeilen, damit du wieder runterkommst.«

Elias lächelte schief. »Und wie stelle ich das an?«

Der Junge zog die Nase kraus, als würde er hart nachdenken. Dann strahlte er. »Sag, dass es dir leidtut, und mach was Nettes. Das muss ich immer machen, wenn ich gemein zu meiner Schwester war.«

»Das ist eine gute Idee. Bin gleich wieder da.« Elias verschwand in der Menge, bevor ich ihn fragen konnte, wo er denn hinwollte.

Der nächste Wagen – eine riesige Schneekugel –, zog vorbei, und der Junge wandte sich ab, um sie sich anzusehen.

Die Hände in den Taschen meiner Jacke vergraben, wartete ich darauf, dass Elias zurückkam, und fragte mich, wohin er wohl verschwunden war. Ein Lebkuchenhaus fuhr vorbei, gefolgt von einer hübschen Krippenszene.

Und dann kam Cole mit unserem Wagen. Er sah hübsch aus mit dem großen, geschmückten Baum und dem Schild im Vintage-Stil, das auf unser Weihnachtsdorf hinwies. Ich hoffte, es würde noch mehr Menschen dazu animieren, nach der Parade zu uns hinaufzukommen.

Wer weiß, vielleicht war es die letzte Gelegenheit.

Schnell schob ich den Anflug von Traurigkeit beiseite und winkte Cole zu. Er winkte zurück, und erst da sah ich, dass er nicht allein war. Alices kleine Tochter Maddie saß auf seinem Schoß. Sie hatte die Hände auf dem Lenkrad liegen, als würde sie fahren, und lächelte dabei so hinreißend, dass es mir beinahe die Tränen in die Augen trieb.

»Hier.« Aus dem Nichts tauchte Elias wieder vor mir auf und hielt mir einen Pappbecher hin.

Ich nahm ihn an. Er war warm. »Was ist das?«

»Heißer Kakao. Mit Schlagsahne.«

Ich versuchte, nicht zu lächeln, aber das war nicht einfach. Elias schmolz mein Herz, und das brachte mich förmlich um. »Danke. Ist das dein Versuch, auf die gute Liste zu kommen?«

»Es ist ein Anfang.«

»Das Timing stimmt jedenfalls schon mal.« Ich nickte in Richtung des nächsten Wagens – ein großer Schlitten mit dem Weihnachtsmann und seiner Frau, die der Menge zuwinkten.

»Da hab ich ja Glück.«

Wir standen auf dem Bürgersteig, nippen an unserem heißen

Kakao und schauten zu, wie die restlichen Wagen vorbeifuhren. Auf der anderen Straßenseite sah ich meine Eltern und winkte ihnen. Mom winkte lächelnd zurück. Dad sah Elias grimmig an, winkte mir aber schließlich auch.

Ich nahm ihm seine Vorbehalte Elias gegenüber nicht übel. Schließlich hatte ich auch keine Ahnung, was da gerade zwischen ihm und mir passierte, also konnte ich meinem Vater seine Skepsis nicht vorhalten.

Der letzte Wagen zog vorbei, und die Menge löste sich langsam auf. Einige kehrte zu ihren Autos zurück, andere gingen zu den Läden und Restaurants in der Innenstadt. Elias und ich schlenderten zum Lumberjack Park hinüber. Es hatte aufgehört zu schneien, und die Luft war kalt, aber es war windstill.

Überall ringsum funkelten Lichter. Ganz Tilikum sah so festlich aus wie ein Weihnachtsdorf. An allen Türen hingen Kränze; Girlanden, Schleifen und andere Dekorationen erinnerten daran, dass gerade die fröhlichste Zeit des Jahres war.

Am Eingang des Parks standen Cole, Alice und Maddie beisammen. Unser Festwagen parkte am Straßenrand, und es sah aus, als würde Maddie gerade ihr Abenteuer auf der Parade beschreiben. Sie zeigte enthusiastisch auf den Wagen und dann auf Cole.

Als sie Elias bemerkte, strahlten ihre Augen noch mehr. »Mr. Rock … äh, Mr. Stone. Mommy, wie heißt er noch mal?«

»Mr. Stoneheart, Liebes.«

»Wie wäre es, wenn du mich einfach Elias nennst?« Er ging vor ihr in die Hocke. »Hast du den Weihnachtsmann schon gesehen?«

Sie nickte. »Ja, er hat gesagt, ich bin ein tolles Mädchen.«

»Das glaube ich.«

»Und ich war bei der Parade dabei. Hast du mich gesehen? Ich hab den Truck gefahren.«

»Das hast du super gemacht. Sieht ganz so aus, als könntest du schon bald deinen Führerschein machen.«

Maddie kicherte. »Nein. Dazu bin ich noch zu klein.«

»Bist du sicher? Wie alt bist du? Zwanzig?«

Sie lachte. »Nein. Ich bin fünf.«

»Wirklich?«

»Ja. Fünf.« Sie hielt ihre Hand mit den ausgestreckten Fingern hoch, wie um es zu beweisen.

Alice und Cole sahen der Unterhaltung mit leicht verwirrten Mienen zu. Was ich ihnen nicht verdenken konnte. Es war, als würden wir eine komplett neue Seite an Elias sehen.

»Okay, ich glaube dir.« Er richtete sich wieder auf.

»Ich muss den Wagen wieder wegbringen«, sagte Cole. »Maddie, willst du mir helfen, ihn zur Farm zurückzufahren?«

»Ja! Bitte, darf ich, Mommy?«

Alice warf Cole einen Blick zu. »Bist du sicher, dass ihr nicht angehalten werdet?«

Cole grinste. »Es ist nicht weit, und ich muss sowieso im Schritttempo fahren.«

»Das Leben in einer Kleinstadt«, warf ich achselzuckend ein.

»Es ist Platz genug für uns drei«, sagte Cole.

Wenn es je jemanden gegeben hatte, der total verliebt aussah, dann Alice. Sie sah Cole mit großen Augen an und nickte. »Okay.«

»Jay! Ich darf fahren!«, rief Maddie.

Mit einer fließenden Bewegung hob Cole sie hoch und schnappte sich dabei ihre Krücken. Mir entging nicht, wie er Alice dabei zuzwinkerte. Mit leicht geöffnetem Mund, als wäre sie zu verblüfft, um etwas zu sagen, sah sie zu, wie er ihre Tochter zum Truck trug.

»Er konnte schon immer gut mit Kindern umgehen«, sagte ich.

»Er ist umwerfend«, flüsterte Alice.

»Bleibt ihr übers Wochenende, oder musst du heute Abend wieder zurück?«, fragte Elias.

»Wir bleiben. Nach all der Aufregung heute muss Maddie früh ins Bett. Und ich hatte gehofft …«

»Ich habe doch schon gesagt, dass du den Bonus bekommst«, sagte Elias.

Sie lachte leise. »Nein. Ich hatte gehofft, dass Cole und ich morgen auf ein richtiges Date gehen könnten. Er meinte, er könne für ein paar Stunden weg, aber ich bin mir nicht sicher, was ich mit Maddie machen soll. Ich dachte an Dale und Hattie, möchte sie aber ungern um einen weiteren Gefallen bitten.«

»Ich mach das«, sagte Elias.

Alice und ich tauschten einen Blick.

»Du passt auf Maddie auf?«, fragte sie.

»Klar. Warum nicht?«

Sie zog die Augenbrauen zusammen und musterte Elias einen Moment. »Aus irgendeinem Grund mag sie dich.«

»Du kannst sie zu mir bringen«, schlug ich vor. »Dann kann Elias dort auf sie aufpassen.«

»Okay. Danke. Ich stimme die Zeit mit Cole ab und schicke euch eine Nachricht.«

Elias nickte.

»Danke noch mal.« Alice ging zum Truck und stieg zu Cole und Maddie.

»Verdammt«, stieß Elias aus.

»Was?«

»Ich werde sie definitiv an diesen Farmtypen verlieren.«

»Was?«

»Ich werde sie an diesen Farmtypen verlieren.«

»Die drei geben eine süße kleine Familie ab.«

»Ich sage mir ständig, dass Assistentinnen ersetzbar sind, aber ich glaube, sie ist es nicht.«

»Und trotzdem hast du angeboten, auf ihre Tochter aufzupassen, damit sie mit ihm ausgehen kann.«

»Ich weiß nicht, was in letzter Zeit mit mir los ist.«

Ich lachte. »Ich auch nicht. Hast du Pläne fürs Abendessen? Nicht, dass ich jetzt schon was essen könnte. Ich muss ins Weihnachtsdorf zurück. Aber später?«

Er drehte sich um und sah mir in die Augen. Seine waren dunkelgrün und voller Gefühl – kein Eis weit und breit. »Ich bin deinetwegen in der Stadt.«

Mein Atem stockte, und mein Magen schlug einen Salto. Das hier war entweder der Anfang von einem Weihnachtswunder, oder ich steckte bis über beide Ohren in Schwierigkeiten.

27. KAPITEL

Elias

Maddie saß auf Isabelles Couch, die Hände im Schoß gefaltet, die Beine gerade ausgestreckt. Sie beobachtete mich mit einem unerklärlichen Grinsen im Gesicht, als wartete sie darauf, dass ich etwas Lustiges oder Interessantes tat.

Ich hingegen stand mit verschränkten Armen da und fragte mich, was zum Teufel ich hier machte.

Kinder waren nicht mein Ding. Nicht, weil ich sie nicht leiden konnte, sondern einfach, weil ich nie Zeit mit ihnen verbracht hatte. Die Kinder, denen ich normalerweise begegnete, waren eher wie das kleine Mädchen in dem roten Kleid, das mich einen verkleideten Grinch genannt hatte. Sie mochten mich nicht.

Aber Maddie saß einfach da und lächelte mich an, als wäre sie absolut davon überzeugt, dass ich ein guter Babysitter sein würde.

Ich runzelte die Stirn. »Also, was machen wir jetzt?«

Sie zuckte mit den kleinen Schultern. »Ich weiß nicht. Wo ist der Baum?«

»Welcher Baum?«

»Der Weihnachtsbaum. Weihnachten kommt bald, und hier steht noch kein Baum.«

»Du redest nicht so, als wärst du erst fünf. Das weißt du, oder?«

Sie kicherte.

Ich schüttelte den Kopf. »Ich weiß nicht, warum Isabelle keinen Baum hat. Vermutlich hat sie zu viel zu tun.«

»Wo sollen dann all die Geschenke hin?«

»Keine Ahnung.«

»Kann der Weihnachtsmann durch diesen Schornstein kommen?« Sie zeigte auf den Holzofen.

Ich schaute zu dem runden Ofenrohr, das vom Ofen aus in der Decke verschwand. Mein erster Impuls war, zu sagen: »Du glaubst doch nicht immer noch an diesen Unsinn, oder?« Doch ich hielt mich zurück. Es wäre wohl ziemlich gemein, der Kleinen ihren Glauben an den Weihnachtsmann zu nehmen. Das überließ ich besser ihrer Mutter.

»Natürlich kann er das.«

»Wie?«

»Magie oder so? Können wir über was anderes reden?«

Wieder kicherte sie. »Was wünschst du dir zu Weihnachten?«

Isabelle.

Ich presste die Lippen zusammen, um auch das nicht laut zu sagen. Was zum Teufel stimmte nur nicht mit mir?

»Eine Beförderung.«

»Was ist das?«

»Das ist eine bessere Position auf der Arbeit.«

»Warum?«

Wieder runzelte ich die Stirn. Das war eine dumme Frage. Andererseits war Maddie erst fünf.

Und warum wollte ich diese Beförderung so sehr?

»Das ist so ein Erwachsenending. Frag deine Mom.«

»Ich will eine Merica-Puppe. Die mit den Krücken.«

»Ich erinnere mich.«

Sie blickte sich im Raum um und fing an, »Jingle Bells« zu summen, während sie im Takt mit den Fingern auf ihre Beine tippte. Ich wusste, dass ich mir etwas einfallen lassen musste, was wir zusammen unternehmen konnten. Sie konnte nicht die nächsten Stunden einfach nur auf der Couch sitzen. Aber ich hatte keine Ahnung, was man mit einem fünfjährigen Mädchen machte.

»Können wir Weihnachtskekse backen?«, fragte sie.

»Ich weiß nicht, wie man backt.«

»Mit einem Rezept?«

Das war vielleicht keine schlechte Idee. Ich holte mein Handy hervor. Im Internet musste es Millionen von Keksrezepten geben. »Müssen es Weihnachtskekse sein?«

«Ja.«

Ich schnaubte. Natürlich mussten es Weihnachtskekse sein.

Die Suche nach »einfache Rezepte für Weihnachtskekse« brachte Unmengen Treffer. Ich ging in die Küche, um zu sehen, ob Isabelle irgendwelche Zutaten hatte, denn sonst wurde es nichts mit unserem schönen Plan. Doch ich fand alles, was wir brauchten. Ich hatte keine Ahnung, wie alt das Zeug war, aber es musste reichen. Sie hatte sogar noch rote und grüne Streusel von unserem Kakao übrig.

Maddie wartete geduldig auf der Couch und beobachtete mich mit diesem glücklichen Lächeln im Gesicht.

Mir war immer noch nicht ganz klar, wie das hier überhaupt funktionieren sollte. Maddie war zu klein, um die Arbeitsfläche zu erreichen, und ich hatte keine Ahnung, ob es sicher war, sie auf einen Hocker zu stellen. Oder ob Isabelle überhaupt einen Hocker hatte. Vermutlich würde ich sie einfach hochheben müssen. Ich suchte die Zutaten zusammen, dazu ein paar Messbecher und Löffel und einige Rührschüsseln.

»Du wirst den Großteil der Arbeit übernehmen müssen«, erklärte ich, als ich ins Wohnzimmer zurückkehrte. »Ich bin nicht gerade ein geübter Bäcker.«

»Ich schon. Ich backe immer mit Mommy Kekse.«

Ich hob sie hoch, und sie legte ihre Arme leicht über meine Schulter. Dann gingen wir in die Küche, und ich rief eines der Rezepte auf meinem Handy auf.

»Cole arbeitet auf einer Farm«, erklärte Maddie, als ich den Ofen anschaltete, damit er vorheizen konnte.

Was für eine willkürliche Bemerkung. Aber wie gesagt, Maddie war ja noch klein. Da war so was vermutlich normal. Und ihre Erwähnung von Cole machte mich neugierig. Was hielt sie von dem Mann, mit dem ihre Mutter ausging?

»Es sah so aus, als hättest du bei der Parade viel Spaß mit ihm gehabt«, sagte ich, während ich das Mehl abwog, damit Maddie es in eine große Schüssel füllen konnte.

»Ich durfte fahren.«

»Das hab ich gesehen. War Cole nett?«

»Er ist immer nett. Und er lächelt viel. Nicht so wie du.«

Das ließ mich beinahe lachen. »Da hast du recht.«

Sie nahm den Zucker, den ich ihr reichte, und gab ihn ebenfalls in die Schüssel. »Er hat Mommy geküsst.«

»Wirklich?«

Sie zog die Nase kraus. »Auf den Mund. Aber sag das nicht Mommy. Es ist ein Geheimnis.«

»Versprochen.« Ich maß einen Löffel Backpulver ab und gab ihn ihr. »Ist es für dich in Ordnung, dass Cole deine Mommy geküsst hat?«

Sie ließ das Backpulver in die Schüssel rieseln. »Ja. Küsst du Isabelle auch auf den Mund?«

Ich räusperte mich. »Äh, ja?«

Sie bekam einen Kicheranfall und schlug sich die Hand vor den Mund. »Igitt.«

Ich setzte sie mir auf die andere Hüfte und schaute noch einmal auf das Rezept. »Wenn du erwachsen bist, wirst du das nicht mehr igitt finden.«

»Doch.«

»Okay, Kleine. So, was kommt als Nächstes?«

»Ich weiß es nicht. Ich kann noch keine großen Wörter lesen. Nur kleine.«

»Es ist wirklich leicht zu vergessen, dass du erst fünf bist.«

Sie lachte nur.

Wir folgten weiter dem Rezept, bis der Teig fertig war. Er sollte eine Stunde im Kühlschrank ruhen, aber das hielt ich für Unsinn und steckte ihn stattdessen ins Tiefkühlfach. Zehn Minuten sollten reichen.

Während wir warteten, setzte ich Maddie auf die Arbeitsfläche. Sie erzählte mir ausführlich, warum sie ihre Merica-Puppe haben wollte, inklusive aller Outfits, und dass sie vorhatte, die Puppe Rosie zu nennen. Fünf Minuten später änderte sie ihre Meinung und sagte, sie solle Isabelle heißen. Ich sagte ihr, dass mir Isabelle wesentlich besser gefiel als Rosie.

In dem Rezept stand, dass man den Teig ausrollen und mit Plätzchenformen ausstechen sollte. Ich suchte in Isabelles Schränken, fand aber keine.

»Wir werden das freihändig machen müssen«, erklärte ich. »Kannst du mit einem Buttermesser umgehen?«

»Wenn mich jemand baufsichtet.«

»Du meinst, wenn dich jemand beaufsichtigt?«

»Hab ich doch gesagt.« Sie grinste.

»Okay. Ich beaufsichtige dich, und du schneidest die Formen aus.«

Ich rollte den Teig neben ihr auf der Arbeitsfläche aus und ließ sie dann mit dem Buttermesser loslegen. Sie machte sich so konzentriert ans Werk, dass ihre Zungenspitze immer wieder hervorschaute. Ich gab mein Bestes, die fertigen Formen mit einem Pfannenwender von der Arbeitsfläche zu heben und auf einem Backblech zu verteilen – zum Glück hatte ich mich daran erinnert, dass meine Tante immer Mehl auf die Arbeitsfläche gegeben hatte, damit der Teig nicht festklebte.

Nachdem ich den letzten Keks platziert hatte, neigte ich den Kopf und betrachtete unser Werk. Ein Keks sah aus wie eine etwas moppelige Zuckerstange. Ein anderer erinnerte vage an einen Weihnachtsbaum. Beim Rest ging ich einfach mal davon aus, dass Maddie schon wusste, was sie hatte ausschneiden wollen. Und ich hoffte, ein paar rote und grüne Streusel würden reichen, um sie als Weihnachtskekse durchgehen zu lassen.

Ich hielt ihr die beiden Streuer mit den Streuseln hin. »Tob dich aus, Kleine.«

Mit einem breiten Lächeln schüttelte sie den Streuer über die Kekse. Als alles inklusive des Backblechs von roten und grünen Streuseln bedeckt war, schob ich das Blech in den Ofen und stellte die Uhr.

»Kann ich Mommy und Cole welche von den Keksen geben?«

»Na klar. Du hast sie gemacht, da darfst du auch bestimmen, wer sie bekommt.«

»Du solltest Isabelle welche geben.«

Ich wollte Isabelle heute Nacht so einiges geben, und Kekse waren erst der Anfang.

Allerdings war heute Sonntag. Ich musste wieder nach Hause und am nächsten Morgen ins Büro.

Doch eine weitere Nacht mit Isabelle war einfach zu verlockend. Ich könnte noch einen Tag aus dem Homeoffice arbeiten.

»Klar. Ich werde Isabelle auch ein paar Kekse geben.«

Innerhalb von wenigen Minuten erfüllte der Duft von warmem Zucker das Haus. Ich kontrollierte die Kekse immer mal wieder, um sicherzugehen, dass sie nicht verbrannten. Maddie hatte ihren Job so gut gemacht, dass ich es nicht in der letzten Minute vermasseln wollte. Endlich klingelte die Uhr, und für mich sahen die Kekse fertig aus. Zumindest hoffte ich, dass sie unter den ganzen Streuseln durchgebacken waren.

Aber ich hatte sie nicht verbrannt. Das war doch schon mal was.

Ich trug Maddie zum Tisch und gab ihr ein paar Blätter Papier und einen Stift, damit sie ein wenig malen konnte, während wir darauf warteten, dass die Kekse abkühlten. Dabei summte sie die ganze Zeit Weihnachtslieder.

Dieses Kind hatte irgendetwas an sich. Mit ihrer Zerebralparese und einem miesen Vater hatte ihr das Leben schlechte Karten zugeteilt, aber dennoch war sie so verdammt fröhlich, als würde sie selbst mit ihren fünf Jahren schon die positive Seite von allem sehen.

Vielleicht freute sie sich aber auch nur wirklich auf Weihnachten.

Schließlich waren die Kekse weit genug abgekühlt, um probiert werden zu können, also legte ich einen für Maddie auf einen Teller und schob ihn ihr über den Tisch.

»Hast du Milch?«, fragte sie.

»Gute Frage.« Ich sah im Kühlschrank nach, doch außer einer Flasche Wein und ein paar Dosen Mineralwasser hatte Isabelle nichts zu trinken da.

Aber sie hatte Kakaopulver.

»Ich habe keine Milch, aber ich kann dir einen heißen Kakao machen.«

Sie klatschte in die Hände. »Ja bitte!«

Ich setzte Wasser auf und goss das heiße Wasser in einen Becher. Dann fiel mir ein, dass der Kakao so für ein Kind vermutlich zu heiß war, also gab ich wieder etwas kaltes Wasser dazu, bevor ich das Kakaopulver unterrührte und das Ganze mit einem großzügigen Stoß Sprühsahne und ein paar Streuseln dekorierte.

»Danke.«

»Gern geschehen. Wie sind die Kekse?«

Sie biss ein Stückchen ab und kaute prüfend. Dann breitete sich ein strahlendes Lächeln auf ihrem Gesicht aus. »Lecker. Wir sind gute Bäcker.«

Ich holte noch mehr Papier aus der Schublade und gab Maddie außerdem drei weitere Kekse. Das war vermutlich zu viel Zucker für ein kleines Mädchen, aber das hatte Alice davon, wenn sie ihr Kind bei mir ließ.

Es klopfte an der Tür, und Alice trat ein. »Hey, Maddie-Doodle!«

»Mommy! Wir haben Kekse gebacken!«

Alice schloss die Tür und trat an den Tisch. »Das merke ich. Es riecht toll hier.«

»Elias hat mich helfen lassen.«

»Du hast die ganze Arbeit gemacht«, widersprach ich. »Ich habe dir nur geholfen, an die Sachen ranzukommen.«

Sie sah mich mit ihrem breiten, strahlenden Lächeln an.

»Danke noch mal, dass du auf sie aufgepasst hast«, sagte Alice.

»Kein Problem. Sie ist ein tolles Mädchen.«

Nun war es an Alice, genauso breit und strahlend zu lächeln wie ihre Tochter. »Das ist sie wirklich.«

»Ich muss mal, Mommy.«

»Okay, Liebes. Wo sind deine Krücken?«

»Im Wohnzimmer.«

Ich lief hinüber, um sie ihr zu holen.

Alice half Maddie vom Stuhl, und ich reichte ihr die Krücken. Dann ging sie den Flur hinunter ins Bad.

»Brauchst du Hilfe?«, rief Alice ihr nach.

Es entstand eine kurze Pause. »Nein danke.«

»Sie kann das allein?«, fragte ich.

»Normalerweise schon«, erklärte Alice. »Nur beim Händewaschen kann es für sie schwierig werden. Also, wie war es mit ihr?«

»Super. Sie hat gefragt, ob wir Kekse backen können, und ich dachte, warum nicht? Wahrscheinlich habe ich sie zu viele davon essen lassen.«

Alice lächelte. »Das ist in Ordnung. Ich bin davon ausgegangen, dass sie zu viel Zucker isst, wenn sie mit einem Babysitter zusammen ist.«

Ihr Handy klingelte, und sie zog es aus der Handtasche. Sobald sie auf das Display schaute, fiel ihr Lächeln in sich zusammen. »Einen Moment, das muss ich annehmen.«

Ich wartete in der Küche, während sie ins Wohnzimmer ging.

»Ja?«, hörte ich sie sagen. Dann eine lange Pause. »Ich weiß, dass es teuer ist. Ich bezahle die Hälfte, schon vergessen?«

War das ihr Ex? Ich wollte nicht lauschen, aber das Haus war nicht sonderlich groß. Ich horchte auf Maddie, falls sie beim Händewaschen Hilfe brauchte.

»Das kann ich jetzt gerade wirklich nicht gebrauchen«, sagte Alice mit leiser Stimme. »Es ist kurz vor Weihnachten, und ich kann nicht …«

Noch eine Pause. Alice tigerte vor der Haustür auf und ab.

»Das verstehe ich. Aber sie braucht es. Ohne geht es nicht.«

Verdammt, ich wünschte, ich könnte die andere Seite dieser Unterhaltung hören. Was zum Teufel sagte er zu ihr?

»Nein, wir müssen uns nicht umsehen. So funktioniert das nicht.«

»Mommy, ich brauche Hilfe!«, rief Maddie aus dem Badezimmer.

Alice warf mir einen fragenden Blick zu und flüsterte stumm: *Kannst du ihr helfen?* »Allein kann ich mir das nicht leisten«, sagte sie dann, als ich aufstand und ins Bad ging.

Ich klopfte an die Tür. »Maddie? Deine Mutter telefoniert gerade. Kann ich dir helfen?«

»Okay. Ich komme nicht ans Waschbecken.«

Ich hielt kurz inne, bevor ich hineinging. »Bist du angezogen?«

»Ja.«

Sie stand mit den Krücken vor dem Waschbecken. Ich ging zu ihr und hob sie hoch, damit sie sich die Hände waschen konnte. Sie schäumte sie sorgfältig ein, spülte sie ab und trocknete sie mit einem flauschigen Handtuch. Dann setzte ich sie wieder ab, und sie nahm erneut ihre Krücken.

»Danke.«

»Haben alle kleinen Kinder so gute Manieren?«

Sie zuckte mit den Schultern. »Ich weiß nicht. Kann ich noch einen Keks haben?«

»Da musst du deine Mutter fragen.«

Ich folgte ihr in die Küche. Alice war gerade dabei, ihr Handy wieder wegzupacken.

Sie atmete einmal tief durch und drehte sich dann zu uns um. »Bist du so weit, dass wir gehen können?«

»Kann ich noch mehr Kekse haben?«

»Ich bin mir ziemlich sicher, dass du schon genug Kekse hattest. Und wir haben noch eine lange Fahrt vor uns.«

»Aber ich muss Cole noch einen geben.«

Alice lächelte, doch in ihrer Miene lag eine Müdigkeit, die vorher nicht da gewesen war. »Kein Problem. Wir gehen noch rasch bei ihm vorbei, bevor wir losfahren.«

In einer von Isabelles Schubladen hatte ich Plastiktüten gesehen, also holte ich eine davon, damit Maddie sie mit Keksen für Cole füllen konnte. Während sie damit beschäftigt war, trat ich zu Alice und fragte leise: »Ist alles in Ordnung?«

Sie seufzte. »Ja. Oder nein. Ich weiß es nicht. Mein Ex weigert sich, die Hälfte der Kosten für die Physiotherapie zu zahlen. Er meint, wir sollen uns jemand anderen suchen, als gäbe es irgendwo Billig-Therapeuten oder so. Mit der Zahlung für den letzten Monat ist er bereits im Rückstand, und wenn wir zu weit zurückfallen, fürchte ich, dass sie ihre Termine absagen.«

Ich wusste nicht, was ich dazu sagen sollte. Was für ein Arschloch weigerte sich, die Kosten für die medizinische Versorgung seines Kindes zu tragen? Vor allem für ein Kind wie Maddie?

Das gleiche Arschloch, das sein Kind niemals besuchte.

Ich biss die Zähne zusammen.

»Komm, Maddie. Das sind genug Kekse.« Alice nahm die Tüte und ging zur Tür. »Danke noch mal, Elias. Bist du morgen im Büro?«

»Nein, ich glaube, ich werde von zu Hause arbeiten.«

Sie warf einen Blick über ihre Schulter und hob eine Augenbraue. »Von zu Hause? Oder von hier?«

Ich funkelte sie an.

Sie lachte nur und führte Maddie nach draußen.

Ich nahm mir einen Keks und biss hinein. Er war trotz der dicken Streuselschicht erstaunlich gut. Ein paar Streusel fielen auf mein Hemd, und ich wischte sie kauend weg. Am liebsten wäre ich auf der Stelle zu Maddies Vater gefahren und hätte ihm die Visage neu angeordnet. Ich neigte eigentlich nicht zur Gewalt, aber die Art, wie er seine Tochter behandelte, weckte in mir den Wunsch, ihn in Stücke zu reißen.

Mein Blick fiel auf die Bilder, die Maddie gemalt hatte, und ich nahm eines davon in die Hand. Strichmännchen. Ein Picasso war sie nicht gerade.

Ein Bild zeigte einen Weihnachtsbaum, der von einem Berg an Rechtecken umgeben war, die vermutlich Geschenke darstellen sollten. Auf einem anderen stand ein Strichmännchen mit gerunzelter Stirn neben einem kleinen Strichmännchen mit einem Lächeln. Beide hatten runde Kleckse in der Hand.

Das waren Maddie und ich, wie wir Kekse in den Händen hielten.

Ich betrachtete es staunend, und die Eisschicht um mein Herz bekam ein paar weitere Risse.

28. KAPITEL
Elias

In dieser Nacht blieb ich bei Isabelle.

Und in der nächsten.

Und für den Rest der Woche.

Den größten Teil meiner Zeit verbrachte ich damit, auf der Farm zu helfen. Isabelles Dad arbeitete zwar wieder, aber es gab trotzdem genug zu tun. Ich fütterte die Rentiere – hielt mich aber von Horace fern –, schleppte neue Tannenbäume vom Feld, schippte Schnee und verteilte sogar heißen Kakao an lächelnde Besucher.

Nicht, dass ich zurücklächelte.

Jeden Abend kehrten Isabelle und ich in ihr Cottage zurück, und obwohl wir nach dem langen Tag müde waren, fanden wir jedes Mal die Energie, uns gegenseitig die Kleider vom Leib zu reißen. Und nachdem ich mich von ihrem warmen, schlafenden Körper gelöst hatte, ging ich in ihre Küche, schaltete den Laptop ein und versuchte, meinen eigentlichen Job zu erledigen.

Weihnachten stand kurz bevor, und auch wenn nicht mehr Besucher zu kommen schienen, so hatte sich doch die Atmosphäre im Weihnachtsdorf verändert. Ich hatte immer geglaubt, dass die Leute hektischer würden, je näher das Weihnachtsfest rückte – gestresst vor lauter Einkaufen, Kochen, Feiern und Zusammen sein. Doch im Weihnachtsdorf schienen alle einfach entspannt und gut gelaunt zu sein.

Nein, nicht nur das. Sie wirkten wirklich glücklich. Nicht auf übertriebene Art – abgesehen von ein paar Kindern in der Schlange vor dem Weihnachtsmann –, sondern irgendwie friedlich. Eine Freude, die nicht nur das Weihnachtsdorf, sondern die ganze Stadt zu durchdringen schien.

Seltsam.

Ich erinnerte mich wieder daran, was Isabelle mir vor ein paar Wochen über die Weihnachtsfreude erzählt hatte: dass sie echt war, und wichtig. Und langsam fragte ich mich, ob sie nicht vielleicht recht hatte – ob es vielleicht doch mehr war als nur sentimentaler Unsinn, um den Leuten ihr hart verdientes Geld aus der Tasche zu ziehen.

Immer wieder musste ich auch an meinen Onkel und meine Tante denken. An das, was sie über mich gesagt hatten, und wie ich sie im Laufe der Jahre behandelt hatte. Vor ein paar Tagen hatte ich bei ihnen vorbeigeschaut, ohne recht zu wissen, was ich sagen oder tun sollte, aber sie waren nicht dagewesen. Neben dem Haus lag ein Stapel mit Holz, das noch gehackt und aufgeschichtet werden musste, und so war ich geblieben und hatte das übernommen. Natürlich konnte ich damit nicht die vielen Jahre meiner Gleichgültigkeit wettmachen, aber es war besser als nichts.

Und Maddie. Das süße, couragierte kleine Mädchen, das sich von keiner der Herausforderungen, denen sie sich regelmäßig stellen musste – und die waren beträchtlich – das Lächeln rauben ließ. Was würde aus ihr werden, wenn ihr Vater seine Zahlungen einstellte? Würde Alice alles bezahlen können, was Maddie brauchte?

Ich hatte bereits einen Antrag für eine Gehaltserhöhung für Alice gestellt, aber ich wusste nicht, ob das ausreichen würde. Oder ob die Personalabteilung sie überhaupt absegnen würde.

Genau deshalb wollte ich selbst der Boss sein.

Okay, hauptsächlich ging es mir um mein eigenes Bankkonto und das Prestige, das mit diesem Job einherging, aber wenn ich der CFO wäre – oder besser noch der CEO –, müsste ich mir keine Gedanken darüber machen, ob es mir gelingen würde, die Personalabteilung davon zu überzeugen, meiner Assistentin mehr zu zahlen.

Am Samstagmorgen wachte ich spät auf. Isabelle war schon weg, ohne Zweifel bereits bei der Arbeit. Stöhnend erhob ich mich. Der mangelnde Schlaf der vergangenen Nächte machte sich langsam bemerkbar.

Ich zog mich an – ein grünes Flanellhemd und eine frische Arbeitshose. Irgendwie hatte ich auf einmal eine komplette Arbeitsgarderobe – Flanellhemden, Canvashosen, dicke Socken und mehrere Paar Handschuhe. Nicht, dass ich das hier langfristig machen würde. Es war einfach praktisch. Während der Arbeit wurden die Sachen schmutzig, und es war weder ökonomisch noch effizient, jeden Tag zu waschen.

Draußen war es kalt, und eine frische Schneeschicht bedeckte den Boden. Was bedeutete, es musste geräumt und geschippt werden. Ich nahm an, dass Cole den Parkplatz bereits freigeschaufelt hatte – das tat er normalerweise jeden Morgen –, also ging ich am Haus der Cooks vorbei und schnappte mir eine Schneeschaufel, um mit den Wegen im Weihnachtsdorf anzufangen.

Die Verkäufer trafen nach und nach ein, um ihre Buden zu öffnen. Sie grüßten freundlich und lächelten. Ich nickte ihnen zu und murmelte hin und wieder einen Weihnachtsgruß vor mich hin.

Langsam arbeitete ich mich Richtung Rentierstall voran. Ein

Schneebläser wäre nett gewesen – und definitiv effizienter. In der Werkstatt hatte ich einen stehen sehen, doch der funktionierte nicht.

Noch ein Eintrag mehr auf der Liste der Dinge, die ersetzt oder repariert werden mussten.

Als ich von meiner Arbeit aufblickte, sah ich Isabelle im Stall verschwinden. Wie magisch angezogen folgte ich ihr. Eine Erinnerung blitzte in mir auf – ich als liebeskranker Teenager, der ihr einst in denselben Stall gefolgt war in der Hoffnung, sie dort allein vorzufinden und küssen zu können.

Der gleiche Drang trieb mich auch jetzt an.

Sie stand allein vor einem der Rentierställe und sprach leise mit dem Tier. Ein weiteres Rentier schnaubte mich an, als ich an ihm vorbeiging. Ich warf ihm einen finsteren Blick zu, doch es schnaubte nur noch mal.

Isabelle drehte sich um, und die Art, wie ihre Augen aufleuchteten, als sie mich sah, erfüllte mich mit Wärme. Sie ließ immer mehr von dem Eis um mein Herz herum schmelzen, und trotz meiner Angst, was sie wohl in dem Loch in meiner Brust finden würde, ließ ich es zu.

Bevor sie etwas sagen konnte, legte ich die Arme um ihre Taille, zog sie an mich und küsste sie.

Bisher hatten wir die öffentliche Zurschaustellung von Zärtlichkeiten vermieden. Auch wenn wir miteinander schliefen, hatten wir nie darüber geredet, was das eigentlich bedeutete – oder ob es überhaupt etwas bedeutete. Wir waren nicht wirklich im traditionellen Sinne zusammen, es war eher so, dass wir in unserer Freizeit die körperliche Nähe des anderen auf eine für uns beide befriedigende Weise ausnutzten. Das hier war keine echte Beziehung.

Zumindest redete ich mir das ein.

Doch während ich sie jetzt küsste, fragte ich mich, was hier wirklich zwischen uns passierte. Ihre Lippen waren so weich, ihr Mund so köstlich warm. Sie fühlte sich einfach unglaublich gut an.

Zu gut.

Aber zu wissen, dass das hier ein Fehler sein könnte, reichte nicht, um es sein zu lassen.

Ich genoss den Kuss noch einen Moment, bevor ich mich zurückzog.

»Wow. Zu Weihnachten wünsche ich mir noch so einen.« Sie lächelte. »Wofür war der?«

»Ich wollte nur deinen Weihnachtswunsch erfüllen.«

Sie lachte leise. Das Rentier, das sie gestreichelt hatte, grunzte, und ein anderes antwortete mit einem ähnlichen Geräusch.

»Ich lasse dich dann mal weiterarbeiten«, sagte ich und gab ihr noch einen federleichten Kuss, bevor ich sie losließ.

»Okay«, hauchte sie.

Ich kehrte ins Weihnachtsdorf zurück und befreite weiter die Wege vom Schnee. Als alles geräumt war, stellte ich die Schneeschaufel weg und machte mich auf die Suche nach der nächsten Aufgabe. Ein paar der Lichterketten zwischen der Werkstatt des Weihnachtsmanns und dem Pfefferminz-Salon waren über Nacht heruntergefallen, also holte ich eine Leiter und hängte sie wieder auf.

Während ich dort oben auf der Leiter stand, sah ich Isabelle unten vor dem Pfefferminz-Salon stehen und sich mit dem Verkäufer unterhalten. Ich hielt inne und beobachtete sie, wie gebannt von den Bewegungen ihres Mundes. Die Erinnerungen an meine Zeit als liebeskranker Teenager kehrten zurück.

Vermutlich sah ich aus wie ein Idiot, wie ich hier oben stand und sie anstarrte, aber ich konnte nicht anders. Sie war einfach zauberhaft.

Als der Verkäufer sich verabschiedete und in seine Bude zurückkehrte, näherte sich ihr ein anderer Mann. Ich sah genauer hin und verengte die Augen. Was zum Teufel machte Damien hier?

Er schaute in meine Richtung, doch sein Blick glitt über mich hinweg – er hatte mich eindeutig nicht erkannt. Für ihn war ich nur ein unbedeutender Farmarbeiter.

»Isabelle Cook?«, fragte er.

»Ja.«

Er streckte ihr die Hand hin. »Ich bin Damien Barrett.«

Sie ignorierte seine Hand und verschränkte die Arme vor der Brust. »Was machen Sie hier, Mr. Barrett?«

Er zog erst die Finger, dann die ganze Hand wieder zurück. »Zuerst einmal bin ich hier, um mich zu entschuldigen.«

»Wofür?«

»Dafür, dass ich nicht schon früher vorbeigekommen bin, um mich persönlich vorzustellen. Und für meinen Kollegen.«

»Welcher Kollege sollte das sein?«

»Elias Stoneheart. Er stand wohl unter dem Eindruck, dass ihm das Projekt übergeben wurde, doch das ist ein Missverständnis.« Er wedelte mit der Hand, als wollte er das Thema beiseiteschieben. »Eine interne Geschichte, nichts, womit ich Sie belästigen müsste.«

»Verstehe.«

Er schenkte ihr ein, wie er vermutlich glaubte, mitfühlendes Lächeln. »Können wir irgendwo ungestört reden?«

»Nicht wirklich.«

Ich unterdrückte ein Lachen. Sie war einfach genial.

»Möchten Sie nicht aus der Kälte raus?«, hakte er nach.

»Nein. Ich habe noch sehr viel zu tun.«

»Dessen bin ich mir sicher. Aber wir müssen uns über die Zukunft Ihrer Farm unterhalten.«

Sie seufzte. »Ich habe nichts mit ihnen zu bereden.«

»Ich weiß, dass ein Verkauf nicht Ihre erste Wahl ist. Aber die Tatsachen zu ignorieren, wird nichts ändern.«

»Sie könnten Ihrem eigenen Rat folgen und aufhören zu ignorieren, dass wir Ihr Angebot ablehnen.«

»Ms. Cook. Ich weiß, dass Sie und Ihre Familie eine sentimentale Bindung zu …« Er blickte sich um. »all dem hier haben. Aber Nostalgie bezahlt keine Rechnungen, und Sie stecken bis über beide Ohren in Schulden. Die Zahlen sind eindeutig.«

Ein Muskel an meinem Kiefer zuckte. Es war, als würden mir meine eigenen Worte um die Ohren fliegen. Wie oft hatte ich genau das Gleiche zu ihr gesagt? Und warum hasste ich es so sehr, es jetzt zu hören, obwohl es stimmte?

»Ich bin mir unserer finanziellen Situation durchaus bewusst. Aber bei dieser Farm geht es um mehr als nur ums Geld, und das ist etwas, das keiner von Ihnen zu verstehen scheint.«

»Ich habe keinen Zweifel daran, dass Sie sehr hart arbeiten, um die Farm am Laufen zu halten. Das ist ja auch alles sehr charmant.« Seine Stimme troff nur so vor selbstgefälliger Geringschätzung, und er zeigte vage auf die Deko ringsum. »Aber um ein Unternehmen zu führen, braucht es mehr als Zuckermandeln und magische Rentiere.«

»Ach wirklich? Ich hatte ja keine Ahnung. Wie gut, dass Sie hier waren, um mich aufzuklären. Wenn Sie mich jetzt entschuldigen würden, ich muss wieder an die Arbeit.«

Isabelle wollte an ihm vorbeigehen, doch er packte ihren Arm. Und ich drehte beinahe durch.

Ich sprang von der Leiter und schoss auf die beiden zu. Damien riss die Augen auf, als ich eine Hand an seine Brust legte und ihn nach hinten stieß. »Nimm deine dreckigen Pfoten von ihr.«

Er stolperte ein paar Schritte zurück und hob abwehrend die Hände. »Wer zum … Elias? Was zum Teufel machst du hier? Und was hast du da an?«

Ich stellte mich zwischen ihn und Isabelle. »Warum bist du hier?«

»Um mit Ms. Cook zu sprechen. Nicht, dass dich das was angeht.«

»Ich denke, sie hat sehr klar gemacht, dass sie nichts mit dir zu bereden hat.«

Eine Ader an seiner Stirn pochte. »Halte dich gefälligst aus meinen Angelegenheiten raus.«

»Das hier ist nicht mehr dein Deal.«

»Das werden wir ja sehen.«

Ich senkte die Stimme. »Sei vorsichtig, Barrett. Mich zu hintergehen, ist eine ganz schlechte Idee.«

»Mir in den Rücken zu fallen auch. Ich werde nicht zulassen, dass du oder ein Haufen stümperhafter Farmer, die glauben, ihnen gehöre der Nordpol, meine Karriere ruinieren.«

Instinktiv streckte ich einen Arm aus, um Isabelle zurückzuhalten. Sie prallte dagegen.

»Wichser«, zischte sie.

»Diese Farm geht den Bach runter. Schauen Sie sich doch nur mal um.« Er wedelte mit dem Arm. »Das ist doch alles nur noch lächerlich.«

»Du solltest jetzt gehen«, sagte ich, während ich Isabelle immer noch davon abhielt, ihm die Augen auszukratzen.

Er musterte mich abschätzig. »Ich weiß nicht, was du hier für ein Spiel spielst, Stoneheart, aber bete lieber, dass es funktioniert. Ich habe keine Ahnung, warum Nigel dieses alberne Stück Land so unbedingt haben will, aber das will er, und es ist ihm egal, wer es ihm verschafft. Wir wissen beide, was hier auf dem Spiel steht.« Sein Blick ging zu Isabelle. »Sie werden dieses Land verlieren. Die Frage ist nur, wann. Und ob für Sie noch was dabei rausspringt. Ich weiß nicht, was dieser Kerl Ihnen versprochen hat, aber ich kann dafür sorgen, dass sie nicht mit leeren Händen gehen müssen. Sie können es aber natürlich auch zur Zwangsversteigerung kommen lassen und alles verlieren. Das liegt ganz bei Ihnen.«

Wutschäumend sah ich zu, wie er sich umdrehte und ging.

Isabelle trat einen Schritt zurück und richtete ihre Jacke. »Du hättest mich nicht zurückhalten sollen.«

»Ich kann nicht fassen, dass er die Eier hatte, hier einfach so aufzutauchen.«

»Er wusste nicht, dass du hier bist, oder?«

»Nein.«

Sie sah mich an, und ich fragte mich, was sie gerade dachte. »Tja, ich habe genug zu tun, auch ohne mir Gedanken um ihn zu machen. Ich muss ein Weihnachtswunder heraufbeschwören, damit wir unsere Farm nicht verlieren.«

Ich wollte sagen: *Ich werde nicht zulassen, dass du die Farm verlierst.*

Aber wie könnte ich das versprechen? Ich war nicht hier, um die Farm zu retten. Ich war hier, um Isabelle zum Verkauf zu überreden.

Und die Cooks würden die Farm so oder so verlieren, egal, ob meine Firma sie kaufte oder nicht. Isabelle brauchte wirklich ein Weihnachtswunder.

Und Wunder gab es nicht.

29. KAPITEL

Isabelle

Nach einem Wochenende, das zwar umsatzstark, aber vermutlich nicht umsatzstark genug gewesen war, verbrachte ich den Großteil des Montags gemeinsam mit meiner Mom an der Kasse des Weihnachtsbaumverkaufs. Für einen Wochentag liefen die Geschäfte gut, wobei ich so kurz vor Weihnachten auf mehr gehofft hatte. Es gab immer noch zu viele bereits gefällte Tannen, die noch nicht verkauft waren, und Dutzende mehr, die zur Ernte bereit, aber noch nicht gefällt waren.

Ich musste der Tatsache ins Auge blicken, dass es nicht gut aussah.

Wie üblich bestand meine Reaktion darauf darin, noch härter zu arbeiten. Wenn bei den Weihnachtsbäumen nicht viel los war, kümmerte ich mich um die Rentiere, schippte Schnee, suchte die schönsten Tannenzweige zusammen, um neue Kränze zu binden, und plauderte mit den Besuchern, wobei ich versuchte, die fröhliche Weihnachtsstimmung aufrechtzuerhalten.

Am Ende des Tages schlurfte ich müde und hungrig im Dunkeln zu meinem Cottage zurück. Ich fragte mich, wo Elias den ganzen Nachmittag über gewesen war. Seit dem Mittag hatte ich ihn nicht mehr gesehen.

Der Kuss am Samstag im Stall – und die anderen, die diesem so ähnlich gewesen waren – brannte heiß in meiner Erinnerung. Genau wie die Nächte, die wir zusammen verbracht hatten. Ich wusste nicht, was das alles bedeutete – ob es überhaupt etwas bedeutete –, aber je mehr Zeit wir miteinander verbrachten, desto mehr sehnte ich mich nach ihm.

Und desto mehr wünschte ich mir, dass er blieb.

Doch solche Gedanken würden mich und mein Herz nur in Schwierigkeiten bringen. Ernsthafte Schwierigkeiten.

Die Verandabeleuchtung war ausgeschaltet, doch hinter dem vorderen Fenster brannte Licht. Ja, es funkelte geradezu. An der Haustür hing ein Kranz mit einer dicken roten Schleife, den ich dort nicht hingehängt hatte. Ich war so sehr auf die Arbeit konzentriert gewesen, dass ich mein Haus noch gar nicht geschmückt hatte. Vielleicht war meine Mutter hier gewesen, das wäre typisch für sie.

Als ich eintrat, stockte mir der Atem. Im Wohnzimmer stand ein wunderschön geschmückter Weihnachtsbaum. Weiße, strahlende Lichter wurden von glänzenden Kugeln reflektiert. Unter dem Baum lag sogar eine Weihnachtsdecke, und ein goldener Stern zierte seine Spitze.

So sehr ich Weihnachten auch liebte, ich hatte nur selten einen eigenen Baum. Irgendwie schien ich dafür nie die Zeit zu finden, und auch wenn ich mir jedes Jahr einredete, dass es keine große Rolle spielte, wachte ich doch am Weihnachtsmorgen immer ein wenig traurig auf, weil ich keinen Baum hatte, den ich bewundern konnte.

Nun stand ich hier im Türrahmen und starrte mit offenem Mund auf den wunderschönen Baum. Ich merkte nicht mal, dass ich durch die offene Tür eisige Luft hereinließ.

Elias kam mit zwei Bechern in den Händen aus der Küche. »Gefällt er dir?«

»Er ist wunderschön.« Ich blickte zwischen ihm und dem Baum hin und her. »Warte mal. Hast du das gemacht?«

»Ja. Aber eigentlich ist Maddie schuld. Sie hat sich beschwert, dass du keinen Weihnachtsbaum hast.«

Ich lachte. »Ich will immer einen aufstellen und komme doch irgendwie nie dazu.«

»Ja, das dachte ich mir.« Er zeigte mit einem der Becher auf die Tür. »Die solltest du vielleicht besser zumachen.«

»Oh.« Ich drehte mich um und schloss die Tür. Dann zog ich Mantel und Stiefel aus. Elias reichte mir einen Becher – heißer Kakao mit Schlagsahne und Streuseln. »Danke. Das ist wirklich nett.«

Er zuckte mit den Schultern, als wäre es keine große Sache. »Ich dachte nur, dass du vielleicht gern einen Baum hättest. Deine Mutter hat mir gezeigt, wo du die Deko aufbewahrst. Du hattest keinen Stern, also habe ich im Weihnachtsdorf einen gekauft. Da habe ich auch noch ein paar schöne Stücke gefunden. Es ist ziemlich praktisch, direkt neben einem Weihnachtsdorf zu wohnen, wenn man auf solche Dinge steht.«

Sein nonchalanter Ton ließ mich lachen. Er tat nach wie vor ziemlich grummelig, was Weihnachten anging, aber ich durchschaute ihn.

Wir setzten uns mit unseren Bechern auf die Couch. Elias hatte im Ofen ein Feuer angezündet und die restlichen Lampen ausgeschaltet, so dass wir nur vom Schein des Feuers und des Weihnachtsbaums beleuchtet wurden. Es war so gemütlich und weihnachtlich, dass mein Herz anschwoll. Ich rutschte näher an Elias heran, damit ich den Kopf an seine Schulter lehnen konnte, und zog die Beine auf das Polster.

»Danke.«

»Gern geschehen.« Er schwieg einen Moment. »Frohe Weihnachten, Belle.«

Ich atmete tief ein, genoss die Wärme des Bechers in meiner Hand, seinen Körper neben meinem und den Klang meines alten Kosenamens auf seinen Lippen. »Frohe Weihnachten, Elias.«

Lange saßen wir schweigend da, nippten an unserem Kakao und lauschten dem Knacken des Feuers im Ofen. Die Anspannung in meinem Körper löste sich allmählich, und der Stress des Tages schmolz dahin. Darunter erwachte ein anderes Gefühl zum Leben.

Verlangen.

Als könnte er meine Gedanken lesen, nahm Elias mir den Kakao ab und stellte beide Becher auf den Wohnzimmertisch. Dann drehte er mich auf den Rücken und glitt zwischen meine Beine.

Als er mich küsste, spürte ich, dass etwas anders war. An den meisten Abenden fielen wir mit einer solchen Dringlichkeit übereinander her, als ginge es nur darum, unsere Lust zu befriedigen.

Doch das hier war nicht dringlich. Sein Kuss war langsam und ausgiebig. Ich genoss das Gefühl seiner Lippen, seiner Zunge. Mit den Händen erkundete ich die harten Muskeln an seinen Schultern und seinem Rücken, wobei ich tief seinen Duft einatmete.

Er war so männlich. Seine tiefe Stimme, die starken Hände und die Art, wie sein Körper sich gegen meinen presste, ließen meine Hormone vollkommen durchdrehen. Mir wurde ganz schwindelig vor Verlangen. Ich wollte ihn, alles an ihm, und zwar jetzt.

Und wieder reagierte er, als wüsste er genau, was ich brauchte. Er zog mir das Hemd aus und bedeckte meine Haut mit heißen Küssen. Ich zerrte an seiner Kleidung. Ich brauchte mehr – mehr Haut, mehr Kontakt, mehr Hitze.

Als unsere Körper sich vereinigten, überwältigten mich die Emotionen. Ich schob ihm meine Hüften entgegen, und mein Stöhnen mischte sich mit dem leisen Knacken des Feuers. Mit einem tiefen Seufzen drang Elias in mich ein und machte mich zu der Seinen.

Er gab mir alles, was ich brauchte, und noch so viel mehr.

Unsere Bewegungen wurden schneller, und ich klammerte mich an ihm fest. Es war, als würden wir uns nicht nur auf körperlicher, sondern auch auf seelischer Ebene vereinen. Wir bewegten uns im Einklang, stöhnten gemeinsam, atmeten zusammen. Die Intensität dieses Gefühls trug mich in unbekannte Höhen, und ich ließ es zu, ohne an die Konsequenzen zu denken.

Heute Abend gehörte ich ganz ihm.

Der Blick seiner durchdringenden grünen Augen traf meinen, und unsere Bewegungen wurden langsamer. Schwer atmend sahen wir uns an, heiß und bereit zu explodieren – doch in diesem Moment spürte ich etwas. Das hier war nicht mehr nur Sex. Wir waren nicht hier, um unsere Lust zu stillen und danach einfach weiterzumachen.

Beinahe hätte ich es gesagt. Beinahe hätte ich den Worten, die mein Herz flüsterte, eine Stimme gegeben.

Ich liebe dich.

Doch ich tat es nicht. Die Angst hielt mich zurück, und statt mich der Unsicherheit zu überlassen und alle Vorsicht in den Wind zu schlagen, griff ich erneut nach dem Verlangen, das uns hierhergebracht hatte. Ich fuhr mit den Fingern durch Elias' Haare und zog seinen Kopf für einen weiteren Kuss zu mir heran. Dann bog ich die Hüften und stöhnte an seinem Mund.

Er antwortete, indem er mit neuer Kraft in mich eindrang. Ich schloss die Augen und ließ mich von meinem Orgasmus überrollen, verlor mich in purer Lust. Ich spürte, wie auch Elias seinen Höhepunkt erreichte und mich noch einmal mitriss.

Danach blieben wir schwer atmend liegen. In Elias' Augen spiegelten sich die Lichter des Weihnachtsbaums. Er strich mir das Haar aus der Stirn und setzte kleine Küsse auf meine Lippen.

Ungekannte Gefühle stiegen in mir auf. Ich fühlte mich so verletzlich. Ich war ihm so nahe und doch so verängstigt. Er strich mit seiner Nase über meine und küsste mich erneut, als hätte er keine Eile, sich von mir zu lösen.

Ich wünschte mir, dieser Moment möge niemals enden.

Nach ein paar weiteren Küssen stand er schließlich auf. Mir war warm, und ich fühlte mich angenehm matt, als würde ich auf einer Wolke der Glückseligkeit schweben. Ich konnte mich nicht erinnern, mich jemals so zutiefst befriedigt gefühlt zu haben.

Wir zogen uns an und bereiteten ein schnelles Abendessen zu. Doch der ganze Abend war von dem Gefühl durchzogen, dass etwas sich verändert hatte. Elias suchte immer wieder meine Nähe, strich mir die Haare zurück, küsste mich auf den Hals, zog mich in seine Arme, so vertraut und nah. Es war, als hätten wir unsere Beziehung – so es denn eine Beziehung war – wortlos auf die nächste Ebene gehoben.

Ich wusste nicht, was genau hier geschah, aber ich wollte den Bann nicht brechen.

Müde von einem langen Tag gingen wir früh ins Bett. Ich kuschelte mich in Elias' Arme, presste mich an ihn und versuchte zu ignorieren, dass mein Herz ein wenig unstet schlug. Ich würde das hier genießen, solange es anhielt. Und heute Nacht konnte ich kaum mehr verlangen.

Als ich aufwachte, war mir kalt.

Meine Zehen schauten unter der Bettdecke hervor, also zog ich die Knie an. Durch den schmalen Schlitz in den Vorhängen fiel kein Licht, und ich sagte mir, dass es noch mitten in der Nacht war und ich wieder einschlafen sollte.

Als ich mich umdrehte, um eine bequemere Position zu finden, wurde mir klar, warum mir so kalt war: Ich war allein.

Wo war Elias?

Hatte ich mich schon so an seine Anwesenheit in meinem Bett gewöhnt, dass ich von seiner Abwesenheit erwachte?

Mein Gehirn war zu müde, um darüber nachzudenken, was das wohl bedeutete. Ich blickte zur Badezimmertür, aber die stand offen, und das Licht war aus. Da war er also nicht.

Ich schlug die Decke zurück, zog mir einen Morgenmantel über und schlich aus dem Zimmer. Im Haus war es bis auf den Weihnachtsbaum dunkel – Elias musste ihn wieder angeschaltet haben. In der Küche sah ich den Schimmer eines Laptops. Elias saß vor seinem Computer am Esstisch, neben sich den aufgeklappten Aktenkoffer und ein paar Dokumente.

Er arbeitete. Ich war davon ausgegangen, dass er sich die Woche über freigenommen hatte. Dabei hatte er mir tagsüber auf der Farm geholfen und war nachts noch lange wach geblieben, um seinen eigentlichen Job zu machen.

All das hatte er für mich getan, ohne ein Wort darüber zu

verlieren. Ohne sich zu beschweren oder im Gegenzug etwas von mir zu verlangen. Sicher, wir hatten miteinander geschlafen, aber Elias würde ganz sicher kein solches Opfer eingehen, nur um eine Frau ins Bett zu kriegen.

Hieß das, dass er mich wirklich wollte?

So hatte es sich vorhin definitiv angefühlt. Als er in mir gewesen war und mich mit dieser Intensität in den Augen angeschaut hatte. Und jetzt das hier? In Tilikum zu bleiben, um einen Job zu machen, der nicht seiner war, während seine eigene Karriere auf dem Spiel stand?

Ich war sprachlos.

Etwas tief in meinem Inneren, das über Gefühle hinausging, wollte Elias.

Aber ich wollte ihn nicht für eine Nacht oder ein Wochenende oder ein paar Wochen, während er auf der Farm aushalf.

Ich wollte ihn ganz. Alles von ihm.

Was bedeutete, dass ich wirklich ein Weihnachtswunder brauchte. Nicht nur, um die Farm zu retten, sondern auch, um mein Herz zu retten. Denn so wäre es viel zu leicht für Elias, es erneut zu brechen.

30. KAPITEL

Elias

Isabelle rührte sich im Schlaf und weckte mich damit. Ich stöhnte, denn ich war noch nicht bereit aufzuwachen. Im Zimmer war es dunkel, aber vermutlich war es bereits früher Morgen, was bedeutete, sie würde bald aufstehen.

Ich schlang einen Arm um ihre Taille und zog sie an mich. Sie atmete tief aus und entspannte sich. Ein Hauch von winterlicher Kälte lag in der Luft, doch so zusammengekuschelt im Bett war es gemütlich und warm.

Nach einigen Minuten rührte sie sich wieder. »Guten Morgen.«

»Guten Morgen«, sagte ich mit vor Schlaf rauer Stimme.

»Ich sollte vermutlich aufstehen, auch wenn ich es wirklich nicht will.«

Ich drückte einen Kuss auf ihre Schulter. »Ich auch nicht.«

Wir blieben noch eine Weile liegen, doch schließlich mussten wir aufstehen. Wir hatten einen arbeitsreichen Tag vor uns.

Mit Isabelle in meinen Armen aufzuwachen, befriedigte ein tiefes Bedürfnis in mir, das ich sehr lange ignoriert hatte. Das Bedürfnis nach einer Verbindung. Vor langer Zeit hatte ich es einmal gewagt, diesem Bedürfnis nachzugeben, und einen hohen Preis dafür gezahlt. Ich wusste nicht, ob ich bereit – oder gewillt – war, so ein Risiko noch einmal einzugehen. Und doch war ich hier.

Während Isabelle sich anzog, trank ich einen Kaffee und las meine E-Mails. Fast rechnete ich damit, eine Nachricht von Nigel zu finden, in der er mir mitteilte, dass er mich von dem Projekt abziehen würde, um es Damien zurückzugeben. Konnte es sein, dass Damien deswegen nach Tilikum gekommen war? Hatte Nigel ihm die Beförderung versprochen, wenn er den Deal abschloss?

Wenn Nigel gewillt gewesen war, mir das Projekt zu übergeben, um zu kriegen, was er wollte, war er sicher auch ebenso schnell bereit, es mir wieder wegzunehmen.

Was bedeutete, dass ich mir verdammt nochmal etwas einfallen lassen musste.

Viel länger würde ich es nicht mehr leugnen können, vor allem, nachdem Damien mich auf der Farm gesehen hatte. Ich war seit über einer Woche nicht mehr im Büro gewesen. Ich schlief mit der Frau, die ich zum Verkauf der Farm überreden sollte. Und je länger ich Seite an Seite mit ihr arbeitete, desto weniger war ich davon überzeugt, tun zu können, wofür ich hierhergekommen war.

Ich hatte nach anderen Grundstücken gesucht, die für den Bau eines Rechenzentrums passen konnten. Es schien sogar mehrere solide Optionen zu geben. Eine lag nicht weit von Tilikum entfernt in nördlicher Richtung. Das Gelände war nicht ganz so optimal wie dieses hier, aber nach allem, was ich gelesen hatte, würde es gehen.

Warum hatte Nigel seine Pläne, die Farm der Cooks zu kaufen, nicht schon längst aufgegeben und sich für das andere Grundstück entschieden?

Vermutlich aus Kostengründen. Obwohl das andere Grundstück tatsächlich zum Verkauf stand, war der Preis höher als der, den wir vermutlich den Cooks zahlen würden. Trotzdem … wenn ich Neil das Ganze schmackhaft machen und den Verkäufer noch ein wenig im Preis drücken konnte, würde das gleich mehrere Probleme auf einmal lösen.

Isabelle kam in einem langärmligen Hemd und diesem verdammten, viel zu sexy Jeansoverall aus dem Bad.

Sie schlang mir von hinten die Arme um den Hals und beugte sich vor. »Ich gehe dann mal.«

»Ich muss mich hier erst noch um ein paar Dinge kümmern.«

»Kein Problem.« Sie gab mir einen Kuss auf die Wange. »Wir sehen uns später.«

Ich machte mich an die Ausarbeitung eines Vorschlags für das andere Grundstück. Die Daten waren vielversprechend, aber ich musste persönlich hinfahren und mir alles anschauen, um sicherzugehen, dass es keine Probleme gab, die ich übersehen hatte.

Mein Handy vibrierte. Es war eine Nachricht von Alice, die mich wissen ließ, dass sie heute nicht zur Arbeit kommen konnte. Normalerweise hätte ich wegen der Unannehmlichkeiten, die sie mir damit bereitete, gegrummelt, aber aus irgendeinem Grund schoss mir ein anderer Gedanke durch den Kopf: Gab es irgendein Problem?

Ging es um Maddie?

Anstatt zurückzuschreiben, rief ich sie an.

»Bitte mach mir keine Vorwürfe, weil ich nicht komme«, sagte sie anstelle einer Begrüßung.

»Deswegen rufe ich nicht an. Was ist los? Geht es Maddie gut?«

»Ich glaube, sie hat eine Mittelohrentzündung. Wir sind auf dem Weg zum Arzt.«

»Ist das normal? Wird sie wieder gesund?«

»Ja. Kinder bekommen manchmal Mittelohrentzündungen. Das tut weh, geht aber wieder weg.« Sie hielt kurz inne. »Hör mal, ich habe keine Krankheitstage mehr, also …«

»Mach dir darüber keine Gedanken. Ich kümmere mich darum.«

»Danke«, sagte sie mit vor Erleichterung belegter Stimme. »Ich melde mich später bei dir.«

Ich verabschiedete mich und legte auf. Trotz Alices Versicherung, dass Maddie wieder gesund werden würde, machte ich mir Sorgen um die Kleine.

Und was war eigentlich mit ihrer Physiotherapie? Hatte ihr beschissener Vater seinen Teil der Rechnung bezahlt?

Da ich in dieser Sache im Moment ohnehin nichts unternehmen konnte, beschloss ich, zu dem anderen Grundstück rauszufahren und ein paar Fotos zu machen. Ich rief den Makler an und ließ mir noch ein paar Informationen geben. Er erklärte, ich könne mir das Grundstück gern ansehen. Die Grenzen seien auf einer Seite deutlich mit Markierstöcken und auf der anderen Seite mit einem Maschendrahtzaun gekennzeichnet. Ich würde ein paar Fotos machen, um sie meinem Vorschlag beizulegen, und versuchen, Nigels mögliche Einwände vorwegzunehmen. Das hier musste hieb- und stichfest sein, wenn es funktionieren sollte.

Als ich an dem Grundstück ankam, lag es zwar unter einer Schneedecke, aber ich konnte trotzdem sehen, dass es für unsere Zwecke geeignet war. Es bestand zum größten Teil aus einem leeren, relativ flachen Feld, das nur zum hinteren Ende hin einen Hügel hinauflief und keine Gebäude aufwies, die abgerissen werden müssten. Zudem lag es zentral genug, dass die

Mitarbeiter in Tilikum oder einer der anderen umliegenden Städte wohnen könnten.

Das hier wirkte wie ein Volltreffer, und dennoch zog Nigel die Farm der Cooks vor. Hatte ich etwas übersehen? Zugang zu Infrastruktur? Baukosten?

Ich würde tiefer graben und es herausfinden müssen.

Zurück im Auto checkte ich aus Gewohnheit meine E-Mails. Ich hatte eine Nachricht von der Personalabteilung bekommen bezüglich Alices Gehaltserhöhung.

Sie war abgelehnt worden.

Was zum Teufel? Warum?

Zorn stieg in mir auf. Das hier war Bullshit. Ich musste Nigel anrufen und …

Nur konnte ich mich nicht wütend bei ihm beschweren, solange ich weiterhin sein Wohlwollen brauchte. Und das brauchte ich, sonst würde er meinen Vorschlag für das neue Grundstück ablehnen, bevor ich überhaupt meine Argumente vorbringen konnte.

Um zu bekommen, was ich wollte, musste ich wieder mal gute Miene zum bösen Spiel machen. Das mit Alices Gehalt würde ich später klären. Ich hatte keine andere Wahl.

Sauer war ich trotzdem.

Missmutig fuhr ich nach Tilikum zurück. Die Weihnachtsdekoration in der Stadt zerrte an meinen Nerven. Mussten sie wirklich jede einzelne Straßenlaterne mit einer Zuckerstange schmücken? Was hatte das für einen Sinn?

Jeder Kranz, jede Lichterkette verstärkte meine Gereiztheit. Der städtische Weihnachtsbaum im Lumberjack Park ließ mich mit den Zähnen knirschen, und als ich eine Gruppe Sternsinger auf dem Bürgersteig sah, wollte ich mitten auf der Straße anhalten und ihnen sagen, sie sollten verdammt nochmal die Klappe halten und aufhören, den Leuten auf die Nerven zu gehen.

Und dann sah ich ihn. Diesen Mistkerl Damien Barrett.

Als ich an ihm vorbeifuhr, verschwand er gerade im Copper Kettle, aber ich hatte keinen Zweifel daran, dass er es war. Warum war er noch in Tilikum? Er hätte gestern abfahren sollen, nachdem ich ihn aus dem Weihnachtsdorf gescheucht hatte.

Und so war es keine große Überraschung, als kurz darauf mein Handy klingelte und ich Nigels Namen aufleuchten sah. Natürlich musste er mich ausgerechnet jetzt anrufen.

Nach einem tiefen Atemzug, um mich zu sammeln – *spiel einfach mit, Elias* –, nahm ich den Anruf an. »Stoneheart.«

»Bist du im Büro?«

»Nein. Ich bin außer Haus, aber ich kann …«

»Ist schon gut. Wir können das auch übers Telefon machen.«

Mist. Was wollte er übers Telefon machen? »Klar. Was brauchst du?«

»Ich habe heute Morgen mit Damien gesprochen. Offenbar ist er in Tilikum, um mit den Cooks zu sprechen. Aber ich schätze, das weißt du bereits.«

Ich beschloss abzuwarten, worauf das hier hinauslief, bevor ich eine Erklärung anbot. »Ja.«

»Er meint, er hätte gesehen, dass du auf der Farm geholfen hast. Stimmt das?«

»Ja, aber …«

»Interessanter Ansatz«, unterbrach er mich. »Unkonventionell, aber interessant. Ich bin beeindruckt. Aber …« Seine Pause fühlte sich unheilverkündend an. »Wenn du dem Abschluss des Deals immer noch nicht nähergekommen bist, werde ich das Projekt an Damien zurückgeben. Er scheint zu glauben, dass er die Unterschrift noch vor den Feiertagen kriegen kann.«

»Er ist ein Idiot.«

Nigel lachte. »Dasselbe hat er über dich gesagt.«

»Da bin ich mir sicher. Ich war gestern dabei, als er Isabelle Cook angesprochen hat. Sie wollte ihm nicht mal die Hand schütteln, geschweige denn, sich mit ihm zusammensetzen.«

»Die Farm gehört nicht ihr, sondern ihren Eltern.«

»Das weiß ich. Aber die drei stehen sich sehr nah. Tatsächlich ist es Isabelle, die die Entscheidungen trifft.«

Aber sie alle hatten so viel zu verlieren.

»Dieses Projekt ärgert mich jetzt lange genug. Ich würde Weihnachten gern mit meiner Familie verbringen, ohne mir Gedanken darüber machen zu müssen, wo ich dieses verdammte Rechenzentrum bauen werde. Das hier hätte schon vor Monaten geklärt sein sollen.«

»Vielleicht ist es an der Zeit, andere Optionen in Betracht zu ziehen.«

»Nein.« Seine Stimme hallte wie ein Peitschenschlag durch die Leitung. »Ich will diese Farm.«

Kurz überlegte ich, ihm zu widersprechen. Aber ich saß im Auto und war gerade nicht in der Lage, überzeugende Argumente für alternative Grundstücke anzubringen. Außerdem wollte ich das lieber persönlich tun. Es war immer leichter, von Angesicht zu Angesicht mit Nigel zu sprechen.

»Dann muss Damien sich zurückziehen. Wenn er noch mal auf der Farm auftaucht, wird sie das nur noch mehr reizen. Sie mögen ihn nicht, und ich kann dir garantieren, dass sie nicht mit ihm verhandeln werden. Wenn du willst, dass das hier klappt, musst du die Sache mir überlassen.«

»Na gut. Aber ich will den unterschriebenen Vertrag vor Weihnachten auf dem Tisch haben.«

Ich schluckte hart, antwortete aber mit ruhiger Stimme: »Verstanden.«

Er legte auf, und ich ließ langsam die Luft aus meiner Lunge.

Was zum Teufel sollte ich jetzt machen?

31. KAPITEL

Isabelle

Im Copper Kettle lief fröhliche Weihnachtsmusik, und die Kellner eilten mit Tabletts voll köstlich duftender Teller durch das Restaurant. Die Lichterketten blinkten, und am Eingang stand ein süßer kleiner Weihnachtsbaum, der mit Eicheln, Schleifen aus rot kariertem Stoff und winzigen hölzernen Eichhörnchen geschmückt war.

Marigold saß mir gegenüber und blätterte glücklich in einer Mappe.

Einer Hochzeitsmappe. Für Annika und Levi.

Die ganze Stadt war in Aufruhr, seit Levi Bailey sich getraut hatte, Annika Haven einen Antrag zu machen. Nicht nur, weil eine Haven und ein Bailey heiraten wollten – niemand hätte geglaubt, dass so etwas je passieren würde –, sondern auch, weil sie es schon so bald tun würden. Genauer gesagt an Neujahr.

Das Datum stand symbolisch für Neuanfänge, und schon allein deshalb fand ich es perfekt. Die beiden waren so verliebt und so bereit, ihr gemeinsames Leben zu beginnen. Und Marigold war im Hochzeitsplanerhimmel, auch wenn es zeitlich wahnsinnig knapp war.

»Alles fügt sich wunderbar«, erklärte sie und klappte die Mappe zufrieden lächelnd zu.

»Hat irgendjemand daran gezweifelt?«

»Nun ja, ich. Zumindest anfangs. Auch wenn ich eine gute Herausforderung liebe.«

Ich lächelte. »Ja, das ist offensichtlich. Ich freue mich, dass alles klappt.«

»Es hilft natürlich, dass Annika so entspannt ist und Levi sie einfach nur heiraten will. Die Einzelheiten interessieren die beiden nicht allzu sehr, was mir eine gewisse Flexibilität erlaubt.«

»Das ist so romantisch, oder? Zwei verfeindete Familien, die von der Liebe zusammengeführt werden?«

Sie seufzte. »Wahnsinnig romantisch. Ich liebe einfach alles daran. Ganz ehrlich, ich finde, jemand sollte ein Buch darüber schreiben.«

»Ich würde es lesen.«

»Ich auch. Und danke noch mal, dass du dir die Zeit für ein Mittagessen mit mir nimmst. Ich weiß, dass du gerade extrem viel zu tun hast, aber es ist so schön, dich zu sehen.«

»Ich bin froh, dass du angerufen hast. Ich brauchte tatsächlich eine Pause, aber du weißt, dass ich sie mir selbst niemals nehmen würde.«

»Wahre Worte. Hat dir in letzter Zeit mal jemand gesagt, dass du zu hart arbeitest?«

Ich hob den Blick, als stünde die Antwort auf ihre Frage vielleicht an der Decke. »Heute noch nicht.«

»Dann betrachte das hier als Erinnerung.«

»Danke, Mari. Wobei, um fair zu sein: Ich habe mich nicht so totgeschuftet wie üblich. Ich hatte ein Extrapaar Hände, die mit angepackt haben.«

»Tatsächlich?«

»Ja. Nach dem Sturz meines Vaters hat Elias angeboten einzuspringen, und seitdem hat er jeden Tag mitgeholfen.«

»Elias hat auf der Farm geholfen? Machst du Witze?«

»Nein. Und ich muss ehrlich zugeben, dass er wahnsinnig heiß ist, wenn er Weihnachtsbäume und Strohballen herumwuchtet.«

»Es fällt mir schwer, mir das vorzustellen.«

Ich lachte. »Ich weiß. Aber früher hat er oft auf der Farm ausgeholfen, und wie es scheint, hat er nichts davon vergessen.«

»Warte mal.« Sie beugte sich vor und senkte die Stimme. »Du schläfst mit ihm, oder?«

Ich schnaubte, als hätte sie mir gerade vorgeworfen, allen Kindern in der Stadt erzählt zu haben, dass der Weihnachtsmann nicht echt war. »Natürlich nicht.«

Sie zog die Augenbrauen hoch.

»Na gut. Ja. Er hat die letzten Wochen bei mir gewohnt.«

»Ich weiß, dass ich dich nicht ermahnen muss, vorsichtig zu sein. Aber meine liebe Freundin, ich hoffe, dass du es bist. Und damit meine ich nicht nur die Verhütung, aber die auch.«

»Ich bin, was beides angeht, so vorsichtig, wie ich nur sein kann.« Ich seufzte. »Mir ist bewusst, dass ich hier ein großes Risiko eingehe. Vielleicht ist alles vorbei, sobald er nach Hause zurückkehrt, und es stellt sich heraus, dass es nur Sex war.«

»Und damit kämst du klar?«

»Ich höre die Skepsis in deiner Stimme.«

»Tja, kannst du es mir verdenken? Du hast ihn mal geliebt, und nun ist er unter ziemlich windigen Umständen wieder in dein Leben zurückgekehrt.«

»Du hast vollkommen recht, und ich weiß, dass ich vorsichtig sein muss. Wie dumm wäre es, sich von ihm wieder das Herz brechen zu lassen?«

«Ich würde dich niemals als dumm bezeichnen, selbst wenn

er dir noch mal das Herz bricht. Wobei, wenn er das tut, brauche ich deine Erlaubnis, ihn umzubringen.«

Ich neigte den Kopf und sah sie an. »Mari, du bist der süßeste Mensch der Welt. Du könntest einen anderen Menschen gar nicht umbringen.«

Sie zuckte mit den Schultern. »Ich würde einen Weg finden. Versucht er immer noch, die Farm zu kaufen, oder hat er beschlossen, euch damit in Ruhe zu lassen?«

»Darüber haben wir nicht viel geredet.« Ich seufzte. »Sein dämlicher Kollege ist gestern auf der Farm aufgetaucht, worüber Elias nicht sehr glücklich war.«

»Was ist passiert?«

»Der Kerl hat mich am Arm gepackt, als ich gehen wollte, und Elias ist dazugekommen und hat ihn weggeschubst.«

»Ich weiß, ich sollte das jetzt nicht sagen, aber das ist irgendwie heiß.«

»Ich bin froh, dass du das sagst, denn ich habe dasselbe gedacht.«

Sie lachte. »Wie ist das Weihnachtsdorf dieses Jahr gelaufen? Glaubst du, es reicht, um euch über das nächste Jahr zu bringen?«

»Ich weiß es nicht. Irgendwie fürchte ich mich davor, auf die Zahlen zu schauen.«

»Es tut mir leid, dass du dich damit herumschlagen musst.« Sie drückte meine Hand. »Aber ich glaube an dich.«

»Danke.«

Ihr Handy vibrierte, und sie warf einen Blick aufs Display. »Oh, sorry. Das hier ist wegen der Hochzeit, da muss ich rangehen.«

»Natürlich. Kein Problem.«

Marigold stand auf und ging, sich den Mantel überziehend, nach draußen, um ihren Anruf entgegenzunehmen.

Gerade, als sie durch die Tür trat, kam ein anderer Gast herein, und bei seinem Anblick blieb mir der Mund offenstehen. Es war Damien Barrett, der Idiot aus Elias' Firma.

Was machte er noch in Tilikum? Ich war davon ausgegangen, dass er wieder abgereist war, nachdem ich mich geweigert hatte, mit ihm zu reden – und nachdem Elias ihn in seine Schranken verwiesen hatte.

Die Hostess führte ihn zu der Nische direkt hinter meiner, doch er schien mich nicht gesehen zu haben. Sobald sie gegangen war, klingelte sein Handy, und er nahm ab.

Vielleicht empfand nur ich das als unhöflich, aber hätte er zum Telefonieren nicht rausgehen können, so wie Marigold? Als ob das gesamte Restaurant sein Telefonat mit anhören wollte.

»Hey, Nigel. Ja, bin ich.«

Nigel. Der Name kam mir bekannt vor. War das der Chef?

«Du weißt, dass du ihm nicht vertrauen kannst. Er ist ein Idiot.« Er klang genervt. »Das ist nicht wahr. Es ist eine heikle Angelegenheit, aber ich weiß, was ich tue.«

Ich fragte mich, ob er wohl über unsere Farm sprach. Worum auch immer es ging, ich war mir sicher, dass ich es eigentlich nicht hätte hören sollen. Aber was konnte ich dafür? Ich gab mir nicht mal Mühe zu lauschen.

»Er hat was gesagt?« Es entstand eine kleine Pause. »Er mag sich vielleicht bei ihnen eingeschlichen haben, aber das wird ihm nichts nützen. Ich denke nicht, dass sie sich davon täuschen lassen. Außer vielleicht die Tochter. Ich glaube, zwischen den beiden läuft was.«

Übelkeit breitete sich in mir aus. Die Tochter war offensichtlich ich. Bei ihnen eingeschlichen? Wollte er damit andeuten, dass Elias nur auf der Farm half, um uns zu manipulieren?

War das alles für ihn nur ein Mittel zum Zweck?

»Hier liegt ein eindeutiger Interessenskonflikt vor, Nigel. Das musst du doch sehen.«

Ich hatte keinen Grund, irgendetwas zu glauben, was dieser Damien sagte. Er wusste nicht, warum Elias wirklich hier war.

Wobei ich nicht sicher war, ob *ich* es wusste.

Vielleicht machte ich mir nur etwas vor, wenn ich glaubte, dass zwischen uns etwas Echtes aufkeimte. Vielleicht hatte er sich tatsächlich nur bei uns eingeschlichen, damit wir ihm vertrauten und dachten, er wäre auf unserer Seite.

Ich wollte nicht glauben, dass er dazu fähig war.

Doch ich hatte ihm schon einmal vertraut, und er hatte mich verlassen. Konnte ich ihm jetzt trauen?

Ich wusste nicht mehr, was ich denken sollte.

32. KAPITEL

Elias

Ställe auszumisten half mir nicht weiter.

Ich hatte mir ein Beispiel an Isabelle genommen und versucht, meinen Stress im Stall abzuarbeiten. Horace war in seiner Box und beäugte mich amüsiert oder feindselig – ich konnte es nicht sagen. Aber solange er auf seiner Seite des Verschlags blieb und ich auf meiner, würden wir miteinander klarkommen.

Ein Schweißtropfen lief mir über den Rücken. In der Luft hing der Staub vom Stroh. Den Geruch der Tiere um mich herum nahm ich dagegen kaum noch wahr. Seltsam … beim ersten Mal, als ich auf die Farm zurückgekehrt war, hatte er mich wie ein D-Zug getroffen, und jetzt bemerkte ich ihn kaum noch.

Die Geräusche aus dem Weihnachtsdorf drangen leise zu mir herüber. Leute schlenderten über die Wege, kauften Geschenke und genossen die angebotenen Backwaren und Süßigkeiten. Plötzlich fiel mir ein, dass ich gar kein Weihnachtsgeschenk für Isabelle hatte.

Sollte ich ihr eines besorgen? Würden wir Geschenke austauschen? Der bevorstehende Feiertag erinnerte mich daran, dass ich zwar nach wie vor mit Isabelle schlief, wir unsere Beziehung aber immer noch nicht definiert hatten. War es überhaupt eine Beziehung? Oder genossen wir nur vorübergehend die Nähe des anderen?

Was wollte ich von ihr? Und wichtiger noch: Was wollte sie von mir?

Ich nahm Stroh auf die Gabel, und Horace brüllte in meine Richtung.

»Halt den Mund, du Esel.«

Wieder brüllte er.

»Weißt du, ich muss dir nichts von dem Stroh geben. Ich könnte dich einfach da stehen und dein Fressen aus der Ferne betrachten lassen.«

Das ließ ihn verstummen.

Es gab noch einen weiteren Elefanten im Raum – eine Wahrheit, die noch größer war als die Farm.

Isabelle war meine Ex.

Wir hatten eine gemeinsame Vergangenheit, über die wir nie gesprochen hatten.

Und so gern ich auch glauben wollte, dass die Vergangenheit vorbei war, hatte ich doch das dumpfe Gefühl, dass der verrückte alte Harvey Johnston recht hatte: Die Vergangenheit würde mich einholen.

Und es gab nichts, was ich im Moment deswegen unternehmen konnte. Ich musste einen Weg finden, meine Karriere zu retten.

Wieder schrie Horace.

»Jaja, ich bin ja fast fertig.«

»Horace, sei ein guter Junge«, sagte Isabelle hinter mir.

Ich setzte die Mistgabel ab und drehte mich um. Wie so oft trug Isabelle keine Jacke, sondern nur ihren Overall und ein Flanellhemd darunter. »Ist dir nicht kalt?«

»Doch, aber es geht schon. Ich habe meine Jacke im Auto vergessen. Ich hole sie später.«

Irgendetwas stimmte nicht. Das sah ich in ihren Augen und in der Art, wie sie auf Distanz blieb. »Ist alles in Ordnung?«

»Ich weiß es nicht. Vermutlich. Ich sollte meine Jacke holen und mich an die Arbeit machen.«

»Belle.«

»Wirklich. Alles gut. Ich habe mit Marigold zu Mittag gegessen und hänge jetzt mit einer Million Dingen hinterher. Wir sprechen uns später.«

»Mach das nicht.«

»Was soll ich nicht machen?«

»Weggehen und so tun, als würde Arbeit alle Probleme lösen.«

Sie stemmte die Hände in die Hüften. »Und was machst du hier? Ich bin mir sicher, dass du nicht Stroh für Horace schaufelst, weil es dir so viel Spaß macht.«

Wie zur Antwort brüllte Horace erneut.

»Ich versuche bloß, einen klaren Kopf zu bekommen.«

»Und genau das habe ich auch vor.«

Ein Muskel in meinem Kiefer zuckte. Ich wurde gerade in zu viele verschiedene Richtungen gleichzeitig gezerrt – Isabelle, die Farm, Damien, Nigel – und wusste einfach nicht, wie das alles funktionieren sollte, wie ich bekommen würde, was ich wollte, ohne aufzugeben, was ich behalten wollte.

»Na gut, geh und ordne deine Gedanken«, sagte ich. Mein Handy klingelte, aber ich ignorierte es.

»Warum bist du hier?«

Der Ernst ihrer Worte ließ mich innehalten. Genau das war die Frage, nicht wahr? Warum war ich hier?

War ich hier, um Isabelle zu helfen? Oder versuchte ich bloß einen Weg zu finden, sie zum Verkauf der Farm zu bewegen, damit ich meine Beförderung bekam?

»Ich weiß es nicht.«

Die Enttäuschung in ihren Augen traf mich mitten ins Herz. »Damien ist noch in der Stadt. Ich habe vorhin gehört, wie er mit Nigel telefoniert hat. Das ist euer Chef, oder?«

»Ja.«

»Sie scheinen zu denken, dass das hier ein Insiderjob ist. Dass du nur Zeit mit uns verbringst, um einen Weg zu finden, an unser Land zu kommen.«

»Belle.«

»Ist das wahr, oder nicht?«

»Nicht komplett.«

»Was soll das heißen? Entweder es stimmt, oder es stimmt nicht.«

»Es ist komplizierter. Aber ich versuche nicht, dich zu manipulieren.«

»Hm, interessant. Beinahe hättest du mich getäuscht. Versuchst du noch, unser Land zu kaufen, oder nicht?«

Ich zögerte.

Und das war ein Fehler.

»Verdammt.« Sie spuckte das Wort förmlich. »Ich hätte es wissen müssen. Warum habe ich mich nur wieder auf dich eingelassen?«

»Belle, nein …«

»Hör auf, mich so zu nennen. Ich hätte wissen müssen, dass das hier ein Fehler ist.«

Wieder klingelte mein Handy. Verdammt. Ich zog es aus der Tasche und war schon fast bereit, es gegen die Wand zu schmeißen. Doch es war Alice.

Besorgt zog ich die Augenbrauen zusammen. Ich wusste bereits, dass sie wegen Maddies Mittelohrentzündung nicht im

Büro war. War etwas passiert? War es schlimmer, als sie gedacht hatte?

Obwohl die Lage hier mit Isabelle zu explodieren drohte, nahm ich den Anruf an. »Ist alles in Ordnung? Wie geht es Maddie?«

»Ihr geht es gut. Deswegen rufe ich nicht an. Ich habe gerade einen Anruf vom Anwalt deines Vaters bekommen.«

»Was wollte er?«

Sie atmete hörbar ein. »Elias, dein Vater ist gestorben.«

Ich zögerte, wartete auf eine Reaktion – Schock, Trauer, irgendetwas –, aber ich spürte nichts. »Wie? Wann?«

«Ein Herzinfarkt. Es ist schon vor ein paar Tagen passiert, aber er wurde nicht gleich gefunden. Es tut mir so leid. Der Anwalt bittet dich, ihn zurückzurufen. Du bist sein einziges verbliebenes Familienmitglied, und sie brauchen jemanden, der alle Entscheidungen trifft. Und dann ist da noch das Testament und so. Ich schicke dir seine Nummer.«

»Danke.«

»Geht es dir gut? Willst du reden?«

»Nein. Es geht mir gut. Ich kümmere mich darum.«

»Okay. Maddie lässt dich schön grüßen.«

Trotz allem ließ mich das beinahe lächeln. Aber nur beinahe. »Wie geht es ihrem Ohr?«

»Besser. Ein Heizkissen hilft, und die Wirkung des Antibiotikums sollte bald einsetzen. Lass mich wissen, wenn du Hilfe beim Organisieren der Reise oder bei sonst etwas brauchst. Das kann ich auch von zu Hause aus.«

»Konzentrier du dich ganz auf Maddie.«

Ich legte auf und steckte das Handy weg. Isabelle sah mich besorgt an.

»Was ist passiert?«, fragte sie.

»Mein Vater ist gestorben.«

»O mein Gott. Das tut mir so leid.«

»Ist schon gut. Wir standen uns nicht besonders nah.«

»Ich weiß. Aber das ist trotzdem hart.«

Nein, das war es nicht. Das hätte es sein sollen, doch ich fühlte nichts. »Ich muss seinen Anwalt anrufen. Wegen der Beerdigung und so.«

»Ja, natürlich. Kann ich dir bei irgendetwas helfen?«

»Nein. Ich mach das schon.«

Ohne ein weiteres Wort drehte ich mich um und ging.

Zwölf Stunden später war ich in New York.

Es war mitten in der Nacht, also fuhr ich ins Hotel und versuchte zu schlafen. Was zwecklos war. Ich starrte nur frustriert und unruhig an die Decke. Nach einer Stunde gab ich es auf. Im Zimmer auf und ab zu tigern, war auch nicht besser, aber ich konnte einfach nicht stillsitzen.

Ich empfand keinerlei Trauer um meinen Vater. Ganz offensichtlich stimmte etwas nicht mit mir, wenn ich nicht mal den Anflug von Traurigkeit über seinen Tod aufbringen konnte. Wir hatten nie wirklich eine Beziehung zueinander gehabt, aber er war trotzdem mein Dad gewesen. Sollte ich da nicht irgendetwas fühlen?

Maddie hatte behauptet, dass mein Herz schlug, aber ich war mir da nicht so sicher.

Irgendwann ging die Sonne auf. Ich duschte und zog mich an. Der Anwalt meines Vaters wollte sich mit mir in dessen Wohnung treffen, was mich aus Gründen, die ich nicht erklären konnte, mit Grauen erfüllte.

Als ich mein Hemd zuknöpfte, klingelte mein Handy. Es war meine Mutter. Ich atmete tief durch und nahm den Anruf an. Das würde interessant werden.

»Hi, Mom.«

»Elias, dein Vater ist tot.«

Was für eine Art, es mir auf sanfte Weise beizubringen. »Ja, das habe ich gehört. Ich bin schon in New York.«

»Gut. Ich bin froh, dass sie dich endlich angerufen haben. Ich habe ihnen gesagt, dass es nicht mein Problem ist. Dafür ist eine Scheidung schließlich da.«

»Wie meinst du das? Wann hast du davon erfahren?«

»Vor ein paar Tagen.«

»Und du hast mich nicht angerufen?«

»Nun, ich bin mir ziemlich sicher, dass das nicht meine Aufgabe ist. Der Anwalt sollte sich bei dir melden. Du bist immerhin der nächste Verwandte.«

Ich atmete langsam aus. Es hatte keinen Sinn, mich mit ihr zu streiten. »Sein Anwalt hat mich gestern angerufen. Ich kümmere mich um alles.«

»Gut. Ich will diesbezüglich keine weiteren Anrufe mehr bekommen.«

»Das wirst du nicht.«

Ich schenkte mir weitere Höflichkeiten und legte einfach auf. Sie wusste seit Tagen davon und hatte sich nicht bei mir gemeldet? Wer zum Teufel tat so etwas?

Offensichtlich meine Mutter.

Ich schob alle Gedanken an sie beiseite, verließ das Hotel und nahm ein Taxi zur Wohnung meines Vaters. Er hatte sie sich damals nach der Scheidung gekauft. Ich war noch nie dort gewesen. Sein Anwalt – ein Mann namens Diego Ridgeway –

hatte mir den Türcode geschickt, also wartete ich nicht, bis er auftauchte, sondern fuhr gleich mit dem Fahrstuhl nach oben und ging hinein.

In der Wohnung war es kalt. Ich schloss die Tür hinter mir und sah auf den Thermostat. Er war auf fünfzehn Grad eingestellt. Eine Erinnerung aus meiner Kindheit blitzte in mir auf. Mein Dad hatte mir damals gesagt, wenn mir kalt sei, solle ich einen Pullover überziehen, anstatt die Heizung wärmer zu stellen.

Trotz seines Reichtums war er immer geizig gewesen.

Seine Möbel waren alt und verwohnt, die Wände nackt. Es war definitiv nicht das, was man von einem Mann erwarten würde, dessen Vermögen in die Millionen ging.

Ich blickte mich um, aber es gab nicht viel zu sehen. Auf der Arbeitsfläche in der Küche standen nur ein paar benutzte Teller und eine leere Flasche Wein. Sein Arbeitszimmer war aufgeräumt und genauso kahl wie der Rest der Wohnung. Keine Fotos oder Kunstwerke. Nur ein Laptop und ein paar Briefe.

Das Bett im Hauptschlafzimmer war ungemacht. Dort war er gestorben. Allein. Ich betrat das Zimmer nicht.

Das Gästezimmer war bis auf ein paar Umzugskisten, die er offenbar nie ausgepackt hatte, leer. Wie lange standen die schon da? Sie waren nicht beschriftet, und ich machte mir nicht die Mühe nachzusehen, was darin war.

Als ich hörte, wie die Wohnungstür geöffnet wurde, ging ich nach vorn, um Diego zu begrüßen.

Wir schüttelten einander die Hand und stellten uns vor. Ich winkte seine Beileidsbekundung ab und musste ihm zugutehalten, dass er sofort aufs Geschäftliche zu sprechen kam.

»Danke, dass Sie so kurzfristig gekommen sind«, sagte er. »Ich entschuldige mich für die verspätete Kontaktaufnahme. Offenbar gab es ein Missverständnis mit Ihrer Mutter.«

»Sie nahmen an, sie würde mich anrufen, was sie nicht getan hat.«

»So in der Art.«

»Bei jedem anderen Menschen wäre Ihre Annahme richtig gewesen.«

Er zeigte zum Esstisch, und wir setzten uns.

»Ich bin mir nicht sicher, ob Ihr Vater sie bezüglich seiner Nachlassplanung auf dem Laufenden gehalten hat.«

»Das hat er nicht.«

»Ich verstehe.« Diego zögerte und tippte die Dokumente ein paarmal auf dem Tisch auf, bevor er fortfuhr. »Deshalb wollte ich mich persönlich mit Ihnen treffen. Als Testamentsvollstrecker ist es meine Aufgabe, dafür zu sorgen, dass seine Vermögenswerte gemäß seinen letzten Wünschen verteilt werden.«

»Natürlich.«

»Und ich verstehe, wenn Sie als sein einziges Kind davon ausgegangen sind, dass er diese Vermögenswerte Ihnen hinterlässt.«

»Ich nehme mal an, das bedeutet, er hat es nicht getan?«

»Richtig. Sein Vermögen soll zwischen mehreren Frauen aufgeteilt werden – Cynthia Lopez, Tiffany Park und Lorelei Oron. Kennen Sie eine dieser Frauen?«

»Nein.«

»Soweit ich es verstanden habe, hatte Ihr Vater mit jeder von ihnen eine Beziehung.«

»Gleichzeitig?«

»Ja.«

»Wissen sie voneinander?«

»Jetzt schon. Ob sie es vorher schon wussten, kann ich nicht sagen. Aber keine scheint sich groß für irgendetwas anderes zu interessieren als für das Geld, das er ihnen hinterlassen hat.«

»Unglaublich.« Ich schaute mich um. »Offensichtlich hat keine von ihnen hier gewohnt.«

»Nein. Er hat ihnen Wohnungen und Taschengeld für ihre Ausgaben zur Verfügung gestellt, und sie …« Er hielt inne, als würde er seine Worte sorgfältig abwägen. »Sie standen ihm zur Verfügung, wann immer er danach verlangte.«

Ich schüttelte langsam den Kopf. Typisch Vincent Stoneheart, lieber drei Geliebte als eine echte Beziehung.

Dass mein Vater mir keinen Cent hinterlassen hatte, hätte mich nicht überraschen sollen. Doch es traf mich tief – viel tiefer, als ich zugeben wollte. Sein Reichtum interessierte mich nicht. Was an sich schon eine erstaunliche Erkenntnis war, wie ich feststellte, während ich die Worte des Anwalts sacken ließ. Aber es stimmte – sein Geld interessierte mich überhaupt nicht. Vor ein paar Monaten wäre das noch anders gewesen.

Was schmerzte, war die Erkenntnis, dass er mich absichtlich nicht bedacht hatte. Er hatte alles, was er besaß, diesen drei Geliebten hinterlassen statt seinem einzigen Sohn.

Es gab nicht mehr viel zu sagen, also kümmerte ich mich um die Formulare vom Beerdigungsinstitut. Mein Vater hatte in seinem Testament verfügt, dass er keine Trauerfeier wollte, und es gab keinen Grund, diesen Wunsch nicht zu respektieren. Wenn eine der Frauen etwas zu seiner Erinnerung tun wollte, konnte sie das.

Diego ging, und ich wanderte ein letztes Mal durch die Wohnung. In ein paar Tagen oder Wochen würde sie ausgeräumt werden, seine Sachen verkauft oder gespendet. Es würde nicht lange dauern, bis all seine Spuren verschwunden waren und jemand Neues hier wohnte.

Und was für Spuren hatte er überhaupt hinterlassen? Was hatte er in seinem Leben getan, das es wert war, nicht vergessen zu werden? Er hatte ein kaltes, leeres Leben gelebt, und nun war er fort.

Mein Brustkorb zog sich schmerzhaft zusammen. Das hier war genau der Weg, den ich selbst auch eingeschlagen hatte.

Wie sehr ähnelte meine Wohnung der seinen? Sparsam möbliert, minimale Dekoration, kaum eine persönliche Note. Weil mein Leben zu Hause genauso kalt und leer war wie das meines Vaters.

Die letzten zehn Jahre war ich vom Erfolg besessen gewesen. Davon, mein Geld wie ein Pfennigfuchser zu horten. Macht, Einfluss und sozialen Status zu erringen. Ich hatte wichtig sein wollen – ein Mann mit Macht.

Aber dieser Weg führte direkt hierher. Zu Einsamkeit und Irrelevanz. Zu einem Tod, den niemand betrauerte. Ohne dass man etwas vorzuweisen hatte außer einer kalten, leeren Wohnung und einer Zahl auf dem Bankkonto.

Mit beinahe hektischer Dringlichkeit zog ich mein Handy heraus. Ich musste einen Flug buchen. Ich musste nach Tilikum zurück. Zurück zu Isabelle.

Ich musste alles richtigstellen, bevor es zu spät war.

33. KAPITEL
Isabelle

Es waren nur noch wenige Tage bis Weihnachten, und langsam verlor ich die Hoffnung.

Den ganzen Vormittag über hatte ich meiner Mutter bei der Buchhaltung geholfen, und die Zahlen sahen nicht gut aus. Durch die magere Ernte, die steigenden Kosten fürs laufende Geschäft und unsere Schulden lagen wir tief im Minus. Mein Glaube, dass ich, wenn ich nur noch härter arbeitete, die Probleme der Farm würde lösen können, stand auf immer wackligeren Beinen.

Doch die Saison war noch nicht vorbei. Jemand musste beim Weihnachtsbaumverkauf die Kasse machen, also ging ich hin, um eine Schicht zu übernehmen. Die kleine Bude hatte einen Elektroofen, was gut war, denn ich hatte mal wieder meine Jacke vergessen. Nachdem ich mich vergewissert hatte, dass es ausreichend heißen Kakao für die Nachmittagskundschaft gab, machte ich mich bereit, Weihnachtsbäume zu verkaufen.

Und verlor mich sofort in Gedanken an Elias.

Er war vor zwei Tagen abgereist, und ich hatte nur ein einziges Mal von ihm gehört – eine kurze Nachricht, in der er mich wissen ließ, dass er in New York angekommen war. Das mit seinem Vater tat mir leid. Dass sie eine angespannte, kaum existente Beziehung zueinander gehabt hatten, machte die Sache vermutlich nicht einfacher. Ehrlich gesagt fragte ich mich, ob das den Verlust nicht sogar noch schwerer machte, denn nun gab es keine Hoffnung mehr auf eine Versöhnung oder wenigstens einen Abschluss. Sein Vater war einfach nicht mehr da.

Zu sagen, dass ich von gemischten Gefühlen gequält wurde, wäre eine Untertreibung gewesen. Ich hatte tiefes Mitgefühl für Elias' Verlust, und einem Teil von mir gefiel es überhaupt nicht, dass er allein nach New York geflogen war, um sich um alles zu kümmern. Aber ich war nicht seine Freundin. So viel war klar. Ob ich nur ein Mittel zum Zweck war oder eher eine bequeme Ablenkung, wusste ich nicht. Aber ich wollte keins von beidem sein.

Ich war so wütend auf mich, dass ich diese Situation überhaupt zugelassen hatte.

Ein Klopfen am Fenster riss mich aus meinen Gedanken.

Eine Frau in grünem Jägerhut und schwarzem Wintermantel hielt das Preisschild von einem der Bäume hoch. »Haben Sie geöffnet?«

»Entschuldigen Sie. Ja. Ich habe wohl gerade von einer weißen Weihnacht geträumt.«

Sie reichte mir das Schild, und ich kassierte ab. »Frohe Weihnachten.«

»Frohe Weihnachten.«

Ich seufzte. Das war peinlich gewesen. Wie lange hatte ich wohl dagestanden, bevor sie ans Fenster geklopft hatte?

Ich brauchte eine Aufgabe, die mir nicht so viel Zeit zum Nachdenken ließ, Schnee schaufeln oder irgendwas reparieren oder so.

Nur konnte ich das nicht. Ich konnte die Farm nicht reparieren.

Und Elias auch nicht.

Hatte ich ihn deshalb wieder an mich herangelassen, obwohl ich wusste, dass es vermutlich ein Fehler war? Versuchte ich, ihn zu reparieren?

Ein weiterer Kunde kam, den ich zum Glück sofort bemerkte. Ich versuchte, nicht über unsere schleppenden Verkäufe oder die enttäuschenden Zahlen dieser Saison nachzudenken. Aber das war nicht so leicht. Ich hatte das Gefühl, als könnte mein Kopf sich nur entweder auf meine verwirrenden Gefühle für Elias oder auf den drohenden Untergang der Farm konzentrieren.

Beides waren keine sonderlich fröhlichen Themen.

Als hätte sie meine Gedanken gelesen, tauchte meine Mutter auf, um mich abzulösen. Ich umarmte sie und dankte ihr überschwänglich, denn langsam hatte ich das Gefühl, verrückt zu werden, wenn ich noch länger in dieser Hütte hockte.

Ich ging zum Weihnachtsdorf hinunter und zwischen den Buden und Dekorationen hindurch. Die Wege waren alle geräumt worden, und der zu beiden Seiten aufgehäufte Schnee verstärkte die festliche Atmosphäre. Ich wanderte an den Schlittschuh laufenden Pinguinen vorbei, den geschmückten Bäumen, den Kränzen, Schleifen und Zuckerstangen.

Hatte Elias recht, was das Dorf anging? War es eine Verschwendung von Ressourcen?

Es nahm ziemlich viel Platz ein. Im Laufe der Jahre hatten meine Eltern es immer wieder erweitert, hatten neue Buden aufgestellt und weitere Verkäufer eingeladen, ihre Ware hier anzubieten. Die Werkstatt des Weihnachtsmanns verzeichnete immer einen steten Kundenstrom. Die Leute brachten ihre Kinder oder Haustiere – oder beides –, um Fotos mit dem

Weihnachtsmann zu machen. Aber reichte das, um die Kosten des Gebäudes zu tragen? Den Strom? Die Instandhaltung?

Auf meinem Weg durchs Dorf betrachtete ich alles mit kalkulierendem Blick. Wofür kämpfte ich hier eigentlich? War es das wirklich wert?

Vielleicht hatten meine Eltern recht, und alles abzureißen war der einzige Weg. Denn welche Alternative gab es? Wenn wir die Farm verloren, verloren wir alles.

Irgendwann fand ich mich im Rentierstall wieder, wo ein paar der Tiere in ihren Boxen standen. Lolly, eine Rentierkuh, streckte die Nase über die Tür und hoffte auf etwas Aufmerksamkeit. Ich lehnte mich gegen den Pfosten und streichelte ihr weiches Fell.

»Wo würdet ihr hingehen, wenn ich euch ein neues Zuhause suchen müsste? Ihr gehört alle zur Familie. Ich kann mir nicht vorstellen, euch zu verlieren.«

Sie wippte mit dem Kopf, als würde sie mir zustimmen, auch wenn sie eigentlich nur wollte, dass ich sie weiter streichelte.

»Was würdest du tun, Lolly, hm? Würdest du weiterkämpfen oder dich dem Unvermeidlichen fügen?« Die nächste Frage sprach ich nicht laut aus: *Würdest du dein Herz für einen Mann riskieren, der deine Liebe vermutlich niemals erwidern wird?*

Ein Windstoß fegte durch den Stall, und ich erschauderte. Ich musste meine Jacke holen. Es war zu kalt, um nur in Hemd und Jeans herumzulaufen.

»Hast du schon wieder deine Jacke zu Hause vergessen?«, fragte eine Stimme hinter mir.

Elias.

Mein Herz machte einen Satz. Ich drehte mich um. »Ich dachte, du bist in New York.«

Er trug seinen Wollmantel, Anzughose und schwarze Schuhe. Es war seltsam, ihn wieder in seinem üblichen Aufzug zu sehen.

»Das war ich. Aber ich musste zurückkommen.«

»Hast du für deinen Vater alles arrangieren können?«

»Ja. Da war nicht viel zu tun.«

Ich nickte und wusste nicht recht, was ich sagen sollte. Der Drang, in seine Umarmung zu schlüpfen, ihn zu halten und von ihm gehalten zu werden, war beinahe überwältigend. Aber ich hielt mich zurück und schlang stattdessen die Arme um mich selbst, um mich zu wärmen.

Elias knöpfte seinen Mantel auf, zog ihn aus und trat dabei näher. »Hier.«

Ich wollte protestieren, doch er legte ihn mir bereits um die Schultern. Ich schlüpfte mit den Armen in die Ärmel und ließ mich von der Wärme und von Elias' Duft umfangen.

»Besser?«, fragte er.

»Danke.«

»Belle, ich muss mit dir reden.«

Sofort meldete sich mein Fluchtreflex, denn ich war mir nicht sicher, ob ich schon bereit war mir anzuhören, was er zu sagen hatte. Ich wollte den Mantel ausziehen, ihn Elias zuwerfen und gehen. Mich in der Arbeit verlieren, wie ich es immer tat.

Also fing ich an, seinen Mantel wieder auszuziehen. »Nicht jetzt. Ich muss …«

Cole stürmte keuchend in den Stall. »Wir haben ein vermisstes Kind.«

Sofort versuchte ich, unter dem zu großen Mantel mein Handy aus der hinteren Hosentasche zu holen. Es passierte nicht oft, dass Kinder im Weihnachtsdorf vermisst wurden, aber ab und zu kam es vor, und wir hatten ein entsprechendes Protokoll für diese Fälle. Ich musste unsere Mitarbeiter alarmieren, damit sie den Ausgang und den Parkplatz überwachten, und einen Suchtrupp organisieren. »Haben wir eine Beschreibung?«

»Es ist Thomas Haven.«

Ich starrte ihn an. »Annikas Sohn?«

Cole nickte.

Mein Herz raste. »Wo ist er zuletzt gesehen worden? Was hat er an? Ich brauche Einzelheiten.«

Er sagte mir alles, was er wusste, und ich rief meine Mutter und ein paar unserer Arbeiter an. Cole ging los, um jemanden zur Bewachung des Eingangs abzustellen und den Parkplatz abzusuchen.

»Ich muss Annika finden«, sagte ich und steckte das Handy wieder ein. »Sie ist bestimmt kurz vorm Durchdrehen.«

»Lass mich helfen«, sagte Elias.

Egal, was zwischen uns passieren oder nicht passieren würde, ich würde sein Angebot nicht ablehnen.

»Dann los.«

Im Laufschritt machte ich mich auf den Weg ins Weihnachtsdorf, Elias an meiner Seite.

Zwischendurch blieben wir immer wieder stehen, um die Verkäufer zu informieren und zu hören, ob einer von ihnen Thomas gesehen hatte. Doch die Einzige, die sich an ihn erinnerte, war Doris Tilburn. Sie hatte seinen Großeltern einen Keks für ihn verkauft, ihn aber danach nicht mehr gesehen.

Ich fand Annika vor dem Pfefferminz-Salon, wo sie mit Levi Bailey zusammenstand.

»Annika!«, rief ich. »Ich lasse die Mitarbeiter den Parkplatz absuchen und den Eingang überwachen. Gibt es schon irgendein Zeichen von ihm?«

»Noch nicht.«

Die Arme wirkte zu Tode verängstigt, doch als ihr Blick auf Elias fiel, weiteten sich überrascht ihre Augen.

»Ist das …?«

Ich seufzte. »Frag nicht.«

»Elias Stoneheart«, sagte er und nickte Annika zu.

»Ich erinnere mich.«

»Wir haben alle Verkäufer und Mitarbeiter informiert. Sie halten die Augen offen und suchen ihn im Weihnachtsdorf«, erklärte ich und merkte selbst, dass ich anfing, mich zu wiederholen. Ich war vollkommen durch den Wind. »Aber bisher erinnert sich nur Doris Tilburn daran, ihn gesehen zu haben, weil sie deiner Mutter einen Keks verkauft hat.«

Josiah, Luke und Zachary Haven trafen ein – drei von Annikas Brüdern –, dicht gefolgt von Levis Brüdern Logan und Gavin.

Spannung breitete sich in der kleinen Gruppe aus. Diese beiden Familien mochten einander nicht, und ich fragte mich, wie die Brüder wohl auf die bevorstehende Hochzeit von Annika und Levi reagiert hatten.

Ihren Mienen nach zu urteilen nicht gut.

»Wir haben uns beim Rentierstall umgesehen, aber da war er nicht«, sagte Logan.

»Wir haben überall geschaut, wo es Kekse oder Süßigkeiten gibt«, sagte Zachary. »Da war er auch nicht.«

»Zumindest nicht, als wir dort waren«, ergänzte Luke.

»Guter Punkt«, sagte Levi. »Wenn er in Bewegung ist, erschwert das die Suche.«

»Habt ihr ihn schon gefunden?« Asher, ein weiterer Bruder

von Annika, gesellte sich zu uns. Er hatte seinen kleinen Sohn in einer Trage auf dem Rücken und war in Begleitung von Evan, noch einem Bruder.

»Bisher nicht«, antwortete Levi.

Zwei weitere Haven-Brüder – Garrett und Theo – kamen hinzu und fingen an, Fragen zu stellen. Die Stimmen wurden immer lauter. Ich versuchte Vorschläge zu machen, wo wir noch nach Thomas gucken könnten, aber es schien, als würde niemand dem anderen zuhören, schon gar nicht mir.

Levi trat in die Mitte und hob die Stimme. »Wir brauchen einen Plan.«

»Wer zum Teufel hat dir die Leitung übertragen?«, fragte Zachary.

»Das ist doch egal, du Idiot«, antwortete Gavin. »Er hat recht.«

Elias stöhnte genervt auf, doch bevor er etwas sagen konnte, sprach Levi weiter.

»Reißt euch zusammen.«

Alle erstarrten, und ich hatte das Gefühl, dass wir alle das Gleiche dachten: Würden die Havens und Baileys jetzt, hier, mitten im Weihnachtsdorf, aufeinander losgehen?

Elias legte einen Arm um meine Taille und zog mich sanft zurück, wie um mich in Sicherheit zu bringen.

»Hier geht es nicht um die verdammte Fehde«, erklärte Levi mit Autorität in der Stimme. »Wir müssen Thomas finden.«

Josiah Haven fing seinen Blick auf und nickte. »Wie lautet der Plan?«

»Lasst uns das Weihnachtsdorf in Sektoren einteilen, die wir in Gruppen durchsuchen. Ruft mich oder Annika an, wenn ihr ihn findet oder jemanden, der glaubt, ihn gesehen zu haben. Isabelle, du kennst das Dorf besser als alle anderen. Teil uns auf.«

Entschlossenheit stieg in mir auf. »Okay. Garrett und Theo, ihr übernehmt den Parkplatz. Luke und Zachary, checkt noch mal alle Buden. Josiah, du solltest mit ihnen gehen. Es gibt viele Plätze, an denen ein kleiner Junge sich verstecken kann. Und vergesst nicht, die Werkstatt des Weihnachtsmanns zu durchsuchen. Logan und Gavin, geht zum Rentierstall zurück, aber versucht nicht, auf den Tieren zu reiten.«

Alle Blicke schossen zu Gavin. Er war als Kind mal auf eines der Rentiere gestiegen und mit ihm quer durchs Weihnachtsdorf geritten.

»Was denn?«, fragte er. »Das würde ich niemals tun. Ich bin jetzt erwachsen.«

Asher schnaubte.

»Asher und Evan, ihr übernehmt den nördlichen Teil der Baumplantage«, fuhr ich fort. »Levi und Annika, ihr könnt den südlichen Teil übernehmen. Über diesen Weg kommt ihr dort am schnellsten hin.« Ich zeigte in die Richtung. »Elias und ich gehen zum Haupthaus, für den Fall, dass er das Weihnachtsdorf verlassen hat.«

»Ich weiß nicht, wo Mom und Dad sind, aber wenn jemand sie sieht, erklärt ihnen bitte, was wir tun«, bat Annika.

»Okay, Leute.« Levi klatschte in die Hände. »Lasst uns Thomas finden.«

Alle brachen auf. Elias und ich gingen direkt zum Haus meiner Eltern, wobei wir uns sorgfältig umschauten.

»Thomas!«, rief ich und sah immer wieder hinter den Bäumen nach, die groß genug waren, um einen kleinen Jungen zu verbergen. Wobei dort so viel Schnee lag, dass er kaum dort hingelaufen sein konnte.

»Thomas, bist du hier?«, hallte Elias' Stimme durch die Luft.

»Er ist erst zwei. Wie weit kann er gekommen sein?«

»Allein vielleicht nicht sonderlich weit, aber vielleicht hat ihn jemand mitgenommen.«

Bei dem Gedanken wurde mir übel. »Ich hoffe, das ist nicht passiert. Das wäre furchtbar.«

»Es gibt viele schlechte Menschen auf der Welt.«

Ich wusste, dass er recht hatte, aber es fiel mir schwer zu glauben, dass so etwas Schreckliches in unserer verschlafenen kleinen Stadt passieren konnte. Vor allem im Weihnachtsdorf.

Wir erreichten das Haus meiner Eltern, ohne eine Spur von Thomas entdeckt zu haben. Keine kleinen Fußabdrücke im Schnee. Ich rief meine Mom und dann Cole an, um zu hören, ob sie Fortschritte gemacht hatten, aber sie hatten ihn auch nicht gefunden. Niemand schien irgendetwas gesehen zu haben, und es gab auch nirgendwo einen Hinweis auf einen zweijährigen Jungen. Es war, als hätte er sich in Luft aufgelöst.

Mein Magen zog sich immer fester zusammen.

Elias und ich suchten weiter, während das Grauen in mir wuchs. Wir sagten nichts, und ich war dankbar, dass er nicht versuchte, die Sache herunterzuspielen. Das Kind meiner besten Freundin wurde vermisst, und es war gut möglich, dass das Undenkbare passiert war. Das Letzte, was ich jetzt brauchen konnte, war die leere Behauptung, alles würde gut werden.

Endlich kam der Anruf. Levi und Annika hatten ihn gefunden.

Ich stieß einen Seufzer der Erleichterung aus, obwohl ich immer noch das Gefühl hatte, mich vor Stress übergeben zu müssen. Ich gab die Nachricht weiter und vergewisserte mich, dass Cole, meine Eltern und unsere Mitarbeiter Bescheid wussten.

Elias sah mich an, als ich das Handy wegsteckte. Der Ausdruck in seinen grünen Augen zwang mich beinahe in die Knie. Er öffnete die Arme, und ich ließ mich gegen ihn sinken. Vermutlich hätte ich mich gleich wieder zurückziehen sollen, um Distanz zwischen uns zu halten, aber in diesem Moment brauchte ich ihn. Ich brauchte seinen Trost, und seine Arme hatten sich noch nie besser angefühlt.

34. KAPITEL
Elias

Nachdem die Krise überstanden und der kleine Junge gefunden war, versammelten wir uns alle im Haus der Cooks. Ich saß mit Isabelle, ihrer Freundin Annika, mehreren ihrer Brüder und Levi Bailey um den Tisch. Faye hatte heißen Kakao und Apfelcidre für alle gebracht, doch niemand schien etwas trinken zu wollen.

Thomas saß auf dem Schoß seiner Mutter und knabberte an einem Cracker. Er war ruhig und glücklich, nun, da er wieder bei seiner Familie war.

Irgendjemand hatte ihn eindeutig mit sich genommen, aber der Rest der Geschichte ergab wenig Sinn. Er war in einer Scheune außerhalb der Weihnachtsbaumplantage gefunden worden – allein und unverletzt. Ich hatte keine Ahnung, warum jemand einen Zweijährigen mitnehmen, ihn zu dieser Scheune bringen und dort zurücklassen sollte, aber die Polizei würde es hoffentlich herausfinden.

Ich war froh, dass es dem Jungen gutging. Auch wenn ich ihn nicht kannte, erinnerte ich mich an seine Mutter, denn wir waren zusammen zur Schule gegangen, und sie war immer nett zu mir gewesen. Außerdem war er ein unschuldiges Kind, da musste man schon ein Monster sein, um keine Erleichterung zu verspüren.

»Können wir jetzt endlich aufhören so zu tun, als wüssten wir nicht, wer es war?«, fragte Zachary Haven schließlich.

»Aber wir wissen es nicht«, widersprach Annika.

»Ich hasse es, dir das sagen zu müssen«, antwortete Zachary. »Aber dein Freund hat gerade den schlimmsten Scherz in der Geschichte von Tilikum abgezogen.«

»Erstens bin ich ihr Verlobter, und zweitens war ich das nicht«, erwiderte Levi. »Ich hatte nichts damit zu tun.«

»Ach nein? Und was ist mit deinem Bruder?«, schoss Zachary zurück. »Wie einfach, wenn man einen anderen Mann mit dem gleichen Gesicht hat. Und wir wissen bereits, dass er hier war.«

»Keiner von uns würde einem Kind so etwas antun.«

Zachary und Levi stritten weiter. Isabelle nickte in Richtung Wohnzimmer. Ich verstand. Wir mussten den Kleinen hier wegbringen.

Sie schaute Thomas an. »Wie wäre es, wenn wir nach nebenan gehen und einen Film gucken?«

Thomas streckte die Arme nach ihr aus, und sie hob ihn hoch.

»Danke«, sagte Levi.

»Kein Problem. Wir sind nebenan, um nicht zu hören, wie die Erwachsenen sich wie Kinder benehmen.«

Das brachte mich beinahe zum Lachen. Ich ignorierte den Rest der Gruppe – jetzt, wo der Junge in Sicherheit war, interessierte mich nur noch Isabelle –, nahm Thomas' Cracker und folgte den beiden ins Wohnzimmer.

Beim Anblick von Isabelle mit einem Kind auf dem Arm zog sich mein Brustkorb ein wenig zusammen. Es stand ihr.

Der Kleine war süß mit seinen dunkelblonden Locken und den großen blauen Augen. Er sah seiner Mutter sehr ähnlich. Ich wusste nicht, wer sein Erzeuger war, aber so, wie Levi ihn heute beschützt hatte, bestand kein Zweifel daran, wer sein Vater war.

Das Kind war ein Glückspilz.

Isabelle setzte ihn auf der Couch ab und fragte, ob er noch ein paar Cracker wollte. Er schüttelte den Kopf. Ihm fielen immer wieder die Augen zu, und ich ahnte, dass er in wenigen Minuten eingeschlafen sein würde.

»Okay, Thomas, willst du einen Weihnachtsfilm ansehen?«

Er nickte und gähnte.

Jap, er war müde.

Was nicht verwunderlich war.

Isabelle startete einen Charlie-Brown-Film, und Thomas rollte sich auf der Couch zusammen und legte den Kopf auf ein rot-grün kariertes Kissen. Keine Minute später waren seine Augen geschlossen.

Ich setzte mich ans andere Ende der Couch und winkte Isabelle zu mir. Sie zog die Augenbrauen zusammen und zögerte. Ich verstand, warum. Sie vertraute mir nicht. Weil ich ihr keinen Grund dazu gegeben hatte.

Noch nicht.

»Belle.« Ich wagte es, ihren Spitznamen zu benutzen, und streckte die Hand nach ihr aus. »Komm her.«

Sie seufzte, und auch wenn sie meine Hand nicht ergriff, setzte sie sich doch neben mich. Das war immerhin ein Anfang.

Ich drehte mich so, dass ich sie ansehen konnte, doch sie ergriff als Erste das Wort.

»Danke, dass du bei der Suche geholfen hast. Das war echt gruselig.«

»Ich bin froh, dass ich hier war.«

»Ich auch. Meinst du, sie finden den Entführer?«

»Das hoffe ich.« Ich nahm ihre Hand und verbuchte es als Sieg, dass Isabelle sie nicht zurückzog. »Ich muss dringend mit dir reden. Deshalb bin ich zurückgekommen.«

»Worüber?«

»Über alles.« Ich hoffte, dass sie das Gewicht dieses Wortes verstand. Denn ich meinte es ernst. Ich wollte über das sprechen, was wir damals durchgemacht hatten, über die Jahre, die wir getrennt verbracht hatten, über das, was jetzt zwischen uns passierte, und über das, von dem ich hoffte, dass wir es in Zukunft haben könnten.

Die Lichter des Weihnachtsbaums schimmerten in ihren Augen, und die Hoffnung darin schnürte mir die Kehle zu. Aber Isabelle musste sich keine Sorgen machen. Ich würde sie nicht noch einmal im Stich lassen.

»Seit ich Tilikum damals nach der Highschool verlassen habe, bin ich den falschen Dingen hinterhergejagt. Ich dachte, ich müsste mich beweisen, und Geld sei der einzige Weg, das zu tun. Erinnerst du dich noch, was du zu mir gesagt hast, als ich zum ersten Mal wieder bei dir auf der Farm war?«

»Dass du abhauen und nie wiederkommen sollst?«

»Das auch. Aber du hast gesagt, dass ich nicht glücklich bin. Und damit hattest du recht. Es war mir gar nicht klar, wie unglücklich ich war. Aber das war ich. Und das nicht nur, weil ich mich zu lange von der Gier habe treiben lassen – auch wenn das mit dazugehörte. Nein, es ging mir schlecht, weil ich dich nicht hatte.«

»Nicht«, flüsterte sie. »Sag das nicht, wenn du es nicht so meinst. Das erträgt mein Herz nicht.«

Ich beugte mich vor und legte eine Hand an ihre Wange. »Ich meine es so. Ich liebe dich, Belle.«

Sie keuchte fast lautlos auf. Ich wartete nicht auf eine Antwort und küsste sie.

Ihre Lippen auf meinen zu spüren war wie Balsam – eine süße Erlösung. Ich küsste sie sanft, genoss das Gefühl ihres Mundes.

Plötzlich zuckte sie zurück und sprang auf. Levi und Annika standen im Türrahmen, und ich war zu sehr im Moment versunken gewesen, um sie zu bemerken.

Verlegen leckte ich mir über die Lippen. Annika sah uns aus großen Augen an, doch Isabelle erwiderte ihren Blick und schüttelte stumm den Kopf. Um Levis Mundwinkel zuckte es, als müsste er ein Lächeln unterdrücken. Dann nickte er mir zu und kam herüber, um Thomas hochzuheben. Der arme Junge rührte sich nicht und ließ den Kopf einfach auf Levis Schulter sacken, als der ihn mit Annika an seiner Seite nach draußen trug.

Sie waren eine wirklich süße Familie.

»Sorry«, sagte Isabelle. »Ich bin gerade ziemlich überwältigt.«

Ich stand auf. »Wie wäre es mit einem Spaziergang? Du fühlst dich immer besser, wenn du in Bewegung bist.«

»Ja, das wäre gut.«

Ich bestand darauf, dass sie meinen Mantel anzog, während wir zu ihrem Haus gingen, um eine Jacke zu holen. Mit Sonnenuntergang sanken die Temperaturen, und als wir endlich beide gegen die Kälte eingepackt waren, war es draußen stockdunkel.

Wir gingen den Weg zum Weihnachtsdorf hinunter, und ich nahm ihre Hand. Wir kamen an Leuten vorbei, die die Lichter bewunderten, in letzter Sekunde Geschenke kauften und den

Geist der Weihnacht in sich aufsaugten. Vielleicht bildete ich es mir nur ein, vielleicht lag es daran, dass ich mit Isabelle zusammen war, aber in der Luft lag ein beinahe greifbares Gefühl von Frieden.

Trotzdem musste ich dringend mit ihr reden. Es war einfach so viel passiert, in so kurzer Zeit, und ich hatte das Gefühl, klarer zu sehen als je zuvor.

»Seit ich wieder in Tilikum bin, ist mir vieles klargeworden«, sagte ich schließlich. »Unter anderem, dass ich meiner Vergangenheit nicht entkommen kann. Und ich kann sie auch nicht ignorieren. Harvey Johnston hat recht: Die Vergangenheit holt uns immer ein.«

»Harvey?«

»Das spielt jetzt keine Rolle. Ich meine damit, dass ich mich dem stellen muss, was als Kind mit mir passiert ist. Und wichtiger noch, was zwischen uns passiert ist.«

Ich spürte, wie sie sich anspannte. Für uns beide war es ein schmerzhaftes Thema, aber wir hatten nie wirklich darüber gesprochen. Und das war unser Untergang gewesen.

»Ich habe unser Baby wirklich gewollt«, sagte ich. »Wir waren damals noch zu jung, und es fühlte sich an, als würde ein Kind unsere Pläne für die Zukunft zerstören. Aber ich wollte es trotzdem.«

»Wirklich?«

»Ich habe es dir nie erzählt, aber an dem Heiligabend, als du mir erzählt hast, dass wir das Baby verloren hatten, wollte ich dir einen Antrag machen.«

»Ach Elias. Ich wollte nie, dass du dich gefangen fühlst, nur weil ich schwanger war.«

»Nein.« Ich blieb stehen und griff sanft ihre Oberarme, damit sie mich ansah. »Nein, Belle. Ich wäre nicht gefangen gewesen. Ich wollte dich.«

»Warum hast du es mir dann nicht gesagt?«

»Ich dachte, du wärst erleichtert, dass du nun nicht mehr mit mir festhängst. Ich dachte, ich wäre nicht gut genug für dich.«

»Wieso hättest du das denken sollen?«

Ich senkte den Blick. »Ich hatte das Gefühl, du wolltest einfach weitermachen. Wir hatten das Baby verloren, und du ... bist einfach wieder an die Arbeit gegangen. Ich war zu jung und zu dumm, um die Wahrheit zu sehen. Dass du verletzt warst und dies deine Art war, damit umzugehen.«

»Ich war an dem Tag so traurig.« In ihren Augen schimmerten Tränen. »Und nicht nur an diesem einen Tag, sondern noch Monate später. Du hast recht, jedes Mal, wenn ich traurig war, habe ich mir was gesucht, um mich abzulenken. Und du hast gedacht, das würde bedeuten, dass ich dich nicht mehr wollte?«

»Ja. Genau das habe ich gedacht.«

Langsam schüttelte sie den Kopf. »Und ich dachte, du wolltest mich nicht mehr. Ich dachte, du wärst erleichtert, dass du jetzt nicht mehr mit mir festhängst. Ich bin dir aus dem Weg gegangen, weil ich glaubte, *du* wolltest nicht mehr mit *mir* zusammen sein. Und nach dem Abschluss hast du dann die Stadt so schnell wie möglich verlassen, was mir nur bestätigt hat, dass du mich nie wirklich gewollt hattest.«

Mein Brustkorb schnürte sich unter dem Gewicht dessen, was ich ihr angetan hatte, zusammen. »Es tut mir so leid. Ich hatte all diese Gefühle und keine Ahnung, was ich mit ihnen anfangen sollte. Ich konnte einfach nicht damit umgehen. Aber ich hätte es dir erzählen sollen.«

»Das hätte ich auch tun müssen. Ich hätte dir sagen sollen, wie sehr mich der Verlust des Babys geschmerzt hat, statt zu versuchen, die Trauer unter einem Berg Arbeit zu begraben.«

»Erzähl es mir jetzt. Erzähl mir alles.«

Sie nahm einen tiefen Atemzug. »Als ich erfuhr, dass wir das Baby verloren hatten, war ich am Boden zerstört. Aber dann sagte ich mir, dass ich eigentlich gar nicht traurig sein durfte. Wir waren zu jung gewesen, und ein Baby zu bekommen hätte alles verändert. Plötzlich war das alles vorbei, aber ich war trotzdem so unendlich traurig. Und dann hatte ich das Gefühl, als würde sich unsere Beziehung einfach auflösen. Wir hörten auf, Zeit miteinander zu verbringen, und wenn wir es taten, sprachen wir kaum noch miteinander. Anstatt zu versuchen, das alles aufzuarbeiten, fing ich an, dir aus dem Weg zu gehen. Ich hatte ja keine Ahnung, was das in dir auslöste.«

Ich wappnete mich für das, was ich jetzt sagen musste. Es zuzugeben, fiel mir nicht leicht. »Ich dachte, du wolltest mich loswerden. Wie meine Eltern. Aber das ist keine Entschuldigung für das, was ich getan habe. Du hast deine Gefühle in Arbeit ertränkt, und ich auch. Wobei, nicht nur in Arbeit, sondern auch in Ehrgeiz.«

Sie legte eine Hand an meine Wange. »Du wolltest einfach nur jemanden, der dich liebt.«

»Aber ich habe dir keinen Grund gegeben, mich zu lieben. Es tut mir so leid.«

»Mir auch. Du wolltest mir an dem Tag wirklich einen Antrag machen?«

Ich nickte. »Ich hatte den Ring in der Tasche.«

Eine Träne rollte ihr über Gesicht. »Ich hatte keine Ahnung.«

»Ich weiß. Das war noch etwas, das ich dir hätte erzählen müssen. Vielleicht hätte ich dir trotz allem den Antrag machen sollen. Das hätte es mir erspart, so viel Zeit zu vergeuden.«

Sie lächelte. »Alle hätten uns für verrückt erklärt.«

»Vermutlich. Das werden die Leute jetzt auch sagen, aber ich bin es leid, mir Gedanken darüber zu machen, was andere denken. Jahrelang war es das Einzige, was mich interessiert hat. Ich wollte, dass alle mich für wichtig und erfolgreich hielten, aber das bedeutet gar nichts. Mein Vater ist immer von allen gefürchtet und respektiert worden, aber am Ende ist er allein gestorben. Sein Leben war so leer.« Ich seufzte tief. Diese Wahrheit auszusprechen würde schwierig werden, aber ich musste es tun. »Ich dachte immer, dass ihm nichts an mir lag, weil ich nicht gut genug war, aber in Wahrheit war er innerlich bloß leer. Er konnte mir nicht geben, was er selbst nicht besaß.«

»Das ist so traurig.«

»Das ist es. Ich dachte, ich würde ihn hassen, aber jetzt, nachdem ich die Leere in seinem Leben gesehen habe, tut er mir einfach nur leid. Und Belle, ich will nicht so enden wie er. Ich will nicht den Rest meines Lebens mit sinnlosen Ambitionen vergeuden. Was nützt mir das Büro mit Aussicht, wenn ich allein bin? Wenn ich dich nicht habe?«

Sie schlang die Arme um meinen Nacken, als ich mich vorbeugte, um sie zu küssen. Erleichterung durchströmte mich. Ich hätte das hier verpassen können. Ich hätte sie zurücklassen und allein sterben können, innerlich genauso leer wie mein Vater.

Aber dazu würde es jetzt nicht mehr kommen.

Sie zog sich ein wenig zurück und lächelte. »Ich bin froh, dass du zurückgekommen bist.«

»Nichts hätte mich fernhalten können.«

»Was für ein Tag.« Sie atmete tief durch. »Aber Ende gut, alles gut. Wenn ich jetzt nur noch eine Möglichkeit finden würde, die Farm zu retten.«

Ich lächelte. »Vielleicht kann ich dir helfen.«

35. KAPITEL

Isabelle

Noch zwei Tage bis Weihnachten, und das Wetter war wie aus dem Bilderbuch. Ein leichter Schneefall schuf die perfekte Atmosphäre in der Stadt. Winzige Flocken wirbelten durch die Luft, die Weihnachtslichter funkelten, die meisten unserer vorgefällten Bäume waren verkauft, und Doris Tilburn hatte eine Fuhre Kekse mitgebracht, die das ganze Weihnachtsdorf wie ein Lebkuchenhaus duften ließ.

Vielleicht ging es ja doch langsam bergauf.

Elias und ich hatten uns am Vortag die Finanzen der Farm angeschaut und nach Lösungen gesucht, ohne das Land verkaufen oder das Weihnachtsdorf schließen zu müssen. Er arbeitete immer noch daran und erstellte zahlreiche Tabellen und Charts mit diversen Szenarien und Voraussagen. Ich konzentrierte mich derweil darauf, die Saison zu einem guten Abschluss zu bringen und die Moral aufrechtzuerhalten. Das Gerücht, dass wir womöglich schließen mussten, hatte die Runde gemacht, und ich gab mein Bestes, um den Leuten zu versichern, dass wir im nächsten Jahr wieder mit unserer üblichen Weihnachtsfreude da sein würden.

Und das meinte ich auch so.

Zum ersten Mal seit Wochen hatte ich wieder Hoffnung, dass wir einen Weg finden würden.

Dabei half es vermutlich, dass ich auf einer glitzernden

Weihnachtswolke des Glücks schwebte, weil ich total verliebt war.

So unglaublich verliebt.

Und er war auch in mich verliebt.

Das war das beste Weihnachtsgeschenk aller Zeiten.

Seit Elias aus New York zurückgekehrt war, hatte sich alles verändert. Das Eis in seinen Augen war geschmolzen, und wir hatten uns endlich dem Schmerz unserer Vergangenheit gestellt. Das gemeinsam und mit absoluter Ehrlichkeit zu tun, hatte sehr geholfen, diese alten Wunden zu heilen. Wir hatten immer noch jede Menge Arbeit vor uns – mussten wieder Vertrauen aufbauen –, aber wir hatten unsere Liebe.

Und somit hatten wir alles.

Jetzt mussten wir nur noch eine Möglichkeit finden, die Farm zu retten.

Ich ging hinüber ins Büro im Haus meiner Eltern, wo Elias arbeitete, um ihn zu fragen, ob er eine Mittagspause machen wollte. Er saß am Schreibtisch meiner Mutter, den Blick fest auf den Computer gerichtet. Zärtlich schlang ich ihm von hinten die Arme um die Schultern und gab ihm einen Kuss auf den Hals.

»Weißt du, was das hier für Zahlungen sind?«, fragte er und zeigte auf eine Tabellenspalte auf dem Bildschirm.

Ich schaute über seine Schulter. »Das ist vermutlich das private Darlehen, das mein Dad aufgenommen hat.«

Er zuckte zusammen.

»Warum? Ist das schlimm?«

»Die Zinsen sind schwindelerregend, und ihr habt bereits ein paar Zahlungen ausgesetzt. Laut dem Darlehensvertrag steht bald eine hohe Abschlussrate an.«

Meine Schultern sackten nach unten. »Das hat Dad wohl verschwiegen.«

»Es ist erst nächstes Jahr, aber ziemlich viel Geld.«

»Gerade, als ich dachte, es würde bergauf gehen.«

Er drehte sich zu mir herum und nahm meine Hände. »Keine Sorge. Ich habe ein paar Ideen.«

Ich zog mir einen Stuhl heran, und wir sprachen die Optionen durch – Schuldenkonsolidierung, mögliche Subventionen, sogar die Idee, einen Investor ins Boot zu holen. Elias hatte sich angeschaut, in welchen Bereichen wir unwirtschaftlich waren, und sich überlegt, wie wir mehr Einkommen generieren konnten, ohne vorab neues Geld investieren zu müssen.

Er hatte an einiges gedacht, was wir übersehen hatten. Seine Perspektive und sein Wissen ermöglichten ihm Einsichten, die wir nicht hatten. Alles in allem sah es gut aus. Wir mussten das alles noch mit meinen Eltern besprechen und einige Details recherchieren, aber es war der Anfang eines soliden Plans.

»Das müssen meine Eltern sehen«, sagte ich ihm.

»Es ist nicht idiotensicher, und ich kann nicht garantieren, dass es reicht, aber ich glaube, es besteht Grund zur Hoffnung.«

Ich lächelte. »Hoffnung ist alles, was wir brauchen. Danke. Und wo wir gerade von Hoffnung sprechen: Ich hoffe, dass dein Chef hiervon nichts erfährt.«

Er winkte meine Besorgnis ab. »Mach dir um ihn keine Sorgen. Ich kümmere mich darum. Komm, setzen wir uns mit deinen Eltern zusammen.«

Wir fanden sie unten in der Küche. Sie waren vermutlich zum Mittagessen hereingekommen – beide hatten Jacken und Stiefel ausgezogen –, aber nun saßen sie am leeren Küchentisch.

Irgendetwas stimmte nicht. Das spürte ich.

»Was ist los? Ist alles in Ordnung?«

Dad warf meiner Mutter einen besorgten Blick zu. »Ich habe gerade mit dem Mann gesprochen, der uns das private Darlehen gegeben hat.«

»Dad, ich weiß von der Abschlusszahlung. Elias und ich haben es herausgefunden. Wenn wir nur …«

»Izz«, sagte er mit ernster Stimme, und ich schloss den Mund. »Ich bin sehr dankbar, dass ihr es versucht habt, aber es ist vorbei.«

»Was meinst du damit, es ist vorbei?«

»Selbst wenn wir die Abschlussrate zahlen könnten, was wir nicht können, wäre es egal. Jemand hat unsere Schulden aufgekauft.«

Ich runzelte die Stirn. »Das verstehe ich nicht. Wer sollte unsere Schulden aufkaufen?«

»DataStream. Beziehungsweise sie werden es tun, wenn wir sie nicht am ersten Januar voll zurückzahlen können.«

»Wie bitte? Das ist doch verrückt. Die Zahlung ist noch gar nicht fällig. Das können sie nicht machen.«

»Leider doch. In den Bedingungen steht, dass sie das Darlehen verkaufen können. Und wir können nichts dagegen tun.«

»Er hat recht«, sagte Elias. »Das steht in den Darlehensvereinbarungen.«

Mein Herz wurde schwer. »Das ist es also? Wir können nichts dagegen tun?«

Elias schüttelte den Kopf. »Ich verstehe das nicht. Das Darlehen zu kaufen, wird DataStream zwar euer Land verschaffen, aber es wird deutlich mehr kosten und länger dauern. Ich habe meinem Boss einen Vorschlag für ein anderes Grundstück geschickt, das wesentlich besser geeignet ist als dieses hier, aber er hat es rundheraus abgelehnt. Ich weiß nicht, warum er so auf eure Farm fixiert ist.«

»Ich schon«, sagte meine Mutter leise.

»Wirklich?«, fragte ich. »Warum?«

Sie seufzte, und mein Vater ergriff ihre Hand. »Dein Boss ist Nigel Ferguson, nicht wahr?«, fragte sie.

»Ja. Was ist mit ihm?«, gab Elias zurück.

»Ich kenne ihn – vom College. Damals waren er und ich eine Zeitlang zusammen.«

Ich sah sie verblüfft an. »Warte mal, was? Du warst mal mit Elias' Boss zusammen?«

Sie nickte. »Er war sehr charmant und ehrgeizig. Aber er wollte ein anderes Leben als ich. Ich war jung, aber klug genug zu erkennen, dass das mit uns keine Zukunft hatte. Also habe ich mit ihm Schluss gemacht – und kurz darauf deinen Vater kennengelernt. Das mit uns ging ziemlich schnell, und es dauerte nicht lange, bis wir verheiratet waren. Nigel hat es nicht gut aufgenommen.«

Dad schnaubte. »Das ist eine Untertreibung. Ich habe ihm einmal die Faust ins Gesicht geschlagen und würde es noch mal machen.«

Ich konnte nicht fassen, was ich da hörte. »Du hast ihn geschlagen?«

»Er hat angefangen. Ich habe es nur beendet.«

Um Moms Lippen zuckte es, auch wenn sie versuchte, es zu verbergen. »Nigel meinte, sich mit deinem Vater prügeln zu müssen, um mich zurückzugewinnen. Aber die Sache ist für ihn nicht gut ausgegangen.«

»Und nun, so viele Jahre später, versucht er, euch eure Farm wegzunehmen?«

»Um fair zu sein: Er versucht, sie zu kaufen«, sagte meine Mutter.

»Das kommt aufs Gleiche raus«, erwiderte ich. »Du meinst also, dass Elias' Boss versucht, sich an dir zu rächen, weil du mit ihm Schluss gemacht und Dad geheiratet hast? Und du hast nie was davon gesagt?«

»Das ist nicht gerade eine Geschichte, auf die ich besonders stolz bin«, sagte sie. »Es war eine turbulente Zeit in meinem Leben, die ich hinter mir lassen wollte. Ich hatte gehofft, wir könnten das Problem lösen, ohne die Farm zu verlieren und ohne dass du je davon erfahren müsstest.«

»Kein Wunder, dass er so auf dieses Grundstück fixiert ist«, sagte Elias. »Für ihn ist es etwas Persönliches, deshalb wird er sich nicht zurückziehen.«

Die Hintertür ging auf, und Cole kam herein. »Wir haben ein Problem.«

»Noch eins?«, fragte ich. »Schreib's auf die Liste.«

»Das hier steht aber gleich ganz oben. Burl Sanderson hat angerufen und gesagt, dass er nicht länger für die Weihnachtsmannfotos zur Verfügung stehen kann und auch bei der großen Weihnachtsfeier nicht dabei ist.«

»Geht es ihm gut?«

»Ja. Er meinte, es läge an dem Borreliose-Ausbruch unter den Rentieren.«

»An dem was? Die Rentiere haben keine Borreliose. Wovon redet er da?«

»Er hat es wohl irgendwo von irgendwem gehört, und offenbar erzählen es auch genug Leute in der Stadt, so dass alle es glauben.«

»Wer sollte den Leuten erzählen, dass die Rentiere Borreliose haben? Und überhaupt, die Wahrscheinlichkeit, dass ein Mensch sich bei einem Rentier ansteckt, ist so gut wie null.«

»Keine Ahnung. Aber die Leute in der Stadt reden davon, dass sie nicht zur Weihnachtsfeier kommen wollen, und das nicht nur wegen der Rentiere. Seit zwei Tagen höre ich unter anderem, dass die Feier angeblich abgesagt wurde, dass die Hälfte der Buden bei einem Feuer zerstört wurde und dass die Baileys und Havens eine große Schlacht planen und alle zu Hause bleiben sollen. Ich sage euch, da streut jemand absichtlich Gerüchte.«

»Wer würde …« Ich verstummte. Elias und ich sahen uns an. »Damien. Und in dieser Stadt braucht es nicht viel, um die Gerüchteküche brodeln zu lassen. Glaubst du, dass Nigel ihn dazu angestiftet hat?«

»Könnte sein. Vermutlich in der Hoffnung, die Farm vor aller Augen untergehen zu lassen.«

»Jedenfalls ist es eine Katastrophe. Wir müssen sofort Schadensbegrenzung betreiben.« Ich zählte die Punkte an meinen Fingern ab. »Wir können ein Statement auf der Gemeinde-Website veröffentlichen. Dazu Poster aufhängen und Flyer verteilen. Vielleicht lassen wir schnell ein paar Postkarten drucken und bitten die Geschäfte in der Stadt, sie auf ihrem Tresen auszulegen.«

»Ich kann die Poster machen«, sagte Mom, auch wenn ich spürte, dass sie nicht mit dem Herzen dabei war.

»Gut«, sagte ich. »Das ist ein Anfang.«

Dad erklärte ebenfalls, dass er helfen würde, und Cole wollte versuchen, den Gerüchten irgendwie entgegenzusteuern. Aber irgendwie schien das alles zu wenig zu sein. Zu spät.

Elias und ich gingen zu meinem Haus. Ich fühlte mich wie erschlagen. Gerade, als ich gedacht hatte, dass wir endlich Land sahen, dass mein Weihnachtswunder womöglich tatsächlich wahr werden könnte, stürzte alles um uns herum zusammen.

Ich war immer noch hungrig, deshalb ging ich in die Küche. Elias ging ins Schlafzimmer und kam ein paar Minuten später mit seinem Koffer wieder heraus.

»Was hast du vor?«

»Ich muss nach Bellevue zurück.«

»Jetzt? Morgen ist Heiligabend.«

»Ich weiß. Aber ich muss mich um etwas kümmern, das nicht warten kann. Etwas Geschäftliches. Vertrau mir, ich würde nicht wegfahren, wenn ich nicht müsste.«

Ich konnte es ihm nicht vorwerfen, wenn er versuchte, seinen Job zu retten, ebenso wenig wie ich von ihm verlangen konnte, beruflichen Selbstmord zu begehen, um die Farm zu retten. Der Kampf war vorbei. Es ergab absolut Sinn, dass er versuchte, sich seinen Job zu sichern, bevor es zu spät war.

Dennoch war ich enttäuscht. Ich wollte nicht, dass er ging.

»Was glaubst du, wann du zurück sein wirst?«

Er legte eine Hand an meine Wange. »So bald wie möglich. Versprochen.«

Ich nickte. Er gab mir einen Kuss, und wir verabschiedeten uns. Meine letzte Hoffnung, die Farm doch noch retten zu können, schmolz wie ein Schneemann in der Sonne.

36. KAPITEL
Isabelle

Als ich an Heiligabend morgens aufwachte, fühlte ich mich nicht sonderlich weihnachtlich. Normalerweise war ich kein pessimistischer Mensch, aber an diesem Tag war ich ziemlich niedergeschlagen.

Egal, wie hart ich arbeitete, ich konnte die Farm nicht retten.

DataStream und Nigel würden bekommen, was sie wollten. Nächstes Jahr würde es anstelle eines festlichen kleinen Dorfes voller Weihnachtsfreude ein kaltes, unpersönliches Rechenzentrum voll blinkender Server geben. Meine Eltern würden die Farm verlieren, die sie ihr Leben lang aufgebaut hatten, und ich würde das einzige Zuhause verlieren, das ich je gekannt hatte.

Das Zuhause, das ich immer so sehr geliebt hatte.

Es fiel mir schwer, mich aufzuraffen und an die Arbeit zu gehen. Heiligabend war der letzte große Tag im Weihnachtsdorf, und die abendliche Weihnachtsfeier war der Höhepunkt der Festtage in Tilikum. Normalerweise war das der beste Teil des Jahres. Nachdem wir die ganze Saison über so hart gearbeitet hatten, konnten endlich auch wir die Feiertage genießen und mit allen zusammen Weihnachten feiern.

Doch ich hatte das Gefühl, dass unsere Feier in diesem Jahr dank der brodelnden Gerüchteküche ziemlich enttäuschend und traurig werden würde. Die wenigen Besucher würden nur eine weitere Erinnerung daran sein, dass ich versagt hatte.

Darauf freute ich mich wirklich nicht.

Dennoch stand ich auf, denn den ganzen Tag im Bett zu bleiben, würde auch nicht helfen. Egal, ob heute jemand zur Weihnachtsfeier kam oder nicht, Horace und die Rentiere mussten gefüttert und auf die Weide gebracht werden, die Wege mussten vom Schnee befreit und tausend andere Aufgaben erledigt werden.

Erst am späten Nachmittag gönnte ich mir eine kurze Pause. Elias war noch nicht zurück, und ich hatte auch nichts von ihm gehört, also beschloss ich, meine Eltern zu suchen, um zu sehen, wie es ihnen ging.

Sie waren zu Hause in der Küche. An der Hintertür blieb ich stehen und beobachtete sie einen Moment. Die Art, wie sie sich in der Küche bewegten, war so vertraut. So süß. Es gab mir ein wenig Hoffnung, dass sie schon irgendwie klarkommen würden. Egal, was das Leben ihnen noch vor die Füße werfen würde, wenigstens hatten sie einander.

Ich öffnete die Tür, und sofort stieg mir der Duft von Keksen in die Nase.

Mom drehte sich lächelnd zu mir um. »Frohe Weihnachten.«

»Frohe Weihnachten«, erwiderte ich. »Das duftet ja herrlich.«

»Kekse machen alles besser«, erklärte meine Mutter. »Vor allem an Weihnachten.«

»Dem widerspreche ich nicht«, warf mein Vater ein und trank einen Schluck Wasser aus einem hohen Glas. Von seinem Sturz hatte er sich gut erholt, und zum Glück war er seitdem auf kein Dach mehr gestiegen.

»Wie geht es euch?«, fragte ich.

»Wir haben schon Schlimmeres überstanden«, antwortete meine Mutter.

Dad hob die Augenbrauen. »Haben wir?«

Sie winkte ab. »Na sicher. Wir werden auch das hier überstehen.«

»Ich wünschte, ich könnte mehr tun.« Ich setzte mich an den Küchentisch. »Es wäre schön gewesen, wenigstens mit einem großen Knall zu gehen, aber es sieht nicht so aus, als würde das passieren.«

Mom trat zu mir und drückte meine Schulter. »Du hast alles getan, was du konntest, und ich bin sehr stolz auf dich.«

»Danke.«

Sie setzte sich neben mich. »Und, wann werden du und Elias heiraten?«

Dad verschluckte sich prustend an seinem Wasser.

»Wie kommst du darauf, dass wir heiraten?«

»Nicht?«

Ich hob meine Hand und wackelte mit dem nackten Ringfinger. »Nicht, dass ich wüsste. Annika ist diejenige, die eine schnelle Hochzeit plant. Nicht ich.«

»Noch nicht.«

»Ich bin mir noch nicht mal ganz sicher, wo das alles hinführt.«

»Aber ihr seid wieder zusammen?«

Dad knurrte irgendwas Unverständliches.

Ich warf ihm einen Blick zu, doch er ging nicht weiter darauf ein. »Ja, wir sind wieder zusammen. Und mehr brauche ich im Moment auch nicht. Wir haben genug Zeit, um herauszufinden, was die Zukunft für uns bereithält. Falls du es nicht bemerkt hast, die Farm hat uns ziemlich auf Trab gehalten.«

Sie tätschelte meine Hand. »Siehst du? Es ist nicht alles schlecht.«

»Du freust dich wirklich darüber, dass ich wieder mit Elias zusammen bin? Mit Elias Stoneheart?«

»Sein Nachname ist nicht unbedingt optimal, aber du kannst dich ja für einen Doppelnamen entscheiden.«

Ich lachte. »Ich meinte nicht seinen Nachnamen.«

»Ich weiß. Liebes, ihr beide wart so jung und hattet mit Umständen zu kämpfen, die für die meisten Erwachsenen schwer zu verkraften gewesen wären.«

»Wir wussten beide nicht, wie wir damit umgehen sollten.«

»Natürlich nicht.«

»Er wollte mir damals einen Antrag machen. Wusstest du das?«

Sie lächelte. »Nein. Aber es überrascht mich nicht.«

»Ich frage mich, wie das Leben gelaufen wäre, wenn er es getan hätte.«

»Das ist ein interessanter Gedanke, aber verlier dich nicht zu sehr in dem, was hätte sein können. Die Vergangenheit lässt sich nicht ändern, aber die Zukunft kannst du noch gestalten.«

»Die Gegenwart ist ein Geschenk«, sagte Dad und kam herüber, um Mom eine Hand auf die Schulter zu legen. »Selbst wenn sie nicht immer so läuft, wie man es sich wünscht.«

Mom nahm seine Hand und lächelte ihn an. »Ja, sie ist immer ein Geschenk.«

»Ihr beide seid so süß«, sagte ich. »Das wisst ihr, oder?«

Es klopfte an der Hintertür, und Cole steckte seinen Kopf herein. »Da seid ihr ja. Hier draußen ist etwas, das ihr sehen müsst.«

Meine Schultern sackten nach unten. »Was ist denn jetzt schon wieder? Ist das halbe Weihnachtsdorf tatsächlich abgebrannt, oder gibt es einen Ausbruch an Rentierpocken?«

»Rentierpocken gibt es gar nicht.«

»Ich weiß, das war eine Übertreibung. Was ist los?«

»Kommt einfach mit ins Weihnachtsdorf.«

Ich stand auf und schob den Stuhl zurück. »Nun, da müssen wir sowieso langsam hin. Hoffentlich tauchen wenigstens ein paar Leute zur Weihnachtsfeier auf.«

»Ein paar sind besser als keine«, sagte meine Mutter.

Ich hatte keine Ahnung, wie sie in Zeiten wie diesen ihren Optimismus behalten konnte. Alles war schiefgelaufen. Wir konnten nicht mal Weihnachten so feiern wie sonst, weil die halbe Stadt glaubte, hier wäre eine Krankheit ausgebrochen oder wir hätten bereits geschlossen. Und was sollten wir tun, wenn niemanden den Weihnachtsmann spielte?

Doch da ich im Moment ohnehin nichts dagegen unternehmen konnte, zog ich meinen Mantel an und folgte meinen Eltern ins Weihnachtsdorf.

Im schwindenden Tageslicht funkelten die Weihnachtslichter mit dem Schnee um die Wette. Ein Anflug von Trauer überkam mich, als ich an den mit Kränzen geschmückten Türen, fröhlichen Schleifen und gestreiften Zuckerstangen vorbeikam. Ich hatte immer eine Bude bauen wollen, die aussah wie ein Lebkuchenhaus, inklusive einer kleinen Lebkuchenfamilie davor. Das wäre eine wirklich tolle Ergänzung für das Weihnachtsdorf gewesen.

Aber bald würde es all das hier nicht mehr geben.

Bevor die Tränen, die sich in meinen Augenwinkeln gesammelt hatten, fallen konnten, drang ein Geräusch an meine Ohren. Es klang wie Musik. Als würden Leute singen.

Waren da Menschen im Weihnachtsdorf, die sangen?

Als ich mich dem Zentrum des Weihnachtsdorfs näherte, wurde der Gesang lauter, und hinter der großen Schneekugel tauchte plötzlich eine Menschenmenge vor mir auf.

Sie war riesig.

Dichtgedrängt standen die Leute um den Pfefferminz-Salon herum und bis zur Werkstatt des Weihnachtsmanns. Alle Erwachsenen und sogar einige der älteren Kinder hielten Kerzen in den Händen; das Licht tanzte auf ihren glücklichen Gesichtern.

Und alle sangen.

Cole stand mit Maddie auf dem Arm neben Alice. Annika und Levi waren mit dem kleinen Thomas da, genauso wie Annikas Eltern und deren Brüder sowie Levis Brüder samt Frauen und Kindern. Allerdings hielten die Baileys und Havens ein wenig Abstand. Doris Tilburn, die Bäckerin, stand bei Norman Stanley, dem Chef der Feuerwehr, und dessen Frau. Ich sah Jack Cordero, den Sheriff, mit seiner Frau Naomi, und Olive Hembree, die im Eisenwarenhandel arbeitete.

So viele vertraute Gesichter. Es sah aus, als wäre die ganze Stadt gekommen.

Das Lied »Santa Claus is Coming to Town« erfüllte die Luft, und ich musste mich zusammenreißen, um nicht in Tränen auszubrechen.

»Wie …?«, fragte ich an niemand Speziellen gerichtet.

Mom und Dad zogen mich zwischen sich und drückten mich

fest. Sie sagten kein Wort und beantworteten auch nicht meine Frage. Vielleicht waren wir alle zu verblüfft, um zu sprechen.

Als das Lied endete, kam Burl Sanderson heraus. Er trug sein Weihnachtsmannkostüm mit den glänzenden schwarzen Stiefeln und rief ein herzhaftes »Ho, ho, ho!«. Die Menge johlte und applaudierte.

»Ich dachte, er würde nicht kommen«, sagte ich.

»Sieht aus, als hätte er seine Meinung geändert«, erwiderte mein Dad.

Mom beugte sich zu mir. »Oder jemand hat ihm geholfen, sie zu ändern.«

Die Menge teilte sich, und Elias Stoneheart, mein knurriger Scrooge höchstpersönlich, trat heraus. Er trug den hässlichsten – und damit besten – Weihnachtspullover, den ich je gesehen hatte.

Und sogar eine Weihnachtsmütze auf dem Kopf.

»Was ist hier los?«, fragte ich, als er näherkam.

Mom und Dad traten beiseite, als wollten sie uns einen Moment allein geben. Der Weihnachtsmann feuerte die Menge an, und sie fiel in ein neues Lied ein: »Walking in a Winter Wonderland«.

Elias legte sanft die Hand an meine Wange und gab mir einen Kuss. »Frohe Weihnachten, Belle.«

»Frohe Weihnachten.«

»Gefällt es dir?«

»Hast du das alles organisiert?«, fragte ich und zeigte auf die Menschenmenge um uns herum.

Er grinste schief. »Ich hatte vielleicht etwas damit zu tun.«

»Ich dachte, du wärst weggefahren, um dich um geschäftliche Angelegenheiten zu kümmern.«

»Oh, das habe ich auch. Aber ich bin heute früh zurückgekommen, um ein wenig Schadensbegrenzung zu betreiben.«

»Wie hast du alle davon überzeugen können, herzukommen?«, wollte ich wissen. »Ich dachte, die ganze Stadt hätte Angst vor einer Krankheit oder so.«

»Das hatte sie auch. Aber Cole und ich haben das Gerücht gestreut, dass Damien Barrett ein fieser Anzugträger ist, der Weihnachten absagen will, um die Cook-Farm zu kaufen und das Weihnachtsdorf zu schließen. Das hat die Leute auf die Palme gebracht.«

»Und es ist sogar wahr.«

»Ich schätze, nicht alle Gerüchte sind falsch. Auch wenn ich den Teil mit mir als Grinch ausgelassen habe. Oder war es Scrooge?«

»In diesem Outfit keiner von beiden.« Ich strich über seine Brust. »Der Pullover ist grauenhaft. Ich liebe ihn.«

»Ich werde ihn so bald wie möglich ausziehen.«

Ich lachte. »Danke. Das ist das beste Weihnachtsgeschenk, das ich mir hätte erhoffen können.«

»Das hier ist nicht dein Geschenk.«

»Nicht?«

Er schüttelte den Kopf. »Ich habe etwas noch Besseres. Eigentlich wollte ich bis morgen früh warten und es dir unter den Baum legen, aber ich glaube, ich muss es dir sofort geben.«

Mein Herz schlug schneller. Würde er etwa …?

Er zog einen Briefumschlag aus seiner Gesäßtasche und hielt ihn mir hin.

Ich versuchte, mir die Enttäuschung nicht anmerken zu lassen. Natürlich würde er mir keinen Antrag machen. Wir waren ja gerade erst wieder zusammengekommen.

»Nur zu. Mach ihn auf.«

Ich nahm den Umschlag und riss ihn auf. Darin befand sich eine hübsche Karte mit einem kleinen Weihnachtsbaum. Ich klappte sie auf und sah ein gefaltetes Stück Papier.

»Was ist das?«, fragte ich, während ich es aufklappte. Es sah aus wie ein Vertrag.

»Das ist der Darlehensvertrag, den dein Vater abgeschlossen hat. Ich habe ihn abgelöst.«

Mir klappte die Kinnlade runter. »Du hast was?«

»Ich konnte nicht zulassen, dass Nigel dieses Land in die Finger bekommt. Den zweiten Kredit werde ich auch noch ablösen. Und die Kreditkartenschulden.«

»Heißt das, alle unsere Schulden sind getilgt?«

»Alle bis auf den ersten Kredit. Aber der hat sehr günstige Konditionen, und die monatlichen Raten sind niedrig. Ihr solltet keine Probleme haben, sie weiter zu bedienen.«

Ich sah ihn an. »Wie?«

Er schenkte mir ein schiefes Lächeln. »Wie Alice jetzt sagen würde: Ich bin geizig und hatte ein paar Ersparnisse. Ich werde meine Wohnung verkaufen müssen, um alles zu decken, aber wie gesagt, die war eh nur ein Investitionsobjekt.«

»Ich kann nicht glauben, dass du das getan hast. Du hast die Farm gerettet. Du hast das Weihnachtsdorf gerettet.«

»Du hattest recht, was diesen Ort angeht.« Er betrachtete die Menge, die nun »Away in a Manger« sang. »Er ist wichtig. Er bedeutet etwas. Und ich wollte ihn für dich retten.«

»Aber dein ganzes Geld? Du kannst nicht all dein Geld dafür aufwenden, uns rauszuhauen.«

»Doch, das kann ich. Wobei nicht alles in die Farm geflossen ist. Alice braucht Hilfe, um Maddies Physiotherapie zu bezahlen. Darum habe ich mich auch gekümmert.«

»Weiß dein Chef das schon? Und was wird er jetzt machen?«

Elias zuckte mit den Schultern. »Keine Ahnung. Und es ist mir auch egal. Ich habe gestern gekündigt.«

»Du hast deinen Job aufgegeben?«

Wieder lächelte er. »Liebst du mich immer noch, auch wenn ich jetzt pleite und arbeitslos bin?«

Ich schlang die Arme um seinen Hals und küsste ihn. »Ich liebe dich so sehr.«

Er zog mich an sich. »Ich liebe dich auch. Das habe ich schon immer getan, und damit werde ich auch niemals aufhören.«

Unsere Lippen trafen sich, und ich war mir vage bewusst, dass es weiteres Gejohle und Applaus gab. Und beides galt uns.

Ich lachte, und mein Herz war so leicht wie eine Schneeflocke.

Die Sonne war nun endgültig untergegangen, und das einzige Licht kam von den Kerzen und Weihnachtslichtern. Die Menge bildete einen großen Kreis für unser jährliches Heiligabendritual. Marigold trat vor und sang die ersten Takte von »Stille Nacht«. Nach und nach fielen wir alle mit ein.

Mom und Dad traten in die Mitte und schalteten die Lichter um unser Krippenspiel herum an.

Elias hielt mich ganz fest, während wir vor der ikonischen Szene sangen. Mein Dad hatte sie vor langer Zeit gebaut, noch vor meiner Geburt, und solange ich mich zurückerinnern konnte, hatten wir sie an Heiligabend beleuchtet und hier »Stille Nacht« gesungen.

Und dieses Jahr bedeutete es noch weit mehr als sonst. Tränen stiegen mir in die Augen und liefen über meine Wangen. Aber es waren keine Tränen der Trauer oder des Bedauerns. Es waren Tränen voller Dankbarkeit, Glück und Staunen. Es waren Tränen der Liebe.

Liebe zu meiner Stadt, zu meiner Familie und vor allem Liebe zu diesem Mann.

Es war wirklich das schönste Weihnachtsfest aller Zeiten.

37. KAPITEL

Elias

Der Weihnachtsmorgen fühlte sich an wie ein Neuanfang. Zum ersten Mal an diesem Datum wachte ich nicht mit schlechter Laune auf, entschlossen, mich in meiner Wohnung zu verkriechen und abzuwarten, bis die Feiertage vorüber waren. Im Gegenteil, ich stand früh auf und legte die Geschenke, die ich gekauft hatte, unter den Baum. Dann setzte ich Kaffee auf und machte mich daran, das Frühstück zuzubereiten, wobei ich die Weihnachtslieder vor mich hin summte, die wir am Vorabend gesungen hatten.

Irgendetwas stimmte definitiv nicht mit mir.

Oder vielleicht war auch endlich alles genau so, wie es sein sollte.

Isabelle stand auf, und wir tranken unseren Kaffee vor dem Weihnachtbaum, während ein gemütliches Feuer im Ofen prasselte. Ich hatte ihr ein paar Kleinigkeiten gekauft – einen neuen Werkzeuggürtel, ein Paar Weihnachtssocken und Schmuck für ihren Baum, von dem ich dachte, dass es ihr gefallen könnte. Sie hatte mir mehrere Flanellhemden gekauft, eine weitere Arbeitshose und eine Strickmütze.

Eine knallrote Strickmütze.

Sie sah absolut albern aus. Und ich liebte sie.

Wir ließen Geschenkpapier und Schleifenbänder auf dem Boden liegen und kuschelten uns auf die Couch.

Isabelle lehnte sich an mich und atmete tief und befriedigt ein. »Das ist so schön.«

»Ja. Aber wir sollten vermutlich aufstehen.«

»Warum? Gegessen wird erst später.«

»Was das angeht – es hat eine Planänderung gegeben.«

Sie sah mich an. »Was heißt das? Ich dachte, wir würden heute Abend mit meinen Eltern zusammen essen.«

»Wir werden uns auch mit deinen Eltern treffen, aber ich habe etwas anderes arrangiert.«

»Noch mehr Überraschungen?«

»Nur eine kleine, und die ist für meine Tante und meinen Onkel. Wir nehmen was zu essen mit und überraschen sie. Cole, Alice und Maddie kommen auch.«

»Das ist so süß. Sie werden es lieben.«

Das hoffte ich. Es war das Mindeste, was ich tun konnte.

Außerdem hatte ich noch ein letztes Weihnachtsgeschenk für Isabelle.

An diesem Nachmittag fuhren Isabelle und ich zum Haus meiner Tante und meines Onkels. An der Tür hing ein festlicher Kranz, und die Fenster waren mit Lichterketten geschmückt.

Isabelle hatte mich überredet, wieder den hässlichen Weihnachtspullover anzuziehen, und selbst auch einen übergezogen. Wobei der an ihr eher niedlich als hässlich aussah. Die Haare trug sie offen, und sie hatte die Weihnachtssocken an, die ich ihr geschenkt hatte.

Sie war bezaubernd. Und sie gehörte zu mir.

Wir parkten in der Einfahrt und gingen zur Tür. Hattie öffnete, und als sie uns sah, breitete sich ein strahlendes Lächeln auf ihrem Gesicht aus.

»Elias? Was machst du denn hier? Und Isabelle. Hallo. Es ist so schön, euch zu sehen.«

»Frohe Weihnachten«, sagte ich.

»Frohe Weihnachten.« Sie blickte zwischen Isabelle und mir hin und her. »Kommt doch rein. Draußen ist es so kalt.«

»Gern. Aber wir haben ein paar Sachen mitgebracht. Macht es dir was aus, die Tür offenzulassen?«

Sie runzelte die Stirn. »Nein, natürlich nicht. Braucht ihr Hilfe?«

»Nein, wir machen das schon.«

Wir gingen zum Wagen zurück und begannen, das Essen auszuladen. Als wir zum zweiten Mal vom Wagen zum Haus liefen, fuhren Isabelles Eltern vor, dicht gefolgt von Cole, Alice und Maddie.

»Ich hoffe, ihr habt nichts gegen noch ein wenig mehr Gesellschaft«, sagte ich, als ich beladen mit noch mehr Essen wieder ins Haus ging. »Wir wollten euch das Kochen ersparen, also haben wir alles bei Russell und Faye vorbereitet.«

Hattie schlug die Hände an die Wangen. »Ach du meine Güte. Sieh sich einer das alles an.«

Cole kam mit Maddie auf dem Arm herein, und Alice folgte ihnen. Nachdem Cole das Mädchen abgesetzt hatte, half Alice ihrer Tochter mit den Krücken.

»Hi, Mrs. Hattie«, sagte Maddie. »Hattie, Maddie – unsere Namen klingen wie ein Gedicht.«

»Hi, meine Süße«, sagte Hattie. »Frohe Weihnachten.«

»Frohe Weihnachten. Ich habe eine Merica-Puppe bekommen. Sie hat Krücken, genau wie ich.«

»Das ist ja großartig.«

Dale kam in einem abgetragenen Pullover mit Rentiermotiv

aus dem Schlafzimmer. Ich hatte so das Gefühl, dass er den seit meiner Kindheit jedes Jahr zu Weihnachten trug.

»Ich wusste ja gar nicht, dass wir Besuch bekommen.«

»Ich auch nicht«, sagte Hattie. »Aber sie haben das Abendessen mitgebracht.«

Meine Tante und mein Onkel standen nebeneinander und sahen verwundert zu, was in ihrem Haus passierte. Faye und Russell kamen herein. Russell trug den großen Bräter mit dem Truthahn, und Faye hatte einen Auflauf in den Händen. Sie begrüßten alle fröhlich, bevor sie wieder nach draußen verschwanden, um den Rest zu holen. Isabelle kam mit den Kuchen, und Cole und ich trugen weitere Tüten hinein.

Faye übernahm jetzt die Küche und scheuchte alle bis auf ihren Mann hinaus. Maddie setzte sich mit meiner Tante auf die Couch und zeigte ihr die Puppe, die sie zu Weihnachten bekommen hatte. Alice und Cole saßen Händchen haltend neben ihnen.

Ich trat näher an den Baum heran. Es war kein hässlicher Baum wie bei meinem ersten Weihnachten in Tilikum. Dieser hier war dicht gewachsen, mit geraden Ästen und der perfekten Weihnachtsbaumform. Viele der Anhänger waren mir noch aus meiner Kindheit vertraut. Der Gartenzwerg, das Kupferherz, die Eiswaffel, der kleine Junge auf dem Schlitten und die Kuh, die ihre Beine anzog, wenn man an ihrem Schwanz zupfte. Es gab bunte Glaskugeln, die das Licht reflektierten, und einige Zweige wurden von roten Schleifen geziert.

Oben, direkt unter dem Stern, hing ein verblasstes Eichhörnchen mit einem winzigen roten Hut. Ich hatte es in meinem ersten Jahr in Tilikum in der Schule gebastelt.

Isabelle trat neben mich und hakte sich bei mir unter. »Der Baum ist so hübsch. Der Schmuck sieht aus, als würde er eine Geschichte erzählen.«

»Das tun sie.«

Isabelle hatte recht – dieser Baum erzählte eine Geschichte. Es gab einen Hockeyschläger aus der Zeit, als ich eine Weile versucht hatte, Eishockey zu spielen. Eine Trompete von meinem unglückseligen Jahr im Schulorchester. Es gab Anhänger von den Nationalparks, die wir in den Sommerferien besucht hatten, und eine kleine Handsäge, die aussah wie die, mit der wir immer unseren Weihnachtsbaum gefällt hatten. Ein paar der Stücke hatte ich gemeinsam mit Hattie gebastelt. Andere stammten aus der Zeit, bevor ich hier gewohnt hatte, und wieder andere wirkten neuer, als würden sie jedes Jahr etwas zu ihrer Sammlung hinzufügen.

»Ich erinnere mich noch daran, wie wir die hier gemacht haben«, sagte Isabelle und zeigte auf das Eichhörnchen. »Ich glaube, meine Mom hat meins nicht behalten.«

»Ich weiß nicht, warum Hattie es getan hat. Es sieht ziemlich traurig aus.«

»Es ist süß. Mir gefällt, dass du ihm einen roten Hut verpasst hast.«

Das Eichhörnchen hätte mich unruhig machen sollen, aber irgendwie wusste ich, dass sie nicht länger seltsame Erinnerungen und Lektionen mit sich brachten, denen ich mich nicht stellen wollte. Das Leben war eine Reise, und ich war mit Sicherheit noch nicht angekommen. Aber ich hatte viele Schritte in die richtige Richtung getan, mich meinen Dämonen gestellt und erkannt, was wirklich wichtig war.

Und zwar all das, was ich jetzt hier bei mir hatte.

Onkel Dale reichte Gläser mit Sekt herum, während Isabelles Eltern das Essen herrichteten, damit wir auftragen konnten.

»Ich hasse es, das an Weihnachten anzusprechen, aber muss ich mich jetzt nach einem neuen Job umsehen?«, fragte Alice.

»Darüber wollte ich noch mit dir reden, aber ich wusste nicht, ob du heute offen dafür bist. Du hast immer noch einen Job bei DataStream. Dafür habe ich gesorgt.«

»Das erleichtert mich«, sagte sie. »Glaube ich zumindest. Ich weiß gar nicht, ob ich wirklich weiterhin dort arbeiten will.«

»Es gibt eine Alternative.«

Sie zog die Augenbrauen in die Höhe. »Welche?«

»Du könntest für mich arbeiten. Okay, ich bin pleite und fange bei null an, aber ich bin mir ziemlich sicher, dass ein paar unserer Kunden zu mir wechseln werden – genug, um mit ihnen anzufangen.«

»Du gründest eine eigene Firma?«

Ich nickte. »Und sie wird ihren Sitz hier in Tilikum haben. Wenn du nicht herziehen willst, verstehe ich das natürlich, aber …«

»Ich nehme den Job«, unterbrach sie mich.

»Ich habe dir noch nicht mal die Jobbeschreibung gegeben.«

»Ist mir egal. Ich bin dabei.«

Ich streckte ihr die Hand hin, und Alice schlug ein.

»Mommy, was machst du da?«

Alice setzte sich und drehte sich zu ihrer Tochter. »Mommy hat gerade einen neuen Job bekommen. Und das bedeutet, dass wir nach Tilikum ziehen. Wie klingt das für dich?«

Maddie riss die Arme hoch. »Ja! Ja, Mommy, ja! Kannst du jetzt Cole heiraten?«

Alice riss die Augen auf. »Ach Liebes, das ist nicht … Ich meine, ich weiß nicht, ob …«

»Ehrlich gesagt …« Cole stand auf und zog etwas aus seiner Hosentasche. »Ich habe nur auf den richtigen Moment gewartet. Ich schätze, der ist wohl jetzt.«

Alle schnappten überrascht nach Luft, als Cole vor Alice auf ein Knie sank. Er sah sie an, nahm aber auch Maddies Hand.

»Alice, ich weiß, das geht wahnsinnig schnell, aber ich liebe dich und möchte den Rest meines Lebens mit dir verbringen.« Er wandte sich an Maddie. »Maddie, wenn du damit einverstanden bist, möchte ich deine Mommy fragen, ob sie mich heiratet.«

»Sag Ja, Mommy«, flüsterte Maddie.

»Alice, willst du mich heiraten?«

»Ja«, antwortete Alice mit tränenerstickter Stimme. »Ja, ich will dich heiraten.«

Hatte ich's doch gewusst, dass ich sie an den Farmtypen verlieren würde.

Nicht, dass ich sie wirklich verlor. Und dass ich sie Data-Stream wegschnappte, war so was wie ein Weihnachtsbonus.

Cole stand auf, zog Alice auf die Füße und in die Arme. Dann hob er Maddie hoch und umarmte sie beide. Wir anderen klatschten.

Isabelle wischte sich die Augen und schniefte. »Das nenne ich echte Weihnachtsmagie.«

Dem konnte ich nicht widersprechen, denn sie hatte recht.

Das Abendessen war als Büfett in der Küche aufgebaut. Nachdem wir den Esstisch ausgezogen hatten, war gerade genügend Platz, dass wir uns alle setzen konnten. Das Essen war köstlich, und alle unterhielten sich angeregt. Es dauerte nicht lange, bis wir satt waren – nur Maddie nicht, die noch ein paar Kekse haben wollte.

Wir beschlossen, mit dem Nachtisch noch ein wenig zu warten. Hattie schaltete ihren Lieblings-Weihnachtsfilm ein – *Ist das Leben nicht schön* –, und alle versammelten sich im Wohnzimmer um den Fernseher. Alle außer Isabelle und mir. Ich führte sie durch die Hintertür nach draußen auf die Terrasse. Es war kalt, und Schneeflocken wirbelten durch die Luft, aber ich wollte einen Moment für uns allein.

»Ich bin so froh, dass du das alles arrangiert hast«, sagte sie. »Das war das beste Weihnachtsfest seit Jahren. Hattie und Dale sehen so glücklich aus.«

»Sie haben es verdient. Sie sind einfach großartig.« Ich strich ihr die Haare aus dem Gesicht. »Ich habe noch ein Geschenk für dich.«

»Ach Elias, nein. Du hast bereits so viel getan, und ich habe dir kaum etwas geschenkt.«

»Es gibt nur eins, was ich mir zu Weihnachten wünsche.« Ich nahm das kleine Schächtelchen aus meiner Tasche.

Isabelle öffnete leicht den Mund und sah mich aus großen Augen an, als ich es aufschnappen ließ und auf ein Knie sank.

Mit einem Aufschrei schlug sie sich die Hand vor den Mund.

»Meine süße Belle, willst du mich heiraten?«

Ohne die Hand vom Mund zu nehmen, nickte sie. »Ja.«

Ich nahm den schlichten Goldring aus dem Kästchen und steckte ihn ihr an den Finger. Sie hob zitternd ihre Hand.

»Das ist nicht derselbe Ring, oder?«

Ich stand auf. »Doch.«

»Du hast ihn aufbewahrt?«

»Ich habe es irgendwie nie über mich gebracht, ihn wegzugeben. Jetzt weiß ich, warum.«

»Er ist perfekt.«

Ich nahm ihre Hand und drehte sie, so dass das Gold funkelte. »Ich hatte überlegt, einen neuen zu kaufen, einen mit einem großen Diamanten. Das war es, was ich damals tun wollte – dafür sorgen, dass du zu unserem fünften Hochzeitstag einen dicken Klunker am Finger hast. Aber dann ist mir aufgefallen, dass dieser Ring hier so viel besser zu dir passt.«

»Er ist wunderschön. Ich liebe ihn so sehr, und dich liebe ich auch so sehr. Es ist wie ein Weihnachtswunder. Ich kann es kaum glauben.«

Ich schloss sie in die Arme und küsste sie. »Glaub es ruhig.«

Es war ein Wunder. Und damit meinte ich nicht die Tatsache, dass ich den Ring all die Jahre behalten hatte, nein, sondern dass ich von dem Weg, auf dem ich mich befunden hatte, gerettet worden war – gerettet vor einem leeren Leben, das nirgendwo hingeführt hätte.

Meine Abneigung gegen Weihnachten hatte nie etwas mit dem Feiertag an sich zu tun gehabt, sondern mit den damit verbundenen Erinnerungen und der Einsamkeit, die ich immer geleugnet hatte. Ich hatte Weihnachten gehasst, weil es für all das stand, was ich wollte und nicht zu verdienen geglaubt hatte: Gemeinschaft, Familie, Liebe.

Jetzt hatte ich alles.

Vor allem Liebe. Ich hatte Isabelle immer geliebt. Viel zu lange hatte ich versucht, meine Gefühle unter einer Eisschicht zu vergraben – den Schmerz, die Scham, die Enttäuschungen. Das Eis um mein Herz hatte diese Gefühle ferngehalten, aber es hatte auch die Liebe ausgeschlossen. Und mein Versuch, das entstandene Loch mit Ehrgeiz und Gier zu füllen, hatte mich beinahe in den emotionalen Ruin geführt. Am Ende hätte es mich umgebracht.

Doch Isabelles Liebe – und ihr Feuer – hatten mich gerettet. Und das war das größte Weihnachtswunder von allen.

EPILOG

Elias

Jemand tippte mir auf die Schulter und weckte mich damit aus dem Schlaf. Widerstrebend öffnete ich die Augen. Dann sog ich erschrocken die Luft ein und setzte mich auf. Direkt vor meinen Augen war ein Gesicht.

»Aufwachen, Daddy.«

Meine dreijährige Tochter Natalie stand am Bett, die Augen weit aufgerissen und ein breites Lächeln im Gesicht.

»Baby, du hast mich erschreckt«, flüsterte ich und hoffte, dass wir Isabelle nicht geweckt hatten. Ich sah auf die Uhr. Siebzehn Minuten nach vier. »Es ist noch zu früh.«

»Es ist Beihnachten.«

Ich schlüpfte aus dem Bett und nahm ihre Hand. »Noch ist nicht Weihnachten. Haben wir dir nicht erklärt, dass es erst um sieben Uhr anfängt?«

»Nein.«

Ich brachte sie zurück in ihr Zimmer und hob sie ins Bett. »Du kannst ja die Uhr noch nicht lesen. Aber Mommy und Daddy schlafen noch.«

»Nein. Gar nicht.«

»Weil du Daddy aufgeweckt hast.«

»Es ist Beihnachten.«

Ich hatte so das Gefühl, dass ich hier mit Logik nicht weiterkommen würde. Also schlug ich die Decke zurück und legte mich zu meiner Tochter ins Bett. »Es ist immer noch mitten in der Nacht. Lass uns noch ein wenig schlafen.«

Sie kuschelte sich an mich und legte ihren Kopf auf meinen Arm. Ich gab ihr einen Kuss auf den Scheitel und versuchte, nicht aufzustöhnen, als sie ihre kalten Füße gegen mein Bein presste. Es war nicht das erste Mal, dass ich in den frühen Morgenstunden in Natalies Bett landete in der Hoffnung, noch ein wenig Schlaf zu bekommen – und sie davon abzuhalten, ihre Mutter zu wecken. Vor allem, da Baby Nummer zwei unterwegs war und Schlaf damit in diesen Tagen kostbar.

Natalie drehte sich um, streckte die Beine durch und rollte sich erneut zu mir. Ich wartete darauf, dass sie wieder einschlief, und hoffte, die Aufregung würde sie nicht wachhalten, denn wir würden es später an ihrer Laune zu spüren bekommen, wenn sie den Tag um vier Uhr morgens anfing.

Und mir würde es nicht viel anders gehen als ihr. Doch mit einer Dreijährigen und einer hochschwangeren Frau im Haus musste ich meine schlechte Laune für mich behalten.

Außerdem war Weihnachten. Selbst ich konnte an diesem Tag kein Knurrhahn sein.

Endlich hörte ich, wie Natalies Atem sich verlangsamte. Sie schien eingeschlafen zu sein. Also ließ auch ich die Augen zufallen und entspannte mich.

Als ich erneut aufwachte, fiel Licht durch den Spalt in den Vorhängen, und Natalie war verschwunden.

Wie war sie aus dem Bett geklettert, ohne mich zu wecken?

Ich stand auf, und sofort stieg mir der Duft von Kaffee in die Nase. Im Wohnzimmer fand ich meine Frau und meine Tochter vor dem Weihnachtsbaum. Natalie hatte ihren Weihnachtsstrumpf mit den Süßigkeiten und Kleinigkeiten vor sich auf dem Boden ausgebreitet; Isabelle saß mit angezogenen Beinen im Sessel, die Hände auf ihren Bauch gelegt.

»Guten Morgen«, sagte sie lächelnd. »Frohe Weihnachten.«

»Daddy!« Natalie sprang auf und rannte zu mir.

Ich hob sie hoch und drückte sie fest an mich. »Frohe Weihnachten, kleine Maus. Hast du Mommy geweckt?«

»Nicht wirklich«, sagte Isabelle. »Sie ist reingekommen, aber ich war schon wach. Das Baby hat mir gegen die Rippen getreten.«

»Das tut mir leid. Ich wollte sichergehen, dass du ausreichend Schlaf bekommst.«

»Das habe ich. Und deshalb habe ich Natalie ihren Weihnachtsstrumpf schon auspacken lassen – damit du noch ein wenig weiterschlafen konntest.«

Ich fuhr mir mit der Hand durch die zerzausten Haare. »Danke. Das habe ich gebraucht.«

Die Monate vor Weihnachten waren turbulent gewesen. Schön, aber hektisch. Das Weihnachtsdorf lief hervorragend, doch da Isabelle so kurz vor der Geburt stand – unser Sohn sollte in zwei Wochen auf die Welt kommen – musste sie es dieses Jahr ruhiger angehen lassen. Cole und Alice hatten geholfen, und wir hatten dieses Jahr sogar weitere Saisonarbeiter anstellen können. Da der Druck der Schulden uns jetzt genommen war, hatten wir wieder auf einen guten Weg zurückgefunden und ein paar weitere Attraktionen hinzugefügt, die uns das ganze Jahr über Besucher bescherten und nicht nur zur Vorweihnachtszeit.

Meine Firma StoneTech hatte einen Wachstumsschub durchlaufen, und in den vergangenen Monaten hatte ich vier neue Großkunden dazugewonnen. Ich hatte ein kleines, aber brillantes Team aus Ingenieuren und Entwicklern, plus Alice, und bisher sah alles super aus. Es gab viel zu tun, aber die Arbeit war befriedigend. Außerdem mochte ich es, der Chef zu sein, und das nicht, weil es mich wichtig aussehen ließ oder mein Konto polsterte. Im Gegenteil, ich zahlte mir nur ein kleines Gehalt und reinvestierte alle Profite wieder in die Firma und meine Angestellten. Nein, die Rolle gefiel mir, weil ich mein Schicksal jetzt selbst in der Hand hatte und dafür sorgen konnte, dass die Menschen, die für mich arbeiteten, gut behandelt wurden.

Ich setzte Natalie ab und ging in die Küche, um mir einen Kaffee zu holen. Dann gesellte ich mich wieder zu meiner kleinen Familie vor den Weihnachtsbaum.

»Gesenke?«, lispelte Natalie, und ihre Augen leuchteten vor Aufregung.

Sie war die perfekte Mischung aus Isabelle und mir: dunkle Haare und grüne Augen wie ich, dazu eine kleine Nase, einen süßen Mund und ein rundes Kinn wie ihre Mutter.

»Richtig. Es ist Zeit für Geschenke.« Ich trank einen Schluck und stellte dann den Becher ab, um ein Geschenk für sie herauszusuchen. »Auf dem hier steht *Natalie*. Wer könnte das wohl sein?«

»Ich, Daddy! Ich!« Sie hüpfte mit hochgereckten Armen auf und ab.

Ich gab ihr das Geschenk, und sie setzte sich auf den Boden und riss es auf. Das Geschenkpapier flog durch die Luft, die Schleife endete irgendwie auf Isabelles Fuß, und dann presste Natalie einen braunen Teddybären an ihre Brust.

»Der heißt Bär«, verkündete sie.

»Sonderlich kreativ ist sie ja nicht, oder?«, murmelte ich Isabelle zu. »Müssen wir uns Sorgen machen?«

Meine Frau lachte. »Sie ist drei.«

Ich zuckte mit den Schultern und verteilte die weiteren Geschenke an meine beiden Mädchen. Der Haufen aus Geschenkpapier, Kartons und Schleifen wuchs. Aber das Chaos gefiel mir, vor allem jetzt, wo Natalie ein wenig älter war. Und sie freute sich über jedes neue Geschenk ebenso sehr wie über die davor.

Nun stapfte sie durch die Unordnung und ging um den Baum herum. Als sie wieder hervorkam, hatte sie ein kleines Geschenk in den Händen, das sie offensichtlich selbst eingepackt hatte. Es war in Bastelpapier eingewickelt und mit ungefähr einer ganzen Rolle Tesafilm zugeklebt. Darauf hatte sie mit rotem Filzstift kleine Herzchen gemalt.

»Gesenk für dich, Daddy«, sagte sie und reichte es mir.

»Wow, danke.« Ich nahm es und schüttelte es sanft. Es wog kaum etwas. »Ich frage mich, was das wohl ist.«

»Das habe ich gemacht«, erklärte sie.

»Ich kann kaum erwarten, es zu sehen.« Ich zog das Klebeband so gut es ging ab und öffnete den kleinen Karton. Darin lag ein Stück dickes Papier, das einmal in der Mitte gefaltet war. Vorsichtig nahm ich es heraus und klappte es auf.

Es handelte sich um ein Bild aus Nudeln, die an dem Papier festgeklebt waren. Zwischen den Nudeln hatte sie mit rotem und grünem Filzstift Formen und Figuren gemalt.

Ich hatte keine Ahnung, was das sein sollte, aber ich liebte es.

»Das bin ich.« Natalie zeigte auf ein paar Nudeln, die mit etwas Phantasie einer kleinen Person ähnelten. »Das bist du, und das ist Mommy.«

»Und was ist das?« Ich zeigte auf eine weitere Nudelfigur.

»Ein Hund.«

»Wir haben keinen Hund.«

»Aber der Weihnachtsmann bringt einen Hund.«

Alarmiert sah ich Isabelle an. Hunde waren toll – und vielleicht würden wir uns irgendwann einen zulegen –, aber wir würden bald noch ein Baby bekommen. Meine Frau unterdrückte ein Lachen und zuckte mit den Schultern, um mir zu sagen, dass sie auch keine Ahnung hatte, wie Natalie auf diese Idee gekommen war.

»Ich glaube nicht, dass der Weihnachtsmann uns dieses Jahr einen Hund bringt. Aber irgendwann vielleicht. Und du hast einen Teddybären bekommen.«

»Bär!« Sie tauchte in den Geschenkpapierhaufen, um ihren Teddy aus dem Chaos zu retten. »Er heißt Bu-Bu.«

»Ich dachte, er heißt Bär.«

»Nein, Bu-Bu.«

»Das ist ein schöner Name«, sagte Isabelle.

»Besser als einfach nur Bär«, murmelte ich.

Ich holte einen Müllbeutel und sammelte das Papier und die Schleifen ein, während Natalie zu Isabelle auf den Sessel kletterte und mit ihren Geschenken spielte. Es war noch früh, also setzte ich mich mit meinem – inzwischen kalten, aber daran war ich gewöhnt – Kaffee auf die Couch und sah ihr zu.

Es hatte sich so viel verändert.

Vor gar nicht allzu vielen Jahren hätte ich jetzt einsam in meiner Wohnung gehockt und mich allein von der Existenz dieses Feiertags genervt gefühlt. Jetzt hingegen überlegte ich, ob ich lieber unsere Weihnachtsplaylist oder einen Weihnachtsfilm anmachen wollte. Unser Haus war reich geschmückt, und später würde ich meinen hässlichen Weihnachtspullover anziehen – den mit dem großen, grinsenden Grinch.

Und ich war nie glücklicher gewesen.

Ab und zu sah ich Isabelle an, und mein Brustkorb zog sich zusammen, wenn ich daran dachte, was ich beinahe verpasst hätte. Ich wollte dieses Gefühl niemals als selbstverständlich hinnehmen.

Schließlich war es an der Zeit, Frühstück zu machen. Isabelle hatte am Vortag Blaubeermuffins gebacken, und so ging ich in die Küche und bereitete Eier, Bacon und Pfannkuchen vor. Kurz darauf klopfte es an der Tür, und das richtige Weihnachtschaos begann.

Die Ersten, die eintrafen, waren Cole und Alice mit Maddie. Ihre Familie war um zwei weitere Kinder angewachsen – den dreijährigen Malcom und den einjährigen Tristan. Natalie quiekte vor Freude und fiel beinahe von ihrem Stuhl bei dem Versuch, Maddie ihren neuen Teddybären zu zeigen. Sie betete förmlich den Boden an, auf dem Maddie ging, und konnte es nicht erwarten, ihrer Freundin ihr Geschenk zu geben – ein nicht eingepacktes Bild, das sie gemalt hatte und das sie beide bei einem Picknick zeigte.

Cole half Maddie, es sich auf der Couch gemütlich zu machen, und Natalie kletterte auf ihren Schoß. Mit ihren zehn Jahren hatte Maddie die Weisheit einer Dreißigjährigen und unendliche Geduld mit ihrer kleinen Bewunderin. Noch immer brauchte sie zum Gehen ihre Krücken, aber sie arbeitete hart daran, ihre Muskeln zu stärken, und konnte beinahe alles ohne Hilfe bewältigen. Sie war unglaublich.

Als Nächstes kamen Hattie und Dale in ihren liebsten Weihnachtspullovern und brachten noch mehr zu essen für unser großes Weihnachtsfrühstück mit. Faye und Russell kamen kurz danach, und ich war froh, dass ich keine Musik angemacht hatte, denn die wäre von dem Stimmengewirr sowieso übertönt worden.

Als alles fertig war, setzten wir uns an den Tisch. Das Weihnachtsfrühstück war in den vergangenen Jahren zu einer Tradition geworden. Die Zutaten variierten, aber es gab immer Unmengen an Essen, und vor allem Unmengen an guter Gesellschaft.

Wir erhoben die Gläser und wünschten einander frohe Weihnachten.

Und ich musste nicht mal mehr die Zähne zusammenbeißen, wenn ich es sagte.

Dann aßen wir, tranken, redeten und lachten. Die Jungs von Alice und Cole verursachten das reinste Chaos. Natalie änderte viermal den Namen ihres Teddys. Maddie erzählte uns von ihrem Projekt für den Naturwissenschaftswettbewerb an ihrer Schule, mein Onkel und meine Tante erzählten von ihren Plänen für eine Reise nach Hawaii, und Faye und Russell spielten mit dem Gedanken, mit ihnen zu fahren.

Ich sah über den Tisch zu Isabelle hinüber und dachte nicht zum ersten Mal, dass ich in dieser Frau alles gefunden hatte, was ich mir immer gewünscht hatte. Weihnachten mit ihr und unserer zusammengewürfelten Familie zu feiern war wirklich das Beste, was ich mir vorstellen konnte.

Plötzlich erregte eine Bewegung vor dem Wohnzimmerfenster meine Aufmerksamkeit. Da draußen saß ein Eichhörnchen auf den Hinterläufen und hielt etwas in seinen kleinen Pfoten. Es schien mich direkt anzusehen.

Die Ereignisse der Vergangenheit und die Entscheidungen, die ich getroffen hatte, waren nicht alle gut oder richtig gewesen. Meine Eltern hatten mich aufgegeben und wütend und verletzt zurückgelassen. Isabelle und ich hatten einen Verlust erlitten, der immer ein Loch in unseren Herzen zurücklassen würde. Und ich hatte Jahre meines Lebens damit verbracht, Reichtum und Macht hinterherzujagen, angetrieben von meiner Gier und meinem Ehrgeiz.

Doch zum Glück war ich durch ein Wunder hier gelandet. Mir war ein Geschenk gemacht worden – das Geschenk der Einsicht. Bevor ich meinem Leben – und meiner Seele – einen zu großen Schaden hatte zufügen können, war mir eine zweite Chance gegeben worden.

Die vergangenen fünf Jahre hatte ich damit verbracht, mich dieser Chance würdig zu erweisen, mich für mehr als nur Geld und Macht einzusetzen und meine Frau und meine wachsende Familie zu lieben und sie in meinem Leben an erste Stelle zu setzen.

Das Eichhörnchen hüpfte durch den Schnee davon und einen Baum hoch. Ich fing Isabelles Blick auf und lächelte. Meine Frau, meine Liebe. Sie war alles. Sie hatte mich vor einer trostlosen, leeren Zukunft bewahrt und mir gezeigt, dass ich geliebt werden konnte.

Und es war meine Aufgabe, jedes Weihnachtsfest und alle Tage dazwischen damit zu verbringen, sie zu lieben.

BONUS-EPILOG

Isabelle

Im Weihnachtsdorf herrschte nicht nur einfach geschäftiges Treiben – es platzte nahezu aus allen Nähten. Der Chor der Tilikum-Highschool hatte beschlossen, ein spontanes Konzert zu geben, und die Stimmen hallten durch die Luft. Menschen standen dicht gedrängt auf den Wegen, die Buden waren pickepackevoll. Wir hatten beinahe alle Tannenbäume verkauft, und es herrschte immer noch ein steter Strom an Kunden, die ihren eigenen Baum fällen wollten. Und das alles, nachdem ein Schneesturm nur wenige Tage zuvor eine dicke Schicht Neuschnee gebracht hatte.

Es war eine großartige Saison gewesen, und wie es aussah, würde sie sogar noch besser enden.

Das Leben war gut.

Nachdem ich das Feld mit den Bäumen zum Selbstfällen kontrolliert hatte, ging ich durch das Weihnachtsdorf zurück. Theoretisch waren meine Eltern zwar in Rente gegangen, aber Dad half immer noch gern und hatte den ganzen Tag über fröhlich mit den Kunden geplaudert, heißen Kakao ausgeschenkt und den Leuten geholfen, den perfekten Weihnachtsbaum zu finden. Und ich hatte ihn gelassen. Solange er nicht auf Dächern herumkletterte, genoss ich es, ihn in der Nähe zu haben.

Meine Mutter passte auf unsere Kinder auf, damit Elias Geschenke kaufen und ich eine Runde durch das Weihnachtsdorf drehen konnte, um sicherzugehen, dass alles glatt lief. Es hatte ein Problem mit den Toiletten gegeben, aber darum hatte Cole sich gekümmert. Nachdem ich eine Weile dem Chor gelauscht hatte, ging ich nach Hause, um nach meinen Kleinen zu sehen.

Nach der Geburt unseres Sohns Noah vor knapp zwei Jahren hatten wir auf das Beharren meiner Eltern hin das Haus mit ihnen getauscht. Sie waren in das von mir renovierte Cottage gezogen und froh, sich nicht länger um das große Farmhaus kümmern zu müssen, und wir waren in das Haus meiner Kindheit zurückgezogen. Und da ich nun mal nicht stillsitzen konnte, hatte ich mich schon bald darangemacht, das Haus zu modernisieren. Ich genoss es, unsere Kinder auf der Farm aufwachsen lassen zu können. Und dank der Veränderungen, die wir vorgenommen hatten, und dank Elias' Hilfe war die Farm förmlich aufgeblüht.

Auf der Veranda funkelten die Lichterketten, und an der Haustür hing ein großer Kranz. Mein einst so knurriger Ehemann ließ sich immer ausgefeiltere Dekorationen einfallen, vor allem jetzt, wo die Kinder älter wurden und die Weihnachtszeit ebenfalls genießen konnten. Natalie hatte dieses Jahr so viele Anhänger gebastelt, dass wir einige an die Zimmerpflanzen hängen mussten, weil am Baum kein Platz mehr gewesen war. Doch Elias hatte darauf bestanden, alle gebührend zu präsentieren.

Er war wirklich ein großartiger Vater.

Ich ging hinein, doch im Haus war alles still. Noahs kleine Schneestiefel standen nicht an ihrem Platz neben der Hintertür, und die Mäntel der Kinder fehlten auch. Meine Mutter musste mit ihnen rausgegangen sein, um im Schnee zu spielen.

Der Weg von der Hintertür aus war geräumt worden, und daneben sah ich überall Spuren meiner Kinder – Fußabdrücke im Schnee auf der Wiese, eine Gruppe kleiner Schneemänner mit Augen aus Steinen und Karottennasen. Ich fand meine Mutter ein Stück weiter unten, wo sie Noah folgte, dem die Kälte überhaupt nichts auszumachen schien.

»Du bist schon zurück?«, fragte sie. »Ich dachte, wir würden dich erst später am Nachmittag zu sehen kriegen.«

»Ich dachte, ich könnte mit dir und den Kids zu Mittag essen.«

Sie lächelte, und ich sah die Freude in ihren Augen. Seit Natalie auf die Welt gekommen war, hatte ich viel über das richtige Gleichgewicht im Leben gelernt. Ich konnte mich nicht in der Arbeit vergraben, wenn ich Kinder hatte, die meine Aufmerksamkeit ebenfalls brauchten und verdienten. Das war nicht immer leicht, aber Elias und ich gaben unser Bestes, um unsere Familie an erste Stelle zu setzen.

»Mommy!«, rief Noah.

Ich beugte mich zu ihm hinunter und gab ihm einen Kuss. »Hey, Großer. Hast du Spaß?«

Unbeholfen hob er mit seinen behandschuhten Händen Schnee auf. »Schnee!«

»Du liebst den Schnee, nicht wahr?« Ich blickte mich um, konnte meine Tochter aber nirgendwo entdecken. »Wo ist Natalie?«

Mom schaute hinter sich. »Sie hat eben noch da hinten eine Schneeburg gebaut.«

Ich sah sie nicht, aber meiner frechen kleinen Fünfjährigen traute ich zu, dass sie sich hinter dem Schneeberg versteckte, der ihre Burg sein sollte. Ich ging hinüber, doch da war sie nicht.

»Natalie?«

Keine Antwort.

»Eben war sie noch da«, sagte meine Mutter mit einem Anflug von Besorgnis in der Stimme.

»Keine Sorge. Vermutlich ist sie losgezogen, um ein paar Stöcke zu suchen oder so. Warum gehst du nicht mit Noah rein, und ich suche sie?«

Die Hintertür ging auf, und Elias steckte seinen Kopf heraus. Als ich ihn sah, musste ich lächeln. Wir hatten uns erst vor ein paar Stunden das letzte Mal gesehen, aber sein Anblick ließ immer noch Schmetterlinge in meinem Bauch aufsteigen.

Er fing meinen Blick auf und schenkte mir ein winziges Lächeln. »Ich bin wieder zu Hause.«

Diese einfachen Worte wärmten mich wie ein knisterndes Feuer an einem kalten Tag. Er war in jedem Sinne des Wortes zu Hause. Und für einen Mann wie ihn, der sich nie wirklich irgendwo zu Hause gefühlt hatte, bedeutete es mehr, als dass er vom Einkaufen zurück war.

»Natalie ist allein losgezogen«, sagte ich. »Willst du sie mit mir zusammen suchen?«

Ein Anflug von Besorgnis huschte über seine Miene. »Wo ist sie hin?«

«Keine Ahnung. Aber ich bin mir sicher, dass es ihr gutgeht. Sie wollte eine Schneeburg bauen, also ist sie vermutlich losgezogen, um Stöcke oder Tannenzapfen zu sammeln.«

Mom hob Noah hoch. Seine Nase und Wangen waren von der Kälte gerötet, aber er war glücklich. »Ich ziehe ihm mal was Trockenes an.«

»Danke, Mom. Wir sind gleich zurück.«

Elias kam heraus und gab seinem Sohn einen Kuss auf die Wange. Dann nahm er meine Hand, und wir gingen los, um unsere Tochter zu suchen.

Sie wusste, dass sie nicht allein losziehen durfte, aber sie neigte dazu, sich in ihren Spielen zu verlieren und zu vergessen, wo sie war. Ich machte mir keine allzu großen Sorgen. Ich wollte nicht, dass sie allein durchs Weihnachtsdorf ging – da waren zu viele Menschen –, aber zwischen dem Haus und dem Dorf gab es genügend Platz, so dass wir sie vermutlich finden würden, bevor sie sich in der Menschenmenge verlor.

»Natalie!«, rief Elias. »Ich mag es nicht, wenn sie das macht. Vor allem nicht im Schnee. Vielleicht müssen wir uns einen Hütehund zulegen. Könnten wir den dazu ausbilden, sie in der Nähe des Hauses zu halten?«

»Vermutlich. Oder wir könnten Horace hierher verlegen. Er ist der beste Wachesel von allen.«

Elias stöhnte. »Nein. Horace muss in seinem Stall bleiben.«

Ich lachte.

Die Geräuschkulisse des Weihnachtsdorfs drang durch die Bäume, als wir uns näherten. Noch immer war von Natalie nichts zu sehen. Nun wurde ich langsam doch ein wenig unruhig.

»Natalie!«, rief ich. »Wo ist das Mädchen nur hin? Sie weiß, dass sie nicht allein ins Weihnachtsdorf gehen darf.«

»Wir sollten trotzdem im Pfefferminz-Salon nachsehen. Vielleicht versucht sie, ihnen da Süßigkeiten abzuschwatzen.«

»Könnte sein. Sie liebt die großen Zuckerstangen.«

Wir beschleunigten unsere Schritte. Mein Herz wurde schwer, als ich die Menschenmenge sah. Für die Farm war das natürlich gut, aber ich kam nicht umhin, mich an das Jahr zu erinnern, in dem Annikas Sohn vermisst worden war. Auch wenn wir ihn wohlbehalten wiedergefunden hatten, war es ein angsterfülltes Erlebnis gewesen, und der Gedanke, dass meine Tochter vermisst werden könnte, erfüllte mich mit Grauen.

Elias drückte meine Hand, als könnte er meine Gedanken spüren. »Vermutlich finden wir sie auf einer Bank mit einer großen Zuckerstange in der Hand.«

»Ja, vermutlich.«

Ein Paar betrat das Lebkuchenhaus, unseren neuesten Laden im Weihnachtsdorf. Er war genau so süß, wie ich ihn mir vorgestellt hatte. Die weißen Verzierungen sahen aus wie Zuckerguss, und er war mit Gummibären, Pfefferminzbonbons und anderen Süßigkeiten bemalt. Annika hatte den Laden übernommen und verkaufte sowohl ihren eigenen Baumschmuck und Dekorationen wie auch die von anderen lokalen Künstlern. Es war schnell der beliebteste Laden des Weihnachtsdorfs geworden.

Aber von Natalie war immer noch nichts zu sehen.

Wir fanden sie weder vor dem Pfefferminz-Salon, noch hatte sie drinnen jemand gesehen. Mein Herz schlug immer schneller, als wir die Bude verließen. Wo war sie hin?

In der Ferne brüllte Horace.

»Hast du das gehört?«, fragte ich.

»Was?«

»Horace. Ich glaube, er will uns etwas sagen.«

Elias runzelte die Stirn. »Er ist vermutlich nur wieder ein Esel.«

Ich hörte ihn erneut brüllen. »Nein. Ich glaube wirklich, dass er uns etwas mitteilen will.«

Ich zog an Elias' Hand und wandte mich Richtung Stall. Wir suchten uns einen Weg durch die Menge, während Horace weiter brüllte. Irgendetwas war los. Normalerweise machte er nicht so ein Theater.

Als wir zum Stall kamen, war Horace nicht in seiner Box. Hatte ihn jemand rausgelassen? Um diese Uhrzeit sollte er eigentlich nicht draußen sein.

Wieder brüllte er. Das Geräusch kam von der anderen Seite, wo ein Teil der Rentierherde graste, damit die Besucher des Weihnachtsdorfs sie betrachten konnten.

»Wer hat ihn rausgelassen?«, fragte ich an niemand Besonderen gerichtet.

Wir betraten die Weide, und da stand Horace. Er stampfte mit dem Vorderbein auf und senkte den Kopf.

»Was ist los, mein Großer?«, fragte ich. »Was machst du hier draußen?«

»Hi, Mommy!«

Auf der anderen Seite der Weide saß meine Tochter. Auf einem Rentier.

Ich keuchte erschrocken auf. Elias war bereits auf dem Weg zu ihr und hob sie sofort vom Rentier herunter.

»Natalie, was machst du da?«, fragte ich.

»Buckwheat hat mich auf sich reiten lassen«, antwortete sie und strahlte.

»Du sollst nicht auf den Rentieren reiten.«

Ihre Miene fiel in sich zusammen. »Nicht?«

»Nein, natürlich nicht.«

»Warum nicht?«

Buckwheat schnaubte, als wollte er das auch gern wissen.

»Weil es gefährlich ist. Die Rentiere sind nicht zum Reiten gedacht.«

Elias lehnte sich zu mir und sagte leise: »Haben wir ihr je gesagt, dass sie nicht auf den Rentieren reiten darf?«

Gute Frage. Vielleicht hatten wir das nie getan.

Vielleicht war das eins dieser Dinge gewesen, die man nie glaubte, als Eltern sagen zu müssen.

Ich ging in die Hocke. »Ich bin froh, dass es dir gutgeht, aber die Rentiere sind nicht zum Reiten da.«

Natalie zog einen Schmollmund, nickte aber. »Okay, Mommy.«

»Gut.« Ich stand auf und nahm sie auf den Arm. »Und du hättest nicht so weit vom Haus weggehen dürfen. Du weißt, dass du nicht allein im Weihnachtsdorf sein sollst.«

»Das hier ist nicht das Weihnachtsdorf«, widersprach sie, als wäre das offensichtlich. »Ich bin den weiten Weg gegangen.«

Ich sah Elias an. Natürlich hatte unsere Tochter mal wieder ein Schlupfloch gefunden. Es gab einen Weg von unserem Haus zum Stall, der nicht durch das Weihnachtsdorf führte. Offensichtlich mussten wir mit unseren Anweisungen eindeutiger werden.

»Du sollst auch nicht allein zum Stall gehen. Du hättest zuerst Grandma fragen müssen. Okay?«

»Okay«, sagte sie.

Ich übergab sie ihrem Dad, und wir gingen gemeinsam nach Hause zurück. Meine Mutter war so erleichtert, Natalie zu sehen, dass sie sie auf den Arm nahm und so lange drückte, bis Natalie sich kichernd wand und darum bettelte, runtergelassen zu werden. Noah saß am Tisch und mampfte fröhlich sein klein geschnittenes Sandwich.

Nach einem schnellen Mittagessen ging meine Mutter, um meinem Dad dabei zu helfen, die Kunden am Weihnachtsbaumverkauf zu umgarnen. Elias legte Noah für sein Mittagsschläfchen hin, und ich brachte Natalie für ein wenig Ruhezeit in ihr Zimmer. Danach gingen Elias und ich nach unten und ließen uns im Wohnzimmer auf die Couch vor dem Weihnachtsbaum fallen.

Er legte einen Arm um mich, und ich kuschelte mich an ihn. Er roch leicht nach Holz und seinem Aftershave. Ich schloss die Augen und atmete seinen Duft tief ein, während ich seine Nähe genoss. Es fühlte sich so gut an, im Licht des Weihnachtsbaums einfach nur bei ihm zu sein.

»Ich liebe dich«, murmelte er und gab mir einen Kuss auf den Scheitel.

»Ich liebe dich auch.« Ich legte meinen Kopf an seine Brust. »Wie war dein Shoppingtrip?«

»Gut. Ich habe einiges für die Spielzeugsammlung gekauft – vermutlich viel zu viel, aber ich habe immer noch das Gefühl, verlorene Zeit wiedergutmachen zu müssen. Außerdem habe ich die Staffelei gefunden, die du für Natalie haben wolltest, und ein paar Sachen für unseren kleinen Mann.«

»Ich freue mich schon darauf zuzusehen, wie er seine Geschenke öffnet.«

»Stimmt. Letztes Jahr hat er nur mit dem Geschenkpapier gespielt.«

»Was allerdings auch süß war.«

»Ja. Das war es. Ich habe dir auch etwas gekauft.«

»Oh, wie aufregend.« Ich hielt inne. »Was wünschst du dir dieses Jahr zu Weihnachten? Ich denke ständig darüber nach, aber mir fällt nichts ein. Es ist so schwer, etwas für dich zu finden.«

»Das stimmt gar nicht.«

»Doch. Du sagst immer, dass du alles hast, was du dir je wünschen könntest.«

Er zog mich an sich. »Das habe ich ja auch.«

»Trotzdem möchte ich dir etwas schenken.«

Wieder gab er mir einen Kuss auf den Scheitel. »Eine Sache gibt es.«

»Raus damit.«

Er setzte sich so, dass er mich ansehen konnte. Seine grünen Augen waren voller Gefühl, als er eine Hand an meine Wange legte. »Noch ein Baby.«

Mein Herz platzte förmlich vor Liebe. »Meinst du das ernst?«

Er grinste. »Absolut. Und nicht nur, weil es so viel Spaß macht, eines zu machen – auch wenn dieser Teil ziemlich großartig ist.«

»Obwohl wir eine kleine Ausreißerin haben, die Rentiere reitet, und einen beinahe Zweijährigen, der … Wobei, Noah ist eigentlich ziemlich pflegeleicht.«

»Vielleicht lullt Noah mich in ein falsches Gefühl der Sicherheit, aber ich glaube, wir würden das hinkriegen. Aber noch wichtiger ist: Ich will es. Ich will noch ein Baby mit dir haben.«

Ich hob den Kopf und drückte meine Lippen auf seine. »Ich will auch noch ein Baby mit dir.«

»Dann bekomme ich meinen Weihnachtswunsch.«

Er legte eine Hand an meinen Hinterkopf, zog mich an sich und küsste mich. Seine Zunge war wie Samt, und in Sekunden stand mein Körper in Flammen.

Vielleicht wäre jetzt ein guter Moment, um …

»Mommy?«, drang Natalies Stimme von der obersten Treppenstufe.

Mit einem leisen Lächeln zog Elias sich zurück.

»Ich komme gleich!«, rief ich.

Elias verschlang mich förmlich mit den Augen, und seine Stimme war ein tiefes Grollen. »Heute Abend.«

Ich nickte atemlos. »Heute Abend.«

Ich konnte es kaum erwarten.

Aber das Leben als Mutter rief mich.

Was in Ordnung war. Wir befanden uns in einer Lebensphase mit kleinen Kindern – und hoffentlich bald einem Neugeborenen –, also gaben wir unser Bestes. Und irgendwie sorgten die Anforderungen unseres Familienlebens dafür, dass wir unsere Zeit zu zweit nur noch mehr zu schätzen wussten.

Ich stand auf, um Natalie zu helfen, und Elias schenkte mir noch einen heißen Blick, der mich innerlich schmelzen ließ.

Ich liebte ihn so sehr.

Und heute Abend würde ich ihm das zeigen.

Elias und ich hatten viel durchgemacht, um dort anzukommen, wo wir jetzt waren. Doch jede Sekunde war es wert gewesen. Wir liebten einander und unsere Kinder von ganzem Herzen. Und Elias war von jemandem, der Weihnachten hasste, zu jemandem geworden, der den Geist der Weihnacht das ganze Jahr hindurch aufrechterhielt.

Er gehörte mir, und ich gehörte ihm. Und unsere Familie war das beste Weihnachtswunder, das ich mir hätte wünschen können.

Liebe Leserinnen und Leser,

als ich anfing, dieses Buch zu planen, hatte ich schon lange einen Weihnachtsroman schreiben wollen. Wie so viele meiner Bücher (vielleicht sogar die meisten) begann auch dieses hier mit der Frage: »Was wäre, wenn?«. Was wäre, wenn ich etwas schrieb, das von einer klassischen Weihnachtsgeschichte inspiriert war?

Sofort kam mir Charles Dickens' *Weihnachtsgeschichte* in den Sinn, und ich bin mir sicher, ihr könnt sehen, wo ich mich von ihr habe inspirieren lassen. Ich habe auch ein paar Grinch-Vibes einfließen lassen, hauptsächlich, um Elias' Charakter zu zeichnen.

Das Original ist einfach wundervoll, und ich will nicht vorgeben, dass meine kleine Weihnachtsliebesgeschichte damit mithalten kann. Aber wer fiebert nicht gern mit, wenn das Herz eines Griesgrams von einer gesunden Portion Realität, gemischt mit Weihnachtsstimmung und Liebe, zum Schmelzen gebracht wird? Das war mein Ziel mit diesem Roman.

Ich liebe Griesgrame mit goldenen Herzen, und genau so einen haben wir hier mit Elias Stoneheart. Seine Obsessionen sind nur allzu geläufig: Geld, Macht, Ansehen. Und wenn wir mal ganz ehrlich sind, können viele von uns sich damit identifizieren – auch wenn wir vermutlich nicht ganz so drastisch sind wie er. Aber hinter der weihnachtshassenden Fassade ist er ein verletzter kleiner Junge. Und seine Begegnungen mit der Vergangenheit und Gegenwart sowie seine kurzen Einblicke in die Zukunft sorgen dafür, dass der Eispanzer um sein Herz immer neue Risse bekommt, bis Elias sich schließlich erneut für die Liebe öffnen kann, die er schon immer für Isabelle empfunden hat.

Isabelle hat viel Zeit und Energie darauf verwendet, vor ihren Problemen davonzulaufen, indem sie sich in die Arbeit gestürzt hat. Natürlich ist hart zu arbeiten manchmal notwendig, aber sie nutzt es, um sich nicht verletzlich zeigen zu müssen. Doch als Elias in ihr Leben zurückkehrt, kommt sie damit nicht mehr durch. Ein Loch im Zaun von Horace' Weide zu flicken oder Ställe auszumisten wird ihr nicht helfen, ihr verwundetes Herz zu heilen.

Zum Glück lernen sie und Elias gemeinsam, verletzlich zu sein. Und das Ganze vor der festlichen Kulisse der schönsten Zeit im Jahr bot euch hoffentlich eine herzerwärmende und befriedigende Weihnachtsgeschichte.

Danke, dass ihr sie gelesen habt!

Eure Claire

Dank

Ich danke allen, die mir geholfen haben, dieses Buch möglich zu machen.

Nikki, Alex und das gesamte Team CK – danke für alles, was ihr tut!

Danke Eliza, dass du dieses kleine Buch in deinen Terminplan einschieben konntest und es ordentlich aufgeräumt hast. Und danke Erma für deine Adleraugen!

Danke an all meine Leserinnen und Leser für eure Unterstützung und Liebe. Ihr seid die besten Leserinnen und Leser der Welt!

Und an meine großartige Familie: Frohe Weihnachten! Mögen die Segnungen dieser Zeit jetzt und für immer bei euch sein.

Claire Kingsley
Faking Ms. Right
Deutsche Ausgabe
Roman
Aus dem Amerikanischen von Juna-Rose Hassel
384 Seiten. Klappenbroschur
ISBN 978-3-98751-001-4
Auch als E-Book lieferbar

Sorry – als ich dich letzte Nacht geküsst habe, habe ich nicht nur so getan.

Mein Liebesleben ist eine komplette Katastrophe. Ein schlimmes Date nach dem anderen und kein Traumprinz in Sicht. Dafür läuft es in meinem Job umso besser. Keine Assistentin hat es je so lange bei meinem Boss Shepherd Calloway ausgehalten. Er sieht gut aus und besitzt ein eigenes Firmenimperium, ist aber schrecklich übellaunig. Dann bringt ihn seine geldgierige Ex in Schwierigkeiten, und Shepherd bittet mich um einen Gefallen: Ich soll ein paar Wochen bei ihm einziehen und seine neue Freundin spielen. Wir verbringen ohnehin den ganzen Tag im Büro miteinander, und er weiß, wie professionell ich bin. Klingt nach einem guten Plan, und sein Vorschlag kommt mir gerade recht, denn auch ich möchte Shepherd um einen Gefallen bitten … einen sehr besonderen …

more

Claire Kingsley
Always have
Deutsche Ausgabe
Roman
Aus dem Amerikanischen von Anna Wichmann
288 Seiten. Klappenbroschur
ISBN 978-3-98751-017-5
Auch als E-Book lieferbar

Beste Freunde – oder doch mehr?

Kylie ist selbstbewusst, attraktiv – und hat immer Pech mit Männern. Jedes Date wird zu einem Desaster. Selbst in der Silvesternacht wird sie versetzt. Die einzige Konstante in ihrem Leben neben ihrer Freundin Selene ist Braxton. Sie kennt ihn seit ihrer Kindheit. Leider ist Braxton ein unverbesserlicher Frauenheld. Niemals würde sie etwas mit ihm anfangen, obwohl er bei Schwierigkeiten stets an ihrer Seite ist und sich erst kürzlich von seiner unsympathischen Freundin Hope getrennt hat. Doch seit neuestem ist Braxton noch aufmerksamer als gewöhnlich – oder bildet sich Kylie das nur ein?

Eine Best Friends Romance über die großen Fragen von Freundschaft und Liebe

more

Claire Kingsley, Lucy Score
Whiskey Chaser
Deutsche Ausgabe
Roman
Aus dem Amerikanischen von Juna-Rose Hassel
357 Seiten. Klappenbroschur
ISBN 978-3-98751-029-8
Auch als E-Book lieferbar

Bootleg Springs – die erfolgreiche Reihe der Bestsellerautorinnen Claire Kingsley und Lucy Score

Nach dem Tod ihres Vaters erlebt Scarlett eine harte Zeit, doch sie lässt sich niemals unterkriegen. Überall, wo sie auftaucht, sorgt sie für gute Laune. Nur von der großen Liebe will sie nichts wissen. Dann trifft sie auf ihren Nachbarn Devlin, der sich nach Bootleg Springs zurückgezogen hat, nachdem seine Ehe gescheitert ist. Obwohl Scarlett ihn fasziniert, verhält Devlin sich überaus abweisend. Als Scarlett aber seine Hilfe braucht, muss er sich entscheiden: Steht er seiner Nachbarin bei, die so gar nicht in sein Leben passt – oder bleibt er in seinem Schneckenhaus?

Eine wunderbare Small Town Romance mit einer Heldin, die jedes Herz im Sturm erobert